W0349010

# *Ugly Games*

## Destroy my heart

Teil 1

S. H. Roxx

**Ugly Games – Destroy My Heart**
Reihe 1
Liebesroman



Für Anfragen jeglicher Art: shroxx.autor@gmail.com
S. H. Roxx

# INHALTSVERZEICHNIS

# LIEBE LESER,

in der folgenden Geschichte erwarten dich Kraftausdrücke und eine ungeschönte Aussprache, wie es nun mal üblich ist für Kerle in diesem Alter. Falls dich das abschreckt – du wurdest gewarnt. Milo Blayne ist ein Macho, ein Bad Boy und ein eingebildeter Arsch. Ob er sich ändern kann und dir einen Einblick auf seinen weichen Kern gewährt? Lass dich überraschen.

Die Story enthält gegen Ende einen kleinen Anteil Erotik. In Band 2 wird mehr davon zu lesen sein.

Üblicherweise veröffentliche ich in einem anderen Genre und fühle mich mit Dark Romance und düsteren Liebesgeschichten und hartem Sex wohl. Diese Story und eine weitere, die in nächster Zeit veröffentlicht wird, liegen mir dennoch sehr am Herzen, und ich hoffe, dir gefällt, was du liest. Ich möchte mich nicht bloß auf ein Genre fixieren, sondern meine Flügel ein wenig ausstrecken. Falls du dir also aufgrund meines Autorennamens eine böse, düstere oder rein erotische Liebesgeschichte erwartest, wie es bei meinen bisherigen Büchern der Fall war, wirst du hier nicht glücklich werden. Das sage ich vorab, damit es zu keinen Enttäuschungen kommt.

Hier geht es um eine junge Liebe, ein Auf und Ab der Gefühle, Lügen und Intrigen, und Herzschmerz. Ganz unschuldig, weil das eben auch mal sein muss ;)

Enjoy!

Deine S. H. Roxx

# 1
# SAVANNAH

»Shit, du siehst wie ein südländisches Topmodel aus!«, lautet Bens Begrüßung, was mich unwillkürlich zum Grinsen bringt. »Ehrlich, du siehst immer heiß aus – du weißt, ich liebe deinen Style – aber dieses Outfit …« Er deutet an, zu sabbern.

Ich ziehe meinen besten Freund in eine Umarmung und widme mich anschließend wieder meinem Spiegelbild. Ja, Ben hat recht – wenn ich mir Mühe gebe, sehe ich halbwegs ansehnlich aus. Zwar war sein Kompliment eher auf meinen heute komplett rückenfreien, schwarzen Body bezogen, der in einer high-waist Jeanshotpants mit Rissen steckt, allerdings kann ich mich zurzeit auch mit meinem etwas auffälligeren Make-Up anfreunden. Üblicherweise halte ich alles, was mein Gesicht betrifft, dezent, da meine Kleiderwahl meist schon für Aufmerksamkeit sorgt, aber was solls. Auch ich muss mal über die Stränge schlagen, und die Party, auf die ich Ben heute ausnahmsweise begleite, ist der perfekte Anlass dafür.

»Hoffentlich sieht dich Nora«, murmelt er eher zu sich selbst, als er sich auf das winzige Bett in meinem Wohnheimzimmer fallenlässt. Sein verzweifelter Blick trifft mich unvermittelt durch den Spiegel. Ich halte inne. »Sie hat mich nicht zurückgerufen.«

»Immer noch nicht?« Ich runzele ernsthaft entsetzt die Stirn. »Das tut mir leid, Ben. Ich dachte wirklich, sie würde zurückgekrochen kommen, nachdem sie eingesehen hat, welch großen Fehler sie begangen hat. Wobei es vermutlich besser für dich ist, dass sie es nicht tut.«

Gedankenvertieft ziehe ich meinen rosa schimmernden Lipgloss vor dem Spiegel nach und forme einen Kussmund. Ben lacht verbittert auf und verschränkt die Arme vor der Brust, während er an die Decke starrt. »Wäre das erste Mal, dass ich mitbekomme, dass eine Frau bereut, mit Milo Blayne gevögelt zu haben.«

Das lässt mich stutzen. Kann eine simple Vögelei denn so gut sein, dass man dafür eine jahrelange Beziehung aufs Spiel setzt? Schwer vorstellbar. Wobei – bei Milo Blayne wundert mich eigentlich gar nichts mehr. Mal abgesehen von seinen stechend grauen Augen, den dicken, geschwungenen Lippen, der seidigen braunen Beachboy-Mähne und dem athletischen Sportlerbody, hat er ein Ego, das weit über den Himmel und wieder zurück reicht. Vielleicht steckt wirklich etwas hinter der großen Klappe? Muss es wohl, wenn Bens Ex eine Vögelei mit ihm ihrer jahrelangen Beziehung bevorzugte, und sich nun nicht mehr bei Ben meldet. Armer Kerl.

»Das tut mir ehrlich leid für dich«, sage ich und lasse mich neben ihn auf das Bett sinken. »Sie hat dich nicht verdient. Früher hätte ich etwas anderes behauptet, jetzt weiß ich es besser.«

»Gestern in der Umkleide hat er damit geprahlt, wie er sie in den Arsch gefickt hat«, erzählt er zu meinem Entsetzen und ballt eine Hand zur Faust. »Alter … ich durfte sie in drei Jahren nicht dort anfassen.«

»Bitch«, rutscht es mir heraus, woraufhin Ben stumm lacht. »Ich bin definitiv auf deiner Seite, dass weißt du, oder?« Er nickt sichtlich geknickt. Der kurze, heitere Moment scheint schon vorbei zu sein, also lege ich noch einen drauf. »Ernsthaft. Wenn ich Nora oder Milo auf der Straße sehe und hinter dem Steuer sitze, drücke ich aufs Gaspedal, anstatt zu bremsen.«

»Ich liebe dich, weißt du das?« Ben erhebt sich und grinst mich stolz an. »Gott sei Dank hast du mich damals auf dieser Klassenfahrt vollgekotzt, sonst wären wir heute niemals hier und würden dieses berauschende Gespräch führen.«

Ich seufze und verdrehe die Augen. »Du liebst diese Story, oder?«

»Ich erzähle sie jedem, der mich nach dir fragt«, erklärt er neckisch, woraufhin ich wieder mit den Augen rolle. »Das erklärt den meisten Leuten, warum wir immer nur befreundet waren, anstatt intim miteinander zu werden. Wer vögelt schon gerne eine Frau, die einem mal auf den Schoß gekotzt hat?«

»Ernsthaft?« Ich ziehe eine Augenbraue in die Höhe und kneife ihn grob in die Seite, weshalb er wie ein Baby anfängt zu jammern. »Manchmal bist du wirklich freaky, Ben.«

»Ich muss mein Image wahren«, plappert er und rollt sich zur Seite, um meinem Zwicken auszuweichen. »Manche dachten, ich sei schwul, weil ich dich noch nie gevögelt habe. Die Kerle in meinem Basketballteam finden dich erste Sahne, zumindest, wenn du ihnen nicht den üblichen *rück-mir-ja-nicht-auf-die-Pelle-Blick* zuwirfst.«

Ich pruste los. »Das sind alles Schwachmachten und schlecht aussehende Kopien von Milo Blayne«, meine ich in herablassendem Tonfall und erhebe mich vom Bett, um meine Tasche zu packen. Ich sehe kurz auf die Uhr. »Müssen wir nicht schon los?«

Ben fährt sich durch die blonden, kurzen Haare und rümpft die Nase. »Nora taucht sowieso immer erst eine Stunde später auf Partys auf, also …«

»Also hast du mich nur überredet, mitzugehen, weil du Nora stalken willst?« Ich stopfe mein Handy, mein Mini-Portemonnaie und den Zimmerschlüssel in die Tasche. »Oder sie anbetteln willst, zu dir zurückzukommen? Ersteres wäre mir definitiv lieber.« Ben schweigt. »Gott, bitte sag mir, dass du die Stalker-Variante bevorzugst?«

Hoffentlich. Ben ist ein durch und durch netter Kerl und wirklich gutaussehend. Schon in der High-School, wo wir uns anfreundeten, gehörte er zu den beliebtesten Kerlen an der Schule und war ein richtiger Mädchenschwarm. Er war einer der besten Basketballspieler, was er nun auch auf dem College ist, und einer, mit dem jedes Mädel auf den Abschlussball wollte. Jedes, außer ich. Unsere Freundschaft baute sich eher langsam auf, und doch ist sie nun so fest, wie es bisher noch keine in meinem Leben war. Die immerzu perfekt gestylten, blonden Haare, erwecken nichts anderes in mir als das Bedürfnis, sie zerwühlen zu wollen, und auch seine blauen Augen und der athletische Körper bewirken nichts in mir, was unsere Freundschaft auf die Kippe stellen könnte. Umgekehrt ist es genauso – ich weiß, dass er mich »scharf« findet, weil er es mich wissen lässt, wenn er mir so wie heute schon beim Eintreten in mein Wohnheimzimmer Komplimente an den Kopf wirft, aber er hat nie versucht mich anzumachen, geschweige denn nur eine mickrige Andeutung gemacht, dass er sich mehr mit mir vorstellen könnte.

Das alles sind gute Gründe dafür, warum ich mit gutem Gewissen behaupten kann, Ben sei ein wirklich korrekter Kerl. Deshalb hat er eine wie Nora absolut nicht verdient. Sie ging ebenfalls mit uns zur High-School und ich hätte schwören können, dass es irgendwann mal kleine, nervige *Bora Babys* geben wird. Scheinbar lag ich falsch, denn die liebe Nora hegt offensichtlich den Wunsch, aus *Bora Babys Mora Babys* zu machen. Da muss man sich echt auf den Kopf greifen – sie verlässt einen anständigen, treuen Kerl wie Ben für den Obermacho, Playboy Nummer 1 dieser Uni und Bad Boy obendrauf Milo Blayne.

»Eigentlich hatte ich gehofft, sie mit dir eifersüchtig machen zu können«, gesteht er plötzlich und durchbricht damit meinen Gedankenschwall. Ich starre ihn mit einem Blick an, der so viel bedeutet wie: »Das ist nicht wirklich dein Ernst, Blondschopf?«. Ben lacht sich selbst aus und schüttelt den Kopf. »Ich weiß, Sav. Jetzt wo ich es mich laut aussprechen höre, bemerke ich auch, wie bescheuert das ist.«

»Mehr als bescheuert, wenn man bedenkt, dass ich ständig mit euch abgehangen habe, und Nora besser als alle anderen Menschen auf diesem Planeten weiß, dass wir die besten Freunde und nicht mehr sind«, erinnere ich ihn und klammere mir die Tasche unter den Arm. Nochmal betrachte ich mich flüchtig im Spiegel und richte mir die braunen, leichten Locken, die mir bis unter die Brust reichen, dann lächele ich Ben ermutigend an. »Wir finden dir ein anderes Mädel, ich verspreche es. Eines, das es verdient, dass du so viele Gedanken an sie verschwendest.«

»Geht klar«, meint er wenig überzeugt, zwingt sich aber zu einem sanften Lächeln. Er läuft auf mich zu, legt mir einen Arm über die Schulter und dirigiert mich zur Zimmertür. »Danke nochmal, dass du mich begleitest. Ich weiß, wie sehr du Collegepartys hasst.«

»Dich hasse ich nicht, daher …« Mit einem Knall fällt die Zimmertür ins Schloss und ich spaziere mit Bens Arm über meiner Schulter vorwärts. »Versprich mir nur, nicht zu trinken oder dich wegzukiffen. Keinen Bock, dich später in dein Wohnheimzimmer zu tragen.«

Bens Lachen klingt leicht süffisant. »Als wärest du dazu in der Lage.« Er sieht mit einer hochgezogenen Augenbraue an mir hinab und seufzt. »Mit deinem Fliegengewicht würdest du es nicht mal schaffen, meinen Kopf zu tragen.«

»Klappe.« Nochmal starre ich ihn ermahnend an, als mir der Gedanke durch den Kopf schießt, dass aus dem anfänglichen Spaß doch Ernst werden könnte. »Ehrlich, Ben. Wenn ich dich schon auf diese alberne Party begleiten soll, lass mich nicht hängen, okay? Sonst tue ich es nie wieder.«

Wir überqueren den verlassenen Campus und steuern auf den Parkplatz zu. »Ich werde den ganzen Abend über den perfekten Gentleman von Begleiter spielen. Ich versprech's.«

»Gilt das Versprechen auch dann, wenn du Nora siehst?«, frage ich sicherheitshalber nach, da ich weiß, dass seine oberste Priorität lautet: Nora zurückerobern oder Nora eins auswischen – er kann sich selten entscheiden.

Ben nickt eindringlich. »Ich kann nicht riskieren, dass meine einzige Freundin sauer auf mich ist und nicht mehr mit mir spricht, oder? Wer überfährt Nora oder Milo denn sonst?«

»Die überfahre ich auch so, glaub mir«, stoße ich lachend hervor und lasse mir von Ben die Wagentür zu seinem schwarzen Range Rover öffnen. »Dafür könntest du mir übrigens deinen Wagen leihen. Mit meinem Mini Cooper muss ich wohl zweimal drüber rollen.«

Bens heiteres Gelächter dringt mir noch tief in die Ohren ein, als er die Tür zu donnert und den Wagen umkreist. Kaum sitzt er neben mir, wirft er mir einen überheblichen Blick zu und zwinkert. »Netter Versuch, Kleines.«

# 2
# MILO

Die Party ist schon voll im Gange und mein Alkoholpegel steigt stetig. Fuck, die Woche war so dermaßen anstrengend, ich würde mich am liebsten jetzt schon wegballern und erst Sonntag wieder zu mir kommen.

Collegepartys in Miami haben definitiv ihren Reiz – die Weiber sind sturzbesoffen, und auch wenn nicht, immerzu willig und gefügig, alles mit sich machen zu lassen. Das erste Semester geht erst seit ein paar Wochen und ich habe schon mehr Pussys gesehen, als in meiner gesamten Zeit auf der High-School. Und das waren viele. Außerdem ist das College viel chilliger, als ich annahm. Die Basketballsaison hat, wie auch zu erwarten war, gut für mich gestartet und die Vorlesungen sind bisher ziemlich erträglich. Nichtsdestotrotz lebe ich dennoch eher für das Uni freie Wochenende und die Weiber, als für die positive Ablegung meiner Klausuren.

»Milo«, lallt die Rothaarige in mein Ohr und ich verziehe das Gesicht, weil sie eine von der Sorte Frau ist, die sich benimmt als wäre sie ein Hund aus der Tierhandlung, der unbedingt gekauft werden möchte. Anhänglich und übertrieben anschmiegsam. »Steigt nicht morgen eine Party in eurem Wohnheim?«

Warum will sie das wissen? Sie denkt doch nicht etwa, ich lade sie als meine Begleitung ein und versucht mich mit ihrer Anspielung, dazu zu bewegen? *Ha.* Die Weiber werden immer dreister.

»Denke schon«, erwidere ich ausweichend und schiebe sie leicht von meinem Schoß. Ihre roten, langen Nägel krallen sich sofort in meinen Hals. »Geh runter.«

»Warte«, lallt sie und vergräbt ihren Kopf in meiner Halsbeuge. Ihr billiges Parfum dringt mir in die Nase ein und ich unterdrücke nur schwer einen Brechreiz. »Ehrlich, Milo … wir sollten mal darüber sprechen … über uns …«

Shit. Diese Worte sind mein absoluter Alptraum. *Darüber sprechen. Uns.* Fuck, schon die Vorstellung, mit einer Frau über unsere Vögelei zu sprechen, ist gruselig. Die Sache auch noch zu analysieren turnt mich mehr als alles andere auf der Welt ab, da es absolut nichts zu analysieren gibt.

Fast bin ich schon dazu geneigt, sie grob von meinem Schoß zu stoßen, da fängt sie an, sich auf meinem Schwanz zu reiben, und ich halte inne. Sie reibt sich so dermaßen lasziv an mir, dass ich, würde ich es nicht besser wissen, annehmen könnte, sie sei wahnsinnig untervögelt. Da ich sie vor dreißig Minuten im Abstellraum dieses Hauses gegen ein Regal mit Bohnen gefickt habe, weiß ich es jedoch besser.

Da tut sich bei mir die Frage auf, wem dieses fette Haus eigentlich gehört. Freitags besuchen meine Jungs und ich regelmäßig Partys, die außerhalb des Wohnheims stattfinden, jedoch immer von irgendeinem Studenten geschmissen werden. Naja – um die paar Dosen Bohnen, die bei der Vögelei ausversehen kaputtgingen, tut es mir nicht wirklich leid, also ist die Frage überflüssig.

»Stacy«, stoße ich bemüht freundlich hervor, während ich sie an der Hüfte packe und festhalte. »Such dir einen anderen Schoß zum Reiten, für heute bin ich durch.«

Empört reißt sie ihren Kopf zurück und kippt dabei beinahe rückwärts zu Boden. Hätte ich doch einfach losgelassen … »Ich heiße Sandra!«

Oh fuck. Wer war dann nochmal Stacy? Ich bin mir ziemlich sicher, dass ich eine Stacy gevögelt habe, und das vor nicht allzu langem. *Stacy* … Stacy von unserem Campus? Oder war das Sandra auf meinem Schoß? Nicht alle Leute auf der Party studieren an der Miami XO University, jedoch glaube ich, dass Rotschopf eine davon ist.

»Du hattest doch nicht etwa was mit meiner Mitbewohnerin, oder?«, faucht sie mich lallend an und spukt dabei versehentlich ein bisschen, was mir den Rest gibt. Mein Schwanz verabschiedet sich für den restlichen Abend angewidert. Grob schiebe ich sie von mir und erhebe mich. »Milo!?«

Ihre Mitbewohnerin – jetzt fällt der Groschen. Zumindest lag ich mit der Uni richtig. »Sorry, Süße«, lautet meine arschlochmäßige Entschuldigung, kurz bevor ich mich vom Acker mache, um mir die bevorstehende Szene nicht geben zu müssen.

Ich schlendere durch das fette Wohnzimmer, das angeberisch eingerichtet ist, und lande in einer noch teurer aussehenden Küche. Einer meiner Jungs aus der Basketballmannschaft hat sich mit einem Mädel hierher zurückgezogen, was ich jedoch nicht weiter beachte. Während die beiden in einer Ecke fummeln, genehmige ich mir ein Bier aus dem fremden Kühlschrank.

»Alter …«, höre ich Nate hinter mir seufzen. »Ich bitte um ein bisschen Privatsphäre.«

»Ist das dein Haus?« Ich nehme einen Schluck aus der gekühlten Flasche.

Nate schüttelt seufzend den Kopf. »Nein, aber -«

»Dann hast du kein Recht auf Privatsphäre in dieser öffentlichen Küche«, scherze ich grinsend und ergötze mich an seinem wütenden Blick. »Fick sie doch einfach oben, wo ist das Problem?«

Die Blonde starrt mich entgeistert an, so als hätte ich ihr gerade einen Dreier vorgeschlagen. *Gar kein schlechter Gedanke.* Sie passt definitiv in mein Beuteschema, auch wenn mir ihr Nuttenkleid nicht wirklich gefällt. Nun gut, sie würde es so oder so ausziehen.

»Wir werden nicht …« Ihr Blick wandert hilfesuchend zu Nate, der sich ein Grinsen nicht verkneifen kann. »Nate?«

Unwillkürlich setzt er seine Gentleman-Fassade auf. »Oh, nein … Ich weiß, Baby. Ignorier ihn einfach.«

»Ja, ignorier mich einfach«, unterstütze ich Nate und lehne mich entspannt mit dem Rücken an den metallenen Kühlschrank hinter mir an. »Oder du schenkst mir noch mehr von deiner Aufmerksamkeit. Hinter verschlossenen Türen.«

Erbost weitet sie ihre braunen Glubschaugen. Nate legt ihr besitzergreifend einen Arm um die Schulter, was jedoch nur Schauspielerei ist, da er und ich beide wissen, dass ein Dreier durchaus in Frage kommen würde. Wäre ja nicht das erste Mal. »Lass uns gehen, Baby.«

Ich hebe meine Flasche zum Gruß und grinse sie an, während sie zusammen mit Nate die Küche verlässt. Seufzend starre ich anschließend in meine Flasche und verliere mich im Anblick der gelblichen Flüssigkeit.

Bei dem Gedanken daran, dass Couch Carter uns alle aus seinem Team verweisen würde, würde er wissen, wie wir unsere Wochenenden – manchmal auch die Tage unter der Woche – verbringen, muss ich stumm lachen. Wir schworen ihm allesamt, dass wir alkohol- und drogenfrei durch das Semester gehen, und uns auch mit den Weibergeschichten zurückhalten würden. Wie konnte er uns das ernsthaft abkaufen? Dafür ist doch das College überhaupt erst da, oder? Partys, Alkohol, lange Nächte und Sex bis zum Umfallen.

Ein genervtes Seufzen unterbricht meine tiefgründigen Gedanken und ich sehe auf. Niemand Geringeres als Savannah Sawyer steht im Türrahmen und versucht mich mit ihrem Satan-Blick zu töten. Ich grinse sie zur Begrüßung dämlich an und halte ihr meine Flasche entgegen. »Durst?«

»Verschwinde vom Kühlschrank, Milo. Ich will etwas trinken«, herrscht sie mich zickig an, was mich noch mehr zum Grinsen bringt. »Hörst du schlecht?«

»Ich habe dir doch gerade etwas zu trinken angeboten«, meine ich schulterzuckend und mache keine Anstalten, vom Kühlschrank zu weichen.

Zugegebenermaßen habe ich mich schon daran gewöhnt, mich per Wortgefecht mit ihr zu duellieren, oder ihre Todesblicke über mich ergehen zu lassen, da sie mich scheinbar seit meiner kleinen Bettgeschichte mit der Ex ihres besten Kumpels zu hassen scheint. Mir sowas von scheißegal – genauso wie der Name besagter Ex. Nancy? Gut möglich.

Stürmisch läuft sie auf mich zu, bleibt unmittelbar vor mir stehen und streckt ihr Kinn stolz in die Höhe, um mir in die Augen sehen zu können. Ihre sind verdammt hellbraun, beinahe orange. Sie bedenkt mich mit einem abwertenden Lächeln. »Von deiner Flasche würde ich nicht mal trinken, wenn es ums Überleben geht. Außerdem würde ich an den Krankheiten, die ich mir dadurch einfange, sowieso sterben.«

Autsch.

Seufzend trete ich also beiseite und lasse meinen Blick an ihr hinabgleiten. Die Frau sieht verdammt scharf aus. Sie ist eindeutig fickbar. Sie ist mir schon zu Beginn des Semesters durch ihre gewagten, aber irrsinnig sexy Outfits aufgefallen – sie hat ihren eigenen Style und kombiniert Kleidung so, dass sie aussieht, wie direkt aus einer stylischen Modezeitschrift. Manchmal sind es Boyfriend-Jeans, manchmal Jeans, die lediglich als Stofffetzen zu betiteln sind, dadurch, dass sie komplett zerrissen und gelöchert sind, manchmal trägt sie übertrieben knappe Shirts, die ihren flachen Bauch enthüllen würden, würde sie darüber nicht immer eine lässige Oversize-Jacke tragen, und manchmal … manchmal trägt sie so etwas wie heute.

Fuck. Was ist das denn bitte für ein Shirt? Es ist schwarz, auf dem Dekolleté rund ausgeschnitten, hat Millimeter dünne Träger und der Rücken … naja, da gibt es kein Shirt mehr zu finden. Er ist bis zum Ansatz ihrer hohen Jeanshotpants verboten tief ausgeschnitten und enthüllt makellose, gebräunte Haut. Die kurzen Hotpants geben den Blick auf ihre schlanken Beine und die spitzen Knie frei. Die schwarzen Chucks, die sie zu dem offenen Outfit trägt, lassen sie wie immer lässig und cool wirken, überhaupt nicht billig, so wie achtzig Prozent der Weiber in diesem Haus.

»Du starrst mich jetzt nicht wirklich auf diese Art an, oder?«, lacht sie mich spöttisch aus und schüttelt schnaubend den Kopf. »Vergiss es.«

Mein Ego droht, einen Kratzer zu bekommen, und das Arschloch in mir kommt unwillkürlich zum Vorschein. »Du denkst, ich wäre an dir Zicke interessiert, wenn im Nebenzimmer zehn Weiber darauf warten, von mir beachtet zu werden? Sorry, Süße, ich muss dich leider enttäuschen. Du beeindruckst mich nicht im Geringsten.«

Kurz wirkt sie überrumpelt, doch sie fängt sich schnell wieder und rollt mit den Augen, während sie vergebens versucht, den Deckel von der Bierflasche abzubekommen. Ich beobachte sie amüsiert dabei, ohne ihr meine Hilfe anzubieten.

»Tu dir keinen Zwang an«, zischt sie und schlägt mit ihrer kleinen Faust auf den Deckel ein, während sie die Flasche schräg unter der Tischkante angesetzt hält. Wo hat sie denn diesen Scheiß her? »Gott!«, schnaubt sie frustriert und stellt die Flasche mit einem lauten Knall auf dem Tresen ab.

»Brauchst du vielleicht meine Hilfe? Ich lasse mich gerne darum bitten«, sage ich scheiß freundlich und betrachte sie gespielt mitleidig. »Ich bin mir sicher, dein Schoßhündchen Ben eilt dir auch gerne zur Hilfe.«

Ben. Dieser Versager. Wie es diese Schwuchtel so wie ich zu einem Basketballstipendium schaffen konnte, ist mir ein Rätsel. Er muss durch und durch eine Schwuchtel sein, denn kein normaltickender Mann wäre dazu in der Lage, mit einer heißen Braut einen auf *best friends* zu machen, ohne sie nicht heimlich zu vögeln. Dass er es nicht tut, war mir schon klar, bevor er die Sache bei uns Jungs aus der Mannschaft klarstellte. Da war wohl mal irgendetwas mit vollkotzen, oder so – keinen Plan. Nicht mal, wenn mich eine Braut versehentlich anpinkeln würde, würde ich sie nicht bumsen wollen. Nicht unmittelbar danach, versteht sich, aber allgemein betrachtet.

»Endlich«, höre ich sie erleichtert murmeln, als sie den Deckel in der Zwischenzeit auf sonderbare Weise abbekommen hat. Sie genehmigt sich einen ausgiebigen Schluck und dreht sich anschließend mit bekanntem Satan-Blick, den sie übrigens auch allen anderen Jungs aus meiner Mannschaft zuwirft, wieder zu mir um. »Ich wünsche dir noch einen scheiß Abend, du wannabe Hugh Hefner.«

Mit diesen Worten lässt sie mich stehen und stolziert aus der Tür. Ich schüttele genervt den Kopf und frage mich, wann sie das letzte Mal gevögelt wurde. Anders kann ich mir ihre Pitbull-Blicke, die prüde und missmutige Art, und die beständige schlechte Laune nicht erklären. Es kann ihr immerhin scheißegal sein, wen ich warum gefickt habe, oder? Wenn Ben ein solcher Schlappschwanz ist, dass er es Nancy, Nina oder Nicole nicht besorgen konnte, ist das wohl kaum meine Schuld. Zumindest weiß ich noch, dass sie sich an mich rangeschmissen hat, nicht umgekehrt.

Aber besagte Dinge sind eben auch der Grund dafür, warum ich Pitbull Savannah noch nicht gevögelt habe. Vermutlich ist das einzig Offene an ihr ihr Outfit, und sie ist – auch, wenn sie jemanden nicht so sehr hasst wie mich – verschlossen und prüde. Partys besucht sie auch kaum, das weiß ich, weil ich auf jeder einzelnen seit Semesterbeginn anwesend war. Streberinnen sind absolut nicht mein Ding, auch wenn sie so heiß wie Savannah Sawyer sind.

Nate erscheint zu meiner Überraschung zurück in der Küche und mustert mich flüchtig, während er sich ebenfalls an dem bald leeren Kühlschrank bedient. »Was will die Zicke hier? Die geht nie auf irgendeine Party.«

»Pitbull, meinst du?«, frage ich stirnrunzelnd und stelle mein Bier auf dem Tresen ab. »Die bessere Frage lautet wohl eher, was willst *du* hier? Ist Blondie vor deinem winzigen Schwanz davongelaufen?«

»Witzig«, presst er genervt hervor, woran ich erkenne, dass das durchaus im Bereich des Möglichen liegt. »Ihre Freundin kotzt oben im Flur. Sie muss ihr die Haare halten, oder so einen Scheiß.«

Ein weiterer Kerl aus unserer Mannschaft – Stevie – stößt sichtlich betrunken zu uns dazu, macht es sich neben mir vor der Kücheninsel bequem und rülpst. »Prost.«

»Alter, du stinkst wie ein Bierfass«, meine ich angewidert und rutsche ein Stück von ihm weg. Nate macht es sich auf meinem vorherigen Platz vor dem Kühlschrank gemütlich. »Irgendetwas stimmt hier doch nicht, oder? Anstatt zu vögeln, zu kiffen oder wenigstens jemandem beim Vögeln zuzusehen stehen wir hier rum wie Loser.«

Stevie schüttelt sich kurz durch und schielt mich von der Seite an. »Ich erzähle euch jetzt etwas, das ich eigentlich für mich behalten wollte, weil … ach, keine Ahnung, warum.«

Nate und ich werden umgehend hellhörig. Mit einem Grinsen nicken wir uns zu. »Schieß los«, fordere ich Stevie auf.

»Wir teilen alles miteinander, schon vergessen, Dude?«, wirft Nate zur Unterstützung ein, woraufhin Stevie grunzt wie ein Ferkel, das sich im Dreck wühlt. Irgendwie sieht er heute auch so aus – seine längeren, braunen Haare sind zerwühlt und kleben ihm an der Stirn, sein Shirt ist durchgeschwitzt und wie schon erwähnt, stinkt er übelst.

»Ich habe da etwas gesehen«, sagt er mit verdächtig geheimnisvoll klingender Stimme. Er starrt abwechselnd Nate und mich an, dann grinst er sein dreckigstes Lächeln. »Etwas, das ich gewiss nicht sehen sollte.«

»Komm auf den Punkt«, seufzt Nate und stößt sich vom Kühlschrank ab. Er positioniert sich direkt vor Stevie und mir und verschränkt wie ich die Arme vor der Brust. »Schlimmer, als uns letzte Woche bei einem Vierer zu erwischen, kann es wohl kaum sein.«

»Viel schlimmer«, betont er zu unserer beiden Überraschung und rülpst erneut. *Wuah, diese Sau.* »Es geht um diese Sahara.«

»Sahara?« Ich ziehe eine Augenbraue in die Höhe und fuchtele mit der Hand seinen Mundgeruch von mir. »Wer, zum Teufel, soll das sein?« Schon der Name klingt nach einem schlechten Fick. *Wüsten sind genauso gruselig wie anhängliche Weiber.*

»Meinst du die kleine Braunhaarige? Bens Freundin?«, fragt Nate interessiert. Dass er ein Auge auf sie geworfen hat, weiß ich schon lange. Ebenso wie ich ist er dennoch von ihrer bissigen Art und dem verklemmt sein abgeturnt, weshalb er sich auf andere Betthäschen konzentriert.

»Pitbull *Savannah*«, korrigiere ich Stevie und schnappe mir meine Flasche, um das Bier auf Ex in meinen Rachen zu kippen. Ich muss definitiv aufholen. Im Gegensatz zu Stevie bin ich heute nüchternste Mensch auf diesem Planeten.

»Ich glaube, die vögelt mit Professor Meyer.«

Beinahe spucke ich das Bier auf Nate aus. Er schafft es im letzten Moment auszuweichen, so dass alles auf der Kühlschranktür landet. »Alter, was erzählst du da für Bullshit?«

Nate sieht das erste Mal im Leben fassungslos aus. »Du lügst doch? Meyer ist verheiratet und steinalt!«

»Er ist dreißig«, belehre ich ihn beiläufig und starre Stevie mit meinem fordernden Blick nieder. »Raus mit der Sprache! Wie kommst du auf diesen Scheiß? Das ist ekelerregend, Mann.«

»Ich hab die beiden vor Kurzem vor seinem Wagen gesehen, als sie dachten, unbeobachtet zu sein. Sie haben eindeutig gefummelt und da fielen auch ein paar Küsse …« Wieder rülpst er. »Bei dem Gedanken daran, wie er sie angetatscht hat, wird mir schon schlecht. Warum fickt sie mit einem alten Sack?«

»Er ist dreißig«, stelle ich unnötigerweise erneut klar und denke angestrengt nach.

Unmöglich! Savannah Sawyer, die prüde, verbissene Freundin von Ben Hocks vögelt einen Professor unserer Uni? Und dann auch noch Meyer, der eine Frau und zwei Kinder hat? Zugegebenermaßen weiß ich das auch erst, seit ich ihn vor zwei Wochen privat mit seiner happy Family im Freizeitpark, den ich mit meinem kleinen Bruder besuchte, getroffen habe, aber what the fuck … Kann das stimmen?

Es muss stimmen, wenn er es sagt. Nie würde er sich etwas derart Ekelhaftes ausdenken, noch dazu hat er nichts mit Savannah zu tun und auch keine Probleme mit Professor Meyer. Nate und ich im Gegensatz schon – wir hassen ihn wie die Pest. Er ist das einzig Anstrengende an meinem Collegeleben, ein richtiger Spießer und Spaßverderber.

»Diese kleine Schlampe«, stößt Nate laut lachend hervor. »Gibt sich immer als die brave, unschuldige, verfickt arrogante Tussi aus, die uns nicht mal mit dem Arsch ansehen würde, und vögelt hinterrücks ihren Professor!«

»Warte«, sage ich eilig und halte mit der Flasche vor meinen Lippen inne. »Sie hat Unterricht bei ihm?«

»Ja, mit Laura«, erwidert Stevie heftig nickend. »Alter, stell dir vor, das würde ans Tageslicht kommen …«

Nate und ich werfen und gleichzeitig einen Blick zu. »Professor Meyer wäre richtig am Arsch, wenn das rauskommen würde, oder?«, frage ich mit bösen Hintergedanken.

»Er wäre seinen Job los«, erklären Nate und Stevie gleichzeitig.

»Dafür, dass er so ein Bastard ist, lässt er sich ganz schön viel zuschulden kommen, mit dem man ihm den Arsch aufreißen könnte«, spricht Nate gleichdarauf meinen Gedanken aus und lächelt ebenso bösartig, wie ich es tue.

»Er hat uns beim Coach verpetzt - zweimal«, erinnere ich die Jungs und starre sie eindringlich an. »Außerdem hat er uns bei der ersten Prüfung durchfallen lassen.«

»Ihr habt geschummelt«, wirft Stevie unnötigerweise ein.

»Scheißegal«, presst Nate ohne zu zö stimme mit einem Nicken zu. »Er ist ein das scheinbar nicht nur uns gegenüber.«

»Ein Arsch, der seine Frau betrügt und Studentinnen treibt«, murmele ich gedankenver hin. »Was fangen wir nun mit diesem grandiosen Wiss

Stevie sieht erst mich, dann Nate an. Er runzelt die St scheinbar ahnt er, worauf ich hinausmöchte. »Alter … für so eine Unterstellung brauchen wir Beweise.«

»Die kriegen wir«, meint Nate entschlossen und kratzt sich mit dem Zeigefinger am Kinn. »Die Frage ist nur, wer es am geschicktesten anstellt.«

»Die Frage ist *wie*«, sagt Stevie stumm lachend. Wieder rülpst dieses Schwein. »Ihnen hinterherspionieren kommt wohl kaum in Frage. Außerdem würde man uns dann ebenso etwas nachsagen.«

»*Wie* ist hier niemals die Frage«, lache ich süffisant. »Savannah wird uns bei unserem kleinen Racheplan helfen. Nur wird sie es leider erst zu spät erfahren.«

Nate seufzt. »Sie hasst uns. Aber um ehrlich zu sein, hast du die besten Chancen, das zu ändern, Milo.«

»Willst du sie flachlegen?«, fragt Stevie so, als wäre das etwas Abwegiges. Nate und ich starren ihn beide verwirrt an. »Ich meine, klar, sie ist fickbar und hat irgendwie was Interessantes an sich … aber … kommt schon, sie ist ne Zicke. Die redet doch nicht mal mit dir, wenn ihr Leben davon anhinge, Milo.«

Das erinnert mich an ihre vorherigen Worte. Vermutlich hat Stevie recht – allerdings bedeutet das noch lange nicht, dass sich diese Tatsache nicht ändern lässt. Und wenn das jemand schaffen könnte, dann bestimmt ich, so wie Nate andeutete. Mir widersteht keine Frau so leicht, schon gar nicht, wenn sie rein vom Äußerlichen her interessiert an mir ist, was bei Pitbull Savannah der Fall ist.

Vor dieser Gruselgeschichte mit der lästigen Ex von Ben, die mich immer noch täglich anruft und mir auf dem Campus ıertrottet wie ein dressierter Pudel, habe ich durchaus genommen, wie Savannah mich musterte, wenn wir uns r den Weg liefen. Und die Blicke, die sie mir zuwarf, aren keineswegs abgeneigt oder gar angewidert. Wie auch? ıch sehe heiß aus und habe einen gewissen Ruf, der mir nacheilt, was ich den vielen Frauen, die ich in den Orgasmushimmel fickte, zu verdanken habe.

Gott segne meinen großen Schwanz und meine talentierte Zunge.

»Ziehst du das wirklich durch?«, fragt Nate, obwohl wir kaum einen Plan ausgefeilscht haben.

Ich nicke schmunzelnd. »Professor Meyer ist geliefert. Erstmal gewinne ich Savannahs Vertrauen. Sobald ich habe, was ich will, hole ich die nötigen Informationen aus ihr heraus und dann machen wir uns Gedanken darüber, wie wir die Sache weiter angehen. Erpressung wäre eine Möglichkeit, aber auch direkt zum Dekan könnten wir damit gehen.«

»Und die Beweise?«, hakt Stevie interessiert nach. Auch er schmunzelt teuflisch.

Fuck, wir sind wirklich richtige Bastarde. Ich könnte uns vermutlich auch nicht leiden.

»Du nimmst ihr Geständnis auf. Sollte nicht schwer sein«, erklärt Nate zielsicher und sieht mich mit einer hochgezogenen Augenbraue an. Er zerwühlt sein dichtes, schwarzes Haar und fixiert mich mit seinen teuflischen schwarzen Augen. »Du musst alle Register ziehen, Milo. Ich habe echt Bock auf diesen Skandal.«

Stevie grunzt und ich exe nun endlich mein Bier. Jetzt bin ich wieder richtig in Partystimmung. »Und ich erst, das kannst du mir glauben.«

# 3
# SAVANNAH

Sollte ich überrascht davon sein, dass Ben sein Versprechen ohne mit der Wimper zu zucken gebrochen hat? Vermutlich nicht. Nora hat sich scheinbar dazu breitschlagen lassen, mit ihm zu sprechen, und nun ist er seit einer gefühlten Ewigkeit verschwunden. Ich bekomme schon graue Haare, während ich widerwillig auf sein Erscheinen warte.

Ein gedrehter Joint, der furchtbar stinkt, wird mit vors Gesicht gestreckt, während ich gelangweilt auf der mit Flecken entstellten und vermutlich überaus teuren Couch im Wohnzimmer des Gastgebers dieser abgefuckten Party sitze. Ich sehe zu dem Kerl, der mir den Joint beinahe in mein Nasenloch steckt, auf, und lehne mit einem Kopfschütteln ab.

»Joint«, erklärt er, so als wäre ich zurückgeblieben und bräuchte einen Denkanstoß, um zu begreifen, was er mir hier anbietet. »Gras.« Das hat er jetzt nicht ernsthaft noch extra dazu erwähnt, oder?

»Ich sehe, womit du mir beinahe mein Nasenloch stopfst«, erkläre ich stirnrunzelnd. »Und danke, ich verzichte. Das wollte ich mit meinem Kopfschütteln demonstrieren.«

Der Kerl starrt mich an, als hätte ich ihm gerade Paragraphen aus einem Gesetzbuch vorgelesen. Irgendwann zuckt er die Achseln und grinst mich verschmitzt an.

Ich erhebe mich unmittelbar von der Couch und lasse meinen Blick durch den Raum schweifen. Ich sollte mich auf die Suche nach Ben machen, damit wir nachhause fahren können. Warum bin ich bloß bei ihm mitgefahren, anstatt selbst mit dem Auto zu fahren? So wäre es definitiv einfacher, dem Grauen hier zu entkommen.

Warum ich solche Partys so dermaßen hasse, weiß ich selbst nicht. Vielleicht liegt es an den zu neunzig Prozent besoffenen Studenten, die hier herumkauern, oder dem Marihuana Geruch, der sich in jede Faser der Tapetenwand gefressen hat und die Luft verseucht. Vielleicht auch an der schlechten Rap-Musik, die mir einen kalten Schauer über den Rücken laufen lässt, da ich Rap verabscheue und nur *old school rnb* oder *house* höre, oder an dem Erbrochenen, das man hier alle zwei Meter auf dem Parkettboden vorfindet.

Ja, vermutlich tragen alle Gründe dazu bei, dass ich nun dringender als zuvor von hier weg möchte.

Ich weiche einem rumknutschenden Paar aus, das sich vor den Treppen platziert hat, und wage mich nach oben in das Sexgeschoss. Auf jeder Party, auf der ich bisher Gast sein durfte – Ironie hallo – gab es das Erdgeschoss und das Sexgeschoss, was deutlich an den verschwitzten Gesichtern, die sich die Treppen hinab bewegten, und dem Stöhnen, das man durch die Musik bis nach unten hören konnte, wenn man wollte, zu erkennen war.

Noch so ein Grund für meine üble Laune. Studenten sind echt sexbesessene Freaks.

Oben angekommen verdrehe ich beim Klang des piepsigen Stöhnens die Augen. Ich kenne diese hohen Laute, die aus der Tür mir gegenüber ertönen, und sie stammen von niemand anderem als Nora höchstpersönlich. Nur sie hört sich beim Sex an wie ein quietschender Kauknochen eines Hundes.

Toll. Fabelhaft. Ben vögelt Nora und ich sitze hier fest. Eilig krame ich in meiner Clutch nach meinem Portemonnaie und fluche vor mich hin, als ich die zehn Dollar darin entdecke. Es wäre ja kein Problem, mir ein Taxi zu rufen, hätte ich wenigstens meine Bankomat- oder Kreditkarte dabei, aber die Größe meiner Clutch lässt nicht zu, dass ich mein normales Portemonnaie mit mir schleppe, so dass ich auf die klein reduzierte Variante zurückgreifen musste. Und in dieser findet sich ausschließlich Platz für ein paar zusammengerollte Dollarscheine und ein Münzen.

»Joint?«

Ich sehe zu dem Kerl auf, der mir vor wenigen Minuten unten den selben Stummel eines übriggebliebenen Joints anbot, und starre ihn entgeistert an. »Wie dicht bist du, bitte?«

»Sehr dicht«, grunzt er und wedelt mit dem Jolly vor meiner Nase rum. Langsam fängt es an, zu nerven. »Willst du?«

»Gott, nein«, stöhne ich genervt und mache auf dem Absatz kehrt. Wieder muss ich einem fummelnden Paar ausweichen, das es scheinbar nicht bis in eines der Zimmer schaffen wird. Der schwarzhaarige Kerl aus Bens Footballmannschaft – Nate – schiebt einer Blonden im Vorbeilaufen die Hand zwischen die Schenkel. Ihr scheint es zu gefallen.

»Savannah«, sagt er mit anrüchiger Stimme und dreht sich nach mir um, während er mit dem Mädchen weiter vorwärtsläuft. Ich wundere mich darüber, dass er überhaupt meinen Namen kennt. »Siehst wie immer scharf aus.«

Spricht er etwa mit mir? Während er die Hand unter dem Stofffetzen von Kleid der Blondine verschwinden lässt? *Gott*, Männer sind solche Schweine.

Wie oft ich mir diesen Satz heute schon gedacht habe … Naja, das ist ein anderes Thema, das meine Laune nur sinken lassen würde, also schiebe ich den Gedanken beiseite und laufe fluchtartig die Treppen hinab.

Ein rothaariges Mädchen, das ich vorhin, als Ben und ich bei der Party ankamen, auf Milos Schoß sitzen sah, packt mich am Arm und zieht mich beinahe panisch von der letzten Treppe. »Warst du da oben? Mit Milo?«

»Wie bitte?«, frage ich perplex und schüttele mit angewiderter Grimasse den Kopf. »Iju, nein. Ich suche nach Ben.«

»Der ist oben mit Nora«, sagt sie nun etwas entspannter. Mir fällt auf, dass sie ziemlich lallt und auch das »S« nicht mehr scharf ausspricht. Klingt irgendwie witzig. »Vögeln.«

Auch diese Erklärung war unnötig – ich verkneife es mir. Sehe ich irgendwie zurückgeblieben aus oder warum halten es hier alle für nötig, mir alles explizit zu erklären?

»Habe ich mir schon gedacht«, murmele ich und versuche mich loszumachen, sie gibt meinen Arm jedoch nicht frei. Stattdessen starrt sie mich mit glasigen Augen bettelnd an. »Savannah, oder?« Ich nicke. »Hast du Milo oben mit einem Mädchen gesehen? Du kannst es mir sagen, wenn es so ist!«

Die geht doch nicht etwa davon aus, dass das mit ihr und Milo mehr ist als eine einmalige – wenn sie wirklich gut im Bett ist vielleicht zweimalige – Sache ist? Scheinbar doch. Sie heult beinahe, weil ich schweige, anstatt ihr zu sagen, dass dem nicht so ist.

Rasch räuspere ich mich und schüttele wahrheitsgemäß den Kopf. »Ich habe ihn nicht gesehen. Kein Grund also zu … verzweifeln.«

»Ich glaube, er versteckt sich vor mir«, gesteht sie nun mit nicht deutbarem Blick. Er hat etwas von einer Irren. »Vorhin, da habe ich ihn mit dir in der Küche gesehen, und dann wollte ich mit ihm sprechen, doch er ist in den Garten verschwunden, und als ich im Garten ankam, ist er wieder ins Haus gelaufen, und als ich im Haus ankam -«

»Aha. Klingt wirklich verdächtig«, unterbreche ich sie und zucke mit den Schultern. Ich zwinge mich zusätzlich zu einem mitfühlenden Lächeln. »Vielleicht solltest du ihn dann einfach vergessen?«, schlage ich spontan vor.

Erbost weitet sie ihre Augen, fast so, als hätte ich gerade etwas wirklich Unanständiges von mir gegeben. Ich beschließe, dieses Gespräch zu beenden, da ich absolut kein Interesse an einer Unterhaltung mit einer von Milos Gespielinnen habe.

»Ich wünsche dir noch viel Glück bei deiner weiteren Suche«, sage ich und schiebe ihre Hand von meinem Arm. Beinahe hätte ich »Verfolgung« gesagt, konnte es mir jedoch im letzten Moment noch verkneifen.

Und auf so etwas stehen Kerle wie Milo? Der kann doch – warum auch immer – jede haben, warum nimmt er sich Flittchen, die es mit jedem treiben, und dann auch noch einen auf Agentin auf Verfolgungsjagd machen? Ich werde Männer nie verstehen. Abgesehen davon, dass Milo ein Kotzbrocken mit einer viel zu hohen Selbsteinschätzung ist, sieht er ja nicht unbedingt scheiße aus. Ehrlich gesagt, sieht er verdammt gut aus, aber sein Charakter lässt ihn hässlich wirken.

Scheinbar sehe das nur ich so.

»Hey«, rufe ich Stevie nach – auch einer von Bens Teamkollegen – und zerre ihn am schweißdurchtränkten Shirt zu mir zurück, als er stoisch vorwärtsläuft.

Als er mich erkennt, grinst er plötzlich über beide Ohren. Vermutlich ist er auch hinüber, zumindest sieht er ekelhaft aus und stinkt nach Bier. Gerne spreche ich nicht mit ihm, obwohl er der am wenigsten arrogante Kerl aus Bens Mannschaft ist, aber mir bleibt wohl nichts anderes übrig. Da er was mit meiner Mitbewohnerin Laura am Laufen hatte, weiß er vielleicht, ob sie auch hier ist. Und sie wiederrum könnte mich mit nachhause nehmen oder mir Geld leihen.

»Hast du Laura gesehen?«, frage ich also und muss allmählich schreien, da die Musik immer lauter zu werden scheint. »Ist sie überhaupt hier?«

Stevie fährt sich durch die zotteligen, langen Haare und schüttelt den Kopf. Seine braunen Augen sind blutunterlaufen. »Mit der hab ich nichts mehr zu tun«, erklärt er zu meinem Leid und beugt sich zu mir hinab, um mir ins Ohr flüstern zu können. »Die fickt jetzt diesen Bonzen aus dem zweiten Jahrgang. Malfoy oder so.«

*Oh.* Das würde erklären, warum ich sie in den letzten Tagen so selten zu Gesicht bekommen habe. Sie schläft kaum zuhause, was mich ehrlich gesagt auch nicht stört. Laura und ich sind nicht die dicksten Freundinnen, weil wir von Grund auf verschieden sind. Wir tolerieren die Anwesenheit des anderen, da uns wohl kaum etwas anderes übrigbleibt, mehr aber auch nicht. Und das eh schon winzige Wohnheimzimmer für mich alleine zu haben hat wirklich nichts Schlechtes an sich.

»Verstehe«, erwidere ich und nicke ihm knapp zu. Unauffällig lehne ich mich leicht zurück, da mir sein schlechter Atem wirklich zusetzt. Außerdem riecht er nach eingetrocknetem Bier, ranzig und intensiv. »Danke trotzdem.«

»Kein Ding.« Wieder grinst er merkwürdig breit.

Ich sehe mich noch einmal flüchtig um, doch erkenne niemanden, der mir eine Mitfahrgelegenheit bieten könnte. Ich bringe Ben um!

Mit übelster Laune und dem Vorsatz, nie wieder eine solche Party zu besuchen, steuere ich auf die Haustür zu und laufe schneller, als ich die Rothaarige auf mich zukommen sehe. *Gott*, was will sie bloß von mir? Scheinbar sind all ihre Freundinnen mit irgendwelchen Kerlen beschäftigt.

Ich öffne die Tür und husche hinaus. Die frische Luft tut mir unheimlich gut und ich atme einmal tief durch, bevor ich die wenigen Treppen hinabmarschiere und über den Rasen zum Haustor laufe. Ich überlege, mir ein Taxi zu rufen, und den Fahrer zu bitten, vor dem Campus zu warten, bis ich mein Geld aus dem Zimmer geholt habe, verwerfe die Idee jedoch schnell wieder, da ich aus Erfahrung weiß, dass der Fahrer mich vermutlich abblitzen lässt, sobald er hört, dass ich nicht genügend Geld dabeihabe. Scheinbar haben es sich einige Studenten hier zum Hobby gemacht, Taxis zu bestellen, die Fahrt zu genießen und anschließend lachend davonzulaufen, weshalb man aktuell vor der Fahrt gefragt wird, ob man auch tatsächlich Kohle dabeihat.

Ich sage ja, Studenten sind Freaks.

Scheinwerferlichter blenden mich, und ein lauter, aufheulender Motor lässt mich leicht hochschrecken, als ich auf dem Gehsteig vor dem Anwesen ankomme. Unmittelbar neben mir befindet sich Milo, wie ich angestrengt blinzelnd erkennen kann, und macht es sich gerade auf seiner Harley-Davidson bequem. Sein Helm steckt unter seinem Arm fest und sein Blick ist wie gebannt auf mich gerichtet.

Der Abend kann nur schlimmer werden, wie es aussieht.

»Wo ist dein Babyboy Ben?«, fragt er süffisant mit gewohnt arrogantem Blick.

Ich lächele falsch. »Scheinbar war der Sex mit dir derart schlecht, dass Nora es für angemessen hielt, diese Erfahrung mit Ben aufzufrischen. Damit sie nicht fürs Leben traumatisiert ist, versteht sich.«

Milos arroganter Blick fällt in sich zusammen, was mich durchaus zufriedenstellt. Die Sekunden, die er für seine Antwort braucht, nutze ich aus, um ihn unauffällig zu mustern. Vorhin in der Küche habe ich vehement vermieden, ihn anzusehen, da es schon ausreichte, dass er mich – bodenlos wie er ist – ungeniert blickfickte.

Seine Haare sind wie gewohnt nicht gestylt, was durchaus nichts Schlechtes ist. Die braune, dichte Mähne schlägt eine leichte Welle und glänzt im Licht der Laternen seidig und ohne jeglichen Spliss, wofür ich ihn abgrundtief hasse. Seine grauen Augen funkeln mich sogar durch die Dunkelheit hindurch wie Sterne an, und wieder einmal frage ich mich, ob seine auffälligen Augen der Grund dafür sind, weshalb ihm Frauen unwillkürlich verfallen. Sie sind wirklich einnehmend und besonders … eine große Verschwendung, dass jemand wie Milo Blayne die Ehre hat, sie zu besitzen. Heute trägt er ein lässiges Jeanshemd, das er offen trägt, darunter ein weißes Tanktop. Seine ausgewaschene Jeans sitzt tief, so dass man, wie immer bei ihm, den Ansatz seiner engen Boxershorts erkennen kann, und jetzt, da er auf dem Motorrad hockt, erhalte ich einen unnötig guten Blick auf die heute graue Unterhose.

»Sabber nicht«, schießt es blasiert aus ihm hervor. Meine Laune sinkt unmittelbar. Ich mache zwei Schritte zur Seite und starre die vielen Autos an, die leider alle leer und zurückgelassen herumstehen. »Suchst du jemanden?«

»Ciao«, lautet die höflichste Antwort, die ich über die Lippen bringe, danach marschiere ich die Straße vorwärts. Wohin weiß ich zwar nicht, aber jeder Ort der Welt wäre besser als der, den ich mir mit Milo, dem Superarsch, teilen muss.

»Hat Ben dich hängenlassen?«, höre ich ihn mir nachrufen, ignoriere die Frage jedoch gekonnt.

Der Motor heult ein weiteres Mal auf, dann stelle ich zu meinem Entsetzen fest, dass er dicht neben mir herfährt. Ich gehe, in der Hoffnung, dass die Maschine bei meiner Oma-Schrittgeschwindigkeit abstirbt, langsamer.

»Du weißt, dass du ein Taxi rufen musst, wenn du eines benutzen möchtest? Das mit der Telepathie wurde wohl noch nicht ganz ausgereift.«

Ich seufze. Was will der Kerl von mir? Normalerweise wechseln wir kein Wort miteinander, schon gar nicht, nachdem was er Ben angetan hat. Seinem eigenen Teamkollegen die Freundin auszuspannen und sie hinterrücks zu vögeln ist wohl nur in seiner Welt kollegial. Außer ein paar Beleidigungen, die ziemlich immer von mir ausgehen, und unnützen Wortgefechten existiert seither nichts zwischen uns.

»Hast du kein Geld dabei?«, will er jetzt wissen, während er leider immer noch neben mir her rollt. »Savannah.«

Ich bleibe abrupt stehen und starre ihn finster an. Woher kennt er überhaupt meinen Namen? Oder besser: Warum hat er ihn sich gemerkt? »Was interessiert's dich?« Mit verschränkten Armen atme ich tief durch und versuche, mir den Tag nicht so nahe gehen zu lassen. Er war wirklich von Anfang bis Ende scheiße. »Hör zu, ich habe keine Nerven für eine weitere, sinnlose Diskussion mir dir, also lass mich einfach in Ruhe.«

»Was für ein Freund ist Ben eigentlich? Erwartet er, dass du meilenweit zu Fuß zurück zum Campus läufst, während er genüsslich seinen Schwanz von Nicole gelutscht bekommt?«

»Nora«, korrigiere ich ihn fauchend und schüttele genervt den Kopf. Wieder marschiere ich vorwärts, wieder rollt er neben mir her. »Was soll das werden, Milo?«

»Stimmt es nicht, was ich sage?« Er wirft mir ein überlegenes Grinsen zu. Seine weißen, perfekt geraden Zähne blenden mich beinahe.

Was für eine Frechheit, dass jemand so Charakterloses so unverschämt gut aussieht. Auch sein Körper ist nicht von schlechten Eltern, wobei der jedoch eher auf das viele Training zurückzuführen ist. Die Muskeln, die sich unter jedem seiner Shirts überdeutlich abzeichnen, können nicht angeboren sein. Ebenso wenig der breite Nacken und die noch breiteren Schultern.

»Und was bist du für einer? Einer, der sich hinterrücks mit der Freundin seines Teamkollegen vergnügt? Haben nicht genug andere Mädels hergehalten?«, frage ich und grinse genauso überlegen, woraufhin er seufzt.

»Wie lange will er mir das noch nachtragen? Außerdem verstehe ich nicht, was das mit uns zu tun hat«, meint er irgendwie gelangweilt und mustert mich von oben bis unten, was mir unwillkürlich unangenehm ist.

Ich ziehe eine Augenbraue in die Höhe. »Uns?«

»Uns«, erwidert er ausdruckslos und biegt rechts in die Straße ein, als ich es auch tue. »Komm, ich nehme dich mit.«

Das macht mich jetzt tatsächlich sprachlos. Ungläubig sehe ich ihn an, während ich immer langsamer werde, und schließlich komplett in der finsteren Seitengasse stehenbleibe. Er tut es mir gleich. »Warum solltest du das tun?«

»Weil ich will«, kommt als wenig aussagekräftige Antwort.

»Ich verzichte.«

»Kannst du es dir leisten, zu verzichten?«

»Ich besitze zwei intakte Beine«, lasse ich ihn unbeeindruckt wissen und laufe wieder los, um ihm die Funktionsfähigkeit meiner Beine zu demonstrieren.

Stumm lachend fährt er auch wieder los. »Sieh es als einen unverbindlichen Gefallen an und steig auf. Du kannst unmöglich so weit laufen. Nicht bei Nacht und ohne in ein Gebüsch gezerrt zu werden.«

Ich schnaube und zwinge mich, ihn zu ignorieren, doch seine Worte schwirren mir wie eine lästige Fliege im Kopf herum. Er hat leider Gottes Recht und das macht mich unruhig, genauso wie der Gedanke an die vielen Perversen, die so spät nachts hier ihr Unwesen treiben könnten. Resigniert bleibe ich also stehen und mustere missbilligend seine Harley. Motorräder sind absolut nicht mein liebstes Fortbewegungsmittel.

Milo hält an, kippt leicht seitlich, um sich mit dem Fuß auf dem Boden abstützen zu können, und streckt mir seinen Helm entgegen. »Ich überlasse dir auch den Helm. Deinem Gesichtsausdruck nach zu urteilen, bist du eine feige Sau.«

»Äh«, setze ich an, finde aber keine Argumente, die seine Behauptung widerlegen könnten, und breche daher ab.

Sichtlich amüsiert wedelt er mit dem Helm in der Luft herum. Seine grauen Augen sind ohne zu blinzeln auf mich gerichtet. Wieder mustert er mich durchdringend, wieder fühle ich mich unter der Intensität seines Blickes unwohl.

»Was schulde ich dir für diesen *unverbindlichen* Gefallen?«

»Nichts«, meint er ohne zu zögern, was mein Misstrauen steigen lässt. Er schnaubt allmählich genervt. »Komm schon, Savannah. Ich bin müde und will pennen. Also?«

»Du hast getrunken«, schießt es aus mir hervor, als mir einfällt, dass er mir sein ekelhaftes Bier anbot. »Ich fahre sicher nicht mit dir auf diesem Todesmobil auf zwei Rädern, wenn du betrunken bist und nur durch ein Auge schielst.«

Milo bricht in Gelächter aus, was bestimmt nicht beabsichtigt war. Schnell kriegt er sich wieder ein, wirft mir einen besserwisserischen Blick zu und zieht den Helm achselzuckend zurück. »Dann lauf dir die Füße kaputt und lass dich in einen Busch zerren. Hoffentlich kriegen deine hübschen Beine nicht allzu viele Kratzer ab. Gute Nacht.«

Als er droht, davon zu fahren, überkommt mich die Panik, die seine Worte in mir hervorgerufen haben, und sie veranlasst mich dazu, eilig ein paar Schritte auf das Motorrad zuzumachen. »Schon gut. Kannst du sicher noch fahren? Wie viel hast du denn getrunken?«

»Nicht genug, sonst wäre ich noch in diesem abgefuckten Haus und hätte meinen Spaß«, meint er mit ernster Stimme, was mich minimal beruhigt. »Sei dir sicher, ich bin ein guter

Fahrer. Der beste, den du finden wirst. In jeglicher Hinsicht der Beste, den du finden wirst.« Er zwinkert.

*Gott*, wieder so eine bescheuerte, selbstverliebte Aussage … ob man so geboren wird? Vermutlich haben ihm seine Eltern schon auf dem Wickeltisch zugeflüstert, wie toll und perfekt er nicht sei, was sich als allererstes in sein Babyhirn gebrannt und dort verewigt hat. Sein erstes Wort war bestimmt so etwas wie »Goldjunge«. Bei dem Gedanken muss ich leise lachen.

»Was ist?«, fährt er mich unmittelbar an und droht erneut, mir den Helm wegzunehmen.

Ich greife rasch danach und schiebe den Augenschutz nach oben. Ohne etwas zu erwidern setze ich mir den Helm auf und frage mich unwillkürlich, wer so einen Dreck freiwillig trägt, um freiwillig auf diesem Todesmobil herumzufahren.

Heute wohl ich, Ben sei Dank.

»Egal, was du dir dafür erwartest, du wirst es nicht bekommen«, lasse ich ihn direkt wissen und schwinge mich hinter ihn auf den ledernen Sitz. Als ich das Gefühl habe zur Seite zu kippen, da ich etwas zu viel Schwung geholt habe, kralle ich mich ungewollt an seinen breiten Schultern fest, woraufhin er schadenfroh lacht. »Halt die Klappe!«

»Die wirst deine Arme um meinen Bauch schlingen müssen«, erklärt er überzeugt und lässt den Motor angsteinflößend laut aufheulen. *Arschloch.* »Ich sag's nur.«

»Ich muss gar nichts«, fauche ich ebenso überzeugt und greife hinter mich. Ich ertaste kühles Metall, aber nichts woran ich mich festhalten könnte. Kaum fährt er einen Meter vorwärts, schlinge ich aus einem Reflex heraus beide Arme um seinen Bauch und drücke zu.

»Lass mir noch Luft zum Atmen, damit wir auch tatsächlich auf dem Campus ankommen«, ruft er, während er immer mehr an Tempo zulegt, und ich mich frage, wie lebensmüde ich eigentlich bin. Scheinbar habe ich Todessehnsucht und keinen Sinn für Vernunft. »Savannah.«

»Sorry.« Ich lockere den Griff minimal.

Zugeben würde ich es nie, aber sein Bauch fühlt sich verdammt durchtrainiert an, und von seinem männlichen, leicht scharfen Parfum, dass mir unwillkürlich in die Nase steigt, will ich gar nicht erst anfangen. Zwar habe ich ihn schon oft auf seiner schwarzen Harley gesehen, allerdings hat es etwas, direkt hinter ihm zu sitzen und ihn hautnah in Action zu erleben. Er scheint tatsächlich ein geübter Fahrer zu sein, wenn auch ein bisschen risikofreudig, da er sich in die Kurven schmeißt, als hätte er vor, in einem Stuntfilm die Hauptrolle zu ergattern, aber ich fühle mich von Meile zu Meile sicherer und kann irgendwann sogar normal atmen, ohne von Herzrasen begleitet zu werden.

# 4
# MILO

Die Frau hat ernsthaft Todesangst, wie mir vorkommt. Ihr Griff um meinen Bauch ist so fest, dass ich mich frage, ob sie bloß meine Muskeln zu ertasten versucht, oder wirklich denkt, wir könnten jeden Moment draufgehen. Zugegebenermaßen imponiert es mir, dass sie nicht wie alle anderen Weiber vorgegeben hat, kein Problem mit meiner Harley zu haben, oder gar darauf zu stehen, nur um mir zu gefallen. Sie nannte mein Baby ein *Todesmobil* – ich hau mich weg.

Ben, die Schwuchtel, hat sie hängengelassen, und mir somit unwissentlich den Einstieg in mein böses Spiel eröffnet. Ein Spiel, das sie niemals gewinnen wird. Davon bin ich nun noch überzeugter, da ich scheinbar nur ein paar Knöpfe zu drücken brauche, um sie umzustimmen. Hoffentlich funktioniert das auch in den nächsten Tagen so geschmeidig, denn dann kann ich meinen Jungs schon in kürzester Zeit meine Ergebnisse und den Beweis für ihre Affäre mit Professor Meyer präsentieren.

Als ich sie vorhin musterte, während sie sich wie immer mit mir duellierte, konnte ich für einen kurzen Moment wirklich nicht glauben, dass sie sich von einem der Professoren vögeln lässt. Sie wirkt so durch und durch selbstsicher, so absolut nicht flatterhaft oder so, als ob sie es dringend nötig hätte, einen Schlampenstempel verpasst zu bekommen, aber nun ja … Aus Erfahrung kann ich nur sagen – Fassaden täuschen. Die schönsten am ehesten, wofür ich das beste Beispiel bin, da auch ich gerne auf meine einstudierte Fassade zurückgreife, um Menschen zu täuschen.

*Alter*, ich bin wirklich selbstverliebt, fällt mir auf.

Als ich auf den Parkplatz des Unigeländes einbiege, spüre ich, wie sie sich hinter mir entspannt. Ihr Griff wird lockerer und kaum habe ich mich zwischen zwei geparkten Autos eingereiht, löst sie die Hände von meinem Bauch, als könnte er wie Brennnessel juckende Blasen an ihren Fingern hinterlassen, und schwingt sich von meiner Harley hinunter.

Erleichtert zieht sie sich den Helm vom Kopf und reicht ihn mir, ohne sich vorher die Haare, die an ihrer Stirn kleben und hinten wie wild zu Berge stehen, zu richten. Wieder imponiert mir ihre Unbefangenheit. »Das war …«

»Hat dir gefallen, oder?«, frage ich triumphierend und schenke ihr mein breitestes Lächeln. Sie macht meinen kleinen Triumph zunichte, indem sie verabscheuend ihr Gesicht verzieht und mir den Helm auf den Schoß wirft. »Warum streitest du es ab?«

»Weil es mir nicht gefallen hat«, erwidert sie wenig glaubhaft und räuspert sich. »Ich hasse Motorräder.« Erst jetzt streicht sie sich die langen, wirklich voluminösen braunen Haare glatt.

Seit ich sie kenne, trägt sie diese in leichten Wellen, und ich frage mich, ob das ihre Naturlocken sind, oder ob sie sich jeden Tag aufs Neue die Mühe macht, sie extra mit dem Lockenstab zu bearbeiten. Sie kommt mir wie keines dieser eingebildeten Weiber hervor, auch wenn ihre Art manchmal etwas anderes glauben lässt. Oft habe ich sie ungeschminkt zu den Vorlesungen laufen, oder die Mensa mit Jogginghose und Sweater betreten sehen. Glatt könnte man denken sie wäre der Homie-Girlfriend-Typ.

»Wie du meinst«, sage ich in gelangweiltem Tonfall und schalte den Motor aus.

Sie starrt in ihre schwarze Tasche und wirft einen genervten Blick auf ihr Handy, das während der Fahrt ein paar Mal hinter meinem Arsch vibriert hat, da die Tasche zwischen ihren Schenkeln steckte. Vermutlich hat Ben sich nun auch dazu bewogen, sich um seine Begleitung zu kümmern. *Zu spät, Schwuchtel.*

»Was ist seine Ausrede?«, frage ich. Sie blinzelt gedankenvertieft zu mir hoch. »Nur am Fick alleine kanns ja nicht liegen, oder? Beziehungsweise weiß ich, dass es nicht nur daran liegen kann …« Meine Andeutung auf den langweiligen Sex mit Bens Ex lässt sie wütend schnauben.

»Danke fürs Mitnehmen. Ciao«, plappert sie gleich darauf und wendet sich von mir ab. Ich steige von der Maschine und verstaue den Helm, danach folge ich ihr. »Du läufst mir jetzt nicht wirklich auch noch hinterher, oder?« Sie dreht sich nicht einmal zu mir um.

»Ich bin hier ebenfalls Student und muss ins Wohnheim«, erinnere ich sie gut gelaunt, woraufhin sie kaum merklich nickt. »Und ich begleite dich, da es mir zu gefährlich erscheint, dich hier im Dunkeln alleine rumlaufen zu lassen.«

Fuck, ich hoffe, ich trage nicht zu dick auf. Immerhin habe ich keine Ahnung, wie man sich von seiner charmanten Seite zeigt, bin aber gewillt, es zu versuchen. Ich muss wohl oder übel rausfinden, welche Art an mir die Schalter in ihr umlegt. Oder mich wenigstens die Knöpfe drücken lässt.

Auf die Tour funktioniert es scheinbar nicht. Mit verschränkten Armen und zwei weit hochgezogenen Augenbrauen dreht sie sich zu mir um und lässt ihren Blick an mir hinabschweifen. »Okay. Reden wir Klartext.« Ich bin überrumpelt und bleibe schweigend vor ihr stehen. »Was erhoffst du dir von deiner gespielt netten Art? Vögeln? Dafür musst du dir eine andere suchen. Eine Versöhnung mit Ben? Die wird es niemals geben.«

Mann, die Frau ist schwieriger zu knacken als ich dachte. Obwohl – ich habe mir bisher auch kaum Mühe gegeben. Sie denkt, meine nette Art sei nur gespielt, und das muss ich schleunigst ändern, denn so werde ich sie nie von mir überzeugen. Das wiederum bedeutet, sie wird mir niemals vertrauen und das wiederrum, dass ich vor meinen Jungs wie ein Loser dastehe und ich Professor Meyers Sackgesicht weiterhin auf dem Campus begegne.

Ich probiere es anders. »Ich erwarte mir gar nichts. Ich versuche nur, nett zu sein.«

Misstrauisch betrachtet sie mich. Plötzlich lacht sie abwertend. »Lass mich raten – du brauchst ein Zimmer zum Übernachten. Hast du deinen Schlüssel verloren? Vergessen? Oder ist er bei Nate?«

Entspannt ziehe ich meinen Zimmerschlüssel aus der Hosentasche und präsentiere ihn ihr mit einem Schulterzucken. »Wie gesagt, ich versuche nur, nett zu sein.«

Ihr Misstrauen ebbt ab, wenn auch nur minimal. Sie seufzt und zuckt ebenfalls mit den Schultern, dann läuft sie wieder vorwärts. Wir gehen ein paar Meter schweigend nebeneinander her, bis sie gedankenvertieft zu mir aufsieht und fragt: »Warum hast du das getan?«

»Was getan?«, frage ich ahnungslos und ziehe sie zur Seite, als ein Student aus dem Nichts mit einem bescheuerten Fahrrad an uns vorbeirauscht.

Wer, zur Hölle, fährt um zwei Uhr nachts mit einem Fahrrad durch den Campus? Diese Welt ist echt kaputt.

Sie zuckt leicht zusammen und lacht stumm. Ich stimme in ihr Lachen mit ein und lasse meine Hand auf ihrem Unterarm, was sie scheinbar nicht wirklich zu realisieren scheint. Ihre Haut ist verdammt weich. Als sie es dann doch tut, reißt sie ihren Arm zurück und murmelt: »Na das mit Nora.«

Wir laufen wieder vorwärts. »Wer ist Nora?«

»Gott, Milo!«, schreit sie mich beinahe an, so fassungslos ist sie von meiner ernstgemeinten Frage. »Bens Ex! Die, die du vor zwei Wochen auf dieser bescheuerten 90er Jahre Party gevögelt hast!«

*Nora.* Alles klar. Ich sollte mir wirklich angewöhnen, mir die Namen meiner Betthäschen zu notieren. Oder in Noras Fall Klohäschen.

»War nur ein Scherz«, lüge ich eilig, doch sie scheint mir kein Wort zu glauben und schüttelt den Kopf. »Keine

Ahnung. Können wir das mal für eine Sekunde vergessen? Ich habe es nämlich unmittelbar danach schon vergessen.«

Ohne auf mich zu warten läuft sie schneller und überquert als Abkürzung den saftig grünen Rasen vor dem riesigen Gebäude mit den Hörsälen. Scheinbar will sie mich loswerden. »Wie kann man so ein egomanischer Arsch sein«, höre ich sie vor sich hinmurmeln und hole sie schnell ein.

»Um das zu behaupten, müsstest du mich schon kennen«, meine ich leicht zornig.

»Ich kenne dich gut genug, um behaupten zu können, dass du ein Egoist bist, dem das Wohl anderer Leute scheißegal ist. Einer, der nur auf seinen eigenen Arsch schaut und dem es nicht wichtig ist, wen er auf seinem Weg verletzt«, sagt sie mit fester Stimme, ohne mich anzusehen.

Mir fällt keine passende Antwort ein, da sie Recht behält, also schweige ich mein stillstes Schweigen. Nach einigen Minuten kommen wir vor dem Mädchenwohnheim an und ich hadere mit mir selbst, wie ich doch noch einen wenigstens halbwegs guten Eindruck bei ihr hinterlassen könnte. Sie will gerade auf die hohe Glastür zusteuern, da packe ich sie blitzschnell am Ellenbogen und drehe sie zu mir um.

Überrascht funkeln mich ihre bernsteinfarbenen Augen an. Der dichte, schwarze Wimpernkranz, der diese umgibt, macht den Anblick der fast orangenen Augen noch intensiver. Durch das grelle Licht, dass die vielen Nachtlichter oberhalb an der Decke auf uns werfen, erkenne ich nichts als makellose Haut, und ein kleines Muttermal direkt auf ihrer Stupsnase. Meine Augen gleiten weiter hinab bis zu ihren einladend glänzenden, vollen Lippen, die durchaus geeignet wären, um meinen Schwanz zu umschließen.

Widerwillig bringe ich mich auf andere Gedanken, um mein Vorhaben nicht zu gefährden. Ich werde noch früh genug in den Geschmack ihrer Lippen kommen, was nur ein Vorteil meines bösen Planes ist. »Vielleicht kann ich dich bei einem unverbindlichen Kaffee von etwas anderem überzeugen?«

Jetzt starrt sie mich an, als wäre ich ein unerforschtes Lebewesen. Belustigung macht sich in ihrem Blick breit, ich schlucke meine dummen Sprüche jedoch hinunter. »Verstehe ich das richtig, du willst mit mir ausgehen?« Ihre nachgezeichnete Augenbraue wandert beinahe auf Haaransatzhöhe.

Die Frau hat es echt drauf, mit ihrem Blick tausend Emotionen zu übermitteln. Irgendwann wird ihr das wohl oder übel zum Verhängnis werden, da ich so auch erkennen werde, wenn sie nicht mehr ganz so abgeneigt mir gegenüber ist. Ihr Gesicht liest sich wie ein offenes Buch – etwas Besseres könnte mir nicht passieren.

»Ja«, meine ich lediglich und sehe sie auffordernd an. »Nur ein Kaffee. Wenn du dann immer noch so von mir denkst, belästige ich dich nie wieder.«

»Du belästigst mich nicht«, sagt sie zu meiner Überraschung in neutralem Tonfall. Nicht mal ein klitzeklein wenig gehässig oder boshaft. »Es ist nur … das ist nun wirklich schräg. Ich bedanke mich für das Mitnehmen, aber es tut mir leid, dich enttäuschen zu müssen, denn ich habe kein Interesse daran, deiner langen Liste an Eroberungen hinzugefügt zu werden.«

»Davon hat keiner gesprochen.« Ich fixiere sie mit meinem intensiven Blick, was ihr sichtlich unangenehm ist. Sie verlagert ihr Gewicht von einem Fuß auf den anderen und blinzelt unsicher durch die Gegend. »Ich finde dich interessant.«

Savannah lacht spöttisch. »Ich dich nicht. Nicht auf diese Weise.«

Jetzt bin ich der, der eine Augenbraue in die Höhe zieht. »Auf welche Weise denn?«

Sie bläst hörbar Luft aus ihrer Lunge und entfernt sich langsam ein paar Schritte rückwärts von mir, bis die an der Tür zum Wohnheim anstößt. »Interessant in dem Sinne, wie es einem Kerl möglich ist, sich quer durch den Campus zu vögeln und immer noch bester Gesundheit zu sein.«

»Den Kondomen sei Dank«, werfe ich als Witz ein, woraufhin sie die Augen verdreht und die hohe Glastür aufreißt. »Also nein?«

Ein arrogantes Schmunzeln ziert ihre dicken Lippen. »Sowas von *Nein*.« Mit diesen Worten verschwindet sie hinter der Tür und lässt mich eiskalt stehen.

Die Frau hat mich tatsächlich abblitzen lassen. Was für eine Premiere. Dass ich so etwas nochmal miterlebe … Ich muss zugeben, es hat etwas an sich, so von einer Frau behandelt zu werden. Immerhin kann es ganz schön lästig sein, von Weibern umgarnt zu werden, als wäre man der letzte Mann mit funktionstüchtigem Schwanz auf dieser Welt. Pitbull Savannah ist heiß, intelligent – wie ihre Zurückweisung ultimativ beweist – und nicht leicht zu haben? Zumindest für mich nicht?

Beinahe konnte sie mich damit von sich überzeugen. *Beinahe*.

Würde ich nicht wissen, dass hinter der sturen, kalten Fassade eine kleine Bitch steckt, die ihre Beine für ihren Professor breitmacht.

# 5
# SAVANNAH

Da Samstag ist, und ich nicht länger als bis acht Uhr morgens schlafen konnte, habe ich die perfekte Gelegenheit genutzt, um die Waschküche für mich zu beanspruchen. Das Mädchenwohnheim ist beinahe wie ausgestorben, alle schlafen ihren Rausch aus oder haben gar in einem anderen als ihrem eigenen Bett geschlafen, so wie meine Mitbewohnerin Laura. Ich war gestern Nacht sowieso zu verwirrt und hätte mich nicht wirklich mit ihr unterhalten können, denn Milo Blayne schwirrte mir im Kopf herum, und lies mich auf Hochtouren nachdenken.

Der Kerl hat mich ernsthaft nach einem Treffen gefragt. Ein Kaffee – dass ich nicht lache. Wo soll dieser Kaffee getrunken werden? In seinem Bett? Ohne Klamotten?

Ist er heiß? Definitiv ja. Bin ich so dumm, mich wieder auf so einen Arsch einzulassen? Definitiv nein.

»Guten Morgen«, ruft mir eine müde klingende Stimme vom oberen Stockwerk aus zu. Ich blinzele mit meinem Wäschekorb in den Händen zu ihr hoch und entdecke ein Gesicht, das ich sonst nur im Hörsaal 3 zu Gesicht bekomme, wo meine Vorlesung für Eventmanagement stattfindet. »Benutzt du die Waschküche noch?«

Ich sehe kurz auf die Uhr. Es ist mittlerweile zehn Uhr morgens. Ich glaube, ich habe die Waschküche lange genug in Anspruch genommen und meine fast zur Gänze frisch gewaschenen Klamotten lassen mich zufrieden lächeln. »Ich bin gerade fertig.«

»Danke«, trällert sie gut gelaunt und ich winke ihr kurz, ehe ich den Flur entlang Richtung meines Zimmers spaziere, welches das letzte im Erdgeschoss des Mädchenwohnheims ist.

Vor meinem Zimmer stelle ich den Wäschekorb zu Boden, ziehe den Schlüssel aus meiner grauen Jogginghose und schließe auf. Als sich mir eine Hand auf die Schulter legt, falle ich beinahe vor Schreck in Ohnmacht.

»Shit!«, krächze ich und schlage mir eine Hand auf die Brust. Bens blaue Augen blinzeln mich entschuldigend an. »Gott, Ben! Ich habe mich fast zu Tode erschreckt!«

»Bist du sauer auf mich?«, lautet seine erste Frage und ich rolle mit den Augen, während ich die Tür aufschließe. »Es tut mir so verdammt leid, ehrlich! Nora und ich wollten nur kurz reden, und dann -«

»Erspar mir die dreckigen Details«, unterbreche ich ihn schärfer als beabsichtigt und will nach dem Wäschekorb greifen, da kommt er mir zuvor und trägt ihn mir in das Zimmer.

»Sie sind nicht dreckig«, sagt er mit dieser hohen Stimme, die verrät, dass er lügt. Ich donnere die Tür ein bisschen zu laut zu und lehne mich mit verschränkten Armen dagegen. »Okay, vielleicht ein wenig …«

»Du bist dumm, weißt du das?« Ich beobachte ihn dabei, wie er Kleidungsstück für Kleidungsstück aus dem Korb entnimmt und – so gut es einem Mann eben gelingt – zusammenfaltet. »Das mit Nora, meine ich. Mal abgesehen davon, dass du mich für deine betrügerische Ex hast hängenlassen, und ich mit niemand Geringerem als Milo Blayne auf seinem verdammten Motorrad hierherfahren musste, bist du dumm, weil du es nochmal mit ihr versuchst.«

»Woah, warte«, er lässt das Shirt in seiner Hand achtlos auf mein Bett fallen, »du hast dich von Milo nachhause fahren lassen? Bist du irre oder wolltest du mir damit eins auswischen?«

»Entschuldige mal, aber hätte ich zu Fuß zum Campus laufen sollen?«, fahre ich ihn an und stoße mich von der Tür ab. »Ich wollte bestimmt nicht genau mit *ihm* mitfahren, aber was blieb mir anderes übrig?«

»Du weißt, dass er dich ficken will?«, fragt er gerade heraus und greift erneut in den Wäschekorb. Diesmal erwischt er einen meiner schwarzen Kniestrümpfe, die er wie eine Scheibe Schinken einrollt. *Gott, Männer.*

»Der will alles vögeln, was nicht bei drei am Baum ist«, sage ich unbeeindruckt und steuere auf ihn zu. »Versuchst du gerade, dem Gespräch bezüglich der Sache mit Nora aus dem Weg zu gehen?«

»Keine Ahnung«, gibt er zu und sieht mich mit seinem Hundeblick an. »Sorry wegen des Hängenlassens. Das war eine richtige Arschaktion von mir.«

»Schon okay«, räume ich schließlich ein. Als er meinen roten Spitzenstring mit einer hochgezogenen Augenbraue in die Luft hält, entreiße ich ihm das Teil und seufze. »Danke für deine Hilfe, ich komme hier alleine klar.«

Lachend schiebt er den Wäschekorb beiseite und breitet sich wie immer auf meinem Bett aus. Bei genauem Hinsehen erkennt man, wie wenig Schlaf er letzte Nacht bekommen hat. Seine helle Haut wirkt trüb, dunkle Ringe zeichnen sich unter den glasigen Augen ab und seine Haare schreien nach einer Bürste.

»Du siehst scheiße aus«, sage ich daher wahrheitsgemäß und ernte einen Kick mit seinem Fuß. Ich lache kopfschüttelnd und falte die Shirts auf dem Bett so, wie sie eigentlich gefaltet gehören. »Was ist das jetzt mit dir und Nora?«

Er schließt die Augen und zuckt die Achseln. Erst jetzt bemerke ich, dass er dasselbe weiße Poloshirt und die dunkelblaue Jeans trägt, die er gestern Abend anhatte. »Ich habe nach der Party bei ihr gepennt. Wir haben gevögelt und gekuschelt. Mehr kann ich dir im Moment nicht dazu sagen.«

»Klingt vielversprechend.« Ich wandere zu meinem niedrigen Kleiderschrank hinüber und sortiere die Shirts nach

Farben ein. Merkwürdiger Tick, ich weiß. »Ich habe Milo gefragt, warum er das getan hat.«

Als ich mich wieder dem Bett nähere, werde ich mit einem zornigen Blick bedacht. »Du solltest dich von ihm fernhalten, Sav. Ehrlich. Keine Unterhaltungen, kein Mitfahren. Außerdem hasst du doch Motorräder?«

»Ich betone es nochmal – ich hatte *keine* andere Wahl«, gebe ich genervt von mir.

»Ja, ja, ich weiß«, räumt er ein und seufzt. »Tust du mir den Gefallen, bitte?«

»Welchen?« Ich wandere wieder zu meinem Schrank hinüber.

»Dich von Milo fernzuhalten.«

»Ich hatte nie etwas anderes vor.«

»Gut.« Ben lächelt mich sanft an. »Ich sage das deinetwegen, nicht meinetwegen, Sav.«

»Schon klar«, erwidere ich knapp, um das Thema zu beenden. Sonst müsste ich ihm von Milos Einladung erzählen, woraufhin er vermutlich ausflippen würde.

»Wo ist Laura eigentlich die ganze Zeit über? Man könnte glatt meinen, ich wäre dein Mitbewohner, so oft wie ich hier bin und so selten wie sie dieses Zimmer von innen gesehen hat«, lacht er und wirft den Wäschekorb zu Boden, nachdem ich ihn leergeräumt habe.

Ein letztes Mal sortiere ich meine Klamotten in den Schrank ein, dann lasse ich mich rückwärts neben seinen Beinen auf das Bett fallen und lege den Kopf auf einem seiner Knie ab. »Sie hat einen neuen Lover, so viel ich mitbekommen habe.«

Ein Klopfen an der Tür unterbricht unsere Unterhaltung. Stöhnend, da ich mich gerade hingesetzt habe, erhebe ich mich wieder und werfe Ben einen Blick über die Schulter zu. »Wenn man vom Teufel spricht.«

Mit einem Lachen öffne ich die Tür und …

»Milo?«

»Dieser Teufel scheint mir noch viel schlimmer zu sein«, stößt Ben fassungslos hervor.

Milo blickt über meine Schulter. »Ben?«

»Milo«, erwidert dieser in herablassendstem Tonfall.

Milo sieht mich verwirrt an. »Savannah?«

»Okay, Leute – könnten wir mit diesem Namensspiel aufhören?«, meine ich augenrollend und mustere Milo flüchtig.

Er sieht unausgeschlafen, aber dennoch wirklich verführerisch aus. Seine schwarze Jogginghose sitzt wie jede seiner Hosen tief, sein graues Shirt viel zu eng, als dass man die Muskeln, die sich darunter abbilden, nicht betrachten könnte. Er trägt schwarze Nike Schuhe, die mit ihrer grauen Sohle perfekt zu seinem restlichen Outfit passen und die Haare trägt er im out-of-bed-Look, was niemandem sonst so gut steht wie ihm. Außerdem haben sich minimale Bartstoppeln auf seinen Wangen gebildet und werfen einen dunklen Schatten unter sein markantes Kinn.

»Komme ich ungelegen?«, fragt er stirnrunzelnd und betrachtet mich ebenfalls von oben bis unten.

*Gott*, was will er denn eigentlich hier? Scheinbar habe ich verpasst, ihn das zu fragen, also versuche ich das eilig nachzuholen, doch Ben kommt mir zuvor: »Das kommt ganz darauf an, was, zum Teufel, du hier willst.«

Milo stört sich nicht an Bens knurrendem Tonfall. Stattdessen beschließt er, seine Existenz zu ignorieren. Lässig lehnt er sich mit einer Schulter am Türrahmen an und streckt mir seine Hand, auf der sich ein Pappkarton mit zwei Kaffeebechern befindet, vor die Nase. »Kaffee.«

Ist das etwa sein Ernst?

»Ist das dein verfickter Ernst?«, spricht Ben genau meinen Gedanken aus, wenn auch etwas ungehobelter, und springt vom Bett hoch. Er stellt sich wie ein Bodyguard vor mich, drängt mich in das Zimmer zurück, und knurrt: »Alter, komm hier nie wieder her, hörst du? Lass sie in Ruhe, sie hat kein Interesse an deinem abgenutzten Schwanz.«

»Kann sie mir das nicht selbst sagen oder sprichst du immer für sie?«, erwidert Milo unbeeindruckt.

»Schon okay, Ben«, sage ich in bemüht ruhigem Tonfall und versuche, mich an ihm vorbei zu drängen. Er geht keinen Schritt beiseite, stattdessen versteift er sich und starrt mich mit einem ermahnenden Blick nieder. »Ben, wirklich. Lass mich das regeln.«

»Die Sache ist längst geregelt.« Mit diesen Worten donnert er die Tür zu und schließt unnötigerweise auch noch hinter sich ab, als könnte Milo vorhaben, das Schloss zu knacken.

»War das nicht etwas übertrieben?«, frage ich leicht belustigt, woraufhin ich einen noch finsteren Blick ernte. »Okay, komm mal wieder runter, Blondschopf.«

»Warum bringt er dir Kaffee?«, will er im Verhörs-Tonfall wissen.

»Äh«, ich husche zurück ins Bett und blinzele ertappt zu ihm hoch, »er hat mich gestern gefragt, ob wir einen Kaffee zusammen trinken wollen. So zum Kennenlernen.« Beinahe breche ich lautes Gelächter aus.

Ben tut es tatsächlich, bis er mich entsetzt mustert. »Warte, du hast *Ja* gesagt?!«

»Gott, nein! Für wie blöd hältst du mich?«, fahre ich ihn an und mache ihm Platz, als er sich erleichtert seufzend neben mir niederlässt. »Scheinbar hat er das nicht ganz verstanden.«

Ben zögert mit seiner Antwort. Wie Bruder und Schwester machen wir es uns nebeneinander bequem, und ich stütze meinen Kopf an seiner Schulter ab. Kurzdarauf schiebt er ihn von sich, sieht mich eindringlich an und sagt: »Hör zu, Sav. Du weißt, ich bin der letzte Mensch, der dir einen Ratschlag in puncto Beziehungen oder ähnlichem Scheiß geben kann, aber wenn ich eines weiß, dann dass Milo Blayne keine guten Absichten verfolgt. Nicht bei dir und bei sonst keiner Frau. Also egal, was du tust, denk an meine Worte. Am besten du vergisst, dass du überhaupt jemals eine richtige Unterhaltung mit ihm geführt hast.«

Ich schlucke. Natürlich weiß ich das, aber die Art, wie ernst Ben diese Sache ist, und wie flehentlich sein Blick ist, hinterlässt doch einen unwiderruflichen Eindruck bei mir. Er würde mich nicht umsonst vor Milo warnen, vermutlich ist er noch um einiges schlimmer, als ich bisher ahnte. Ben muss es ja wissen, er sieht ihn fast jeden Tag beim Basketballtraining und verbringt so gesehen wirklich viel Zeit mit ihm.

»Kein Milo Blayne«, sage ich lachend, woraufhin Ben sich sichtlich entspannt. »Versprochen.«

# 6
# MILO

Laut meinen sicheren Quellen isst Pitbull Savannah auch samstags in der Mensa zu Mittag. Da mir ihr Beschützer Ben Hocks alias Mr. selbsternannter Bodyguard heute Morgen die Tour vermasselte, musste ich wohl oder übel anfangen, Nachforschungen zu betreiben, was Savannahs Tagesabläufe angeht. Ich darf nicht aufgeben, denn je hartnäckiger ich dranbleibe, desto größer ist die Chance, ein Date mit ihr zu ergattern, was mein Bestreben weiter ins Rollen bringt.

Also habe ich meine Jungs in der Mensa versammelt, ihnen von meinem neuesten Plan erzählt, und warte nun hier auf Savannahs üblichem Stammtisch darauf, dass sie die Kantine betritt. Dass alle anderen Tische vollbesetzt sind, macht meinen Plan um einiges glaubhafter.

Vielleicht habe ich ja diesmal Glück.

Ich starre meinen kalten Cheeseburger und die Fritten vor mir auf dem Essenstablett an und seufze. Hätte ich gewusst, dass sie so spät erst zu Mittag isst, hätte ich mich nicht dermaßen beeilt, mich auf ihrem Tisch niederzulassen.

Zugegebenermaßen stresst mich mein Plan jetzt schon. Gestern Nacht hatte ich mir extra einen Wecker gestellt, um heute Morgen rechtzeitig aufzustehen, da ich davon ausging, dass Savannah eine Frühaufsteherin ist und ich sie zu dieser unchristlichen Zeit hoffentlich alleine in ihrem Zimmer erwischen könnte. Oder zumindest neben einer schlafenden Laura, die scheinbar durch einen sehr munteren Ben ersetzt wurde.

Diese Freundschaft ist wirklich mysteriös. Dass es sich dabei um eine richtige Freundschaft handelt, ist das Mysteriöse.

Ich höre ein lautes Husten, was aus Nates Kehle stammt, und weiß somit, dass die kleine braunhaarige Zicke auf dem Weg zu ihrem Tisch ist. Da ich nicht mal eine Minute später ein theatralisches Seufzen neben mir wahrnehme, hat sie sich scheinbar schon vorhin am Buffet bedient.

Ich fange an, meinen Cheeseburger zu essen, und spiele den Hochkonzentrierten. Erneut seufzt sie, dann knallt sie plötzlich ihr Essenstablett vor mir auf den Tisch und bückt sich mit dem Satan-Blick zu mir hinab.

»Hm?«, mache ich so, als fiele mir ihre Anwesenheit erst jetzt auf und verziehe gespielt ahnungslos das Gesicht. »Möchtest du dich zu mir setzen, oder warum siehst du mich so an?«

»Was?!« Sie verengt ihre Augen zu kleinen Schlitzen und wirft sich dramatisch das lange Haar über die Schulter. Im Gegensatz zu heute Morgen trägt sie nun einen taillierten, schwarzen Faltenrock aus Leder, der ihr bis zu den Knien reicht, und ein bauchfreies sonnengelbes Top, was jedoch nur ein paar Zentimeter ihrer gebräunten Haut freigibt. »Das ist jetzt nicht dein Ernst, oder?«

Ich lege die Stirn in Falten. »Wie bitte?«

Savannah wirft einen Blick durch den Saal und schnaubt wütend, als sie ein paar Tische hinter uns meine Freunde entdeckt. »Was soll das, Milo? Bist du einer dieser Kerle, die kein *Nein* wegen ihres aufgeblasenen Egos verkraften, und rückst mir jetzt wirklich derart auf die Pelle, bis ich nachgebe? Was ich *nicht* tun werde.«

Sie ist gut, das muss ich ihr lassen, obwohl sie keine Ahnung von meinen eigentlichen Absichten hat. Ich runzele die Stirn noch um einiges mehr und lächele sie durcheinander an. »Savannah, ich habe keine Ahnung, wovon du sprichst.«

»Du sitzt auf meinem verdammten Tisch, obwohl ein Platz auf deinem Stammtisch frei ist! Deine Freunde sitzen dort!«, faucht sie mich an und ballt eine ihrer kleinen Hände zur Faust. *Wirklich aggro dieses Mädel.*

Ich räuspere mich und sehe mich im Saal um, so als wäre mir ihre Szene unangenehm. »Sorry, dein Namen auf der Tischplatte oder die angebrachte Eigentumsurkunde muss mir wohl entgangen sein.«

»Was soll das, Milo?!« Ihre Stimme nimmt an Hass zu. Meinen Namen spuckt sie förmlich aus.

Ich schnaube und lege den Cheeseburger beiseite. Mit einem bemüht verzweifelten Blick sehe ich zu ihr auf. »Ehrlich, ich wusste nicht, dass du hier normalerweise sitzt. Ich habe dich ja nicht gestalkt, oder so.« Ich wusste in der Tat, dass sie hier sitzt, ohne nachfragen zu müssen. »Ich habe mit den Jungs gestritten und mich auf den einzig freien Tisch gesetzt, um zu essen.«

Misstrauisch beäugelt sie mich eine gefühlte Ewigkeit. Mein Blick bleibt konstant geknickt.

Ich schüttele schwach den Kopf und sehe mich in der vollen Kantine um. »Ich kann auch gehen …« Rasch greife ich mir mein Essenstablett und mache Anstalten, aufzustehen.

»Warte. Schon okay«, schießt es eher widerwillig aus ihr hervor. Sie misstraut meiner Aussage scheinbar immer noch.

»Wirklich. Ich kann auch auf dem Boden essen.« Ich zucke die Achseln.

Dramatisch augenrollend lässt sie sich mir gegenüber auf den Stuhl sinken und murmelt: »Übertreib es nicht gleich, Idiot.«

Jackpot. Ich bin ein so verdammt guter Schauspieler. Hoffentlich hat sie Mitleid mit mir, wegen meines angeblichen Streits mit den Jungs.

Als sie anfängt zu essen, ziehe ich eine resignierte Grimasse. »Keine Sorge, Savannah. Ich habe schon verstanden, dass du nichts mit mir zu tun haben willst. Ben war sehr deutlich.«

Sie sieht von ihren Fritten zu mir auf. Lustigerweise hat sie sich genau für dasselbe Essen wie ich entschieden, nur dass ihr Cheeseburger noch geil warm und genießbar zu sein scheint. »Tut mir leid, dass Ben dir die Tür vor der Nase zugeknallt hat. Er ist eben sauer auf dich.«

Ich knabbere an meinen eingetrockneten Fritten und mustere sie unauffällig. Das gelbe Top lässt sie noch viel brauner wirken als sonst und unterstreicht ihre Raubtieraugenfarbe. Die Farbe erinnert mich ein wenig an eine dieser Britisch-Kurzhaar-Katzen aus den *Sheba* Werbungen. »Er ist unnötig nachtragend.«

»Begründet wütend«, belehrt sie mich und beißt zeitgleich in den Cheeseburger, um den ich sie richtig beneide.

Ich nehme einen Schluck von meiner Coke. »Angepisst wie ein Mädchen.«

»Weißt du was?«, platzt es aus ihr hervor und sie hält mit dem Cheeseburger vor ihren Lippen inne. »Besser, wir schweigen uns einfach an.«

Beschwichtigend halte ich beide Hände in die Luft und zucke die Achseln. »Schon gut.« Ich tue, was sie verlangt, und verputze meinen ekelhaften Cheesie. Immer wieder verziehe ich mein Gesicht nachdenklich oder werfe einen gespielt gekränkten Blick über meine Schulter zu den Jungs, was ihr natürlich nicht entgeht. Deshalb tue ich es überhaupt. Ich bemerke, wie interessiert ihr Blick an mir hinabgleitet, und lächele sie gezwungen freundlich an.

»Ist alles in Ordnung?«, fragt sie wie erwartet und streicht sich dabei einer ihrer lockigen Haarsträhnen hinter das Ohr.

Ich nicke schwach. Wieder nehme ich einen Schluck von meiner Cola und seufze anschließend. »Es ist nur … die Jungs sind so verdammt straight. Sie wollen immer nur Party machen, Weiber aufreißen, saufen und haben nicht mehr als Scheiße im Kopf. Das kann in der Tat manchmal nerven.« Ungläubig zieht sie eine Augenbraue in die Höhe, weshalb ich unmittelbar weiter labere: »Ich habe vorgeschlagen, heute mal etwas anderes zu unternehmen, als wie üblich samstags die Party in unserem Wohnheim zu besuchen. Ich wollte einen entspannten Abend mit ihnen genießen. Sie haben mich ausgelacht – solche Bastarde.«

»Du?«, schießt es mit hoher Stimme aus ihr hervor. Sie lacht laut auf. Wieder beißt sie in ihren Cheeseburger, diesmal schüttelt sie währenddessen den Kopf.

»Ja, ich«, betone ich mit ernster Stimme und werfe ihr einen vielsagenden Blick zu. »Stell dir vor, ich habe auch andere Interessen als diesen oberflächlichen Mist. Böse Zungen würden es Hobbies nennen.«

Ohne zu zögern fixiert sie mich mit ihrem belustigten Blick. »Okay, welche?«

Fuck. Den Teil habe ich noch nicht ganz ausgereift. Ich denke unter immensem Druck nach, mein Hirn läuft auf Hochtouren. *Hobbies … Interessen …* ach, Scheiße. Je länger ich zögere, desto eher wird sie mir eine Lüge unterstellen, also räuspere ich mich und sage das erste, das mir passabel erscheint: »Kunst, zum Beispiel.«

Die Zicke prustet los. Mit einer Hand hält sie sich den Bauch, während sie mich auslacht, mit der anderen hält sie sich an der Tischkante fest. »Kunst! Ich lache mich tot.« Gespielt beleidigt verschränke ich meine Arme vor der Brust und schnaube. »Okay, sorry, weißt du was? Nenn mir einen Künstler, dessen Ausstellung du besucht hast, oder einen Maler, dessen Gemälde oder Bilder dir gefallen. Bloß einen einzigen Namen.«

Aus dieser Sache komme ich nicht mehr raus, zu schade. »Ich habe gelogen«, gebe ich daher ohne mit der Wimper zu zucken zu und grinse sie schief an. »Kunst war wohl zu weit hergeholt, was?«

»Wie armselig, dass du sogar was deine Hobbies angeht lügen musst«, murmelt sie abwertend und wendet den Blick von mir ab.

Oh shit. Es lief gerade so verdammt gut!

»Kunst zählt vielleicht nicht zu meinen Interessen, aber sei dir sicher, dass ich, wie jeder andere auch, Hobbies habe, denen ich nachgehe. Ich betreibe in der Tat auch andere

Dinge als zu saufen oder zu feiern«, lasse ich sie energisch wissen. *Sex.*

Savannah seufzt. Ihr herausfordernder Blick trifft mich unvermittelt. »Welche denn?«

Ich schmunzele. Sie spricht noch mit mir – ein gutes Zeichen. »Außer körperlichem Sport, meinst du?«

»Mein Gott«, sie schlägt sich entsetzt eine Hand auf die Stirn, »ihr Männer seid echt schwanzgesteuerte Idioten.«

Gespielt irritiert ziehe ich beide Augenbrauen in die Höhe. »Ich sprach vom Basketball, Savannah.«

Unmittelbar blinzelt sie mich peinlich berührt an, ihre Wangen verfärben sich dabei niedlich rötlich. Ich liebe Frauen, die zweideutig denken. Das hat irgendwie etwas verdammt Scharfes an sich. »Oh …« Sie knabbert an ihrer heute ungeschminkten Unterlippe und lächelt verkrampft. »Gott, wie peinlich …«

Ich grinse in mich hinein. »Kein Ding. Also, meine Hobbies außer Basketball? Hm … Essen.«

»Essen?«, wiederholt sie und rümpft dabei niedlich ihre Stupsnase. Wieder fällt mir das kleine Muttermal an der Spitze auf. Manchmal könnte ich glatt vergessen, dass sie eine kleine Bitch ist. »Das ist doch kein Hobby.«

»Na klar«, erwidere ich entschlossen und stütze meinen Kopf an meiner Faust ab, während ich sie mit amüsiert anfunkele. »Alles, was man gerne und regelmäßig tut, nennt man Hobby. Ich könnte den ganzen Tag lang essen, also …« Spitzbübisch grinse ich.

Zu meiner Überraschung kichert sie leise und knabbert an einer Fritte herum. »Das lasse ich gelten. Aber nur, weil ich es ebenfalls liebe zu essen.«

»So siehst du absolut nicht aus«, gebe ich direkt als Kompliment zurück, woraufhin sie mich sekundenlang mit großen Augen ansieht. Erst im Anschluss wendet sie den Blick ab und schüttelt sich leicht, so als würde sie versuchen, sich mich aus dem Kopf zu schütteln. »Das war ein Kompliment.«

»Mhm, danke«, murmelt sie vor sich hin und zieht ihre Dose Coke an sich. Sogar den selben Getränkegeschmack scheinen wir zu haben. »Das liegt aber eher an den Genen. Meine Mom ist für ihre beinahe fünfzig Jahre wirklich immer noch übertrieben schlank. Auch meine Großmutter war zu ihren Lebzeiten sehr zierlich gebaut.«

Also wird Savannah mal eine heiße MILF – die Vorstellung ist nicht wirklich abwegig. Sie hat alle Voraussetzungen dafür, sich auch im Alter gut zu halten.

Ehe ich etwas erwidern kann, räuspert sie sich plötzlich unkontrolliert und rutscht etwas in ihrem Stuhl hinab. Scheinbar ist ihr unsere offene, mal nicht bösartige Plauderei unangenehm. Oder die Tatsache, dass sie mir von sich aus etwas Privates preisgegeben hat.

»Ich höre mal Musik«, teilt sie mir knapp mit, ehe sie in ihrer Tasche nach ihrem Handy und den pinken Kopfhörern kramt. Dass sie beim Essen Musik hört, habe ich schon früher mitbekommen, also nehme ich es nicht persönlich.

Dennoch versuche ich, sie davon abzuhalten, sich die Ohrstöpsel in ihr übertrieben gelöchertes Ohr mit sechs Ohrsteckern aus silbernen Steinchen zu stecken, und gerade als ich den Mund öffne, höre ich eine weibliche, ätzend hohe Stimme von Weitem rufen: »Milo-o-o?!«

Oh fuck. Nein. Nein. Nein. Nein!

Warum muss genau jetzt eine Schlampe antanzen, wo ich mich mit Savannah unterhalte?! Natürlich war mir bewusst, dass wir die Aufmerksamkeit auf uns ziehen würden, da ich normalerweise niemals mit einer Frau zu Mittag esse. Zumindest nicht in der Öffentlichkeit vor allen meinen Kommilitoninnen. Aber es lief so verfickt gut bisher!

»Milo!«, höre ich die Stimme erneut sagen, diesmal klingt sie nicht mehr so weit entfernt. Savannah starrt erst mich, dann das Mädel neben mir an. Wieder wandern ihre Augenbrauen auf Haaransatzhöhe.

»Hi«, erwidere ich unbeholfen und sehe zu dem Weib, deren Namen ich wie immer vergessen habe, auf. Ich weiß nicht einmal, ob ich sie schon gevögelt habe, oder es noch vorhatte. »Was gibt's?«

Die Blondine lehnt sich zu mir hinab und leckt sich lasziv über ihre pink geschminkte Unterlippe. Scheinbar ist es ihr scheißegal, dass ich meinen Tisch mit einer Frau teile, oder ihr alle im Saal bei ihrer Nuttenshow zusehen können. »Ich wollte fragen, ob das mit heute steht.«

*Heute? Steht?* Was zum Teufel?!

Savannah lacht spöttisch und sehr leise, ehe sie sich rasch ihre Tasche über die Schulter hängt und nach ihrem Essenstablett greift. Sie hat noch nicht einmal ihren geilen Burger aufgegessen. »Lasst euch von mir nicht stören.«

»Warte!«, presse ich zwischen zusammengebissenen Zähnen hervor, doch sie macht nicht den Anschein, als würde sie sich noch länger mit mir unterhalten wollen, und sucht eilig das Weite. Ich sehe ihr seufzend hinterher und anschließend genervt zu der Blonden auf. »Mann, wovon sprichst du?«

Durch die viel zu stark getuschten Wimpern sieht sie mich erwartungsvoll an. »Bei euch im Wohnheim steigt doch heute eine Party, oder? Du hast mich und meine Freundinnen letzte Woche eingeladen.«

Oh shit. Jetzt denkt Savannah aufgrund der schlechten Ausdrucksweise dieser Bitch, dass ich heute Abend ein Date mit ihr hätte, dabei habe ich niemals Dates oder richtige Verabredungen. Wozu auch? Da muss man sich unterhalten, Interessen austauschen, den Gentleman vorgeben …

Ach, so ein Mist. Verfickter Dreck.

Ich bedeute der Blondine mit einer genervten Handbewegung zu verschwinden. »Die Party steigt. Und jetzt hau ab.«

# 7
# SAVANNAH

»Ich drücke dir die Daumen!«, rufe ich Ben hinterher, während er wie ein professioneller Basketballspieler bei Applaus und lautem Jubel in die riesige Turnhalle der Uni hineinläuft.

Heute ist das erste richtige Basketballmatch, dass Ben und die Jungs aus seinem Team gegen die Mannschaft einer anderen Uni aus Miami spielen werden. In Zukunft wird es noch häufiger Sonntagnachmittags Matches geben, allerdings kommt das auch ganz darauf an, wie sich die Jungs heute machen. Sollten sie gewinnen, qualifizieren sie sich für das nächste Spiel, das durchaus auch auswärts stattfinden könnte.

Ich schlendere ebenfalls in die schon gut gefüllte Halle hinein und spaziere an der Zuschauertribüne entlang, bis ich in der Mitte die Holztreppen hochsteige, und in der letzten Reihe Platz nehme. Laura sitzt mit diesem Malfoy – ihrem Neuen – direkt neben mir und winkt mir zur Begrüßung zu.

»Hey«, sage ich, als auch er mich ansieht, woraufhin er mir höflich die Hand entgegenstreckt. »Ich bin Sav, Lauras Mitbewohnerin.«

»Oh, hi. Malfoy«, erwidert er grinsend und bedeutet mit einem Kopfnicken auf das Spielfeld. »Ben ist doch dein Freund, oder? Bist du hier, um ihn anzufeuern?«

»Bester Freund«, korrigiert Laura ihn für mich und wir lächeln uns kurz an. »Kommst du anschließend mit auf die Party?«

Ich runzele die Stirn. Eine Party hat Ben nicht erwähnt, scheinbar, weil er denkt, ich würde ohnehin nicht hingehen wollen, was auch stimmt. »Es steigt schon wieder eine Party? Wo?«

»Bei einem der Jungs aus der gegnerischen Mannschaft«, erklärt Laura und richtet sich den braunen Pony auf ihrer Stirn. Ihre braunen Augen sind wie immer stark geschminkt und die Lippen übertrieben mit dunklem Lipliner nachgezogen. »Also grundsätzlich ist es egal, ob unsere Jungs gewinnen oder verlieren, die Party steigt so oder so.«

Ich lache kopfschüttelnd und sehe auf das Feld hinab. Ben steht unmittelbar neben Milo, den ich seit unserem merkwürdigen Zusammentreffen gestern in der Mensa vehement gemieden habe, und bespricht etwas mit Coach Carter. Er wirkt hochkonzentriert, nickt immer zu, während Milo zu mir auf die Tribüne starrt und grinst.

Sofort wende ich den Blick ab und fixiere stattdessen Lauras Pony. »Ich denke, ich verzichte.«

»Okay«, meint sie schulterzuckend und legt ein Bein auf Malfoys Schoß ab. Sie mit ihm zu sehen ist strange, da sie bis vor kurzem noch etwas mit Stevie am Laufen hatte, der übrigens auch gerade zu uns hochschielt und Laura einen übelgelaunten Blick zuwirft. »Wenn du doch hinmagst, gib Bescheid. Wir können dich mitnehmen.«

»Das ist nett.« Ich nicke beiden zu und stütze die Ellenbogen auf meinen Knien ab.

Laura ist gar nicht mal so übel, auch, wenn ich viele ihrer Entscheidungen nicht nachvollziehen kann. Wie zum Beispiel ihr flatterhaftes Liebesleben. Neben Stevie und Malfoy gab es noch ein Dutzend andere seit Semesterbeginn, wie mir zu Ohren kam. Aber wer bin ich, dass ich über ihre Entscheidungen urteile? Immerhin sitzt das beste Beispiel dafür, dass ich ebenso falsche wie verdammt beschissene Entscheidungen treffe in der ersten Reihe der Tribüne und wirft mir unauffällige Blicke über die Schulter zu.

Schon alleine beim Anblick seines Hinterkopfs zieht sich alles in mir ungut zusammen. Er ist auch ein fetter Grund dafür, weshalb ich von nun an Kerle, die den Eindruck machen, mir gefährlich werden zu können, meide. Denn Professor Meyer ist … nun ja, gefährlich wäre ein falscher Begriff für ihn. Verlogen und hinterlistig trifft es eher.

»Es geht los!«, ruft Laura viel zu laut, weshalb Malfoy und ich leicht zusammenzucken. »Wie heißen die Positionen, oder wie man das nennt, nochmal? Ben ist der …«

»Point Guard«, erkläre ich wissend und lehne mich nach rechts, um den Spielbeginn nicht zu verpassen, da sich natürlich direkt vor mir ein zwei Meter langer Typ breitgemacht hat. »Er übernimmt den Spielaufbau.«

»Milo ist der Shooting Guard«, erklärt Malfoy direkt und zeigt auf ihn. »Er liefert die besten Distanzwürfe. Der Kerl hat es echt drauf.«

Ich verdränge das Bedürfnis mit den Augen zu rollen, kann aber nicht abstreiten, dass er recht hat. Ich war bei einigen Trainings der Jungs dabei, weil Ben mich dazu eingeladen hat, und habe bisher kein einziges Mal gesehen, dass Milo einen Korb verfehlt hat. Niemals. Seine Würfe sind technisch einwandfrei, was sogar Ben zugibt, und er wirft aus einer Entfernung, die bei mir unwillkürlich die Frage aufwirft, wie gut dieser Kerl eigentlich sehen kann. Er muss Adleraugen besitzen.

»Doch nicht so interessant, wie ich dachte«, seufzt Laura schon nach einigen Minuten und drückt ihre Lippen auf Malfoys.

Ich lehne mich zurück und verschränke meine Arme, während ich versuche, die Knutscherei der beiden zu ignorieren, und verfolge den Spielablauf. Die Jungs der gegnerischen Mannschaft sind ebenfalls sehr gut trainiert, ich denke jedoch nicht, dass sie die unseren besiegen werden. Stevie und Nate scheinen heute auch in Topform zu sein, was mich wundert, da sie vermutlich gestern die ganze Nacht lang gefeiert haben, aber naja – vielleicht vertragen andere Alkohol einfach besser als ich. Bei mir ist nach zwei Bier Schluss.

Immer wieder wirft Milo mir Blicke zu, die kaum zu deuten sind. Sogar bevor er seinen perfekten Wurf abliefert, grinst er mich verdächtig an, was einigen Zuschauern – vorwiegend weiblichen Geschlechts – nicht entgeht, da sich einige Köpfe nach mir umdrehen und ein paar Stirnen gerunzelt werden. Ich versuche es zu ignorieren, genauso wie die Tatsache, dass Malfoy und Laura den Anschein machen, als hätten sie vor, sich jeden Moment neben mir die Klamotten vom Leib zu reißen. Laura scheint es echt erwischt zu haben.

Zugeben würde ich es nie, aber Milo schafft es tatsächlich, noch heißer auszusehen als ohnehin schon. Das blaue Trikot mit der Nummer 11, das er trägt, ist leicht verschwitzt, ebenso wie seine Haut, und das wirkt leider so gar nicht abturnend auf mich. Seine breiten Schultern und die muskulösen Oberarme sind viel zu gut zu erkennen, da das Shirt des Trikots ärmellos ist, und auch seine muskulösen Waden, die mit einem Film dunkler Härchen überzogen sind, sind durch die knielange Shorts aus Polyester nicht zu übersehen. Das braune, längere Deckhaar fällt ihm während des Laufens in die Stirn und die Art, wie er es sich mit der Hand zurückstreicht, ist verdammt sexy.

*Gott.* Wie gestört, so etwas überhaupt zu denken.

∞

Ich behalte recht, was mich sehr zufriedenstimmt. Nach einem ziemlich eindeutigen Spiel gehen Ben und seine Mannschaft als Gewinner hervor, weshalb ich wie ein Groupie laut klatsche und juble. Ben strahlt mich vom Spielfeld aus an und streckt seine Zunge heraus, um damit nicht ganz jugendfreie Dinge anzudeuten, woraufhin ich ihm grinsend meinen Mittelfinger zeige – ja, auf andere Leute mag das wohl etwas seltsam wirken, aber das ist so unsere Art.

»War ein großartiges Spiel!«, höre ich Laura überzeugt sagen, woraufhin ich laut lache und mich erhebe. »Was ist?«

»Hast du überhaupt etwas davon mitbekommen?«, frage ich immer noch lachend, während ich die Treppen hinabsteige.

Laura und Malfoy folgen mir bis zur ersten Reihe. »Nicht wirklich«, kichert sie, und ich höre auch Malfoy tief lachen. Als ich mich Richtung der Umkleide drehe, zieht mich Laura am Arm zurück und meint: »Wir gehen hinten rum raus, direkt auf den Parkplatz. Kommst du mit zur Party?«

»Ich warte mal auf Ben«, erkläre ich und winke den beiden zum Abschied. Wieder befummeln sie sich auf übelste Weise. *Iju.*

Kaum entdecke ich Professor Meyers Blick auf mir, fange ich an zu laufen. Zwar nicht so, dass es anderen auffallen könnte, allerdings gehe ich dreimal so schnell wie es für mich üblich ist, bis ich die Turnhalle komplett überquert und durch die Tür gehuscht bin.

Augenblicklich packen mich zwei Arme und ziehen mich in eine enge Umarmung. »Hast du gesehen, wie gut ich gespielt habe?« Ben drückt mich von sich und hält mich immer noch an den Schultern fest. »Der Coach hat gesagt, das war bisher meine beste Leistung.«

»Du bist eben der Beste, Ben«, grinse ich und klopfe ihm stolz auf die schweißbenetzte Schulter. »Okay, komm – geh dich duschen und umziehen, dann gehen wir auf diese dämliche Party, um deinen Erfolg zu feiern.«

Seine blauen Augen weiten sich unwillkürlich. »Du willst mich auf diese Party begleiten?« Er klingt fassungslos.

Ich lache stumm. »Ich weiß, dass du dorthin möchtest, mich aber nicht gefragt hast, weil du denkst, ich würde dich, nachdem was passiert ist, nie wieder auf eine dieser Partys begleiten wollen.«

»Und du würdest doch?«, fragt er verblüfft. Der freudige Unterton in seiner Stimme ist kaum zu überhören.

Obwohl das bestimmt nicht mein liebster Zeitvertreib ist, möchte ich es Ben zuliebe tun. Außerdem werde ich mit meinem eigenen Auto fahren, was mir ermöglicht, zu verschwinden, sollten mir die Leute auf den Geist gehen.

»Wir müssen das doch feiern, oder?« Ich lächele ihn wieder stolz an. »Na mach schon, du Star. Ich warte auf dem Parkplatz, okay?«

»Alles klar, ich beeile mich«, trällert er hörbar glücklich und küsst mich flüchtig auf die Wange. Er läuft ein paar Schritte rückwärts und grinst wie ein Honigkuchenpferd. »Bist die Beste!«

Kichernd wende ich mich ab und visiere die Tür an, die zum Innenhof des Campus führt. Ich werde wohl komplett außen rum gehen müssen, da ich keine Lust habe, nochmal zurück in die Halle zu gehen und diese komplett zu überqueren. Als ich draußen ankomme, laufe ich direkt los und ziehe schon mal meinen Autoschlüssel aus meiner roten Umhängetasche hervor. Kurz blicke ich an mir hinab, bin aber mit meiner Kleiderwahl für heute halbwegs zufrieden. Schwarze Hotpants, schwarze Chucks, schwarzrotes, tiefausgeschnittenes Trägershirt und darüber meine beste weinrote Lederjacke, für die ich vor zwei Jahren so unendlich lange gespart habe. Für eine Studentenparty muss das wohl reichen.

»Savannah.«

Oh nein. Der Klang dieser Männerstimme jagt mir einen kalten Schauer über den Rücken. Ich laufe steif weiter und blicke nicht zurück. Mein Herz rast.

»Bleib stehen«, knurrt die Stimme nun und ich halte widerwillig an. Mit wenigen Schritten steht Professor Meyer direkt vor mir und funkelt mich mit seinen braunen Augen wütend an. »Du reagierst auf keine Anrufe oder Nachrichten.«

Ich sehe zu dem Mann, den ich noch bis vor wenigen Tagen so gerne mochte, auf, und stelle fest, dass von diesen Gefühlen absolut nichts übriggeblieben ist. Sie wurden durch puren Hass und Verachtung ersetzt. »Weil ich dir nichts mehr zu sagen habe.«

»Wir haben noch etwas zu klären«, drängt er mit verbissenem Blick. Er streicht sich zwanghaft das dunkelblaue Jackett glatt, wie er es immer tut. Seine schwarze Haare sind perfekt frisiert und glänzen im Laternenlicht.

Ich schüttele den Kopf und versuche ihm auszuweichen, doch er baut sich wie eine Betonmauer vor mir auf. »Würdest du bitte beiseite gehen, Matt? Ich bin hier fertig.«

»Ach, komm schon«, seufzt er, so wie auch beim letzten Mal. Scheinbar findet er die Tatsache, dass ich herausgefunden habe, dass er eine Frau und zwei kleine Kinder hat, die zuhause auf ihn warten, während er sich die Zeit mit mir in billigen Pubs rumschlägt, immer noch nicht verwerflich. »Das ändert doch nichts an uns. Ich verlasse sie.«

Entsetzt weite ich meine Augen. »Wirst du nicht, du Arschloch! Dein Sohn ist zwei Jahre alt und deine Tochter fünf! Ich zerstöre keine Ehe, verdammt nochmal! Ich hätte mich niemals auf dich eingelassen, hättest du nicht behauptet, single zu sein.«

»Deswegen habe ich dieses Detail verschwiegen«, gesteht er und streicht mir über den Arm, woraufhin ich meine Hand von ihm losreiße. »Savannah, sei nicht so. Das mit uns lief doch gut.«

»Geh mir aus dem Weg und ruf mich nicht mehr an«, zische ich und husche eilig an ihm vorbei.

Gott sei Dank entdecke ich im selben Moment zwei Studenten, die uns entgegenlaufen, und atme erleichtert aus, weil ich nun weiß, dass er mir nicht folgen wird. Diesmal nicht. Die vielen Anrufe und Nachrichten in den letzten Tagen haben mir echt den Rest gegeben. Ich erwische wirklich jedes Mal aufs Neue die Superarschlöcher.

Unwillkürlich fange ich an, zu laufen. Ich erreiche den Parkplatz innerhalb kürzester Zeit und öffne per Funkfernbedienung meinen Wagen. Als ich mich hinter das Steuer setze, schlage ich ein paar Mal wütend auf das Lenkrad ein und lasse meinen Kopf anschließend dagegen fallen.

So ein Mist. Matt Meyer ist mir durch die Enthüllung seines unmoralischen Doppellebens verdammt egal geworden, jedoch hilft es mir nicht gerade dabei, ihn aus meinem Leben zu verbannen, wenn ich dem Arsch jeden Tag auf dem Campus über den Weg laufe und ihn bei meiner Medienwissenschaften-Vorlesung begegne. Und dieser verlogenen Stimme auch noch zuhören muss.

Hätte ich doch bloß früher gewusst, dass er vergeben ist … Oder mich erst gar nicht auf ihn eingelassen, als …

»Bist du ready?«

Ich schrecke hoch und schnaube, als ich Bens blonden Haarschopf durch die Fensterscheibe entdecke. Sein übertriebenes Grinsen passt gerade wirklich nicht zu meiner Laune, jedoch zwinge ich mich, ebenfalls zu lächeln, um ihm seinen grandiosen Tag nicht mit meiner miesen Stimmung zu versauen. Außerdem hat er keine Ahnung, dass ich eine Beziehung mit meinem Professor hatte.

*Gott, wie schrecklich das schon klingt! Dabei ist es gar nicht so gewesen, wie man vielleicht denken könnte …*

Pah! Würde Ben wissen, was zwischen uns vorgefallen ist, gäbe es Meyer nicht mehr, so viel steht fest. Vielleicht wäre mir das gar nicht so unrecht. Jedoch würde er mir das ewig vorhalten und das kann ich nicht riskieren.

»Soll ich fahren?«, fragt er, als er auf dem Beifahrersitz Platz nimmt, und wirft seine riesige Sporttasche auf die Rückbank. »Du fährst immer so …«

»Vorsichtig?« Ich ziehe eine Augenbraue in die Höhe und starte den Motor.

Er will sich gerade anschnallen, starrt auf den Gurt hinab und lässt ihn wieder beiseite fallen. »Wie meine Oma.«

»Schnall dich an«, ermahne ich ihn, als ich rückwärts ausparke.

»Das ist bei den zehn km/h, die du fährst, nun wirklich nicht nötig.«

»Warum kann ich dich nochmal leiden?« Ich lenke nach links und gebe Gas.

»Ich sehe gut aus«, kommt als Antwort, dicht gefolgt von einem lauten Lachen und einem viel zu heftigen Schulterklopfen, das mich durchschüttelt. »Komm schon, Sav. Lass uns heute mal risikofreudig sein – fünfzehn km/h ist das Ziel.«

Augenrollend stelle ich den Radio viel zu laut, um seine Seitenhiebe zu übertönen, und bedeute ihm, die Adresse der Party ins Navi einzutippen. Hoffentlich bereue ich nicht wieder, ihn begleitet zu haben.

# 8
# MILO

Meine Laune könnte nicht besser sein. Verdammt, das Spiel lief verfickt gut für mich und Coach Carter hat mich mehr denn je gelobt. Dass er Ben ebenfalls den Arsch geleckt hat, vergesse ich mal kurz, weil ich den Kerl wirklich hasse, aber was solls. Hauptsache mit meiner Leistung war er zufrieden und wir haben uns für das nächste Auswärtsspiel qualifiziert.

Troy Hastings, der Shooting Guard der gegnerischen Mannschaft, muss echt fett Kohle besitzen, oder zumindest Mommy und Daddy. Die Villa, in der die Afterparty steigt, ist größer als jedes verdammte Haus, das ich jemals gesehen habe. Klischeehaft eingerichtet mit Kronleuchtern und Teppichen aus Echtfell; drei Stockwerken mit insgesamt zehn Schlafzimmern; einem fetten Pool im unüberschaubar großen Garten und überall hängen Bildern von einer perfekten happy Family an den Wänden.

Ich hasse den Kerl jetzt schon.

Der Bonze steuert direkt auf mich zu, als er mich durch das Haus schlendern sieht. Ich suche die Küche, was sich bei den vielen Räumen als recht schwierig erweist. Außerdem kommt es mir vor, als gäbe es jedes Zimmer doppelt.

»Gutes Spiel, Blayne«, ruft er mir zu, kurz darauf streckt er mir seine Hand entgegen.

Ich schlage ein und nicke ihm knapp zu. »Dasselbe gilt für dich.«

»Suchst du die Küche? Getränke gibt es auch im Wohnzimmer«, erklärt er mit diesem dämlichen ich-bin-so-verfickt-reich-Grinsen.

Ich unterdrücke einen Seufzer und grinse ebenso dämlich. »Fettes Haus.« Vermutlich wollte er das hören, also bitte.

Mit einem Schlag auf meine Schulter dankt er mir und begleitet mich zurück in das Wohnzimmer. Im Vorbeigehen klatscht er einer freizügig gekleideten Brünetten auf den Arsch, wieder grinst er überheblich. »Corona?«

»Warum nicht.« Ich sehe Nate mit ausgestreckten Beinen auf einer Couch aus Velourleder sitzen und beschließe, den Bonzen loszuwerden. »Ich komme klar, danke.« Mit dieser Bemerkung schnappe ich mir eine der zahlreichen Corona Flaschen von dem Tisch links von mir und visiere Nate an.

»Alter, sieh dir diese Villa an«, stößt dieser unmittelbar seufzend hervor, als ich mich neben ihm niederlasse. Ich überschlage meine Beine ebenfalls und lege sie samt Schuhen auf dem Couchtisch ab. »Ich hasse diese Bonzen Troy jetzt schon.«

»Ich weiß, ich auch«, gebe ich emotionslos zurück und nuckele an meinem Bier.

Nate und ich verstehen uns aus einem bestimmten Grund besser, als wir uns mit den anderen Jungs auf dem Campus verstehen. Die meisten haben unendlich viel Kohle und bekommen von Daddy oder Mommy alles in ihren gestreichelten Arsch geschoben – bei uns war das anders. Wir hatten keine Privilegien und mussten uns eher den Arsch aufreißen, um heute da zu sein, wo wir sind. Natürlich weiß das kaum jemand, weil wir es nicht für nötig halten, den Leuten zu erklären, dass wir nicht mit dem goldenen Löffel im Mund geboren wurden. Außerdem halten wir gerne unser Image aufrecht, das nämlich genau das glauben lässt.

»Was ist mit Pitbull Savannah?«, fragt Nate unmittelbar und starrt mich interessiert von der Seite an. »Wird das noch was? Scheint nicht so, als hättest du alles im Griff.«

Die plötzlich ohrenbetäubend laute Musik bereitet mir unwillkürlich Migräne. Immer mehr Leute versammeln sich im Haus, der Alkohol fließt und nun wird auch das Licht gedimmt, so dass eine sexuelle Stimmung entsteht, die den

Weibern dabei helfen soll, sich etwas mehr gehen zu lassen. Typisch Studentenparty eben.

»Ich bleibe dran«, erkläre ich ihm schreiend, damit er mich auch versteht. Im selben Moment wird die Musik ein wenig leiser gestellt. Halleluja. »So einfach gebe ich nicht auf. Oder denkst du ernsthaft, ich schaffe es nicht, die Bitch rumzukriegen?«

Nate ext sein Bier und rülpst. »Ganz ehrlich? Nein.«

Stirnrunzelnd setze ich mich auf und drehe den Kopf zu ihm um. »Zu mir hat noch keine Frau *Nein* gesagt, Dude. Also sei dir sicher, dass es Pitbull Savannah auch nicht tun wird. Es liegt nur an diesem Bastard Ben, er versaut mir die Tour übelst.«

Nate fährt sich durch die schwarzen, langen Haare und zuckt die Achseln. »Wenn du meinst. Dann gib dir mal mehr Mühe, sie steht da drüben und quatscht mit Troy.«

*Was?!*

»Wo?«, schießt es aus mir hervor. Ich schiele durch all die herumstehenden Weiber und Kerle, kann sie jedoch nirgendwo entdecken. »Warum ist sie überhaupt hier?«

»Scheinbar nicht wegen dir«, stößt Nate lachend hervor und rülpst zugleich. Er bedeutet mit der Bierflasche in eine Richtung. »Da in der Ecke. Dieser Bonze labbert sie voll.«

Tatsächlich entdecke ich sie jetzt auf Anhieb. Scheinbar ist sie mit Ben hier, was ich doch recht fraglich finde, da er sie vor kurzem erst auf einer Party hat hängenlassen. Wenn sie klug ist, steht heute ihr eigenes Auto vor der Tür, oder sie hat genug Kohle dabei, um den weiten Weg zurück mit einem Taxi fahren zu können.

Ich denke angestrengt an. Seit unserer Unterhaltung in der Mensa, die leider nicht wie erwartet geendet hat, habe ich nicht mehr mit ihr gesprochen. Auf der Party gestern bei uns im Wohnheim hat sie sich auch nicht blicken lassen und die Blicke, die ich ihr während des Spiels zugeworfen habe, wurden gekonnt ignoriert. Das Weib macht es mir echt schwer.

»Ob ich sie mit einem anderen Weib eifersüchtig machen kann?«, spreche ich den ersten Gedanken aus, der mir durch den Kopf schießt.

Bei anderen funktioniert das immer, auch wenn ich es nicht absichtlich tue und mir eigentlich wünsche, es wäre nicht so. Manchmal versauen mir frühere Betthäschen den Fick mit einem neuen Betthäschen, weil sie meinen, Besitzansprüche an mich stellen zu können. Richtig krank.

Nate schüttelt entschlossen den Kopf. »So weit hast du sie noch nicht. Das würde sie eher in der Annahme, du seist ein schwanzgesteuerter Arsch, der du nun mal auch bist, bestätigen.«

Er hat recht. Ich exe mein Corona, stelle die Flasche auf dem Couchtisch ab und lehne mich mit verschränkten Armen zurück, während ich Savannah und diesen Bonzen Troy nicht aus den Augen lasse. Er quatscht sie so dermaßen nieder, dass ich nicht mal darüber nachdenken muss, um mich zu fragen, was seine Absichten sind. Ich kann seinen steifen Schwanz, der seine viel zu enge Jeans sprengt, bis hierher sehen, und Savannah ist wohl die Auserwählte, die das heute noch ändern soll.

»Du könntest einen auf Beschützer machen – die Nummer zieht immer«, meint Nate und stellt seine leere Flasche ebenfalls auf dem Tisch ab.

Ich ziehe eine Blondine, die mir irgendwie bekannt vorkommt, am Arm zu mir, als sie an der Couch vorbeiläuft, und sage: »Süße, hol uns noch zwei Bier, ja?« Sofort nickt sie mit diesem gespielt schüchternen Lächeln und läuft auf den Tisch in der Mitte des Raumes zu. Ich wende mich wieder Nate zu. »Wie soll ich diese Nummer über die Bühne bringen?«

»Das ist hier die Frage.« Sein dämliches Grinsen bringt mich zum Lachen.

Vielleicht hätte ich ihm die Sache mit Savannah überlassen sollen, allerdings habe ich jetzt mehr denn je Bock sie endlich ins Bett zu bekommen, da sie sich so unnahbar gibt.

Irgendwie turnt mich das an, zumindest solange, bis ich daran denke, dass sie den Schwanz von Meyer im Mund hatte.

Zwei Bierflaschen werden mir vors Gesicht gehalten und ich nehme eine davon an, ohne das Mädel anzusehen. »Darf ich mich zu euch setzen?«, fragt sie mit hoffnungsvoller Stimme, woraufhin ich den Kopf schüttele, und Nate sie eilig mustert.

»Komm zu mir auf den Schoß«, sagt er und grinst sie dreckig an. Ich werfe ihm einen genervten Blick zu, weil mir das Ausfeilschen unseres Plans gerade wirklich wichtig ist und ich ein paar mehr Ideen von ihm brauche, da ich selbst keine mehr habe. Nichts, was bei anderen Weibern zieht, zieht bei der Zicke Savannah. »Alter, entspann dich. Genieß den Abend und lass uns erst morgen wieder um unser Problem kümmern, okay?«

Dass Savannah überhaupt ein Problem darstellt nervt immens.

Ohne etwas darauf zu erwidern, erhebe ich mich von der Couch und marschiere auf Laura und ihren neuen Bonzen Freund Malfoy zu, die direkt vor einer Wendeltreppe mit goldenem Gerüst stehen. Sie flirten heftig und die Art, wie er sie ansieht, lässt darauf schließen, dass sie schon miteinander gevögelt haben. Ganz zum Leid von Stevie, der aus nicht erklärlichen Gründen an dieser Schlampe mit dem viel zu langen Pony hängt.

»Schon einen neuen Schwanz gefunden?«, lautet meine Begrüßung, woraufhin dieser kleingeratene Brad Pitt Verschnitt mich überrumpelt anstarrt. Laura seufzt und greift nach seiner Hand, um mit ihm nach oben zu verschwinden, aber ich beschließe, ihr einen Strich durch die Rechnung zu machen, immerhin muss ich ja irgendwie für meinen Kumpel Stevie einstehen. Außerdem bin ich frustriert und mir ist langweilig. »Ist es seit neuestem okay für Stevie, dass du andere vögelst? Ich wusste nicht, dass ihr eine offene Beziehung führt.«

»Was?«, schießt es aus dem Kerl hervor. Unverzüglich fixiert er Laura mit einem fragenden Blick. »Du hast was mit Stevie aus der Mannschaft?«

»Nein!«, verteidigt sich Laura schnell, ihr Gesicht wird dabei leicht rot. Ich lache mich innerlich tot. »Wovon sprichst du, Milo?! Das mit Stevie und mir ist schon lange vorbei!«

Ich trete näher an sie heran und verziehe gespielt verblüfft das Gesicht. »Echt? Du hast doch erst vor ein paar Tagen bei ihm übernachtet.« Das entspricht der Wahrheit.

Wut flackert in ihren Augen auf, sie verengt sie zu Schlitzen. Gott sei Dank verdeckt der lange Pony die Hälfte davon. »Milo«, presst sie mit ermahnender Stimme hervor. Ihr Blick wandert hilfesuchend zu ihrem Neuen. »Ich … so ist das nicht ganz gewesen, also …«

»Wie denn?«, fährt er sie wutentbrannt an, was mich zum Grinsen bringt.

*Mission erfolgreich durchgeführt.*

»Okay Leute, war schön euch zu sehen«, meine ich fröhlich und klopfe dem Bonzen auf die Schulter. »Ich lasse euch mal alleine, damit ihr das klären könnt.«

Und schon steigt meine Laune wieder, während ich mich vom Acker mache. Ich nippe an meiner Flasche Bier, spaziere die Wendeltreppe hoch und pralle direkt mit Ben zusammen. Sein scheiß vorwurfsvoller Blick kann mir gestohlen bleiben, also schiebe ich ihn grob beiseite und laufe den Flur entlang Richtung einem der vielen Schlafzimmer.

»Bleib stehen«, ruft er mir wütend nach. Ich tue nichts dergleichen. »Alter, ich will mit dir reden!«

»Was willst du von mir, Blondie?«, frage ich gelangweilt und lehne mich mit der Schulter an die Mauer neben mir an. Ein sichtlich betrunkenes Mädel in rotem Kleid und Heels torkelt an uns vorbei und wirft mir einen eindeutigen Blick zu, den ich direkt erwidere, nachdem ich sie innerlich für fickbar erklärt habe.

Ben lacht abwertend und bleibt mit verschränkten Armen vor mir stehen. Wie immer trägt er eines seiner braven

Poloshirts und sieht aus wie ein verfickter Tennislehrer. »Halte dich von ihr fern, Milo. Ich meins ernst.«

»Von wem? Von der?«, frage ich gespielt ahnungslos.

»Du weißt genau, wen ich meine«, presst er knurrend hervor und versucht, mich mit seinem lodernden Blick einzuschüchtern. Ich muss lachen. »Sav ist keine, die du für deine kranken Spielchen opfern kannst. Sie ist ein anständiges Mädel und ich würde dich nur ungerne verprügeln müssen, solltest du sie verarschen. Und das würde ich definitiv tun.«

Oho – Ben hat Eier in der Hose. Dennoch sind sie nicht groß genug, um mit meinen mithalten zu können. Und dass er denkt, sie sei anständig, lässt mich wissen, dass er wohl nichts von ihrer unmoralischen Affäre mit dem Prof weiß.

Ich mache einen Schritt auf ihn zu und verschränke meine Arme ebenfalls vor der Brust. »Hör mir mal zu, du kleiner Hosenscheißer. Ich ficke wen ich will, warum ich will, und wann ich will. Ob ich nach diesem Gespräch dem Weib von gerade eben nach oben folge und sie mir auf der Toilette nehme, oder nach unten gehe und meinen Charme bei Savannah spielen lasse, geht dich einen feuchten Dreck an. Und hey?«

Bens Miene wird derart finster, dass er so viele Falten wie mein Großvater im Gesicht aufweist. Er ballt beide Hände zu Fäusten und kaut unkontrolliert an seiner Unterlippe herum. Irgendwie sieht er aus wie ein Hund, der zahnt.

»Ich habe niemals behauptet, Savannah nur ficken zu wollen«, lasse ich ihn nun mit einem Lächeln wissen. Das ist sogar die Wahrheit, nur dass er denkt, ich spiele auf eine Beziehung an, und ich aber weiß, dass ich auf die Sache mit Meyer anspiele.

»Was willst du dann von ihr?«, will er engstirnig wissen.

Ich weiche der Frage aus, um dieses Gespräch zu beenden und nicht sinnlos lügen zu müssen. »Ich verstehe ja, dass dich die Sache mit … Nora wirklich mitgenommen hat, und es verdammt hart für dein Ego sein muss, dass ich dir alle Frauen in deinem jämmerlichen Leben wegschnappe, aber daran kann ich auch nichts ändern, Ben. Diese Wirkung habe ich nun mal auf die Weiber.«

Bevor er sich tatsächlich mit mir prügeln will, und ich ihm sein makelloses Gesicht demoliere, stoße ich mich eilig von der Wand ab und marschiere auf die Treppen zu, die nach oben führen. Während des Gesprächs habe ich beschlossen, mich mit dem Mädel von vorhin zu vergnügen. Wenn Savannah nicht verfügbar ist – noch nicht – muss eben eine andere her.

»Ich habe dich gewarnt!«, ruft mir Ben noch als Drohung hinterher, die ich jedoch wie seine Existenz ignoriere.

Als hätte sie nur auf mich gewartet, steht am oberen Treppenaufgang die Dunkelblonde in ihrem roten Kleid und lächelt mich einladend an. »Hey, Süße«, sage ich direkt und packe sie an der Taille, als ich vor ihr zum Stillstand komme. »Lass uns gehen.«

Ihre glasigen Augen blinzeln mich mehrmals an, während sie breit lächelt, vermutlich soll das verführerisch wirken, es sieht jedoch eher bescheuert aus, fast so als hätte sie einen Anfall. Im Gesamtpaket ist sie eine glatte 7 von einer 10, also durchaus geeignet für einen schnellen Quikie.

»Wohin denn?«, fragt sie leicht lallend. Ihre Wangen schimmern rötlich und sie fängt an, unter meinem fordernden Griff zu zittern.

»Du weißt genau, wohin«, meine ich rau und lächele sie zielsicher an. »Deshalb hast du doch hier auf mich gewartet, oder?«

»Ja …« Sie beißt sich auf die Unterlippe und schielt zu einem der Zimmer neben uns. »Das erste ist frei.«

Schlampe. Sogar die Zimmer hat sie schon überprüft. Wie untervögelt sie sein muss, muss ich somit nicht mal herausfinden. Ich starre auf ihre großen Titten, die aus dem roten Kleid quellen, und entscheide mich spontan für einen kleinen Tittenfick im Anschluss unseres richtigen Ficks. »Worauf warten wir also?«

# 9
# SAVANNAH

Troy Hastings ist ein verzogener, reicher Sack, der mir seit einer gefühlten Ewigkeit mit seinen übertriebenen Komplimenten auf den Geist geht. Er denkt vermutlich, weil er hier der Gastgeber und Besitzer dieser Villa ist, schindet er mehr Eindruck als die anderen Kerle auf mich, und dass er ein Recht dazu hätte, mich derart einzuspannen. Immer wieder labert er mich voll, und wenn ich Anstalten mache, zu gehen, folgt er mir einfach. Ätzend.

»Dein Bier ist ja leer«, sagt er nun mit einem Lächeln und nimmt es mir ohne zu zögern aus der Hand. Er tauscht es gegen ein volles aus und deutet mit einem Kopfnicken auf die Wendeltreppe hinter uns. »Wollen wir nach oben gehen? Dort ist es ruhiger.«

*Gott*, der denkt doch ernsthaft ein paar Komplimente reichen aus, um mich in eines seiner hundert Betten zu bekommen. Beinahe lache ich ihm ins Gesicht, entscheide mich dann aber für die höflichere Variante. »Hör zu, ich finde dich ja nett und alles, aber das mit uns wird nichts.«

Sein arroganter Blick fällt in sich zusammen und er zieht eine Augenbraue ungläubig in die Höhe. Das Einzige, das mir wirklich an ihm gefällt, sind seine grünen Augen, das wars jedoch schon. Seine Art macht ihn hässlich und auch, wie hochnäsig er sich gibt, wirkt wirklich abturnend auf mich. »Ich wollte nur ein bisschen quatschen.«

»Bist du dir da sicher?«, frage ich und verkneife mir wieder ein lautes Lachen.

Troy nickt. »Ganz sicher. Ich finde dich einfach nett.«

*Aha.* Betatscht er denn jede Frau so, die er nett findet? Seine Mutter? Großmutter? Hat er bei denen auch eine Latte?

Ich weise ihn nicht darauf hin, sondern nicke knapp und ziehe meinen Arm zurück, da er ihn immer noch festhält. »Mehr als Quatschen ist nicht drin.«

»Schon klar.« Wieder grinst er so, als würde er denken, ich spiele ihm nur die Unnahbare vor, und vögele oben angekommen direkt mit ihm. »Gehen wir trotzdem hoch?«

Weil ich Ben vorhin nach oben verschwinden gesehen habe, da er vermutlich auf der Suche nach Nora ist, nicke ich widerwillig und folge ihm zu den Treppen. Falls Ben wie letztes Mal mit Nora beschäftigt sein sollte, verschwinde ich eben direkt wieder nach unten oder am besten noch zurück zum Campus. Bisher war die Party erträglich, das Gespräch mit Trey war auch in Ordnung, wenn man mal außen vorlässt, warum wir es geführt haben. *Wenigstens gibt er sich ein bisschen Mühe, bevor er versucht, mir seine Hand zwischen die Schenkel zu schieben.*

Troy streckt mir seine Hand aus, um mit mir Händchenhaltend die Treppen hoch zu gehen, weshalb ich stumm lache und einfach so tue, als hätte ich es nicht bemerkt. Wir steigen Treppe für Treppe hoch, die Musik wird leiser und ich entspanne mich ein wenig.

»Hast du viele Geschwister?«, frage ich, als ich die Bilder seiner Familie an der Wand entdecke.

»Zwei.« Er folgt meinem Blick und grinst. »Das sind alles Cousinen oder Cousins.«

»Wow, verstehe.« Ich runzele die Stirn und frage mich, wieviele Schwestern oder Brüder seine Eltern dann wohl haben müssen. Auf den Fotos sind verdammt viele Köpfe zu entdecken. »Ich müsste mal auf die Toilette.«

Troy fährt sich durch das dunkelblonde Haar, während er mich wie gebannt mustert. Etwas an seinem Blick gefällt mir nicht, daher weiche ich einen Schritt zur Seite und räuspere mich. »Noch einen Stock weiter oben gibt es ein Badezimmer«, erklärt er.

»Alles klar.« Ich laufe direkt los, ohne auf ihn zu warten, und seufze, als er mir folgt. Ben kann ich nirgendwo entdecken, vielleicht habe ich ja eins weiter oben mehr Glück. »Hast du vielleicht meinen Freund Ben gesehen?«

Bei der letzten Treppe angekommen packt er mich plötzlich an der Schulter, dreht mich um und presst mich mit dem Rücken gegen die Wand. Ich ziehe erschrocken die Luft ein und starre ihn mit geweiteten Augen an.

»Den können wir später suchen …« Seine Stimme klingt um einiges dunkler als vorhin.

»Äh, ich glaube, ich war ziemlich deutlich vorhin, Troy«, sage ich verstört und drücke den Kopf krampfhaft gegen die Wand, als seine Lippen näher an die meinen wandern. »Troy!?«

»Komm schon, Süße«, er grinst dreckig, »sei nicht so verklemmt. Lass uns ein bisschen Spaß haben. Ich gefalle dir doch, oder?«

»Ich schlafe aber nicht mit allen Kerlen, die mir gefallen«, erwidere ich nun mit bissiger Stimme. Als er die Augen verdreht, werfe ich ihm einen giftigen Blick zu und schiebe ihn an der Brust von mir. »Lass das sein.«

»Hab dich nicht so, Mensch.« Er nimmt mir das Bier aus der Hand. »Spiel mir nicht die Nonne vor, darauf steh ich nicht.«

Okay, das reicht. Scheinbar muss ich deutlicher werden. Ich stoße ihn fester an der Brust von mir und fahre ihn an: »Und ich stehe nicht auf Typen, die mich bedrängen, also zieh Leine, verdammt nochmal!«

»Hast du nicht gehört? Du sollst dich verpissen«, ruft uns eine männliche Stimme zu, ehe niemand Geringeres als Milo neben Troy auftaucht.

Hinter ihm spaziert eine betrunkene Blondine aus einem der Zimmer und sieht Milo verstohlen an, während sie an uns vorbeiläuft. Ihre Haare sind zerwühlt und ihre Wangen glühen rot. Ich zähle direkt eins und eins zusammen und gehe davon aus, dass Milo sie gerade eben noch da drin gevögelt hat.

»Lass deine dreckigen Finger bei dir und such dir eine andere, die du belästigen kannst. Sie ist tabu«, warnt er Troy mit übertrieben ernstem Blick.

*Oh bitte* … Versucht er mich jetzt etwa mit dieser Beschützer-Nummer zu beeindrucken?

Troy verzieht das Gesicht und starrt zwischen Milo und mir hin und her. »Ich wusste nicht, dass sie zu dir gehört, Mann. Bleib ruhig.«

»Ich gehöre definitiv nicht zu ihm«, stelle ich genervt klar und reiße Troy meine Flasche aus der Hand. »Zu dir aber auch nicht, also viel Spaß noch.«

Ich laufe an beiden vorbei, den Flur entlang, und fange an, jede einzelne Zimmertür zu öffnen, um nach Ben zu suchen. Schon bei der zweiten Tür werde ich daran gehindert, als sich ein langer, breiter Körper wie eine Blockade vor mir aufbaut, und mich leuchtend graue Augen anstarren.

»Was willst du, Milo?«, frage ich allmählich verzweifelt und krame nach dem Handy in meiner Tasche. Ich tippe eine SMS an Ben, da reißt er es mir plötzlich aus der Hand und versteckt es hinter seinem Rücken. »Ernsthaft jetzt?«

»Du hast dich nicht bei mir bedankt«, sagt er todernst, woraufhin ich laut lache. Seine Miene verfinstert sich. »Warum treibst du dich mit Typen im Sexgeschoss herum, aber mit mir willst du nicht mal auf einen unschuldigen Kaffee gehen?«

*Unschuldig* und *Milo* – in keiner Welt würde das zusammenpassen.

»Gib mir mein Handy«, weiche ich der Frage aus und strecke ihm ungeduldig meine Hand entgegen. »Ehrlich, ich habe keinen Bock auf diese Unterhaltung.«

Anstatt es mir zu geben, öffnet er rasch die Tür hinter sich, schielt durch den Spalt hinein, und betritt das Zimmer anschließend mit meinem Handy, als er erkennt, dass es nicht besetzt ist. »Ich habe Zeit. Ich kann auf die Antwort warten.«

Hä? Was soll der Mist denn schon wieder? Will er jetzt etwa mein Handy als Geisel behalten, damit ich gezwungen bin, mich mit ihm zu unterhalten? Das hat er doch wirklich nicht nötig, bei den vielen Mädchen hier, die sich freiwillig mit ihm auseinandersetzen würden.

Stocksauer betrete ich das Zimmer und donnere die Tür hinter mir zu. Ohne zu zögern marschiere ich mit wütenden Schritten in seine Richtung.

Belustigt mustert er mich, während er sich auf dem Kingsize-Bett niederlässt, und steckt sich rasch das Handy in die Tasche seiner dunkelblauen Jeans ein. »Willst du mit mir kämpfen?«

Ich verdrehe die Augen und bleibe mit ausgestreckter Hand vor ihm stehen. »Gib es her.«

»Beantworte erst meine Frage«, fordert er und klopft auf die freie Bettkante neben sich. »Lass uns darüber reden.«

»Was gibt es da zu reden? Ich habe kein Interesse an dir«, fauche ich. Als er nicht reagiert, werfe ich ihm einen frustrierten Blick zu. »Komm schon, Milo. Wir sind nicht mehr zwölf. Gib das Handy her und lass mich in Ruhe.«

»Nein.« Er krempelt sich die Ärmel seiner schwarzen Lederjacke hoch und stützt sich mit den Ellenbogen lässig auf seinen Knien ab.

Die Art, wie breitbeinig er dasitzt, die grauen Augen fesselnd auf mich gerichtet, mit diesem Bad Boy Look in Lederjacke und engem weißen Shirt, umhüllt von seiner Parfümwolke, ist wirklich … *Stopp.*

»Ich sehe doch, wie du mich ansiehst«, erklärt er nun kein bisschen belustigt oder spöttisch. »Du siehst mich genauso an wie ich dich, daher weiß ich auch, dass du lügst.«

Vielleicht gehe ich die Sache falsch an? Vielleicht braucht er bloß die Bestätigung, dass er mir tatsächlich optisch gefällt, um mit meiner Abfuhr besser klarzukommen? Immerhin weiß er ja, dass ich zu Ben stehe und ihn wegen der Sache mit Nora noch weniger leiden kann.

Ich exe mein Corona, was mich beinahe zum Würgen bringt, und stelle die Flasche auf dem Schreibtisch neben mir ab. Milo beobachtet mich interessiert dabei. Als ich mich wieder zu ihm umdrehe, lehne ich mich seitlich an den Tisch an und bemühe mich um ein neutrales Gesicht. »Du hast recht. Es wäre eine Lüge, zu behaupten, du würdest mir nicht gefallen, denn das tust du. Allerdings komme ich mit deiner Art und deinem Charakter nicht klar, was mir wiederrum nicht ermöglicht, dich ernsthaft anziehend, geschweige denn sympathisch zu finden.«

»Eine ehrliche Antwort. Damit kann ich arbeiten«, meint er zu meiner Überraschung lächelnd, anstatt mich damit aufzuziehen, dass er mir doch gefällt. Ich dachte eher, er würde wie immer irgendeine bescheuerte, selbstverliebte Aussage von sich geben. »Was an meiner Art stört dich? Ich kann es ändern.«

Ich bekomme Migräne. »Du kannst deinen Charakter nicht ändern, Milo. Und ich glaube kaum, dass du das überhaupt für mich versuchen würdest. Warum solltest du?«

»Ich will nur ein Date«, gibt er mit funkelnden Augen zu. »Gib dir einen Ruck. Vielleicht bin ich ja gar nicht so scheiße, wie du denkst.«

Ich seufze. »Du hast nie Dates.«

Erst runzelt er die Stirn, dann lächelt er verführerisch. »Das ist dir aufgefallen? Dann weißt du ja, wie bedeutend das für mich ist. Ich gehe nie mit Frauen aus. Ich ficke sie bloß.«

Ich will schreien. Oder meinen Kopf gegen die Tischplatte schlagen.

Als er plötzlich aufsteht, sich mir annähert, und noch breiter lächelt, versteife ich mich und halte die Luft an. Dicht vor mir bleibt er stehen und benebelt mein Hirn mit seinem männlichen Duft. »Willst du wissen, was ich denke?«

Will ich das?

»Ich denke, du hast nur Angst davor, mich doch nicht so scheiße zu finden, und deine irrtümliche Meinung über mich revidieren zu müssen. Weil …« Er bedenkt mich mit einem wissenden Blick. »… ich eigentlich ein netter Kerl bin.«

»Bist du das?« Meine Stimme klingt leicht piepsig, weshalb ich mich rasch räuspere. »Das denke ich nämlich nicht. Und ich habe den nicht netten Kerlen für immer abgeschworen.«

Erst jetzt bemerke ich, dass er so nah vor mir steht, dass meine Brust seinen Oberkörper berührt. Er legt den Kopf schief und blickt auf mich hinab. *Gott*, sein Gesicht ist wirklich perfekt! Diese einladenden Lippen, die markanten Gesichtszüge … und sein seidiges Haar schreit geradezu danach, es anzufassen. Er trägt es heute zu einem Seitenscheitel mit gewohnter Welle darin. Diese Mischung aus Kalenderboy und Bad Boy ist wirklich extrem und leider auch verdammt anziehend.

»Du weißt, dass ich dich scharf finde«, lässt er mich ohne mit der Wimper zu zucken wissen, weshalb mir das Blut in die Wangen schießt. »Und du weißt, dass ich immer nur reine Bettgeschichten am Laufen habe. Warum sollte ich mir also die Mühe geben, dich zu umgarnen? Es gibt genug andere. Aber du bist eben interessanter.«

»Mit andere meinst du zum Beispiel die Blonde, die du vorhin erst gevögelt hast?« Ich lächele falsch.

Jetzt seufzt er allmählich verzweifelt. »Okay, das bestreite ich gar nicht. Aber es gibt keinen Grund, weshalb ich mich in Sachen Ficken zurückhalten sollte, oder? Wenn doch, lass es mich jetzt wissen.«

Ein verräterisches Prickeln macht sich in meinem Unterleib bemerkbar, weil er mich so dermaßen intensiv ansieht. Nicht nur sein Aussehen lässt mich alles andere als kalt, es ist ebenso seine tiefe, raue und dermaßen feste Stimme. Er scheint wirklich überzeugt von seinen eigenen Worten zu sein, während ich ihn immer noch misstrauisch mustere. All das passt absolut nicht zu Milo Blayne, daher muss diese Sache einen Haken haben. Aber welchen? Warum sollte genau ich die Eine sein, für die er sich ändern will? Für die er auf seine Betthäschen und die vielen Partys verzichten würde? Bullshit.

*Bu-u-ullshit!* Warum lasse ich mich überhaupt dazu verleiten, darüber nachzudenken? Das muss aufhören. Sofort.

Ich weiche einen Schritt zur Seite, weshalb er sich unmittelbar versteift. Mit durchdringendem Blick und ausdrucksloser Miene sehe ich ihn an. »Ich weiß nicht, aus welchem bizarren, perversen oder gestörten Grund du so hartnäckig an mir dranbleibst, aber es ist mir verdammt egal. Ich will nicht herausfinden, ob ich mich bei dir täusche, ich will einfach, dass du es in Zukunft unterlässt, mir auf den Nerv zu gehen. Und jetzt gib mir bitte mein Handy.«

Milo wirkt tatsächlich gekränkt, was vermutlich nur an seinem aufgeblasenen Ego und der Tatsache, dass ihn kein Mädchen zuvor abgewiesen hat, liegt. In seinem ebenso durchdringenden Blick liegt etwas Verzweifeltes so wie Wütendes. Scheinbar versucht er mich zu analysieren, daher warte ich seine Antwort nicht länger ab, sondern greife ungeniert nach seiner Hosentasche, lasse meine Finger hineinwandern und ziehe mein Handy heraus.

Ich lächele ihn biestig an. »Das war das erste und letzte Mal, dass du meine Finger auch nur in der Nähe deines Schwanzes gespürt hast. Klar?«

Bei dem Wort »Schwanz« ziert ein verdächtiges Schmunzeln seine Lippen. Ich kann mir nicht helfen, aber irgendetwas löst es in mir aus – etwas schrecklich Unangebrachtes. Das Kribbeln in meinem Unterleib nimmt zu und meine Atmung geht ungewollt schneller, was ihm natürlich nicht entgeht.

Shit.

Ohne Vorwarnung macht er einen viel zu großen Schritt auf mich zu, so dass ich zurückweichen muss, und bückt sich zu meinem Gesicht hinab. Seine Lippen schweben nah vor den meinen und ich muss mich inständig bemühen, sie nicht einladend zu öffnen. »Ich gebe nicht auf. Keine Chance. Du wirst deine Meinung über mich ändern, Savannah Sawyer.«

Und schon verschwindet er aus dem Zimmer.

Ich hole einmal tief Luft und schüttele den Kopf. In Zukunft sollte ich mich wirklich an den Vorsatz, nie wieder eine Party zu besuchen, halten. Schon alleine, weil Milo auf jeder anwesend sein wird, und ich seine Nähe unbedingt meiden muss. Allmählich zweifele ich an meiner Selbstbeherrschung und Vernunft.

Mein Handy vibriert und zeigt einen eingehenden Anruf von Ben, den ich augenblicklich annehme. »Ben, lass uns gehen. Ich hasse Partys.«

Stumm lachend sagt er: »Wir treffen uns auf dem Parkplatz, du Spaßbremse.«

# 10
# MILO

Mit dem Vorsatz mich nicht abwimmeln zu lassen, oder jemals aufzugeben, schlendere ich über den Campus und grinse vor mich hin. Laut meinen Nachforschungen steht Pitbull Savannah alias die angeblich unnahbare Königin der Zurückweisung auf diesen sozialen Hilfsscheiß, was für mich bedeutet, dass ich nun auch darauf abfahre, Menschen aus armen Ländern zu helfen an Brot und Wasser zu kommen. Zumindest habe ich das so verstanden, als mir die Streberin mit der Harry Potter Brille von der freiwilligen Aktion erzählte, für die Savannah sich schon zu Beginn des Semesters eingetragen hat. Sie wird am heutigen und nächsten Montagnachmittag stattfinden, also ist der Plan gut, denn so habe ich einen weiteren Vorwand ihr auf die Pelle zu rücken und mich als Gutmensch zu präsentieren.

Fuck. Manchmal bin ich wirklich ein Schwein. Gott sei Dank glaube ich nicht an sowas wie Karma.

Nochmal sehe ich auf den Infozettel, den mir die Harry Potter Braut mitgegeben hat, und vergleiche die Hörsaalnummer mit der vor mir an der Wand. Nummer 9 stimmt und pünktlich bin ich auch – wenn man zehn Minuten Verspätung als pünktlich bezeichnen kann. In meiner Welt ist das beinahe überpünktlich. Ich kanns kaum erwarten, Pitbulls Blick zu sehen, wenn sie mich entdeckt. Gestern auf der Party habe ich sie immerhin sprachlos stehenlassen.

Mit einem Räuspern mache ich meine Anwesenheit bemerkbar und stolziere in den Saal hinein. Direkt vor mir auf einem mit hunderten von Dokumenten überfüllten

Schreibtisch steht eine der Professorinnen und rümpft ihre Nase, als sie mich entdeckt. »Kann ich Ihnen helfen, Mr. Blayne?«

»Wie kann ich Ihnen helfen, ist hier wohl die bessere Frage?« Ich präsentiere ihr mein breitestes Grinsen und suche zeitgleich den Raum nach Savannah ab. Ich entdecke sie in einer der hinteren Reihen, wo sie gerade dabei ist, ein apokalyptisches Chaos aus Zetteln auf dem Boden zu beseitigen.

»Ich glaube, Sie haben sich im Raum geirrt. Hier finden sich die Studenten wieder, die bei der *freiwilligen* Aktion mitmachen möchten«, erklärt sie mit leicht boshafter Stimme und betrachtet mich dabei kritisch.

Okay, ich gebe es ja zu, jeder der mich kennt weiß, dass ich meine Zeit niemals freiwillig für so etwas verschwenden würde – schon gar nicht nachmittags, wo die Vorlesungen längst vorbei sind – aber hey? Das hier grenzt ja beinahe schon an Mobbing, Alter.

»Deshalb bin ich hier«, ringe ich mir bemüht höflich ab und marschiere mit finsterem Blick auf sie zu. »Geben Sie mir schon diese bescheuerten Zettel, damit ich einem Kind in Afrika helfen kann, an Wasser zu kommen.«

Kichern ertönt hinter mir, die Professorin prustet los, und ich stehe unbeholfen und zugegebenermaßen irritiert vor ihrem Schreibtisch und warte darauf, dass mir jemand erklärt, was zum Teufel hier los ist.

»Wie wir es von hier aus schaffen sollten, afrikanischen Kindern den Weg zu einer Trinkquelle zu erleichtern, ist mir zwar ein Rätsel, aber nun gut, darum geht es hier ja auch nicht«, lässt sie mich immer noch lachend wissen und schiebt sich währenddessen großmuttermäßig die Brille an ihrem Nasenrücken hoch. Immer und immer wieder schiebt sie dieses Ding nach oben, während sie sich hinabbückt, um mir anschließend ein paar Dokumente an die Brust zu drücken. »Erst informieren, dann hier auftauchen.«

Da ich aus den Augenwinkeln erkennen kann, dass Savannah mich durch meine kleine Blamage entdeckt hat, und mich nun mit ihrem Satan-Blick bedenkt, lese ich rasch ein paar Zeilen der Dokumente durch und versuche, die Informationen bis in mein Hirn durchsickern zu lassen, um nicht wie der letzte Vollidiot dazustehen.

Da steht etwas von Spenden, Feuerwehr und eine Anleitung zur Designgestaltung eines Flyers.

*What the fuck?*

»Ich bin hier, um einen Flyer zu entwerfen«, reime ich mir also zusammen und beobachte die Reaktion der Professorin. Bitte nicht wieder dieses gehässige Lachen.

»Aha«, meint diese nun skeptisch, aber ziemlich ernst. Das ist gut. »Haben Sie das denn schonmal gemacht? Sind Sie mit dem Programm vertraut?«

»Äh … ja?« Ich schiele zu Savannah hoch, die heftig mit dem Kopf schüttelt, als würde sie meine hinterhältigen Gedanken lesen können. »Meine Partnerin Savannah übernimmt die meiste Arbeit. Sie braucht dafür meine Unterstützung, deswegen bin ich hier.«

Bei ihrem Namen fängt die Alte endlich an zu lächeln und nickt mir fröhlich zu. Scheinbar genießt Savannah einen besseren Ruf als ich und konnte ein paar mehr Sympathiepunkte bei den Professoren einsammeln … *Ha.* Wir wissen ja, wie sie das anstellt.

»Sehr gut«, meint sie also und bedeutet mir, die Treppen hoch zu Savannah zu gehen. »Danke für Ihre Hilfe.«

Ich grinse dämlich. »Aber immer doch.« Ohne zu zögern marschiere ich die Treppen hoch bis zu Savannahs Reihe und ignoriere währenddessen die Blicke der neidischen Weiber in den Reihen neben mir. Kaum stehe ich vor ihr mustere ich sie flüchtig. Wie immer toppt sie mit ihrem Outfit alles und auch ihr dezentes Make-Up gefällt mir. »Dein Partner ist zu Diensten.«

»Bisher dachte ich ja ehrlich, du seist nur ein wenig gestört, aber nun … tja, du musst richtig behindert sein«, lautet ihre höfliche Begrüßung, kurz bevor sie sich seufzend den Zetteln vor sich auf dem Holztisch widmet.

Ich beschließe, ihre Beleidigung zu ignorieren und breite mich auf dem Stuhl neben ihr aus. Fluchend reißt sie einen Zettel unter meinem Arsch hervor, auf den ich mich versehentlich gesetzt habe, und droht, mich hier stehen zu lassen. Also packe ich sie eilig am Handgelenk und sage: »Scheinbar ist dir das hier sehr wichtig, was auch immer das hier sein mag. Warum also nicht meine Hilfe annehmen?«

»Du weißt nicht mal worum es geht?!«, faucht sie und sieht sich beschämt um, da sie mit ihrem beinahe Geschrei alle Blicke auf uns gezogen hat. »Wir gestalten Flyer, um die Leute zu ermutigen, Spenden an unsere örtliche Feuerwehr zukommen zu lassen.«

Mehr als verwirrt lege ich die Stirn in Falten. »Und das ist dir so wichtig, weil ...« Ich mache eine kurze Pause und starre sie fragend an. »... dein Vater Feuerwehrmann ist und sich über die abgefuckten Toilettenräume auf der Feuerwehrwache beschwert?«

Ihre Miene fällt in sich zusammen, der verletzte Blick trifft mich unvermittelt. »Mein Vater ist tot.«

Oh shit. Da bin ich wohl voll ins Fettnäpfchen getreten.

Ich kann nicht leugnen, dass mir ihr gekränkter Blick nahe geht, und zu hören, dass ihr Vater verstorben ist, tut mir ehrlich leid. Also stirbt auch mein Lachen ab und ich fange an, die Dokumente auf dem Tisch vor ihr zu sortieren, auch wenn ich keine Ahnung habe, wie zum Teufel ich sie sortieren soll. Am Ende schiebe ich sie einfach alle zusammen und bilde einen kleinen Stapel daraus. *Zumindest wirkt es jetzt ordentlicher.*

Leicht amüsiert beobachtet sie mich dabei. »Was tust du da?« Ihre Stimme klingt nun schon viel versöhnlicher.

»Dir helfen.« Ich zucke mit einer Schulter. »Habe ich was falsch gemacht?«

»Du machst alles falsch«, murmelt sie stumm lachend vor sich hin und setzt sich neben mich auf den alten Holzstuhl.

Mit einem halb ernsten, halb belustigten Blick sieht sie mich von der Seite aus an. »Ich habe überhaupt kein persönliches Interesse daran, der örtlichen Feuerwehr zu helfen. Allerdings sagte man mir, dass sich das gut in meinem Zeugnis und den Bewerbungen machen wird, und wie du bestimmt schon weißt, studiere ich unter anderem Eventmanagement. Da kann es von Vorteil sein, sich mit den Bearbeitungsprogrammen vertraut zu machen.«

»Gott sei Dank«, schießt es aus mir hervor, woraufhin sie kopfschüttelnd lacht. »Ich dachte mir schon, du hättest vielleicht ein Faible für nackte Feuerwehrmänner und ihre Schläuche.« Ich grinse wie immer dämlich.

Entsetzt starrt sie mich an. »Du bist so ekelhaft, Milo.« Gleich darauf lacht sie wieder und ich muss zugeben, es tut verdammt gut, sie mal locker und gelassen zu erleben. Das passiert seltener als dass ich keinen hochkriege, und das muss was heißen.

Scheinbar hat sie heute einen guten Tag. Ob ein gewisser Meyer dafür verantwortlich ist? Morgensex übt sich bekannterweise immens auf die Stimmung während des Tages aus.

»Woher wusstest du, dass ich hier sein würde?«, fragt sie nun mit prüfendem Blick.

Ich spiele den Unschuldigen. »Ich habe dich zufällig gesehen, und -«

»Lüg doch nicht, du Stalker«, unterbricht sie mich augenrollend. Eine alte Bekannte kommt ebenfalls wieder zum Vorschein: die bis zum Haaransatz hochgezogene Augenbraue. »Du hast dich über mich erkundigt?«

Ich bin auf einem verfickt guten Weg, wie mir der leicht hoffnungsvolle Unterton in ihrer Stimme beweist. Also nicke ich ohne zu zögern und fixiere sie mit meinem intensiven Blick, der ihr wie immer etwas unangenehm zu sein scheint. »Ich habe ja gesagt, ich lasse nicht locker.«

Ihre rötlichen Wangen ziehen meine Aufmerksamkeit auf sich. »Das ist freaky«, sagt sie leise und mit süßlicher Stimme.

*Also lassen sie meine Bemühungen doch nicht kalt?* »Und wie gesagt auch gestört und behindert.«

Ich lächele nur. Mehr gibt es dazu definitiv nicht zu sagen, da sie recht hat. Mein forschender Blick wandert an ihrem Körper hinab, während sie sich daran macht, auf ihrem Laptop ein Bearbeitungsprogramm aufzurufen. In ihrer übelst zerrissenen Jeans und dem roten Karo Hemd, das sie mit einem Knoten auf ihrem Bauch zusammengebunden trägt, sieht sie wirklich lässig aus. Heute trägt sie rote Chucks dazu und eine Armbanduhr mit rotem Stoffband. Wieder zieren unendlich viele Ohrstecker ihr Ohr und das erste Mal, seit ich sie kenne, trägt sie einen Pferdeschwanz, dem ihre dichten, lockigen Haare entfliehen wollen. Ein paar Strähnen haben sich gelöst und tanzen auf ihrer Stirn, alles in allem sieht der Zopf unordentlich und genau deswegen verdammt sexy aus.

Scheiße.

»Hm?«, macht sie unsicher und greift sich auf den Hinterkopf. »Was ist?«

»Seit wann trägst du Zöpfe?«, will ich unnötigerweise wissen, woraufhin sie das Gesicht verzieht.

»Keine Ahnung, seit heute?« Die Augenbraue wandert wieder viel zu hoch. »Du hast ihn angestarrt, als hätten sich irgendwelche Kriechtiere darin eingenistet.«

Räuspernd wende ich den Blick von ihr ab und lasse ihn durch den Saal schweifen. Alle, bis auf die paar Weiber, die mich immer noch verbittert niederstarren, sind schwer beschäftigt und in ihre Laptops oder Dokumente vor sich vertieft.

»Hab schon verstanden«, meint sie nun wieder mit gewohnt zickiger Stimme. »Er sieht scheiße aus. Na und? Ich will dir nicht gefallen. Wenn du mich dann in Ruhe lässt, trage ich von nun an jeden Tag einen beschissenen Pferdeschwanz.«

»Woah, warte mal.« Ich fuchtele abwehrend mit einer Hand vor ihrem Gesicht herum. »Das habe ich niemals behauptet, also sei still.«

»Wie bitte?« Wieder faucht sie so laut, dass uns alle anstarren. »Sorry«, ruft sie gleichdarauf durch den Saal und rutscht peinlich berührt in ihrem Stuhl hinab. »Arschloch.«

Ich rutsche auf die selbe Höhe wie sie hinab und lehne mich an ihrer Schulter an, was ihr prompt missfällt. »Warum bin ich ein Arschloch, weil mir dein Zopf gefällt?« Ich starre sie ohne zu blinzeln an.

Ihr Blick wird weicher, dennoch bleibt er leicht verbissen. Die Antwort kommt so zögerlich, dass ich beinahe glaube, sie kommt gar nicht mehr. »Vergiss es.«

Na gut. Bei der überflüssigen Antwort wäre es wohl aufs selbe hinausgelaufen, hätte sie mir gar keine gegeben.

Seufzend reibe ich mir über die Schläfen und frage mich, weshalb ich mir das nochmal alles antue. Professor Meyer ist zwar ein Bastard, aber …

Das laute Klingeln ihres Handys reißt mich aus den Gedanken. Shaggys *it wasn't me* ertönt und ich frage mich unwillkürlich, wer sich für solch einen bescheuerten Klingelton entscheidet.

Sofort wühlt sie in ihrer Tasche, wirkt regelrecht panisch, als wäre sie von ihrem scheiß Handy besessen oder als ginge es um Leben oder Tod, sollte sie nicht rechtzeitig rangehen. Zu meiner Überraschung entschuldigt sie sich nicht für die Störung, sondern haut auf das Display ein, klatscht sich das Gerät ans Ohr und platzt ohne zu zögern hervor: »Savannah Sawyer, hallo? Was ist los?«

Muss ich das jetzt verstehen? Ihre Stimme klingt leicht weinerlich und über alle Maße zitternd.

»Aha«, sagt sie jetzt und greift sich auf die Stirn. Ihr Gesicht wird blass. »Ich verstehe, ja, ja … Aha … I-ich werde sofort kommen. Bitte versuchen Sie bis dahin alles nur Mögliche, ja?«

Noch bevor ich sie fragen kann, was los ist, legt sie auf, stopft das Handy zurück in die Tasche und erhebt sich ruckartig. Sie donnert den Bildschirm ihres Laptops zu und steckt sich das Teil unter den Arm, ehe sie unsanft versucht, sich an meinen Beinen vorbei zu quetschen.

»Was ist passiert?«, will ich ehrlich beunruhigt wissen. Sie gibt mir keine Antwort, sondern kickt meinen Fuß mit ihrem eigenen beiseite und drängt sich an mir vorbei. »Savannah! Warte.«

Ich laufe ihr hinterher und werfe der Professorin einen entschuldigenden Blick zu, die bloß angestrengt seufzt. Auf dem Flur hole ich Savannah ein und packe sie am Ellenbogen, um sie zum Stillstand zu bringen. Die Kleine läuft wie eine verfluchte Rennmaus. »Sprich mit mir! Ist alles in Ordnung?«

Ihr Blick schweift abwesend umher, ihre Raubtieraugen sind plötzlich ganz glasig. »Nein, ich … ich muss …« Kurz schließt sie ihre Augen, vermutlich um sich zu sammeln und nachzudenken, dann fängt sie leicht an zu zittern und zieht ihren Arm von mir weg. »Ich muss gehen.«

»Wohin?« Ich laufe ihr wieder hinterher. Sie überrennt beinahe alle Leute, die ihr über den Weg laufen, und schubst ein paar andere achtlos zur Seite, wenn sie ihr im Weg stehen. »Scheiße, beruhige dich mal, Savannah! Sag mir, was los ist.«

Entgeistert steuert sie auf die Tür zu, die auf das Unigelände und direkt auf den großen Parkplatz hinausführt, dann drückt sie sie mit der Schulter auf und fängt an noch schneller vorwärts zu laufen. Angestrengt laufe ich also ebenfalls schneller und fühle mich dabei wie ein scheiß Bulle, der einen Drogendealer verfolgt, bis sie unerwartet stehenbleibt und ich an ihrem Rücken abpralle.

»Fuck! Scheiße! Mist!«, flucht sie schreiend und klatscht sich beide Hände ins Gesicht. Ihr Laptop geht zu Boden und ich schaffe es gerade im letzten Moment noch, ihn vor dem sicheren Tod zu bewahren. »Mein Auto!«

Das hier wird mir definitiv zu stressig. Ich habe zu wenig gepennt, um zu verstehen, was plötzlich ihr Problem ist. Ich packe sie etwas grob am Arm, wirbele sie zu mir herum und drücke ihr den noch heilen Laptop an die Brust. »Könntest du mir endlich sagen, was hier gerade passiert? Ich blicke nicht durch.«

Zögerlich sieht sie sich auf dem Parkplatz um, dann erklärt sie resigniert: »Ich muss wirklich dringend wohin. Jetzt! Und Ben hat sich vorhin mein Auto geliehen, weil er seines heute Morgen zum Mechaniker gebracht hat, also …«

»Ich fahre dich«, beschließe ich ohne zu zögern und steuere auf meine Harley zu. Als ich keine Schritte hinter mir wahrnehmen kann, bleibe ich genervt stehen und drehe mich wieder zu ihr um. »Was ist jetzt?! Dachte, es ist dringend.«

Mit großen Augen starrt sie auf meine Harley, dann in mein Gesicht. »Die Fahrt könnte länger als zehn Minuten dauern …«

»Und?« Wohin muss sie denn? Auf den Mond? »Wo ist das Problem?«

Sie macht ein paar unsichere Schritte auf mich zu. »Es ist nicht wegen meiner Angst, sondern … ach, vergiss es. Danke.« Ehe ich mich versehe, hat sie ihren Laptop einem Mädchen in die Hand gedrückt und darum gebeten, ihn vorübergehend aufzubewahren, und steht nun schon mit aufforderndem Blick ungeduldig vor meiner Harley.

Frauen soll man verstehen.

# 11
# SAVANNAH

Zwar habe ich mir gewünscht, dass Milo sich bemühen würde, mich so schnell wie möglich zu meiner Mutter ins Pflegeheim zu bringen, allerdings macht mich die schnelle Fahrt auf seiner Maschine noch unruhiger und panischer als ohnehin schon.

Als er mir anbot, mich zu fahren, stutzte ich tatsächlich, obwohl ich um alles auf der Welt zu meiner Mom wollte. Die Pflegerin am Telefon meinte, sie hätte einen ihrer Anfälle, in denen sie nach mir ruft und sich kurzzeitig nicht auskennt. Üblicherweise hilft es, wenn sie mich sieht und auch die Erkenntnis, wo und warum sie sich dort befindet tritt unmittelbar wieder ein. Aber mit jemandem wie Milo etwas derart Privates zu teilen, könnte ein großer Fehler sein. Nur Ben weiß, warum und wo sich meine Mutter befindet, und eigentlich wollte ich auch, dass das so bleibt. Das geht immerhin niemanden etwas an. Milo wird sich vermutlich über ihre unbeholfene Art lustig machen, oder sich totlachen, sollte sie anfangen, mit mir zu sprechen als wäre ich ein kleines Kind. Es ist schwierig zu sagen, wie sie sich heute fühlt, denn es ändert sich in der Regel stündlich. Sie leidet an Demenz im Anfangsstadium und schweren Depressionen, mal ist es heftiger, mal geht es ihr halbwegs gut. Das ist jedoch auch der Grund für die benötigte 24h Pflege und Aufsicht.

Ich dirigiere Milo mit Handbewegungen in die Richtung, in die er abbiegen muss. Ich erkenne die Gegend wieder und weiß, dass wir in unmittelbarer Nähe des *Force Hill*

Pflegeheims sind. Wir sind gute fünfundvierzig Minuten gefahren und es fängt allmählich an zu dämmern. Die Gegend, in der das Heim liegt, ist etwas abgelegen und von sehr viel Wald und Grünem umgeben. Die Ruhe in dieser Gegend hat etwas wirklich Beruhigendes an sich und auch das Personal ist irrsinnig nett und hilfsbereit, weshalb ich mich für dieses etwas weiter entfernte Heim entschieden habe, bevor ich auf das College übersiedelte.

»Wir müssen in die nächste Einfahrt rein«, sage ich laut genug, damit er mich durch den starken Wind hindurch hören kann. Wie letztes Mal umschlinge ich ihn von hinten mit meinen Händen und presse mich fest an ihn.

Milo nickt und biegt kurz darauf rechts ab. Als er immer langsamer auf das Anwesen zurollt, und schließlich auf dem Parkplatz zum Stillstand kommt, springt mir das Herz beinahe aus der Brust. Die Realität, dass ich mich mit Milo vor dem Pflegeheim meiner Mutter befinde, holt mich ein, und versetzt mir einen Schlag tief in die Magengrube. Mir ist das ganz und gar nicht geheuer, aber was blieb mir anderes übrig?

Ich setze den Helm ab und schwinge mich von der Maschine. »Du kannst fahren, ich … rufe mir dann ein Taxi.«

Milo wirft mir einen fragenden Blick zu, während er sich durch das zu Berge stehende Haar fährt. »Ich werde mit dir kommen, Savannah. In dieser Gegend würdest du vermutlich ewig auf ein Taxi warten und es würde dich einen Haufen Kohle kosten.«

»Das macht nichts«, plappere ich eilig und entferne mich einen Schritt rückwärts von ihm und der Maschine. Mein Herz flattert ungut und ich hole tief Luft. »Danke für das Fahren. Das war wirklich nett von dir, aber -«

»Kein Aber«, wirft er entschieden ein und stellt den Motor ab. Als er sich ebenfalls von der Maschine schwingt, schlucke ich schwer. »Sagst du mir jetzt, was los ist?«

Ich werfe einen Blick über meine Schulter. Von hier aus erkennt man das Pflegeheim als normales Haus mit grauer

Fassade. Jetzt wäre es mir also noch möglich, ihn nicht einzuweihen und im Dunkeln tappen zu lassen.

Milo macht diese Gedanken zunichte, als er auf mich zukommt und die Stirn runzelt. Ich versuche, ihn aufzuhalten, er geht jedoch stoisch weiter und stößt einen Seufzer hervor.

Großartig.

Also laufe ich los, ohne ihn zu beachten. Ich werde immer schneller und ehe ich mich versehe, reiße ich die Tür zum Pflegeheim auf und laufe in den Empfangsbereich hinein. Milo folgt mir und bleibt dicht hinter mir stehen, als ich mich zu der Empfangsdame umdrehe. Ich will seinen Blick nicht sehen, jetzt wo er erkennt, wo wir uns befinden, und ich will ihm auch nichts erklären müssen. Ich will bloß zu meiner Mom.

»Hi«, begrüße ich die Dame also gezwungen höflich. »Schwester Clara hat mich angerufen und um mein Kommen gebeten. Savannah Sawyer mein Name, meine -«

»Ja, natürlich. Kommen Sie«, meint sie direkt und nickt Milo zur Begrüßung zu. Sie bedeutet uns, ihr zu folgen, und läuft wie vermutet zum Fahrstuhl. »Gott sei Dank konnten wir sie so weit beruhigen, dass sie sich nun schon wieder in ihrem Zimmer aufhalten kann. Was ihr heutiger Auslöser war, wissen wir leider nicht, Miss Sawyer.«

»Da gibt es viele Trigger«, murmele ich und drücke eilig den Fahrstuhlknopf, als sich die Türen drohen zu schließen. »Wo war sie denn zu dem Zeitpunkt?«

»Im Aufenthaltsraum.« Die leicht ergraute Dame lächelt mich sanft an. »Ich bin mir sicher, sobald sie Sie sieht, geht es ihr wieder viel besser. Heute haben Sie sogar Gesellschaft mitgebracht, wie reizend.«

Das erinnert mich gezwungenermaßen wieder an meinen ungewollten Begleiter neben mir, der mir nicht deutbare Blicke durch den Spiegel zuwirft. Würde ich raten müssen, würde ich sagen, er sieht entsetzt, verwirrt und beunruhigt aus. Vermutlich ist ihm jetzt, wo er weiß, was womöglich auf ihn zukommt, unwohl dabei, mich begleitet zu haben. Sein Pech.

Ich senke meinen Blick und atme erleichtert aus, als sich die Fahrstuhltüren öffnen. Ohne zu zögern husche ich hinaus und bedanke mich beiläufig bei der älteren Dame, ehe ich zielsicher das Zimmer mit der Nummer 035 am Ende des langen grauen Ganges anvisiere.

»Savannah«, höre ich Milo hinter mir flüstern. Wir ziehen ein paar Blicke der Patienten, die vor ihren Türen stehen, auf uns. »Warte mal, bitte.«

Vor der Zimmertür bleibe ich abrupt stehen und versuche, mich zu sammeln. Ich möchte nicht, dass meine Mom mitbekommt, wie unwohl ich mich fühle, oder dass ich nervös bin, denn das würde sie automatisch ebenfalls nervös machen, und deswegen bin ich nicht hier. Ich bin hier, um ihr ein gutes, vertrautes Gefühl der Sicherheit zu vermitteln.

»Milo«, platzt es daher leicht panisch aus mir hervor. Ich drehe mich zu ihm um und schlucke erneut, weil sein Gesicht leicht blass und hilflos aussieht. »Hör zu, du kannst hier warten, oder fahren, es ist mir egal. Nur ich bitte dich, keine dummen Witze zu reißen oder dich auf irgendeine Weise unangebracht zu verhalten. Kannst du das einmal für mich tun?«

Ausdruckslos nickt er. Bevor er doch noch etwas sagt, dass mich bereuen lassen könnte, mit ihm hierher gefahren zu sein, öffne ich die Tür zu dem Zimmer meiner Mutter und setze mein wärmstes Lächeln auf.

»Hey, Mom«, sage ich mit ruhiger Stimme und mustere sie eilig. Sie sieht besser aus, als ich erwartet hätte, was bedeutet wohl, sie hat sich wieder beruhigt. Lediglich ihre Haare sehen stumpf und durcheinander aus, vermutlich hat sie, während ihres Ausbruchs, wieder daran gezerrt. »Wie geht's dir?«

»Sav«, sagt sie mit zerbrechlicher Stimme, was mir direkt einen Stich ins Herz versetzt. Sie erhebt sich von ihrem Schaukelstuhl und macht ein paar wackelige Schritte auf mich zu. »Du warst mich doch erst vor einigen Tagen besuchen. Hast du nichts zu tun an der Uni?«

Erleichtert darüber, dass sie sich scheinbar problemlos an alles erinnern kann, lächele ich breiter und ziehe sie in eine Umarmung. »Nein, Mom. Ich hatte Zeit und wollte dich sehen.«

»Wie schön.« Sie schlingt beide Arme um mich und riecht wie immer an meinem Hals. »Ich habe deinen Geruch vermisst, Liebes … Seit wann trägst du denn einen Zopf?«

Das bringt mich dazu, leise zu kichern. Der Stein, der mir vom Herzen fällt, weil es ihr gut zu gehen scheint, ist wirklich verdammt riesig. Ich kann wieder normal atmen, ohne dabei dieses unerträgliche Ziehen in der Brust zu verspüren. »Seit heute. Gefällt es dir?«

Mit einem leisen Seufzen setzt sie sich zurück in ihren Schaukelstuhl und lächelt mich an. Sie sieht müde aus, ihr noch ziemlich faltenfreies Gesicht wirkt trüb und blass. Meine früher so fitte Mom in diesem jungen Alter schon in einem gottverdammten Pflegeheim zu sehen, tut weh. Mehr als ich je zugeben würde. Es zerreißt mein Herz in tausend Stücke und die Tatsache, dass sie dieses Heim wohl nie wieder verlassen wird, zerfetzt es nochmal in ein paar tausend mehr.

»Du siehst immer wunderschön aus«, schmeichelt sie mir. Ich hocke mich vor ihren Stuhl und streichele ihr erst die Haare glatt, dann über die Beine. Sie trägt schon ihr Nachthemd, obwohl es noch relativ früh am Abend ist. »Ich weiß, warum du hier bist, Sav.«

»Ja?« Prüfend mustere ich ihr Gesicht und lasse meinen Blick an ihren Armen und Beinen hinabgleiten. Sie hat ein bisschen abgenommen und ich nehme mir vor, mit den Schwestern darüber zu sprechen. »Was war denn los, Mom?«

Ihre bernsteinfarbenen Augen funkeln mich erschöpft und kraftlos an. »Wenn ich das wüsste, Sav. Manchmal kann ich nicht erklären, warum ich mich fühle, wie ich mich fühle. Da sind so viele Emotionen in mir und ich muss sie einfach rauslassen … manchmal kann ich nicht mal kontrollieren, was ich sage oder wie ich handele. Die Gedanken sind so verwirrend.«

Ich versuche nicht zu blinzeln, um die Tränen, die sich in meinen Augen bilden, zurückzuhalten. »Das ist okay, Mom. Alles ist gut.«

»Dafür fühle ich mich jetzt sehr klar, das ist nicht oft der Fall«, erklärt sie und streichelt mir über den Kopf. »Es tut mir leid, dass ich dir solche Umstände mache, Sav. Ich weiß, dass du -«

»Sag so etwas nie wieder, Mom«, unterbreche ich sie schärfer als gewollt und eine Träne findet zu meinem Leid den Weg über meine Wange. »Du weißt, dass ich immer für dich da bin. Ich habe es dir versprochen. Wir haben doch nur mehr uns, nicht?«

Gerade lächelt sie mich an und öffnet ihren Mund, um etwas zu erwidern, da blickt sie mit großen Augen hinter mich. »Du hast einen Freund mitgebracht«, schießt es hörbar erstaunt aus ihr hervor. »Ist es Ben?«

Oh nein …

»Nein, Mom, es ist nicht Ben. Es ist bloß -«

»Freut mich, Sie kennenzulernen, Mrs. Sawyer«, höre ich Milos überaus höfliche Stimme hinter mir, kurz darauf das Schließen der Zimmertür. Seine Schritte kommen näher. »Ich hoffe, es macht Ihnen nichts aus, dass Savannah mich mitgebracht hat.«

Ich spüre seinen Körper dicht hinter mir und erhebe mich blitzschnell. Meine Knie sind so weich, dass ich dabei beinahe wieder zu Boden gehe. Sein Parfum breitet sich unwillkürlich im gesamten Raum aus, mein Herz klopft ein paar Takte schneller.

Milo streckt meiner Mutter, die ihn immer noch mit großen, verträumten Augen mustert, die Hand entgegen. »Ich bin Milo Blayne. Ich besuche dasselbe College wie Ihre Tochter, Ma'am.«

»Oh, nennen Sie mich Daisy«, sagt sie mit einem Lächeln und streichelt ihm über die Hand. »Wie nett, dass Sie meine Tochter begleiten.« Sie wirft mir einen stolzen Blick zu.

Ich traue mich nicht, Milo anzusehen, weil mir die Situation derart unangenehm ist. Wenigstens konnte er sich zu einer höflichen Begrüßung überwinden, wenn er uns scheinbar schon von der Tür aus belauscht hat. Dabei dachte ich wirklich, er wäre längst gefahren.

»Warum hast du mir deinen Freund nicht gleich vorgestellt, Sav?«, fragt sie nun und sieht zwischen Milo und mir hin und her. »So ein attraktiver Mann.«

»Mom«, ermahne ich sie und erröte unmittelbar. »Bitte …«

Milo lacht. Es klingt aufrichtig und viel freundlicher, als es bisher jemals geklungen hat. Mein ganzer Körper vibriert dadurch. Ich höre, wie er einen Stuhl über den Boden hinter mich zieht, und spüre seine warme Hand kurz darauf auf meiner Schulter. Ich blinzele ihn verunsichert an.

»Willst du dich nicht hinsetzen?«, fragt er sanft lächelnd und nickt zu dem Stuhl. Perplex lasse ich mich darauf sinken und beobachte ihn dabei, wie er sich einen weiteren schnappt und neben den meinen stellt. Als er darauf Platz genommen hat, lächelt er meine Mom an. »Das ist sehr nett von Ihnen, Ma'am. Jetzt weiß ich, woher Savannah diese unglaublich schönen Augen hat.«

*Oh.*

Was? Ich kann nicht klar denken. Ist das nur Show? Warum er ist so verdammt höflich und vorbildlich? So wenig er selbst? Oder ist das etwa sein wahres Ich? Kaum vorstellbar.

Meine Mutter kichert verlegen. So habe ich sie lange nicht mehr gesehen. »Du solltest Milo öfter mitbringen, Sav. Ich habe selten solch charmante Gesellschaft.«

»Jetzt schmeicheln Sie mir aber zu sehr«, meint Milo prompt und lächelt mich von der Seite an. »Wenn Sie das möchten, komme ich gerne wieder. Vielleicht zu einer früheren Tageszeit? Ein Spaziergang in dieser Gegend wäre sicher sehr schön.«

*Wirklich jetzt?*

»Das wäre toll«, erwidert sie begeistert. Sie wirkt fröhlich und ein wenig aufgeregt. »Und woher kennen Sie meine Tochter? Sind Sie …«

»Ein Paar?« Milo funkelt mich amüsiert an.

»Sind wir nicht«, melde ich mich auch endlich zu Wort. Meine Mutter wirkt unwillkürlich enttäuscht.

Milo scheint sich nicht an meiner abweisenden Art zu stören. Im Gegenteil – ich glaube, er sieht nun seine Chance, mich umzustimmen. Oder zumindest meine Mutter von sich zu überzeugen. Mit einem Seufzen lehnt er sich etwas zu ihr und flüstert, so dass ich es auch hören kann: »Ich versuche so verbissen, ein Date mit Ihrer Tochter zu ergattern, aber sie lässt mich immer wieder abblitzen. Weil ich nicht lockerlasse, unterstellt sie mir sogar eine geistige Behinderung. Muss ich mir das zu Herzen nehmen oder ist das so ihre Art?«

Meine Mutter prustet los, was ich tatsächlich ewig nicht mehr erlebt habe. Ich hingegen starre ihn entsetzt an. »Milo«, presse ich mit vorwurfsvoller Stimme hervor, doch er stimmt in das Gelächter meiner Mutter mit ein, ohne mein rotes Gesicht zu beachten. »Ehrlich, das ist nicht witzig!«

»Ein bisschen schon, Liebes«, sagt meine Mutter und wischt sich die Lachtränen aus den Augen. »Nimm nicht alles so ernst. Außerdem kannst du ganz schön gemein sein, wenn du möchtest.«

»Oh, ja …« Milo nickt ihr mit ernstem Gesichtsausdruck zu. »Aber ich gebe nicht auf, Mrs. Sawyer. Ich bin fest entschlossen, sie umzustimmen, egal welche Dinge sie mir unterstellt.«

»Das nenne ich mal einen Mann«, lobt sie ihn, woraufhin ich die Augen verdrehe. Dennoch kann ich mir ein leises Kichern nicht verkneifen. »Sav war schon immer sehr speziell und kompliziert. Sie hatte viele Verehrer, doch wenige waren ihrer Meinung nach gut genug. Es wäre schön, würde sie sich mal öffnen und endlich ihr Glück finden.«

»Woah, okay – an dieser Stelle sollten wir das Gespräch beenden«, plappere ich peinlich berührt und schüttele den Kopf. »Du darfst dich nicht mit ihm verbünden, Mom. Das spricht gegen unseren Mutter-Tochter-Kodex.«

»Ich glaube, Milo könnte es wert sein, ihn zu brechen«, erwidert sie entschlossen und kichert vor sich hin. Mit einer Hand winkt sie ab und sieht nun wieder Milo mit verträumtem Blick an. »Wie das auch ausgehen mag, ich würde mich über einen Spaziergang mit Ihnen sehr freuen. Und bitte nennen Sie mich Daisy.«

»Das freut mich zu hören, Daisy«, gibt Milo ungewohnt charmant zurück und nickt ihr dankbar zu.

Ich verstehe absolut nicht, was hier gerade passiert. Milo, der Obermacho und Arsch Nummer 1, sitzt hier mit mir in einem Pflegeheim und bringt meine Mom zum Lachen. Er ist höflich und macht einen überdurchschnittlich guten Eindruck, was er scheinbar nicht mal beabsichtigt tut. Es ist einfach seine lockere, überhaupt nicht abgeschreckte Art. Sogar Ben, der meine Mutter schon lange kennt, schafft es nie, so gelassen mit der Situation umzugehen, oder sie dermaßen fröhlich zu stimmen.

Ob ich mich vielleicht doch in Milo getäuscht habe?

Während er meiner Mutter, auf ihre Frage hinauf, etwas über sich und seine hoffentlich eintretende Basketballkarriere erzählt, mustere ich ihn gedankenvertieft von der Seite. Er trägt eine graue, enge Hose, darüber ein schwarzes Shirt und die schwarze, schwere Lederjacke. Schwarze Sneakers zieren seine Füße und eine silberne Uhr sein Handgelenk. Seine Haare sind von der Motorradfahrt etwas zerwühlt, was jedoch wie immer sexy an ihm aussieht. Heute ist er glattrasiert und duftet neben Parfum noch nach einem frischen Aftershave.

Ich finde absolut nichts, was mir nicht an ihm gefällt. Im Gegenteil – er wirkt durch seine plötzlich veränderte Art noch viel attraktiver und anziehender auf mich. So … so anders eben. Irgendwie überwältigend anders. Als er und meine Mutter anfangen über eine Aussage von ihm zu lachen, stimme ich unbewusst in das Lachen mit ein. Die kleinen Fältchen, die sich beim Grinsen auf seinen Wangen bemerkbar machen, lassen ihn weniger perfekt und mehr menschlich wirken.

Ich höre mich wirklich total gestört an, fällt mir auf. Ich klinge wie ein verliebter Teenie!

»Es tut mir leid, Sie stören zu müssen, aber die Besuchszeit ist leider zu Ende«, sagt eine weibliche Stimme hinter uns, woraufhin meine Mutter enttäuscht seufzt.

Ich nicke der Schwester zu und lächele meine Mom an. Es tat wie immer gut, sie zu sehen. »Ich komme bald wieder, ja?«

»Alles gut«, bestätigt sie mich und funkelt mich mit ihren leuchtenden Augen warmherzig an. Unwillkürlich erinnere ich mich an Milos Kompliment und frage mich, ob er das tatsächlich ernst gemeint hat. *Unglaublich schöne Augen.* »Euer Besuch war sehr nett. Vielleicht sehen wir uns ja bald wieder, Milo.«

Er küsst sie unerwartet liebevoll auf die Wange, woraufhin sie noch mehr strahlt, und nickt. »Das würde mich sehr freuen.«

Total überrumpelt erhebe ich mich von dem Stuhl und drücke sie. »Mach's gut, Mom. Hab dich lieb.«

Milo wartet schon vor der Tür auf mich, als ich mich widerwillig von ihr entferne und schließlich die Tür hinter mir zuziehe. Ein sanftes Lächeln umspielt seine Lippen, während er sich lässig beide Hände in die Taschen seiner Lederjacke steckt. »Ich mag deine Mom.«

»Sie dich auch«, murmele ich immer noch verwirrt und zwinge mich ebenfalls, zu lächeln.

*Er hat ihr einen Wangenkuss gegeben.* So etwas Liebevolles hätte ich in meinen Träumen nicht von ihm erwartet.

Wir starren uns eine gefühlte Ewigkeit lang nur an, der Moment wird jedoch von einer Pflegerin unterbrochen, als sie wie ein Wirbelwind zwischen uns hindurch huscht. »Wir sollten gehen …«, sage ich leise.

»Ja«, erwidert er gedankenvertieft und löst schließlich den intensiven Blick von mir.

Wir spazieren in Richtung des Fahrstuhls und verabschieden uns von der Schwester, an der wir vorbeilaufen. Kaum stehen wir hinter verschlossenen Türen sehen wir uns wieder gegenseitig in die Augen. Ich kann es kaum erklären, aber da ist dieser Moment. Ein Moment, von dem ich nie dachte, dass es ihn jemals zwischen uns geben würde. Unsere Blicke sind keineswegs gierig oder herausfordernd, auch nicht prüfend oder verwirrt, sie sind einfach da. Ein Gefühl der Vertrautheit baut sich dadurch zwischen uns auf und ich fühle mich plötzlich nicht mehr unwohl in seiner Gegenwart. Auch das Gefühl, ständig vor ihm auf der Hut sein zu müssen, ebbt unmittelbar ab. Seine grauen Augen glänzen und schimmern mehr denn je.

Das Klingeln des Fahrstuhls reißt mich aus meinen Gedanken. Ich gehe vor und winke der Empfangsdame zu, während Milo dicht hinter mir hergeht.

*Gott.* Ich hatte wirklich einen Moment mit Milo. Einen dieser Momente, die man nur mit besonderen Menschen hat. Einen Moment, den ich Ewigkeiten nicht mehr hatte – und jetzt habe ich ihn mit ihm. *Einen Milo-Moment.*

»Du dachtest doch nicht etwa, dich dafür schämen zu müssen?«, bricht er auf dem Weg zu seinem Motorrad unser Schweigen, und ich sehe zu ihm auf. Seine grauen Augen senden heftige Blitze durch meinen Körper. »Oder hast du dich für mich geschämt?«

Die ehrliche Frage wirft mich komplett aus der Bahn. Ich fange an, hektischer zu atmen, und wende den Blick von ihm ab. »Ich … keine Ahnung.«

Anstatt eines Seufzens oder einer Beleidigung, zieht er sich plötzlich die Lederjacke aus, legt sie mir über die Schultern und lächelt zurückhaltend. »Wird vermutlich etwas kalt während der Rückfahrt. Es ist schon spät.«

Es ist in der Tat mittlerweile dunkel und ziemlich frisch. Warum, verdammt, ist er so zuvorkommend? Was steckt dahinter? Oder ist es genau das, was hinter der Macho-Fassade steckt? *Gott*, ich weiß es nicht. Und dieses Unwissen beunruhigt mich zugegebenermaßen sehr.

Ich darf nicht wieder mein Herz an jemanden verlieren, der es mir bricht. Erst mein Vater, dann Professor Meyer, und jetzt Milo? Das sollte nicht passieren. Ich sollte es besser wissen.

Und doch fühlt es sich gut an, mich wieder an ihn zu schmiegen, während er, sexy wie er ist, den Motor der Harley aufheulen lässt und gleichdarauf von dem Anwesen fährt.

# 12
# MILO

Als wir auf dem Campus parken, löst Savannah nicht wie üblich ihre Hände von meinem Bauch, als wäre ich giftig, sondern verharrt dort, bis ich den Motor ausgeschalten habe und mich mit dem Kopf zu ihr umdrehe. Sie zieht sich den schweren, zu großen Helm vom Kopf und lächelt mich sanft an.

Ich kann es nicht genau beschreiben, aber da ist etwas in ihrem Blick. Etwas Neues, Fremdes. Im Pflegeheim ihrer Mutter gab es diesen Blickkontakt im Fahrstuhl, der mich aus welchen Gründen auch immer ein bisschen aus der Bahn geworfen und zum Grübeln gebracht hat. Für einen klitzekleinen Augenblick war ich bereit, meinen Plan über Bord zu werfen, allerdings habe ich mich schnell wieder gefangen und mir eingeredet, dass Savannah keine größere Bedeutung für mich hat. Sie ist ein wichtiger Teil meines Plans, mehr nicht. Der notwendige Schachzug zum Schachmatt. Da ändert die Situation mit ihrer Mutter auch nichts daran.

»Danke«, sagt sie leise und schwingt sich von der Maschine. Ich nehme ihr den Helm aus der Hand und steige ebenfalls ab. »Für alles.«

Unwillkürlich sehe ich sie an. Das erste Mal im Leben habe ich das Bedürfnis, etwas über eine Frau zu erfahren. Ich will wissen, warum ihre Mutter ist, wo sie ist, wie sie damit klarkommt und was ihrem Vater zugestoßen ist. Noch nie hat mich das Leben eines Mädchens interessiert, das ich flachlegen will. Niemals. Aber ich habe eben auch noch nie einen derart privaten Einblick geboten bekommen.

Als ich vor dieser Zimmertür stand, lauschte ich beabsichtigt. Ich dachte erst, ihre Großmutter wäre darin, als ich jedoch hörte, wie sie *Mom* sagte, lief es mir kalt den Rücken hinunter. Noch schlimmer aber, als ich schließlich eintrat und ihre Mutter sah. Sie sieht verdammt jung aus und passt überhaupt nicht in ein spartanisch eingerichtetes Pflegezimmer. Und dann war sie noch so verdammt nett … Ich hatte tatsächlich kurzzeitig Schuldgefühle wegen meines Vorhabens. Es war definitiv keine gute Idee, sie zu begleiten.

»Kein Ding«, erwidere ich so gelassen wie nur möglich und mustere sie flüchtig. Sie trägt immer noch meine Lederjacke und sieht darin mega heiß aus. »Behalte die Jacke. Gib sie mir bei unserem Date.« Ich zwinkere.

Ein Schmunzeln ziert ihre Lippen, während sie sich die Lederjacke abstreift und mir anschließend reicht. Mit einer Hand winkt sie mir zum Abschied, ehe sie sich langsam umdreht und zwei Schritte vorwärts geht. Als sie zögerlich wieder stehen bleibt, halte ich inne. »Ein Kaffee wäre vielleicht doch nett.« Sie wirft mir einen unsicheren Blick über die Schulter zu.

Jackpot. Jaaaackpot! Am liebsten würde ich meine Faust jubelnd in die Höhe strecken und tanzen. Endlich gibt sie nach und jetzt weiß ich auch ultimativ, wie ich die Sache anzugehen habe. Welche Knöpfe ich drücken muss, um sie zu knacken. Der Besuch bei ihrer Mutter war also doch eine gute Idee.

»Gibst du mir deine Nummer oder muss ich dich auf dem Campus verfolgen?«, frage ich in bester Laune und mache einen Schritt auf sie zu, während ich mir die Lederjacke anziehe.

Sie sieht zu mir auf und schüttelt stumm lachend den Kopf. Manchmal vergesse ich glatt, wie winzig sie ist. Ich bin einen ganzen Kopf größer als sie, sie reicht mir exakt bis zum Kinn.

»Speicher sie dir ein, bevor ich es mir wieder anders überlege.«

Das lasse ich mir nicht zweimal sagen. Unverzüglich krame ich mein Handy aus meiner Hosentasche und speichere mir die Nummer ein, die sie mir ansagt. Um zu überprüfen, ob es sich dabei auch tatsächlich um die richtige handelt, lasse ich es bei ihr klingeln.

Rihannas *Diamonds* ertönt und ich runzele die Stirn. »Ein anderer Klingelton?«

Nickend zieht sie das Handy aus ihrer Tasche heraus und drückt darauf herum. »Das Lied von Shaggy ist das Lieblingslied meiner Mom. Wenn ich es höre, weiß ich, dass mich das Pflegeheim anruft.«

Alles klar. Clever, muss ich ihr lassen. »Wie wäre es morgen Abend?«, frage ich eilig, da ich das Gefühl nicht loswerde, dass sie es sich doch anders überlegen oder sich von ihrem tollen Freund Ben umstimmen lassen könnte. Wenn ich Glück habe, verschweigt sie es ihm.

»Morgen schon?«, fragt sie mit piepsiger Stimme und räuspert sich. Sie starrt mich belustigt an. »Du hast Angst, dass ich einen Rückzieher mache, oder?«

»Logisch«, meine ich leichthin und marschiere vorwärts. Wir gehen ein paar Schritte nebeneinander her, ehe ich sie auffordernd ansehe. »Ist ja nicht so, als hättest du es mir bisher leicht gemacht. Du trägst den Namen *Pitbull Savannah* nicht umsonst.«

Erst macht sie große Augen, öffnet erbost ihren kleinen Mund, dann bricht sie in heiteres Gelächter aus und stößt mich spielerisch an der Schulter zur Seite. »Pitbull Savannah? Wer hat sich diesen Mist ausgedacht?«

Schuldbewusst grinse ich dämlich und ziehe eine ertappte Grimasse. »Gib zu, dass der Name wie für dich gemacht ist. Ich hatte noch ein paar andere im Kopf, aber dieser hat sich auch bei den Jungs verfestigt.«

»Gott«, stößt sie kopfschüttelnd hervor und kichert leise weiter. »Das ist so … so typisch. Vermutlich sollte ich mich freuen, überhaupt einen Namen zu haben. Wie es mir scheint, merkst du dir nicht allzu viele Namen.«

Ich ziehe gespielt beleidigt die Mundwinkel nach unten. »Woher willst du das wissen?«

Herausfordernd zieht sie beide Augenbrauen in die Höhe und lächelt besserwisserisch. »Wie heißt Bens Ex?«

Oh shit. Shit. Shit. Shit. Ich hatte mir den Namen doch erst vor kurzem gemerkt! Irgendetwas mit N, das weiß ich ganz sicher. Nicole? Nadja? Nein, Nadja war es bestimmt nicht. Nelly?

»Siehst du«, sie verdreht die Augen, »entweder liegt es an deinem Erbsenhirn oder diese Mädchen sind dir wirklich alle scheißegal.«

»Letzteres stimmt«, gebe ich ohne zu zögern zu, woraufhin sie mich kurzzeitig entsetzt mustert. »Aber mit deinem Namen hatte ich noch nie Probleme.« Ihre Gesichtszüge werden weicher, auch wenn sie es zu verstecken versucht.

»Mach's gut, Milo«, sagt sie teils angestrengt, teils amüsiert. Sie steuert auf ihr Wohnheim zu.

»Morgen Abend, also?«, rufe ich ihr hoffnungsvoll hinterher. Zu meiner Überraschung nickt sie. »Ich schreibe dir! Solltest du nicht antworten, muss ich dich leider wieder verfolgen.«

»Schon klar«, ruft sie zurück, ohne sich zu mir umzudrehen. Als sie die Glastür aufdrückt und in das Gebäude eintritt, sieht sie mich durch die Scheibe hindurch nochmal an. »Und hey – als ich Kaffee sagte, meinte ich auch Kaffee. Nur, damit ich das direkt klarstelle.« Sie lächelt falsch.

Seufzend rolle ich mit den Augen, so wie sie es eigentlich immer tut. »Schon klar«, wiederhole ich ihre Worte und verziehe mich schließlich. Ich muss dennoch ungewollt grinsen.

∞

»Wo-hoo«, stößt Nate hervor und lässt seine Augenbrauen tanzen. Es sieht bescheuert aus. »Wohin des Weges?«

Ich sprühe mich mit Parfum ein und richte mir die schon perfekt zurechtgemachten Haare im Spiegel. Für mein Date mit Savannah habe ich alle Register gezogen. Ich trage eine schwarze, tiefsitzende Jeans, ein weißes gelöchertes Shirt, darüber wie immer meine schwarze Lederjacke, und meine besten weißen Sneakers. Meine Haare habe ich zu einem Seitenscheitel frisiert und das Deckhaar mit Haarspray nach hinten fixiert.

Um cool auszusehen, setze ich mir meine Ray Ban Sonnenbrille auf, und grinse Nate, der gerade unser Zimmer betreten hat, dreckig an. »Ich habe ein Date mit Pitbull Savannah.«

»Schwör?« Er klingt fassungslos, so als hätte er schon längst die Hoffnung in meine Fähigkeiten aufgegeben. »Alter, perfekt! Also geht unser Plan wirklich auf?«

Ich beobachte ihn durch den Spiegel, während er sich gähnend auf mein Bett fallen lässt, und seufze. »Mann, du hast ein eigenes Bett. Treibst du es etwa auch in meinem?« Bei der Vorstellung verziehe ich angewidert das Gesicht.

Nate faltet die Hände hinter dem Kopf und grinst noch dreckiger als ich vorhin. »Kam vielleicht das ein oder andere Mal vor.«

»Du Bastard.« Ich greife mir das erstbeste, das ich auf dem Schreibtisch neben mir ertaste, und donnere es ihm an den Kopf. Es war leider nur eine leere Dose Coke. »Lass den Scheiß. Ich brauche dein Sperma nicht in meinem Gesicht, wenn ich meinen Kopf ins Kissen drücke.«

»Schon gut, schon gut. Entspann dich, Dude.« Er sammelt die Dose ein und wirft sie achtlos zu Boden, wie alles andere in seinem Leben auch. »Also? Was ist mit der kleinen Braunhaarigen? Bringst du sie dazu, dir zu vertrauen?«

»Safe.« Ich grinse triumphierend. »Sie ist auf dem besten Weg dazu.«

»Wenn das wirklich klappt, gebe ich dir einen aus, Mann«, lacht Nate und zerwühlt sich sein schwarzes Haar mit einer Hand. »Ich beneide dich ein bisschen darum, dass du sie ficken wirst. Wirst du doch, oder?«

»Safe«, sage ich wieder überzeugt und stecke mir das Handy in die Hosentasche. Ein Blick auf meine Uhr verrät mir, dass es kurz vor Sieben ist. Um Sieben soll ich Savannah auf dem Parkplatz treffen. »Ich muss los, meine Auserwählte wartet. Und Nate?«

»Hm?«, macht er gedankenvertieft, während er in sein Handy starrt.

Ich gehe auf die Tür zu. »Wenn du versuchst, sie zu ficken, muss ich dir leider den Schwanz abschneiden.«

Mit geweiteten Augen sieht er zu mir auf. »Alter, ist das dein Ernst? Stellst du jetzt Besitzansprüche an diese Schlampe?«

Ich stoße einen lauten Lacher hervor, woraufhin sich Nate sichtlich entspannt. »Spinnst du? Das war ein Scherz, du Vollidiot.«

Ich verlasse das Zimmer und schüttele den Kopf. Es war ein Scherz. Auf jeden Fall. *Oder?*

Das Klingeln meines Handys reißt mich aus den beunruhigenden Gedanken. Anstatt eines Namens leuchtet mir »Wohnheimblock A Rotschopf« entgegen. Ich runzele die Stirn und versuche mich zu erinnern, um welches meiner Betthäschen es sich hierbei handelt.

»Was ist?«, lautet meine freundliche Begrüßung, während ich ein paar Jungs auf dem Flur auf die Schulter klopfe, um sie zu begrüßen.

»Äh, Milo? Hier ist Sandra«, kommt mit hoher Stimme zurück. *Sandra .... Oh.* Die, deren Mitbewohnerin ich flachgelegt habe.

»Ja?«, frage ich gelangweilt und drücke die Tür zum Innenhof auf.

»Ich wollte fragen, ob du Zeit hast.«

»Jetzt?«

»Ja, wäre toll!«

»Habe ich nicht«, erwidere ich emotionslos und durchquere währenddessen den Innenhof der Uni.

»Oh«, macht sie enttäuscht, dann tritt kurze Stille ein. Beinahe vergesse ich, dass ich telefoniere. »Dann vielleicht morgen?«

Angestrengt schnaubend versuche ich mich zu erinnern, ob sie eine der Guten war. Ich erinnere mich an unseren Fick im Abstellraum, der jedoch vermutlich nur für mich spaßig war. Wie soll man sich auch in einem winzigen Abstellraum Mühe geben, eine Frau zu befriedigen? Allerdings leuchtet mir daraufhin ein, dass ich sie schonmal richtig gevögelt habe. In einem Bett – ihrem Bett. Fuck, ja! Deswegen habe ich überhaupt erst ihre Mitbewohnerin kennengelernt! Sie kam ziemlich ungünstig reingeplatzt und ich hoffte auf einen Dreier, der jedoch nicht stattfand. Und ich erinnere mich daran, dass Sandra mir erzählte, dass sie niemals zuvor zum Orgasmus gekommen sei, zumindest nicht beim Sex – erst bei mir. Das hat mich in der Tat irgendwie angeturnt.

»Oh, hey, warte! Da bist du ja!«, stößt sie kichernd hervor, woraufhin ich verwirrt stehen bleibe und mich umsehe.

Der Rotschopf läuft lächelnd auf mich zu, zieht mich dann zu meinem Entsetzen in eine innige Umarmung. Perplex drücke ich sie leicht von mir und sehe mich rasch um. Wir befinden uns ein paar Meter vom Parkplatz entfernt und ich kann nicht riskieren, dass Savannah uns entdeckt.

Rotschopf knabbert und leckt sich lasziv über die rotgeschminkte Unterlippe, was mich daran erinnert, dass sie ein Talent fürs Schwänze lutschen hat. Außerdem saugt sie unaufgefordert an den Eiern – ein wirklicher Pluspunkt. Sofort ändert sich meine Meinung und ein weiterer Fick mit ihr ist genauso safe wie mit Savannah.

»Süße, ich habs eilig. Ich rufe dich an, okay?«

Sie nickt sichtlich angetan. »Komm doch morgen vorbei, wenn du magst. Meine Mitbewohnerin ist abends verabredet.«

»Ich komme darauf zurück«, meine ich zwinkernd, ehe ich mich schnell abwende und auf den Parkplatz zulaufe.

Savannah steht mit verschränkten Armen an mein Motorrad gelehnt und mustert mich kritisch. Fuck. Hat sie uns doch gesehen?

»Hey«, sage ich so lieb wie mir möglich ist und lächele sie ebenso liebevoll an. Shit. Wieder hat sie diesen Satan-Blick drauf. »Was ist los?«

»Vielleicht sollten wir das doch sein lassen«, meint sie mit gepresster Stimme und tritt unsicher von einem Bein auf das andere. *Okay, sie hat uns definitiv gesehen.*

Ich bin rasch bei ihr und greife nach ihrem Kinn, um Blickkontakt herzustellen. Sie wirkt von der Berührung überrumpelt, reißt ihren Kopf jedoch nicht von mir los. »Sag mir, was los ist.«

»Du …« Sie seufzt und ziehe eine angestrengte Grimasse. Scheinbar fühlt sie sich selbst unwohl dabei, die Sache anzusprechen. »Komm schon, Milo. Ich habe dich mit ihr gesehen und weiß von der Party damals, dass du etwas mit ihr am Laufen hattest.«

»Habe ich nicht mehr«, stelle ich ohne zu zögern klar und fixiere sie mit meinem durchdringenden Blick. »Sie hat mich angesprochen, nicht ich sie.« Das ist zumindest die Wahrheit.

Savannah betrachtet mich misstrauisch. Sie verengt sogar kurzzeitig ihre Augen, so als würde sie versuchen, die meinen zu lesen. Ich bemühe mich, dem Blickkontakt standzuhalten, und schließlich nickt sie widerwillig. »Okay. Sollte ich erfahren, dass du dich neben mir noch mit anderen triffst, spreche ich nie wieder ein Wort mit dir.«

Wow. Okay? Ihre direkte Art kommt unerwartet, da die Weiber bisher immer versucht haben, sich so zu verhalten, wie es mir gefällt, und ja nichts zu tun oder zu sagen, was mir missfallen könnte. Savannah ist da scheinbar anders. Gefällt mir irgendwie.

»Ich habe mein Auto wieder. Wir fahren damit«, teilt sie mir nun entschlossen mit, woraufhin ich lachend den Kopf schüttele. Sie zieht eine Augenbraue in die Höhe. »Was ist?«

»Wir fahren mit meiner Maschine«, lasse ich sie wissen und schnappe mir den Helm. Als ich ihn ihr reiche, verengt sie ihre Raubtieraugen zu Schlitzen. »Komm schon. Du hast dich mittlerweile sowieso schon an sie gewöhnt, oder?«

»An das Todesmobil, meinst du? Nein, Milo. Ich werde mich niemals an den Gedanken gewöhnen, vielleicht im nächsten Moment draufzugehen.« Sie verschränkt wieder abwehrend die Arme vor der Brust.

»Wir können auch bei einem Autounfall draufgehen«, erkläre ich unbeeindruckt und starre sie stur an. »Steig auf.«

»Nein«, meint sie noch sturer und nickt zu ihrem Wagen ein paar Meter von uns entfernt. »So vorsichtig wie ich fahre, gehen wir bestimmt nicht drauf.«

Ich sehe abwechselnd zwischen ihr, meiner Harley, und ihrem Mini Cooper hin und her. Ein lautes Seufzen entgleitet meinen Lippen. »Wirst du dich überreden lassen oder diskutierst du so lange mit mir, bis ich alt und grau bin?«

»Bis du sabbernd in einem Stuhl sitzt und nicht mehr sprechen kannst.« Sie fängt an, zu schmunzeln. »Komm schon. Heute fahre ich mal.«

Widerwillig verstaue ich den Helm wieder und folge ihr zu ihrem Wagen. Er sieht neu aus und ich weiß, dass diese kleinen Scheißdinger nicht billig sind. Unwillkürlich frage ich mich, ob sie auch aus einem gestopft reichen Elternhaus kommt und wenn ja, warum ihre Mom dann nicht in einer Luxus-Pflegeeinrichtung wohnt. Sie wird doch wohl nicht, was das angeht, geizig sein?

»Kann ich wenigstens fahren?«, bringe ich drängend hervor.

»Du fährst Auto?«, fragt sie so, als wäre ich zu dumm, um ein Auto lenken zu können.

Missbilligend mustere ich sie. »Ist das eine ernstgemeinte Frage?«

Sie winkt ab und rollt mit den Augen, dann steigt sie zu meinem Leid auf der Fahrerseite ein und startet den Motor. Ich unterdrücke das Bedürfnis, zu schreien, und lasse mich widerwillig neben ihr nieder. Natürlich ist das Auto innen so wie außen auf Hochglanz geputzt und poliert. *Weiber.*

»Ich würde gerne zu irgendeinem Café etwas weiter entfernt fahren«, murmelt sie nun und blinzelt mich unsicher an. »Es muss uns immerhin niemand sehen.«

Ernsthaft?

»Dann springen dir die Frauen auch nicht ab«, witzelt sie unbeholfen, woraufhin ich nicht mal ansatzweise lache.

Zugegebenermaßen beleidigt verschränke ich meine Arme und lehne mich im Sitz zurück. Ich starre sie angepisst von der Seite an. »Du willst nicht mit mir gesehen werden?« Das ist in der Tat wiedermal eine Premiere. Eine, die mir wirklich missfällt.

»Keine Ahnung, ich habe Ben nicht gesagt, dass … und auch die Leute könnten dann etwas Falsches denken«, erklärt sie mit dünner Stimme und versucht, meinem angepissten Blick auszuweichen.

»Alles klar«, erwidere ich knapp und zucke die Achseln. »Fahr, wohin du willst.«

Eigentlich sollte es mir nur recht sein, dass sie das mit uns verheimlichen möchte. Denn so ermöglicht sie mir, meine anderen Betthäschen warm zu halten, ohne in Erklärungsnot zu geraten. Allerdings stört mich der Fakt, dass *sie* es nicht will, immens. Ob es wegen dem Bastard Meyer ist? Bestimmt.

Savannah fährt schweigend los und lässt die Diskussion offenstehen. Schon nach fünfzehn Minuten könnte ich meinen Kopf gegen das Armaturenbrett schlagen. Am besten solange, bis er in tausend Teile auseinanderfällt. *Alter* … Ich kenne keinen Menschen, der so vorsichtig und verdammt langsam fährt, wie sie es tut. Sie hält schon zehn Meter vor einem Stoppschild an, obwohl Lichtjahre in die Zukunft niemand auf der Straße zu sehen ist. Vor jeder Ampel wird sie automatischer langsamer, um sicherzugehen, dass sie rechtzeitig bremsen kann, sogar dann, wenn es gerade eben erst auf Grün umgesprungen ist. Vor einem Fußgängerübergang schaltet sie zurück in den ersten Gang und sieht sich an die zwanzig Mal rechts und links um, und sie fährt konsequent fünfzehn km/h zu langsam, als die Geschwindigkeitsgrenze vorgibt.

Das ist meine persönliche Hölle.

Ich starre sie fassungslos von der Seite an. Sie ist so hochkonzentriert, dass sie meine Existenz beinahe schon vergessen hat, und umklammert das Lederlenkrad mit beiden Händen unnötig fest. Scheiße, sie sieht dabei aus wie meine verdammte Großmutter. Fehlt nur noch die Brille mit dem zwei Zentimeter dicken Glas.

»Savannah«, bringe ich also bemüht freundlich über die Lippen. Sie blinzelt mich nur sekundenschnell an und starrt dann wieder auf die Fahrbahn. »Würdest du … könntest du …« *Wie ein normaler Mensch Auto fahren?* »Ein bisschen an Tempo zulegen?«

»Was?« Gedankenvertieft wirft sie mir einen knappen Blick zu. »Nein. Ich fahre schnell genug.«

»Sav …« Ich reibe mir über das Gesicht und schnaube verzweifelt. »Dann fahr wenigstens nicht bis ans Ende der Welt. Wobei wir bei dem Tempo sowieso nicht dort ankommen würden, bevor wir den Löffel abgeben.«

»Was ist dein Problem? Und nenn mich nicht *Sav*«, schnauzt sie mich an und setzt diesen Pitbull-Blick auf, bei dem sie die Nase rümpft, die Lippen fest aufeinanderpresst und dazu noch überdramatisch die Stirn in Millionen Falten legt. »Ich weiß mich eben gerne in Sicherheit.«

»Wie egoistisch von dir«, meine ich belustigt, woraufhin sie den bösen Blick verstärkt. »Durch dein Schneckentempo bringst du andere Verkehrsteilnehmer in Gefahr.«

»Ach, halt die Klappe!« Sie unterdrückt einen Lacher.

»Warum?« Ich lehne mich etwas näher zu ihr und grinse. »Stell dir vor, ich fahre mit meinem Motorrad auf dieser Landstraße und halte mich wie alle anderen Menschen an die Geschwindigkeitsbegrenzung, dann -«

»Das tust du nie«, unterbricht sie mich wissend.

»Damit meine ich ja auch, dass es normal ist, bei vorgeschriebenen 70 km/h mindestens 80 zu fahren. Auf jeden Fall fahre ich also die Straße entlang und denke mir nichts dabei, als ich die leichte Kurve auf mich zukommen sehe. Als anständiger Fahrer reduziere ich mein Tempo und was passiert? Ich sterbe dennoch.«

»Hä?« Sie zieht eine verständnislose Grimasse.

»Na wegen dir. Durch die Kurve kann ich dich mit deinem Schneckenmobil nicht sehen, und somit pralle ich mit meinem Todesmobil in dich hinein, da du viel zu langsam fährst, und ich mich als braver Bürger exakt an das Tempo gehalten habe. Aber trotzdem krepiere ich, nicht du. Findest du das fair?«

»Bullshit«, stößt sie prompt hervor und schüttelt den Kopf. »Würdest du dich nicht immer so in die Kurven schmeißen, würdest du mich ja rechtzeitig sehen und bremsen.«

Ein Gedanke schießt mir durch den Kopf und ich muss laut lachen. Kaum lehne ich mich wieder zurück in meinen Sitz und verschränke die Arme vor der Brust, mustert sie mich missbilligend von der Seite.

»Warum lachst du denn jetzt schon wieder?«, zischt sie.

»Sag mir ehrlich, wie lange du für die Fahrt zu deiner Mutter brauchst. Zwei Stunden?«

Ertappt blinzelt sie unkontrolliert. Sie ignoriert die Frage, bis ich sie an der Schulter berühre, dann meint sie energisch: »Nur ein bisschen länger als du eben.«

»Lügnerin«, ziehe ich sie auf und drücke ihre Schulter. Die Berührung gleicht einer Massage und für einen kurzen Augenblick schließt sie sogar ihre Augen. »Achtung!«, schreie ich zum Gag, woraufhin sie beinahe das Lenkrad verreist und einen erschrockenen Schrei von sich gibt.

»Scheiße, was soll das?!«, blafft sie mich an und fängt beinahe an zu hecheln. »Du darfst mich doch nicht so erschrecken, du Idiot!«

»Vielleicht willst du nächstes Mal doch bei mir mitfahren.« Ich grinse spitzbübisch.

Sie lächelt mit funkelnden Augen. Meine Hand ruht immer noch ausgestreckt auf ihrer Schulter, was sie nicht zu stören scheint. Mich stört es ebenfalls nicht. Es ist die erste Berührung, die sie freiwillig über sich ergehen lässt, ohne dabei so auszusehen, als wolle sie mir die Augen auskratzen.

# 13
# SAVANNAH

Nach einer knappen Stunde Fahrt empfinde ich den Abstand zwischen uns und dem College als ausreichend. Somit besteht kaum noch Gefahr, von jemandem gesehen zu werden, den ich kenne. Ich kann mir nicht leisten, dass Ben von jemand anderem als mir erfährt, dass ich tatsächlich mit Milo Blayne auf einen Kaffee gehe. Der Streit wäre vorhersehbar und vermutlich ziemlich unschön.

»Ich denke, hier können wir uns nach einem kleinen Café umsehen«, sage ich und biege rechts in eine Straße ab.

Milo sieht gedankenvertieft aus dem Fenster, dann räuspert er sich leise. »Du weißt, in welchem Stadtteil wir uns gerade befinden?«

Ich schiele zu ihm rüber. »Nicht genau, warum?«

»Liberty City«, erklärt er nun mit eindringlichem Blick. »Ich schätze, das war eher nicht beabsichtigt von dir.«

Das war es tatsächlich nicht. Liberty City ist – gerade spät abends – keine gute Gegend, um sich rumzutreiben. Miami mag wunderschön sein und auf Touristen stets wie das perfekte Urlaubsziel wirken, allerdings gibt es einige Gegenden, die man lieber meiden sollte. Dazu zählt unter anderem auch Liberty City. Das Schild, das auf den Stadtteil hinweist, muss mir wohl entgangen sein.

»Ich kann wieder umdrehen?«, schlage ich spontan vor und halte am Straßenrand an, um den Plan mit Milo zu besprechen.

So, als wäre das total unnötig, schüttelt er den Kopf. »Keine Sorge, dir passiert hier nichts.«

Wie kann er sich da so sicher sein? Immerhin laufen hier echt gefährliche Kerle rum und es ist mittlerweile dunkel geworden. »Ich weiß nicht so recht … was, wenn uns jemand überfällt?«

»Das wird nicht passieren.« Er schnallt sich ab und löst auch meinen Gurt, als ich damit zögere. »Komm. Ich kenne hier zufällig ein Café in der Nähe. Ist nicht sonderlich schön, aber du wolltest es ja so.«

Warum kennt er denn hier ein Café? Oder generell die Gegend?

»Sav«, sagt er wieder so, als würden wir uns ewig kennen. Einen Teil in mir stört es, dass er mich bei meinem Spitznamen anspricht, da das nur meine Mom und Ben tun, ein anderer Teil in mir findet es eigentlich ganz nett. Besser als *Pitbull Savannah*, oder? »Ich passe schon auf dich auf. Also lass uns endlich aussteigen, ich pisse dir sonst auf den Ledersitz.«

Leise lachend stelle ich den Motor ab und steige aus. Milo umrundet den Wagen und wartet, bis ich ihn abgeschlossen habe, dann legt er mir einen Arm über die Schulter und schiebt mich vorwärts. Aufgrund der Berührung werfe ich ihm einen fragenden Blick zu.

Er seufzt und nimmt den Arm wieder von meiner Schulter. »Alles klar. Keine Spitznamen, keine Berührungen. Darf ich dich wenigstens ansehen oder muss ich wie bei einer Domina unterwürfig zu Boden starren?«

Ich verkneife mir einen lauten Lacher wegen der dummen Bemerkung. Seine Worte erinnern mich an sein Schulterdrücken während der Fahrt. Es war angenehm und hat sich nicht falsch angefühlt, zumindest, bis er plötzlich geschrien hat und ich beinahe einen Herzanfall erlitten hätte. Dieser Arsch.

»Wo ist denn dieses Café?«, weiche ich seiner Frage aus und mustere die Gegend. Viele graue Wohnhäuser, die Straßen sind nicht gerade sauber und auch eher verlassen. »Ist es noch weit entfernt?«

»Da vorne links.« Er zieht mich näher an sich heran, als uns zwei Kerle in Lederjacke entgegenspazieren. »Das mit dem Neonschild.«

Ich sehe den zwei Kerlen nach und fange an, mich zu gruseln. Ich bin zwar in keiner noblen Gegend aufgewachsen, aber sie war absolut ungefährlich und auch schöner als diese hier. Grüner und sauberer auf jeden Fall. »Warum fürchtest du dich so gar nicht?«

Verwirrt bleibt er stehen, als wir in die Straße eingebogen sind. Ein minimales Schmunzeln ziert seine Lippen. »Wäre das nicht unmännlich?«

Ich rolle mit den Augen und lache leise. »Das ist nicht gespielt. Du scheinst wirklich keine Angst zu haben. Vor nichts.«

Seine grauen Augen funkeln mich amüsiert an, während er eine Hand in die Tasche seiner Lederjacke steckt. »Bei mir bist du sicher, mehr musst du nicht wissen.«

Ohne auf mich zu warten steuert er auf das kleine Café zu und hält mir anschließend die Tür auf. Ich betrete es eher zögerlich, stelle aber fest, dass es gar nicht mal so übel ist, wie er andeutete. Ein paar nette kleine Holztische, ein Billardtisch in der hinteren Ecke und Musik, die aus einer Jukebox ertönt. Irgendwie gefällt mir die Atmosphäre sogar.

»Wir sind genau richtig abgebogen«, sage ich also und lächele Milo zurückhaltend an. Er wirkt überrascht, sagt aber nichts dazu. »Geh du mal auf die Toilette und ich … ich setze mich auf diesen Tisch dort, okay?« Mit dem Zeigefinger zeige ich auf einen Tisch uns gegenüber. Die nebenanliegenden Tische sind alle leer, was ich begrüße.

Milo nickt und verschwindet gleichdarauf in einem kleinen Durchgang rechts von der Bar. Mich wundert es, dass er sofort weiß, wo sich der Toilettenraum befindet. Vermutlich war er schonmal hier, aber warum?

Zwei Männer, die mit zwei Frauen auf einem Tisch links von mir an der Wand sitzen, beäugeln mich kritisch, als ich an ihnen vorbeilaufe. Sie sehen in der Tat ein bisschen creepy aus. Ich versuche unvoreingenommen zu sein und lächele sie an. Tatsächlich zieht der ältere der beiden Männer seine Kappe zum Gruß hinab und auch die Frauen erwidern mein Lächeln.

*Doch nicht so creepy.*

Auf dem Tisch angekommen lege ich meine heute cremefarbene Tasche auf dem Stuhl neben mir ab, so dass Milo gar nichts anderes übrig bleibt, als sich mir gegenüber zu setzen. Ein bisschen Abstand wird bestimmt nicht schaden, im Gegenteil. Ich lasse einen schnellen prüfenden Blick an mir hinabwandern und begutachte mein Outfit. Hoffentlich habe ich nicht zu viel gewagt. Vielleicht wirkt es doch zu sexy? So, als würde ich ihn anturnen wollen?

Ich trage zwar eine zerrissene, eher weite Jeanshose, die ich an meinen Knöcheln hochkrempelt habe, allerdings bedeckt obenrum lediglich ein lockeres weißes, bauchfreies Shirt meine Brüste. Darüber trage ich eine cremefarbene Lederjacke im Oversize-Look, die ich passend zu meinen cremefarbenen Sneakers und der lässigen Tasche gewählt habe.

Warum mache ich mir überhaupt Gedanken darüber, was er denken könnte, Herr Gott? Das ist noch viel creepier als die Leute dort drüben.

»Alles gut?«, ertönt Milos raue Stimme dicht hinter mir und ich zucke leicht zusammen. Er setzt sich ohne zu maulen mir gegenüber auf den hölzernen Stuhl und betrachtet innig mein Gesicht. »Hast du schon bestellt?«

Ich schüttele den Kopf und sehe zu der vollbusigen Kellnerin hinüber. Scheinbar hat sie unser Kommen nicht bemerkt, sie ist ziemlich vertieft in das Putzen einiger Gläser. »Ich glaube, die Bedienung hat uns nicht gesehen.«

Milo nickt, lehnt sich mit einem Arm auf seiner Stuhllehne an, und wirft einen Blick über die Schulter, um die Kellnerin auf uns aufmerksam zu machen. Augenblicklich reißt er den Kopf wieder von ihr los und vergräbt sein Gesicht hinter einer Hand. »Fuck«, flucht er so leise, dass ich es beinahe nicht höre.

Irritiert starre ich abwechselnd die blonde Kellnerin mit den großen Brüsten, die uns nun auch endlich entdeckt hat, und Milo an. »Was ist los?«

Noch bevor er etwas erwidern kann, zähle ich wie immer eins und eins zusammen. Das kann doch unmöglich wahr sein! Sitze ich hier etwa mit dem größten Playboy aller Zeiten, oder was? Sogar eine verdammte Stunde Fahrt, in eine kaum besuchte Gegend, in ein mysteriöses Café reichen nicht aus, um den Weibern, die Milo gevögelt hat, zu entkommen?

Ich glaube es ja nicht. Hat er sich quer durch jedes Land der Welt gevögelt, oder was?

»Milo?«, sagt die Blonde überrascht und weitet ihre Augen. Sie stellt ihr leeres Tablett auf unserem Tisch ab und legt ihm eine Hand auf die Schulter. »Was machst du denn hier? Ich habe dich ewig nicht gesehen …«

Milo wirft mir einen entschuldigenden Blick zu, der sogar aufrichtig aussieht. Erst dann zwingt er sich, zu der Blauäugigen hochzusehen. Zugegebenermaßen sieht sie wirklich nicht schlecht aus. Sie trägt ihr Haar wie ich zu leichten Locken, jedoch sind ihre viel kürzer als meine, und ihr lässiges Rockershirt mit dem Abbild von AC/DC verleiht ihr einen leicht verruchten Touch.

»Du arbeitest immer noch hier?«, fragt Milo überrascht und zwingt sich zu einem Lächeln.

Sie nickt. »Und du bist immer noch so ein Arsch wie früher?« Nun starrt sie mich mit großen Augen an und lacht. »Oder darf man aufgrund deiner Begleitung davon ausgehen, dass du dein Arschloch Dasein aufgegeben hast?«

Ich schlucke. Wow – er muss sie wirklich mies behandelt haben. Die Situation ist mir vermutlich ebenso unangenehm wie Milo. Nichtsdestotrotz versuche ich, es mir nicht anmerken zu lassen, und runzele lediglich leicht die Stirn. »Ihr beiden kennt euch also?«

Blondie lacht verbittert auf. »Milo erzählt dir die Geschichte sicher gerne. Obwohl …«

»Lass das«, knurrt Milo plötzlich sauer, woraufhin sie seufzt. Er fixiert sie mit einem warnenden Blick. »Nicht, Kendra.«

*Kendra*? Er kennt ihren Namen und das nach scheinbar langer Zeit? Da ist doch irgendetwas faul, oder? Er kann sich nicht mal Noras Namen merken, und mit der hatte er erst vor kurzem was. Außerdem habe ich ihn geschätzt zehn Mal erwähnt.

»Können wir jetzt bestellen oder willst du uns weiter belästigen?«, fragt er wie ein Arschloch und verschränkt beide Arme vor der Brust. Kendra wirkt wie vor den Kopf gestoßen, man sieht ihr unmittelbar an, dass sie von seinem Verhalten gekränkt ist.

Ich habe das dringende Bedürfnis, ihn zurechtzuweisen. Irgendwer muss es ja irgendwann mal tun. »Sei nicht immer so ein verdammter Idiot«, sage ich also ermahnend und sehe zu Kendra hoch. »Tut mir leid. Ich fühle mich nicht von dir belästigt.«

Ein warmes Funkeln taucht in ihren Augen auf, während sie mich interessiert mustert. Es verschwindet, als ihr Blick wieder zu Milo wandert, der mich wütend anstarrt. »Seid ihr zusammen? Ich wünsche es dir nicht, Süße.«

Perplex sehe ich zwischen den beiden hin und her. Milo seufzt, fährt sich durch das heute top gestylte Haar und reibt sich anschließend angestrengt über den Nasenrücken. »Das geht dich absolut nichts an. Wenn du jetzt also so nett wärst, unsere Bestellung aufzunehmen?«

»Für mich eine Cola, bitte«, murmele ich und wende den Blick von beiden ab. Was für eine scheiß Idee mit Milo auszugehen. Ich wusste, ich würde es bereuen.

Kendra verschwindet mit ihrem Tablett, ohne Milos Bestellung zu notieren. Keine Minute später taucht sie mit einer Dose Coke und einer Flasche Corona mit Zitronenscheibe wieder an unserem Tisch auf. *Sie weiß sogar noch, was er trinkt.* Milo zieht mit ausdrucksloser Miene ein paar Dollarscheine aus seiner Hosentasche und legt sie ihr auf den Tisch.

»Den Rest stecke ich mir ein.« Sie nimmt die Scheine an sich und lässt ihren Blick nochmal prüfend über mich schweifen. »Du scheinst ein nettes Mädchen zu sein, daher kann ich dir nur raten, dich von ihm fernzuhalten. Egal, was da zwischen euch läuft, beende es lieber sofort.«

Mit diesen Worten verzieht sie sich. Ich bin sprachlos und frage mich unwillkürlich, was er ihr angetan hat. Milo macht allerdings nicht den Eindruck, als hätte er vor, mir irgendetwas zu erklären oder dazu Stellung zu beziehen.

Also ziehe ich mit verengten Augen meine Dose Cola an mich und schlinge die Finger darum. »Willst du nichts dazu sagen?«, frage ich ihn nach einer Weile.

Milo seufzt und nimmt einen Schluck von der Bierflasche. »Was soll ich dazu sagen?« Sein Tonfall klingt abfällig.

»Wow«, stoße ich nickend hervor. »Du bist noch ein größerer Arsch als ich dachte.«

Genervt verzieht er das Gesicht und lehnt sich in seinem Stuhl zurück. Er spielt schweigend mit seiner Flasche, dreht sie und lässt sie zwischen seinen Fingern rollen, bis ich genug davon habe und beschließe, zu gehen. Das hier bringt scheinbar absolut nichts.

Ohne zu zögern legt er seine Hand auf die meine, als ich gerade nach dem Henkel der Tasche greife. Ich sehe zu ihm auf. »Geh nicht.«

Widerwillig halte ich inne. »Warum?«

»Ich erzähle dir, warum sie mich so sehr hasst. Aber nur, wenn du versprichst, danach nicht gleich wieder gehen zu wollen«, presst er mit unsicherer Stimme hervor. Scheinbar hat es ihn Überwindung gekostet, das zu sagen.

Nach ein paar Sekunden nicke ich und löse meine Hand von der Tasche. Mit verschränkten Armen betrachte ich ihn auffordernd, woraufhin er sich abermals durch die Haare fährt, bis sie letztendlich wieder im out-of-bed-Look glänzen.

»Kendra war mal meine … Freundin«, gibt er zu meiner Überraschung zu und spricht dabei sehr leise, damit sie uns nicht hören kann. »Wir waren zusammen auf der High-School, ich war noch ein Kind. Und dumm.«

»Das bist du immer noch«, sage ich, ohne darüber nachzudenken, wofür ich einen missbilligenden Blick ernte. »Sorry, ist mir rausgerutscht. Sprich weiter.«

»Wie schon erwähnt war ich noch ein unreifes Kind und habe nicht wirklich über mein Verhalten nachgedacht«, spricht er also gedehnt weiter und zieht eine Augenbraue in die Höhe, als ich wieder etwas einwerfen möchte. Ich halte nur mühevoll die Klappe. »Das mit uns ging so sieben, vielleicht acht Monate lang – was für mich extrem lange ist«, betont er mit einem eindringlichen Kopfnicken, was mich beinahe zum Lachen bringt. »Und als mir diese Sache zu ernst wurde, habe ich … also da gab es diesen Zwischenfall … Kendra hat eine Schwester.«

»Gott, bitte sag mir jetzt nicht, dass du es mit ihrer eigenen Schwester getrieben hast?«, platzt es fassungslos aus mir hervor. Milo verzieht ertappt das Gesicht. »Milo, ehrlich … du bist unmöglich! Warum schockiert mich das überhaupt noch?«

»Das ist schon lange her«, stellt er unmittelbar klar und betrachtet mich prüfend. Ich schüttele entsetzt den Kopf. Kein Wunder, dass sie ihn hasst. »So bin ich nicht mehr.«

Ich schlage mir die Hand auf die Stirn und lache verbittert. »Natürlich bist du noch so. Ich sehe dich jeden Tag mit einer anderen, Milo. Außerdem reden Mädchen viel.«

Er grinst. »Was sagen sie denn so?« Ungläubig starre ich ihn finster an. »Sorry. Unnötige Frage.«

»Das kannst du laut sagen«, nuschele ich und verdrehe die Augen. Wieder umschlinge ich meine Dose mit den Fingern und genieße das kühle Gefühl an meinen Fingern. »Warum versuchst du mir weiszumachen, dass du in Wahrheit ein anständiger Kerl bist?«

Die Frage scheint ihn zu überfordern. Er blickt unsicher zwischen mir und seinem Bier hin und her, nimmt einen Schluck, starrt mich wieder an, nimmt wieder einen Schluck, dann seufzt er irgendwann kaum hörbar. »Warum hältst du so verbissen an deiner Meinung über mich fest?«, fragt er stattdessen.

Ich lehne mich etwas nach vorne und sehe ihm in die funkelnden Augen. Er ist so verdammt schwer zu durchschauen, das ist unglaublich. Manchmal hat er diesen Blick drauf, der absolut nichts über seine Gedanken preisgibt. Er könnte in seinem Kopf einen Massenmord planen und man würde es niemals erfahren. »Weil ich glaube, dass ich damit total ins Schwarze treffe.«

»Stimmt nicht«, meint er, ohne zu zögern. Er hält meinem intensiven Blick Stand, ohne zu blinzeln. »Ich kann auch anders sein, Sav.«

*Gott* … Die Art, wie er meinen Spitznamen ausspricht … es sollte mir definitiv nicht so sehr gefallen. Jetzt bin ich mir ziemlich sicher, dass es mir überhaupt nichts ausmacht, dass er mich so nennt. Im Gegenteil – so wie er hat ihn noch nie jemand ausgesprochen. Wenn Ben und meine Mom mich so nennen, ist das etwas völlig anderes. Bei ihm klingt er wie eine Melodie, wie ein verlockender Ruf, wie eine Bitte.

»Ich weiß nicht«, flüstere ich, weil mir nichts Besseres dazu einfällt. »Ich vertraue dir nicht.«

Ein Schmunzeln ziert seine vollen Lippen. Ich kann nicht anders und starre sie wie gebannt an. »Ich dir auch nicht.«

»Was?« Meine Stimme klingt viel zu piepsig und hoch. »Warum solltest du mir nicht vertrauen können?«

In seinen Augen spiegelt sich etwas Neues wider. Das Funkeln wirkt gefährlich, sehr verdächtig. An was er wohl gerade denkt? »Ich glaube, du bist nicht die, die du vorgibst, zu sein. Irgendetwas stimmt da nicht, das kann ich spüren. Du bist sehr geheimnisvoll.«

Oh Mann. Ich fühle mich plötzlich wie vor Gericht. Das Blut schießt mir verräterisch in die Wangen und ich schlucke schwer. Dann gleich nochmal. Vermutlich wirkt mein Blick mehr als verdächtig, ich sehe sicherlich ertappt aus, da er damit voll ins Schwarze getroffen hat.

Unwillkürlich denke ich an Professor Meyer und daran, was er und andere Studenten wohl von mir halten könnten, würden sie das mit uns wissen. Es würde sie wahrscheinlich nicht mal interessieren, dass ich nicht erst etwas mit ihm angefangen habe, als er mein Professor war, sondern ihn schon vor dem College kennenlernte und anfing, zu daten. Natürlich war es eine verdammte Scheißidee, mich weiter auf ihn einzulassen, nachdem ich völlig panisch feststellen musste, dass er an der Uni, die ich besuche, unterrichtet, aber was soll ich sagen? Manchmal verleiten die Gefühle einen zu wirklich dummen Dingen. Ich wollte mich sogar aus seinem Kurs austragen lassen, bis er mir versicherte, dass wir niemals auffliegen würden. Tja, und dann habe ich von seiner Frau und den zwei kleinen Kids erfahren und wusste, dass es ein Fehler war. Dass *er* ein Fehler war. Auch wäre ich verliebt in ihn gewesen, was ich nicht war oder bin, hätte ich die Beziehung unmittelbar unterbunden. Es gibt etliche verfügbare Männer in diesem Land und ich angele mir sicher keinen, der schon gebunden ist, oder zerstöre gar eine Familie. Niemals. Man kann mir vieles nachsagen, aber so etwas Selbstsüchtiges würde ich mir niemals zuschulden kommen lassen.

»Savannah?« Milo sieht mich leicht belustigt an. Gott sei Dank kann er keine Gedanken lesen. »Was ist los? Du bist plötzlich ganz blass.«

Ich zwinge mich, zu lächeln, und winke ab. »Nichts. Ich habe nur über deine Worte nachgedacht.«

»An etwas Bestimmtes?«

»Nein.«

»Hm«, macht er so, als würde er mir nicht glauben. Ich mustere ihn skeptisch. »Und?«

»Und was?«, frage ich nervös.

Milo nimmt einen Schluck von seinem Bier und zuckt mit den Achseln. »Hasst du mich jetzt noch mehr, wo du von der Kendra Sache weißt?«

Ich muss leicht schmunzeln. Kopfschüttelnd meine ich: »Ich hasse dich nicht, Milo. Ich traue dir einfach nicht.«

Die Berührung an meiner Hand kommt so unerwartet, dass ich leicht zusammenzucke. Er zieht mit seinem Daumen Kreise auf meinem Handrücken und wirft mir diesen typischen Milo-Blick zu, der Blitze in meinen Körper einschlagen lässt. »Ich werde mich bemühen, das zu ändern.«

Ich kann nichts anderes tun, als ihn anzustarren. Wieder präsentiert er sich von einer völlig anderen Seite und wieder misstraue ich dem, was er mir von sich zeigt. Neben dem Prickeln, das er ungünstiger Weise in meinem Unterleib auslöst, ist da noch dieses ungute Gefühl in meinem Magen, das ich kaum beschreiben kann.

»Erzähl mir von deiner Mom«, sagt er leise und unterbricht so meine Gedanken. Er scheint sich selbst über seine Frage zu wundern, und zieht seine Hand langsam von meiner weg. »Was ist da los?«

Ich versuche, normal zu atmen, und die Berührung an meiner Hand zu vergessen. Leider kribbelt die Haut an der Stelle, an der er die Kreise gezeichnet hat. »Sie leidet an Demenz im Anfangsstadium. Davor hatte sie schon mit Depressionen zu kämpfen, die nun leider noch schlimmer sind als zuvor.«

»Sie braucht also eine 24h Aufsicht?«, schlussfolgert er richtig und ich nicke. »Sie schien mir recht zurechnungsfähig zu sein.«

Ich zucke mit wehmütigem Blick mit den Schultern. »Mal so, mal so. Ihre Stimmung ändert sich so ziemlich stündlich.«

»Seit wann ist sie im *Force Hill*?«

»Seit Anfang meines Studiums.« Ich nehme einen Schluck von meiner Coke.

Milo nickt nachdenklich. »Davor hast du dich also um sie gekümmert?« Ich nicke lediglich. »Wow, verstehe. Muss hart für dich sein, sie in ein Heim gegeben zu haben.«

»Sie ist kein Hund«, zische ich ungewollt sauer und wende den Blick von ihm ab. Leider hat er da unwissentlich einen wunden Punkt bei mir getroffen. »Sorry, es ist nur … ach, vergiss es.«

»Sag es mir«, fordert er mich mit warmer Stimme auf. Sein liebevoller Blick trifft mich unvermittelt. »Ich will es wissen, es interessiert mich ehrlich.«

»Was?«, frage ich mit unsicherer Stimme.

Milo lächelt. »Alles, was du mir erzählen möchtest.«

Aus irgendeinem Grund fällt ein bisschen des Ballasts, den ich mit mir rumschleppe, von mir ab, und ich lehne mich etwas zu ihm nach vorne über den Tisch. Ich spiele gedankenvertieft mit seiner Bierflasche und erzähle vor mich hin: »Als das alles anfing, war ich mit diesen Problemen komplett alleine. Ich war noch auf der High-School und daher war das alles etwas schwierig für mich unter einen Hut zu bekommen. Wir … wir hatten nicht so viel Geld wie vermutlich deine Familie hat, und ich konnte mir irgendwann die Heimpflegerinnen nicht mehr leisten, die sie betreuten, während ich in der High-School oder in der Arbeit war. Es war … wirklich scheiße. Manchmal habe ich tagelang in der Schule oder bei der Arbeit gefehlt, ich bin durch Prüfungen gefallen und habe schließlich auf unorthodoxe Weise meinen Abschluss geschafft, worauf ich nicht sehr stolz bin. Erst dann haben wir von dem Geld, das uns mein Dad vererbt hat, erfahren, und so konnte ich wenigstens auf das College meiner Wahl gehen. Von dem Geld bezahlte ich auch *Force Hill*. Es gibt bestimmt hübschere Einrichtungen, oder welche, die näher am College liegen, aber Mom fühlte sich nur im *Force Hill* wohl, und eine der Pflegerinnen hat sie früher schon mal betreut, von daher fiel mir die Entscheidung etwas leichter. Außerdem hat mein Dad uns nicht so viel Geld vererbt, dass es für eine dieser Luxuseinrichtungen reichen würde. Es geht sich gerademal so für alles aus, weißt du? Und ja, es war sehr schwer für mich, sie dort zu lassen. Ginge es nach mir, wäre ich jetzt nicht auf dem College, sondern zuhause mit meiner Mom, aber ihr war es wichtig, dass ich mich um meine Zukunft kümmere, und den Wunsch wollte ich ihr erfüllen.«

Milo sieht mich an, als würde er mich gerade zum ersten Mal in seinem Leben betrachten. Seine Augen funkeln mitfühlend, sein Blick ist durch und durch warmherzig. Es dauert eine gefühlte Ewigkeit, bis er sich aus seiner Starre löst, dann räuspert er sich leise. Ich bereue schon, ihm so viel preisgegeben zu haben, da sagt er sanft: »Du hast dich für das Richtige entschieden. Du hast alles richtig gemacht, Sav. Ich bewundere dich gerade mehr, als ich jemals jemand anderen bewundert habe.«

Seine Ehrlichkeit macht mich richtig verlegen. Ich lächele minimal und blinzele ihn verunsichert an, dann sage ich einfach nur: »Danke.«

Wieder mustert er mich so intensiv. »Was ist mit deinem Dad?«

Unwillkürlich versteife ich mich. »Meine Eltern waren nie verheiratet. Sie haben sich früh getrennt, von daher habe ich nicht viel Zeit mit meinem Dad verbracht, bevor er gestorben ist.«

»Woran?«, will er ohne nachzudenken wissen und seufzt gleich darauf. »Sorry, ich will dich nicht verhören.«

»Autounfall«, sage ich lediglich und verziehe leicht die Mundwinkel. »Ich schätze, daher kommt die blöde Angewohnheit, wie eine Fahranfängerin zu fahren.«

»Oh …« Er fährt sich durch das schon zerwühlte Haar. Ich liebe den Look abgöttisch. »Shit. Jetzt tut es mir ehrlich leid, dass ich dich damit aufgezogen habe.«

Ich muss lachen. »Schon gut. Ben tut das ständig.«

»Dein Wagen ist … ich meine, du hast gesagt, ihr hattet nicht so viel Geld, und …«

»Ich habe ihn gewonnen«, kläre ich ihn direkt auf und lächele stolz. Das war tatsächlich das erste und einzige Mal in meinem Leben, dass ich richtiges Glück hatte. »Im Sommer war ich in einer Shoppingmall, dort gab es ein Glücksrad. Die Schlange war meterlang, doch ich wollte unbedingt teilnehmen, weil es Shoppinggutscheine zu gewinnen gab. Der Hauptgewinn war der Mini Cooper, dafür musste man ihn viermal hintereinander beim Glücksrad treffen. Und das habe ich.«

»Wie geil ist das denn, bitte?«, schießt es grinsend aus ihm hervor. Sichtlich entspannter als vor einigen Minuten nimmt er wieder einen Schluck von seinem Bier und nickt mir anerkennend zu. »Nicht schlecht. So ein Glück hätte ich auch gern.«

»Du brauchst das doch gar nicht«, meine ich kichernd und nehme ebenfalls einen Schluck von meiner Cola. Jemand wie Milo hat es nun wirklich nicht nötig, irgendwo den Hauptgewinn zu ergattern. Der kann sich ohnehin kaufen, was immer er auch möchte. »Aber ja, das war cool. Hat mich gerettet, da ich sowieso ein Auto gebraucht habe, um vom College zum Pflegeheim und retour zu kommen.«

Milo nickt nachdenklich. Er wirkt plötzlich etwas distanziert, und ich frage mich unwillkürlich, ob ich etwas Falsches gesagt habe. Irgendwann schmunzelt er wieder und der Moment scheint vergessen zu sein. Er krempelt sich lässig die Ärmel seiner Lederjacke hoch und steckt sich anschließend beide Hände in die Taschen, während er mit gespreizten Beinen dasitzt. Dieses Bild verkörpert die pure Männlichkeit – so ungerne ich es auch zugeben würde.

»Sag mal«, er lacht stumm, »was sollte das bedeuten, du bist auf unorthodoxe Weise zu deinem Abschluss gekommen?«

»Das wüsstest du wohl gerne.« Ich grinse ihn neckisch an. »Die Geschichte ist für ein andermal bestimmt.«

Augenblicklich stützt er sich mit den Ellenbogen auf der Tischplatte ab und nähert sich meinem Gesicht an. Ich fange unwillkürlich an, schneller zu atmen. »Es wird also noch ein Date geben?«

Ich schlucke ertappt. »Das hier ist kein Date. Es ist ein Kaffee.«

»Keiner von uns hat einen Kaffee bestellt«, erinnert er mich frech grinsend.

Ich zucke gespielt gelassen mit den Schultern und ziehe eine Augenbraue in die Höhe. »Dann eben eine Coke und ein Bier. Immer noch kein Date.«

»Von mir aus«, er kommt mir noch ein Stück näher, so dass sich beinahe unsere Nasenspitzen berühren, »nenn es, wie du willst. Für mich ist es genau das, wonach es aussieht.«

Ich glaube ernsthaft, er könnte mich jeden Moment küssen wollen, und weiche nicht einmal zurück. Jedoch klatscht genau im selben Moment Kendra, die Kellnerin, ihr Tablett ohrenbetäubend laut auf die Tischplatte, und wir zucken beide zusammen und weichen impulsiv zurück.

»Noch eine Runde?«, fragt sie übertrieben höflich, woraufhin Milo und ich still lachen. »Oder hattet ihr gerade vor, euch die Klamotten vom Leib zu reißen?«

»Wir brauchen nichts, danke Kendra.« Milos Blick ist fesselnd auf mich gerichtet.

Ich frage mich, was passiert wäre, hätte sie uns nicht unterbrochen. Ob wir uns tatsächlich geküsst hätten? Nein, niemals. Ich kann doch nicht ernsthaft mit Milo Blayne rumknutschen. Jedoch macht mich die Tatsache, dass ich dachte, er würde es tun, und dennoch nichts getan habe, um ihn aufzuhalten, in der Tat mehr als nervös.

Das ist ein schlechtes Zeichen. Verdammt schlecht.

»Wollen wir von hier verschwinden?«, fragt Milo, als Kendra unseren Tisch verlässt. »Vermutlich rückt sie uns nochmal auf die Pelle, und das will ich dir lieber ersparen.«

»Klar.« Ich schnappe mir meine Tasche und hänge sie mir über die Schulter. Aus irgendeinem Grund schaffe ich es nicht, Milo anzusehen.

So viele *Milo-Momente* innerhalb kürzester Zeit sind echt ein bisschen zu viel.

# 14
# MILO

»Hat es dir wirklich in dem Café gefallen, oder hast du das nur so gesagt?«, frage ich Savannah, als wir auf dem Unigelände parken.

Die Rückfahrt verlief sehr still, es war jedoch keine unangenehme Stille. Wir haben ein paar Blicke miteinander getauscht, die ich nicht ganz deuten kann, sie waren jedenfalls nicht unbedingt negativ. Vielleicht ein wenig durcheinander von beiden Seiten.

»Es war nett dort.« Sie stellt den Motor ab und sieht mich von der Seite an. »Es war generell nett. Ich hätte nie gedacht, dass ich das jemals im Zusammenhang mit dir sagen würde.«

»Ich fand es auch nett«, gebe ich wahrheitsgemäß zurück und frage mich unwillkürlich, was zum Teufel mit mir los ist.

Das Verlangen, Savannah endlich vögeln zu wollen, durchzuckt mich nicht mehr minütlich. Stattdessen finde ich es sogar okay, mich nur mit ihr zu unterhalten, ohne sie dabei auszugreifen oder Ähnliches. Das sieht mir verdammt nochmal überhaupt nicht ähnlich. Außerdem denke ich ständig an das, was sie mir über sich, ihre Mom und ihren Dad erzählt hat. Ne ganz schön harte Nummer, finde ich. Ob das mein matschiges Hirn so durcheinanderbringt? Vermutlich.

Ich betrachte sie ausführlich. Ich finde sie immer noch heiß und fickbar – ein gutes Zeichen. Ich finde die Vorstellung daran, dass sie mit einem der Professoren vögelt immer noch widerlich und abstoßend – auch ein gutes Zeichen. Aber jetzt sehe ich *sie* auch. Nicht nur die geile Hülle, in der sie steckt, sondern *sie* als Mensch. Was für eine Scheiße.

»Hm«, macht sie, als mein Handy in meiner Hosentasche vibriert. Ich ziehe es heraus und werfe einen flüchtigen Blick darauf. »Wartet deine nächste Verabredung schon?« Sie lacht spöttisch.

Warum ist sie jetzt wieder so? Das nervt. Dennoch will ich ihr keinen Grund geben, mich wieder so unsympathisch zu finden wie vor unserem Date, also behalte ich die dummen Bemerkungen, die mir auf der Zunge liegen, für mich.

Ich drehe das Handy so, dass sie das Display und die Nachricht sehen kann. Sie ist von Nate. Er fragt, wann ich zurückkomme, weil er Gesellschaft hat. Jetzt lacht sie erneut, diesmal kein bisschen spöttisch.

»Was für ein Weiberheld«, stößt sie kopfschüttelnd hervor. »Er ist beinahe genauso schlimm wie du.« Ihr provokantes Grinsen bringt mich ebenfalls zum Grinsen.

Aus einem Impuls heraus stecke ich das Handy wieder in die Hosentasche und stütze mich mit einem Arm auf der Mittelarmkonsole ab. Ich beuge mich nah zu ihr und halte dicht vor ihrem Gesicht inne. Wie auch im Café weicht sie nicht zurück. »Eigentlich würde ich dich jetzt küssen … aber ich will dich nicht gleich verscheuchen, Bambi.«

»Besser so«, flüstert sie und ich bemerke, wie schnell ihr das Herz gegen die Brust klopft.

Im Kopf gehe ich nochmal durch, was ich mir auf der Rückfahrt überlegt habe. Ich denke, Savannah zu nichts zu drängen und sie dazu zu bewegen, von sich aus auf mich zuzugehen, ist der beste Plan, den ich je hatte. Natürlich lasse ich nicht locker, aber ich gebe ihr die Zügel in die Hand, weil ich glaube, dass sie das braucht. Zumindest jetzt, wo sie mich nicht mehr so abstoßend findet.

»Hör zu – ich will dich wiedersehen. Aber nur, wenn du auch zu hundert Prozent dabei bist. Wann immer du willst, ich werde da sein. Du musst nur etwas sagen«, flüstere ich mit heiser Stimme und beobachte ihre Reaktion. Ihr Wangen glühen ein bisschen und ihre langen Wimpern klimpern. Bevor sie den Mund öffnen kann, küsse ich sie wie ein Gentleman auf die Wange und löse meinen Gurt. »Wir sehen uns, Sav.«

Mit diesen Worten und einem teuflischen Grinsen im Gesicht, steige ich aus. Ich kann nicht abstreiten, dass mir der Abend mit ihr gefallen hat, und dass, obwohl wir keinen Sex hatten. Wieder so eine Premiere … *Fuck it.* Es kann nicht schaden, mich mit ihr zu verstehen, bis mein Plan durch ist, obwohl ich dachte, das sei nicht möglich. Ich darf mich lediglich nicht zu wohl mit ihr fühlen, das könnte Probleme verursachen, die ich nicht gebrauchen kann.

Aber hey – ich bin nicht umsonst der, den die Leute Playboy und Bad Boy des Campus nennen. Sie liegen da schon richtig und auch keine Savannah Sawyer mit ihren Raubtieraugen wird daran etwas ändern können. Egal, ob sie vielleicht tief in ihrem Herzen doch ein anständiges Mädel ist, das sich einfach kurzzeitig in die Arme eines Widerlings verlaufen hat.

∞

Ich stecke mir den Bleistift hinter das Ohr und gähne. Vermutlich wäre es doch die bessere Entscheidung gewesen, heute einfach durchzupennen und die Vorlesungen sausen zu lassen. Ich bin abgefuckt müde, weil die Jungs und ich gestern zum wiederholten Mal unter der Woche einen draufgemacht haben, und ich spüre den Kater immer noch so stark wie heute Morgen.

Es ist zwei Tage her, seit ich mein Date mit Sav hatte. Zwei verdammte Tage, in denen sie sich nicht bei mir gemeldet hat. Ernsthaft? Klar hätte ich ihr wieder auflauern oder sie verfolgen können, aber what the fuck? Für mich sind zwei verfickte Tage eine Ewigkeit. Ich ging davon aus, dass sie sich unmittelbar am selben Abend noch oder am nächsten Tag – Mittwoch – bei mir melden und um ein zweites Date bitten würde. Aber heute ist Donnerstag und es herrscht weiterhin Funkstille. Ich habe sie seit Dienstagabend nicht mal zu Gesicht bekommen. Tja, bei der Frau täusche ich mich scheinbar jedes Mal aufs Neue.

Das geht mir mehr auf den Sack, als mir lieb ist.

Nate beobachtet mich wie schon die letzten dreißig Minuten über wie ein kleiner Spanner, während er vorgibt, diesem alten Sack vorne im Hörsaal zuzuhören. Irgendwann seufzt er leise, so dass ich ihn widerwillig doch ansehe, obwohl ich ihn bisher gekonnt ignoriert habe.

»Was ist, Mann?«, knurre ich genervt. Sein Gesicht bereitet mir Kopfschmerzen. »Du gaffst mich an. Willst du ein Foto von mir als Wichsvorlage?«

Er grunzt. Tiefe Augenringe zeichnen sich unter seinen tiefbraunen Augen ab, seine Haut weist immer noch Falten vom Kopfkissen auf. »Gib mir mal ein Update, Dude.«

»Update?« Ich ziehe eine Augenbraue in die Höhe und gähne erneut.

»Pitbull«, murmelt er lediglich und fängt an, an seinem Daumen rum zu kauen. Er richtet den Blick nach vorne und nickt, so als hätte er verstanden, worüber wir in dieser Vorlesung gerade sprechen. »Du hattest ein Date mit ihr und sagtest, es lief gut. Seither hast du jede Sekunde mit mir verbracht, also gehe ich davon aus, dass es doch scheiße lief.«

»Bullshit.« Ich knurre mehr, als dass ich rede. Dass er mir immer wieder unterstellt, ich hätte die Sache nicht im Griff, nervt höllisch. »Das ist einer meiner Spielzüge. Ich warte, bis sie von sich aus auf mich zukommt.« Sein Blick wirkt ungläubig. »Alter, glaub mir, das Date lief gut. Meine Ex hätte alles zerstören können, aber Sav hat sich nicht an ihr gestört. Und das, *obwohl* ich ihr die Wahrheit über mich und sie erzählt habe. Außerdem gab es diesen Moment zwischen uns und es war nicht der erste.«

Davon bin ich tatsächlich überzeugt. Irgendetwas hat sich zwischen uns verändert und das spüre nicht nur ich, dafür würde ich meine Hand ins Feuer legen. Vielleicht versucht sie es sich selbst auszureden, aber bemerkt hat sie es mit Sicherheit.

»Sav?« Er klingt angewidert. »Ich habe noch nie gehört, dass du ein Weib mit ihrem Spitznamen betitelst. Generell merkst du dir keine Namen. Du nennst sie alle *Süße*.«

Ich zucke genervt die Achseln und kaue an meinem Bleistift herum. »Ihr gefällts.« Auch davon bin ich überzeugt.

Nate rümpft die Nase und denkt beinahe laut nach. »Schön, es ist nur … nicht, dass du anfängst, die Schlampe zu mögen. Ich brauche diesen Skandal! Außerdem hat Meyer gestern wieder damit gedroht, uns zu verpetzen, als er uns mit Bierkisten auf dem Flur erwischt hat. Ich hasse diesen Bastard.«

So als wäre das das Unsinnigste der Welt starre ich ihn mit großen Augen an und mache eine abwertende Handbewegung. »Alter, was hältst du von mir? In ein paar Wochen fliegt der Bastard. Dafür sorge ich. Und jetzt geh mir nicht mehr auf den Sack.«

»Chill deine Eier«, lautet seine entspannte Antwort, dann grinst er. »Falls du das Geständnis doch nicht aus ihr rausquetschen kannst, geh ihr wenigstens einmal an die Wäsche, damit sich der Aufwand gelohnt hat.«

»Safe.« Ich stütze meinen Kopf auf meiner Faust ab und starre gelangweilt auf die Dokumente vor mir. Im Gegensatz zu den anderen Studentenfuzzis habe ich nicht mal ein einziges Wort notiert, geschweige denn ein paar anständige Sätze.

Jemand berührt mich an der Schulter, in dem er mir einen Stift hineinbohrt. Nate und ich drehen uns gleichzeitig mit hochgezogenen Brauen um, und entdecken ein hübsches, schwarzhaariges Mädchen, das uns schüchtern anlächelt. Ich brauche Nate nicht mal anzusehen, um zu wissen, dass er einen Ständer hat.

»Hi, äh … ich wollte fragen, ob ihr Jungs heute nach dem Training schon etwas vorhabt?«, fragt sie mit ätzend hoher Stimme, weshalb sie für mich direkt gestrichen ist. Wenn sie schon so spricht, wie ätzend hoch und laut muss sie dann erst stöhnen? *Gruselig.* »Meine Mädels und ich planen einen netten Abend bei mir und meiner Mitbewohnerin«, sie deutet auf eine Blonde neben sich, »im Zimmer. Wollt ihr dazu stoßen?«

»Klar«, erwidert Nate, ohne zu zögern. Beinahe schreit er, wie euphorisch er die Antwort hervorbringt. »Zimmernummer?«

Die Blonde lehnt sich mit einem Lächeln zu uns nach vorne. Sie sieht ein wenig streberhaft aus, dennoch glaube ich zu erkennen, dass sie eine kleine Bitch ist. Sie hat dieses typische Bitch-Funkeln in ihren großen Augen, während sie Nate und mich gierig mustert. »Wir könnten euch vom Training abholen?«

»Klar«, platzt es wieder energisch aus Nate hervor, woraufhin ich lachen muss. Der Kerl ist wirklich sexbesessener als ich. »Um 19 Uhr sind wir fertig.«

»Geht klar«, flüstert die Blonde aufgeregt zurück. Nate wirft ihr diesen du-bist-heute-fällig-Blick zu, woraufhin ich erneut lachen muss.

Als ich bemerke, dass mich nun ein paar meiner Kommilitonen anstarren, drehe ich mich wieder um und gebe mich interessiert an der Vorlesung. Wieder wird mir ein Stift in die Schulter gebohrt.

»Du kommst doch auch, oder?«, höre ich die ätzend hohe Stimme der Schwarzhaarigen, und nicke kurzerhand. »Okay, cool. Dann sehen wir uns nach eurem Training.«

Bleibt mir ja scheinbar nichts anderes übrig, wenn Pitbull Savannah meine Existenz ignoriert.

Ich drehe mich nochmal zu der Schwarzhaarigen um und revidiere meine Meinung. Vielleicht lohnt sich doch eine Vögelei. Sex hat schon immer geholfen, wenn der Kopf voll war.

∞

»Alter, was soll der Scheiß?«, schreit mich Stevie verärgert an und schüttelt den Kopf. »Komm mal klar! Du versaust uns das ganze Training, Mann!«

»Halt die Fresse«, zische ich und werfe den Basketball an die Wand.

Das Training lief absolut scheiße. Ich habe meine Körbe verfehlt, meinen legendären Distanzwurf mehrmals hintereinander versaut, und auch sonst habe ich mich kaum in das Spiel miteingebracht. Eher habe ich es sabotiert. Ben hingegen war wie immer der Beste in Coach Carters Augen, was meine Laune nur noch mehr sinken ließ. *Dieser fucking Mr. Perfect.*

»Jungs, beruhigt euch mal!«, mischt sich der Coach ein und versammelt uns in der Mitte der Turnhalle. »Sonntag ist unser Auswärtsspiel. Wir müssen top vorbereitet dort erscheinen und ich dulde keine Ausraster wie diese, hört ihr?« Sein Blick wandert warnend in meine Richtung. »Was ist heute los mit dir, Blayne? Wo ist dein Kampfgeist?«

»Vielleicht ist er untervögelt«, wirft einer der Ersatzspieler lachend ein, wofür er prompt einen drohenden Blick von mir und Nate, meinem treuen Kameraden, erntet. Er verstummt augenblicklich.

»Wie auch immer. Ich erwarte morgen beim Training vollste Konzentration, klar? Blayne – du kommst eine halbe

Stunde früher«, erklärt er nun und bedeutet mit einem Kopfnicken zu den Umkleideräumen. »Wir sind fertig für heute. Geht euch duschen und umziehen.«

Kaum gehe ich zwei Schritte weit, holt Nate mich ein und schubst mich an der Schulter zur Seite. »Alles klar, Mann?«

»Keine Ahnung«, seufze ich und versuche, mich innerlich zu beruhigen. »Morgen ist ein neuer Tag. Scheiß jetzt drauf.«

»Geht klar«, erwidert er und klopft mir brüderlich auf den Rücken. »Die Weiber warten schon vor der Umkleide.« Er grunzt zufrieden.

Ich ringe mir ein Grinsen ab und marschiere weiter vorwärts. Was wirklich mit mir los ist, weiß ich nicht, ich glaube, es liegt an Savannahs erneuter Zurückweisung. So viele Kratzer hat mein Ego noch nie einstecken müssen und mir wird allmählich schlecht davon. In den letzten Stunden habe ich des Öfteren auf mein Handy gestarrt und überlegt, ihr zu schreiben, aber mein Stolz ließ es nicht zu – Plan hin oder her. Ich lasse mich nicht von einer kleinen Bitch fertig machen, die keinerlei Bedeutung für mich hat. Da scheiße ich lieber auf Meyers Untergang.

»Hey, ist das …« Nate packt mich an der Schulter und nickt in die Ecke links neben der Umkleidekabine. »Das ist sie doch, oder?«

Wenn man vom Teufel spricht. Savannah steht mit verschränkten Armen an die Wand gelehnt da und blinzelt in unsere Richtung. Vermutlich will sie Ben abholen. Ich bekomme die Krise von ihrem Anblick. Nicht nur, dass sie kein bisschen so aussieht, als täte es ihr leid, sich nicht bei mir gemeldet zu haben, sie sieht noch dazu schärfer aus als jemals zuvor.

Fuck!

Je näher ich ihr komme, desto genauer kann ich mir ihren Anblick in mein krankes Hirn einprägen. Sie trägt die langen Haare wieder zu voluminösen, leichten Wellen, ihr Make-Up ist überraschend auffällig mit dunklem Lidschatten und ebenso dunklem Lippenstift, und ihr Jeansrock ist verboten kurz. Scheiße, hat die Frau Beine … Zu dem nuttigen Teil ihres Outfits trägt sie wie immer ein lässiges Teil, diesmal ist es ein weißes Schlabbershirt mit Aufschrift, das sie locker in den Rock gestopft hat.

Ich kann mir nicht helfen, aber ich könnte hier und jetzt über sie herfallen.

Ben läuft grinsend an uns vorbei, sprintet aus der Halle, und zieht sie in eine innige Umarmung. Dieser Bastard. »Was machst du denn hier?«, höre ich ihn zu ihr sagen und halte unmittelbar inne.

Ich werfe Nate einen plötzlich schockierten Blick zu. Dieser bleibt ebenfalls stehen und mustert mich beunruhigt. »Was ist los, Mann?«, will er eilig wissen.

»Nate«, schießt es panisch aus mir hervor. »Was, wenn sie hier ist, um mir einen Korb zu verpassen?« Dass ich das jemals sage, hätte ich niemals gedacht. Eher hätte ich mir meinen eigenen Schwanz abgehackt.

Nate wirkt ebenso überrascht wie ich, er verspottet mich jedoch nicht. Stattdessen schielt er stirnrunzelnd zu Savannah und Ben hinüber, die sich ausgelassen miteinander unterhalten. »Dir hat noch keine einen Korb verpasst. Woher der plötzliche Sinneswandel? Heute Mittag dachtest du noch, du bekämst sie zu hundert Prozent rum.«

»Ich weiß es nicht«, gebe ich ehrlich zu und fahre mir angestrengt über das Gesicht. Heute ist echt nicht mein Tag. »Mich hat auch noch nie ein Mädel so lange warten lassen.«

Nate nickt zustimmend. Er streicht sich mit dem Handrücken den Schweiß aus der Stirn und zuckt danach gleichgültig mit den Schultern. »Ganz ehrlich, Mann? Dann ist es halt so. Die Bitch ist es nicht wert, dass du ihr hinterläufst, nur wegen eines verfickten Plans. Dann überlegen wir uns eben einen neuen. Sie war zwar die beste Lösung, aber es gibt sicher noch andere.«

»Eigentlich nicht«, meine ich stocksauer und winke ab. »Scheiß drauf. Lass uns gehen.«

Ben verschwindet im selben Augenblick in die Umkleide, und Savannahs Blick ist nun fesselnd auf mich gerichtet. Erst jetzt bemerke ich die Gruppe aus fünf Weibern, die ein paar Meter entfernt vor ihr stehen und Nate und mich aufgeregt angrinsen.

»Seid ihr fertig, Jungs?«, fragt sie Schwarzhaarige sofort, als wir vor ihnen stehen bleiben. Ihr Blick ist auf mich gerichtet. »Das steht doch noch, oder?«

Aus irgendeinem Grund werfe ich Savannah einen Blick zu. Nun bedenkt sie mich mit einem leicht gehässigen Blick, der so viel zu bedeuten hat wie: *War ja sowas von klar.*

Nein. Nein, nein, nein! Diesen Triumph gönne ich ihr bestimmt nicht. Falls sie vorhat, ihren Rückzieher auf meine Weibergeschichten zu schieben, wird es nicht klappen. Dafür braucht sie schon eine bessere Ausrede, immerhin habe ich geschworen, alle Register zu ziehen, um bei ihr zu landen. Das hat sich auch nicht geändert, nur weil sie mich zappeln lässt. Ich habe gestern nicht mal mit einem der Mädels rumgemacht, die auf dieser verfluchten Party waren, aus Angst, sie könnte davon erfahren, weil die Party bei uns im Wohnheim stattfand.

Stevie und zwei andere Jungs stoßen zu uns dazu und beäugeln die Mädels gierig. »Ihr könnt schon aufs Zimmer vorgehen, wir müssen noch duschen«, erklärt Stevie den Mädels und klopft mir auf die Schulter. »Alles gut zwischen uns?«

Ich nicke ihm zu. »Klar.« Seit ich Savannah gesehen habe, ist meine Laune etwas gestiegen, auch wenn ich nun Angst davor habe, einen Korb von ihr zu erhalten.

Ich spiele auf volles Risiko und entferne mich von der Gruppe, ohne der Schwarzhaarigen eine Antwort gegeben zu haben. Savannah blinzelt überrascht, vermutlich hat sie nicht damit gerechnet, dass ich vor den Augen der anderen auf sie zugehen würde. Sie richtet sich leicht auf und mustert mich misstrauisch von oben bis unten.

»Hey, Pitbull«, sage ich mit einem Lächeln und stütze mich mit einer Hand neben ihrem Kopf an der Mauer ab. Die Raubtieraugen werden größer, als ich mich mit dem Gesicht zu ihr nach unten beuge. »Heute schon was vor?«

»Was?« Das Wort kommt so leise, dass ich es beinahe nicht höre.

Ich schmunzele und mustere sie so auffällig, dass sie unter meinem Blickfick zuckt. »Ich fragte, ob du heute schon was vorhast. Ich habe keine Lust, mit den Weibern auf ihr Zimmer zu gehen, weil ich den Abend lieber mit der Frau verbringen würde, die mich seit Tagen ignoriert. Also?«

Sie kann sich ein Schmunzeln nicht verkneifen. Ihre Augen leuchten überrascht, mehr aber zufrieden. Ob das eine Art Test war? Fuck, keine Ahnung was in Frauenköpfen vor sich geht.

Nach einer gefühlten Ewigkeit streckt sie mir stolz das Kinn entgegen und bedenkt mich mit einem neckischen Blick. »Wenn du schon fragst, muss ich eben nicht mehr. Also ja, ich habe schon was vor. Mit dir.«

Meine Augen weiten sich ungläubig. »Du hattest vor, mich nach einem Date zu fragen?«

Sie nickt selbstbewusst. »Hatte ich. Ich wollte nur warten, bis Ben in der Umkleide ist. Ich war nicht mit ihm verabredet, falls du das denkst.«

Ich grinse. Automatisch steigt meine Laune bis ins Unermessliche. Was stellt diese Frau nur mit mir an? »Du bist also meinetwegen hierhergekommen und hast Ben als Vorwand benutzt? Freches Ding.«

»Weniger reden, mehr duschen und umziehen«, kontert sie mit einem frechen Grinsen und schlüpft unter meinem Arm hindurch. »Ich warte auf dem Parkplatz. Wir fahren mit meinem Wagen.« In der selben Sekunde, in der ich den Mund öffne, fügt sie eilig hinzu: »Spar dir die Mühe, Milo. Es ist zwecklos, mich umstimmen zu wollen.«

Ich bin sprachlos. Ehe ich etwas erwidern kann, verschwindet sie aus der Tür in den Innenhof. Alle Augen sind fragend auf mich gerichtet, was mich nicht im Geringsten juckt. Stattdessen nicke ich triumphierend und zwinkere Nate zu, der sein dreckigstes Lachen lacht. »Viel Spaß, Jungs. Ich bin für heute Abend verplant.«

# 15
# SAVANNAH

Es dauert nicht so lange wie erwartet, bis Milo mit seinem typischen Frauenaufreißer-Grinsen auf mich zu schlendert. Über der Schulter trägt er seine Trainingstasche, und heute hat seine Lederjacke mal zur Abwechslung die Farbe beige. Zwar mochte ich ihn in der schwarzen, allerdings sieht diese hier auch nicht schlecht aus, überhaupt wenn man bedenkt, wie gut sie zu der engen, tiefsitzenden dunkelblauen Jeans mit Rissen passt …

Ich bin sowas von am Arsch.

»Ich habe mich beeilt«, lässt er mich wissen, als er mich erreicht, und bückt sich unmittelbar mit dem Kopf zu mir hinab.

Erschrocken und immer noch im Bann seines Anblicks weiche ich zurück und pralle mit dem Rücken gegen meinen Wagen. »Was machst du da?«

Milo lacht stumm und legt den Kopf schief. »Ich wollte dich auf die Wange küssen?« Nun wandert seine Augenbraue in die Höhe, während sein Gesichtsausdruck an Belustigung zunimmt. »Wo ist das freche Ding von gerade eben hin? Jetzt siehst du mich wieder wie ein scheues Reh am Straßenrand an.«

Oh Mann. Vermutlich sehe ich noch schlimmer aus mit meinen panisch geweiteten Augen. Ich weiß selbst nicht, weshalb ich zurückgewichen bin, es war einfach ein Reflex. Außerdem könnte uns hier jemand sehen und das wäre gar nicht gut für meine Freundschaft mit Ben.

»Sorry«, flüstere ich entschuldigend lächelnd und wage mich einen Schritt an ihn heran. Ich lasse ihn glauben, dass ich ihn auf die Wange küssen möchte, und unverzüglich streckt er sie mir einladend entgegen. Ich lache jedoch nur. »Lass uns fahren, du Womanizer.«

»Du stehst auf diese Spielchen, hm?«, fragt er amüsiert, während wir beide in den Wagen einsteigen. Er wirft wie Ben jedes Mal seine Trainingstasche achtlos auf die Rückbank und mustert mich ausführlich. »Also, erzähl mal. Was sollte das?«

»Hm?«, mache ich abwesend und ahne schon, worauf er hinauswill.

Milo seufzt. Sein Haar ist von der Dusche noch leicht feucht und duftet ebenso wie er irrsinnig stark nach Männerduschgel. Sein schwarzes Shirt mit V-Ausschnitt hingegen riecht eindeutig nach dem scharfen Parfum, das er immer trägt. »Warum kommt das mit dem Date erst jetzt? Du hast mich glauben lassen, du wärst nicht interessiert.«

»Stimmt nicht«, plappere ich eilig und weiche seinem Blick aus.

Ich befürchtete schon, dass er mich darauf ansprechen könnte. Eigentlich war mir nach unserem Date am Dienstag klar, dass ich – hingegen meines gesunden Menschenverstandes – ein weiteres mit ihm haben möchte. Allerdings überschlugen sich die Ereignisse und ich haderte immer mehr mit mir selbst, ob und wie ich mich bei ihm melden sollte.

Zum einen war da Ben, der mich Dienstagabend, nach dem Date, voll einspannte und mir von den neuesten Nora-Problemen erzählte. Ich hätte ihm so gerne von Milo berichtet oder mich mit ihm über die Sache ausgetauscht, verwarf die Idee jedoch schnell wieder. Das wäre absolut unmöglich. Ben würde ausrasten und mir Milo aus gutem Grund ausreden wollen und ich wusste nicht so recht, ob ich das riskieren wollte. Ich konnte ihm wohl schwer sagen, dass ich denke, hinter Milos harter Schale würde ein weicher Kern stecken, daraufhin hätte er mich bloß ausgelacht. Ich bin mir ja selbst nicht sicher, was er im Schilde führt, aber gewillt, es herauszufinden. Normalerweise teile ich alles mit Ben und ich hasse das Gefühl, etwas vor ihm verheimlichen zu müssen. Es macht mich regelrecht krank.

Dann war da die Sache mit Professor Meyer, dem Idioten. Mittwochabend, als ich auf dem Weg zu meiner Mom ins *Force Hill* war, die nebenbei bemerkt überaus enttäuscht über meine fehlende Begleitung war, hat er mich aufgegabelt und zu einem Gespräch überredet. Es lief erst sehr schlecht, später konnte man es dann als halbwegs erwachsenes Gespräch bezeichnen. Immer wieder versuchte er mich umzustimmen, mir das mit uns nochmal zu überlegen, und immer wieder verneinte ich. Letztendlich musste ich sogar damit drohen, es seiner Frau zu stecken, damit er endlich verstand, dass ich absolut kein Interesse mehr an ihm habe. Es war verdammt nervenaufreibend.

Und heute bin ich hier. Erst wollte ich Milo eine Nachricht zukommen lassen, wusste aber nicht so recht, was ich schreiben sollte, also beschloss ich, einfach beim Training aufzutauchen. Ben liefert mir das perfekte Alibi, um dort zu erscheinen, und hätte ich es mir doch anders überlegt, oder wäre Milo mit diesen Mädels auf ihr Zimmer gegangen, hätte ich eben etwas mit Ben unternommen, ohne blöd dazustehen.

Das hat er aber nicht getan, was mir zugegebenermaßen sehr imponierte. Er hat nicht mal einen Hehl daraus gemacht, dass er sie für mich sitzen lässt. Großer, überraschender Pluspunkt.

Anstatt einer Antwort, werfe ich ihm die Autoschlüssel auf den Schoß. Milos Augen glänzen unwillkürlich. »Sieh es als eine Art Schadensbegrenzung an.«

Ohne auf seine Reaktion zu warten, steige ich also wieder aus und umrunde den Wagen. In der nächsten Sekunde läuft Milo mir schon grinsend entgegen. »Ich verzeihe dir, Pitbull.«

»Halleluja«, stoße ich gespielt jubelnd hervor, woraufhin er laut lacht. Kaum sitzen wir wieder nebeneinander, nur diesmal auf vertauschten Plätzen, mustere ich ihn misstrauisch. *Gott*, hoffentlich bereue ich diese Idee nicht. »Du fährst doch vorsichtig, oder?«

Als würde er es jeden Tag tun, startet er den Motor, legt den Gang ein, und lenkt mit einer Hand lässig nach links, um ausparken zu können. »Baby, ich passe auf deinen Wagen auf, wie auf mich selbst. Versprochen.«

Unwillkürlich versteife ich mich und halte die Luft an. Hat er mich gerade Baby genannt? *Baby*? Mein Herz droht, mir aus der Brust zu springen. Oh Gott. Warum, zur Hölle, finde ich das nicht total abstoßend oder schmierig? Vielleicht liegt es an der Gelassenheit, mit der er das Wort hervorgebracht hat? Es klang so … süß.

What? *Süß*? Ich darf doch nicht …

»Jetzt habe ich dich wieder verschreckt«, flüstert er in leicht bedauerlichem Tonfall. Ich blinzele ihn an, ohne zu atmen. Milo schmunzelt wegen meines vermutlich grässlichen Gesichtsausdrucks. »Tut mir leid, *Sav*.«

»Schon okay«, quietsche ich und starre gleichdarauf peinlich berührt aus dem Fenster. Perfekt! Jetzt klinge ich zu dem grässlichen Gesicht auch noch wie ein Opernsänger im Stimmbruch.

»Du kannst manchmal wahnsinnig süß sein, weißt du das?«, fragt er in einem amüsierten Tonfall und fährt zeitgleich vom Parkplatz. »Immer dann, wenn du die kleine Raubkatze in dir zähmst.«

Ich muss kichern. Mensch, sogar das klingt bescheuert. Merkwürdigerweise schaffe ich es in Milos Gegenwart eher selten, meine selbstbewusste, mir-ist-alles-egal-Fassade raushängen zu lassen. »Raubkatze?«

Er nickt und stellt das Radio etwas lauter, dann öffnet er ein Fenster. »Die Raubkatze, die mir schon oft die Augen auskratzen wollte.«

»Unsinn.« Ich stoße ihn leicht an der Schulter an und betrachte ungewollt lange seinen Bizeps, der beinahe die enge Lederjacke sprengt. »Ich bin, den Umständen entsprechend, sehr nett zu dir. Oder nicht?«

»Oh Mann«, seufzt er theatralisch und reibt sich mit einer Hand über die Schläfen, während die andere noch lässig auf dem Lenkrad ruht. »Fängst du jetzt schon wieder mit dieser … Ben Sache an?«

»Mit der Nora Sache, meinst du«, helfe ich ihm aus, weil ich weiß, dass er ihren Namen schon wieder – oder noch immer – vergessen hat.

Milo nickt schwach und grinst. »Genau. Die Nora Sache.«

Ich zucke gelassen mit den Schultern. »Seit ich über die Kendra Sache Bescheid weiß, finde ich die Nora Sache gar nicht mehr so schrecklich.«

Milo prustet los und ich stimme widerwillig in sein raues, tiefes Lachen mit ein. Die Fältchen, die sich jedes Mal beim Lachen auf seinen Wangen bilden, ziehen mich wie immer in ihren Bann. Heute hat er wieder leichte Bartstoppeln, was sein markantes Gesicht noch mehr zur Geltung bringt. Rasiert oder unrasiert – der Typ sieht einfach immer gut aus.

»Ich mag das«, meint er plötzlich todernst und sieht mich durchdringend von der Seite an. »Wenn du so locker bist und es mal sein lässt, mich mit deinen Satan-Blicken töten zu wollen. Du bist definitiv heißer, wenn du nicht so prüde und verkrampft bist.«

Meine Wangen fangen an, zu glühen. Wie schon so oft ist er unnormal direkt und ich komme kaum damit klar. Zumindest nicht bei ihm. Oft verschlucke ich dadurch die Worte, die ich eigentlich hervorbringen wollte, und sehe ihn einfach nur an. Es ist merkwürdig.

»Wohin fahren wir eigentlich?«, frage ich nach einer Weile und starre auf die Straße vor uns.

»Liberty City?« Er verzieht den Mund und schaltet einen Gang hoch. Man würde ihm nie anmerken, dass er meinen Wagen heute zum ersten Mal fährt. »Du möchtest ja nicht, dass uns jemand sieht. Dort ist das ziemlich ausgeschlossen.«

»Okay«, meine ich lediglich und nicke zustimmend. »Wieder in das Café?«

Verwirrt mustert er mich. »Kendra wird vermutlich dort sein.«

»Das ist okay für mich«, sage ich wahrheitsgemäß. Da ich nun weiß, was zwischen den beiden vorgefallen ist, kann ich auch mit der Situation umgehen. Es nicht zu wissen, ist das Unangenehme.

Wieder betrachtet er mich mit diesem Milo-Blick. So intensiv, so eindringlich … Es nimmt mir die Luft zum Atmen. Ich sehe aus dem Fenster und summe mit der Musik, die aus dem Radio ertönt, mit. Nach einigen Minuten sagt er leise: »Gut, Bambi.«

∞

Das Café ist brechend voll. Es ähnelt nun, aufgrund der gedimmten Lichter und der etwas lauteren Musik, einer Bar. Milo sieht mich prüfend von der Seite an, um zu sehen, ob ich mich unwohl fühle, ich nicke ihm lächelnd zu und warte darauf, dass er sich einen Weg durch die Leute bahnt.

Keine zwei Meter weiter wird er am Arm zurückgerissen und ich schnappe erschrocken nach Luft. »Milo?« Ein Kerl mit irrsinnig grünen Augen mustert ihn grinsend. »Alter, wie gut, dich zu sehen! Was läuft?« Jetzt fällt sein Blick auch auf mich.

Milo klopft ihm brüderlich auf die Schulter und grinst ebenso breit. Scheinbar kennen sie sich sehr gut. Der Typ ist in etwa in unserem Alter, schätze ich. »Nicht viel, bei dir? Bist du mit Mary da?«

*Mary*? »Klar, sie sitzt dort drüben. Du musst sie unbedingt begrüßen! Du weißt, wie anstrengend sie sein kann, wenn sie zickig ist«, lacht der Kerl und schüttelt den Kopf.

Als er mich erneut mustert, dreht sich Milo etwas unsicher zu mir um und stockt. Innerlich lache ich mich tot, weil er scheinbar nicht weiß, wie er mich vorstellen soll, aber das ist okay. Er hat nun mal nie Dates und keine Ahnung, wie so etwas abläuft.

»Hi, ich bin Savannah«, übernehme ich also für ihn und strecke dem Kerl die Hand entgegen. »Eine Freundin von Milo.«

»Freut mich. Ich bin Thug«, er schüttelt meine Hand kraftvoll und quetscht mir die Haut mit meinen vielen Ringen zusammen, »von der Uni? Du gehst doch noch hin, oder? Mary hat mir davon erzählt.«

*Mary*? Wer ist diese Mary?

»Klar.« Milo nickt und lächelt mich schwach an. »Thug ist ein Kindheitsfreund.« *Kindheitsfreund*? Okay, allmählich wird das merkwürdig. Warum kennt er in dieser Gegend so viele Leute, geschweige denn die Lokale? Scheinbar hat er sich oft hier rumgetrieben. Bei der Tatsache, dass er aus einem reichen Elternhaus stammt, wirklich strange. Bei Milo dachte ich eher, er würde sich sonst nur in diesen teuren Edelclubs rumtreiben.

»Setzt ihr euch zu uns? Ich wollte grad an die Bar«, fragt Thug gut gelaunt und zeigt mit dem Finger auf zwei zusammengestellte Tische in der Ecke neben dem Billardtisch. Zwei Mädchen sind dort zu entdecken, eine davon wird wohl die berühmte Mary sein. »Komm schon, Tyson. Wir bekommen dich ohnehin nie zu Gesicht.«

Ich lache laut auf, so dass mich alle umherstehenden Leute anstarren. Mit einer Hand bedecke ich meinen Mund und kichere immer weiter. Erst als Milo mich fragend ansieht, sage ich: »Tyson? Ernsthaft?«

Thug stimmt in mein Lachen mit ein und auch Milo entspannt sich ein wenig. »Wenn ihr euch zu uns setzt, erzähle ich dir die Geschichte hinter dem Namen.« Er zwinkert mir zu.

»Das wirst du sein lassen«, knurrt Milo augenblicklich.

»Es gibt scheinbar sowieso keinen freien Tisch mehr«, mische ich mich schnell ein und zucke die Achseln. »Warum also nicht.«

»Wir können auch woanders hingehen«, flüstert mir Milo zu, doch ich schüttele den Kopf. »Lass uns woanders hingehen«, drängt er gleichdarauf, was mich misstrauisch werden lässt.

Ich runzele die Stirn. »Wir sind ne Stunde gefahren. Wir sollten hier etwas trinken, Milo.«

»Corona?«, ruft Thug unmittelbar, während er sich durch die Leute drängt.

»Sie nimmt eine Cola«, ruft Milo sichtlich unzufrieden zurück.

»Ein Bier wäre toll, danke!«, rufe ich Thug schnell nach, da ich es ausnutzen möchte, nicht fahren zu müssen. Auch wenn es erlaubt ist, ein Bier zu trinken, würde ich mich niemals trauen. Ich lasse sogar Ben fahren, wenn ich ein paar Schlucke Alkohol intus habe, da dieser alkoholfrei lebt. Bei Milo weiß ich jedoch schon, dass ihm ein Bier absolut nichts ausmacht. Ich glaube, er könnte mit einem Kanister intus noch anständig fahren, so gewohnt wie er es ist, besoffen zu sein.

»Warum willst du hierbleiben?«, ertönt Milos raue Stimme dicht an meinem Ohr. Er legt mir eine Hand besitzergreifend auf den Rücken und zieht mich mit einem Ruck an sich, als jemand durch die Tür hinter mir kommt und droht, mich zu überrennen.

Ich atme seinen Duft genießerisch ein, weil meine Nase an seiner Brust klebt. »Warum willst du unbedingt gehen?« Misstrauisch sehe ich zu ihm auf. »Du verhältst dich merkwürdig. Ich dachte, Thug sei ein Kindheitsfreund von dir?«

»Schon, aber -«

»Bin wieder da!«, ruft Thug im selben Augenblick und wedelt mit den Bierflaschen in der Hand vor unseren Gesichtern. Er bedeutet uns, ihm zu folgen, und ich gehe einfach voraus, weil ich Milos Kindertheater nicht nachvollziehen kann. Denkt er, ich würde ihn vor seinen Freunden blamieren, oder was?

Vor den zwei zusammengeschobenen Tischen bleiben wir stehen. Ich werde unmittelbar von vier Augen kritisch begutachtet, was mir sofort unangenehm ist. Anschließend steht das größere der beiden Mädels auf und zieht Milo in eine innige Umarmung. Thug setzt sich währenddessen neben die Kleinere der beiden, die einen kurzen braunen Bob trägt und ziemlich stark geschminkt ist. Sie winkt mir knapp zu, ehe sie sich in ein Gespräch mit Thug vertieft.

»Wie schön, dich zu sehen!« Die größere mit dem geflochtenen Zopf drückt Milo noch fester an sich. »Warum meldest du dich nie?«

Ich weiß nicht so recht, wie ich mich verhalten soll, daher nehme ich einfach gegenüber Thug und der mit dem Bob Platz, und warte ab. Milo streichelt der mit den pinken Haarspitzen über den Rücken, was mir ein ungutes Ziehen in der Magengegend verursacht. *Oh nein, so darf das nicht anfangen …*

»Wer ist deine Begleiterin?«, will sie nun lautstark wissen und sieht auf mich herab. Sie dürfte ebenfalls in unserem Alter sein. »Sag nicht, das ist deine Freundin.«

Autsch.

*Äh, what?*

Milo lacht. »Das ist Sav. Sav, das ist Mary. Dir gegenüber sitzt Spencer.«

»Hi«, ringe ich mir freundlich ab und zwinge mich, zu lächeln. Mary lächelt ebenfalls nur halbherzig. »Freut mich.«

»Ebenfalls«, trällert sie aufgesetzt und streichelt Milo über den breiten Rücken. Langsam und mit Hüftschwung umrundet sie unseren Tisch und setzt sich exakt mir gegenüber, da Thug und Spencer nun ein wenig zusammengerutscht sind. »Also, was treibt dich hierher, Milo?«

Milo zieht sich die Lederjacke aus, während er neben mir Platz nimmt. Flüchtig mustert er mich, dann lehnt er sich lässig mit einem Arm auf meiner Stuhllehne an. »Nichts Besonderes. Wir wollten etwas trinken.«

»Aha.« Mary und Spencer betrachten uns skeptisch. »Was läuft da?«, fragt Mary ungeniert.

»Absolut nichts«, schießt es energisch aus Milo hervor. »Bilde dir nichts ein.«

Nochmal Autsch?

Aus irgendeinem Grund versetzt mir diese Antwort einen Stich in die Magengrube. Natürlich hat er recht. Da lief nichts zwischen uns und man kann uns kaum als irgendwas bezeichnen – nicht mal der Begriff *Freunde* wäre passend. Außerdem bat ich ihn um Stillschweigen wegen Ben. Allerdings fühlt es sich echt scheiße an, als *absolut nichts* bezeichnet zu werden, wie ich gerade feststellen muss. Und was sollte dieses »bilde dir nichts ein?«

»Nichts«, schließe ich mich widerwillig an und zwinge mich erneut, zu lächeln. Ich schnappe mir ein Corona und nicke Thug zu. »Danke dafür.«

»Tysons Freunde sind auch meine Freunde«, gibt er freundlich zurück und prostet mir zu.

Mary stößt ein nicht deutbares Geräusch hervor. »Wenn sie überhaupt Freunde sind. Wir kennen Milo immerhin gut genug.« Ihre Stimme klingt abwertend und das ist nicht auf Milo bezogen.

Wer ist dieses Mädel? Sie hasst mich eindeutig, obwohl wir kaum ein Wort gewechselt haben.

Diese Spencer fängt an, den Hals von Thug zu streicheln. Sie sind also ein Paar. »Du hast Kendra verpasst. Sie hatte vorhin Schichtwechsel.«

Alle fangen an zu lachen, ich sitze nur da und starre das Bieretikett an. Vielleicht war es doch doof, mich zu ihnen setzen zu wollen?

Milo nippt an seinem Bier und grinst Mary verschmitzt an. »Scheiß auf Kendra. Erzähl mir lieber von dir. Was treibst du so? Wie geht's Scarlett?«

Ernsthaft? Erst bezeichnet er uns als *absolut nichts*, dann flirtet er vor meinen Augen mit dieser Mary, und erkundigt sich danach ungeniert über ein anderes Mädchen? Woah – ich weiß ja, dass er kein Gentleman ist, aber das ist definitiv eine Nummer zu groß für mich. Eine Arschlochnummer zu groß. Er würdigt mich nicht mal eines Blickes, seit wir hier sitzen.

Ich lausche eine gefühlte Ewigkeit Marys Erzählungen über ihr uninteressantes Leben, dann richte ich mir die Haare und räuspere mich leise. »Ich müsste mal auf die Toilette.« Eilig hänge ich mir die Tasche über die Schulter.

Milo dreht sich zu mir um. »Soll ich dich begleiten?«

»Ich begleite sie. Ich muss auch mal«, wirft Thug ein und erhebt sich von seinem Stuhl.

Ohne zu zögern folge ich ihm bis zu dem schmalen Durchgang, der zu den Toilettenräumen führt. Ich betrachte seine viel zu locker sitzende Jeans und frage mich unwillkürlich, wie sie ihm nicht die Beine hinabrutschen kann. Er ist nicht der Schlankeste, allerdings auch nicht dick. So ein Mittelding. Obenrum trägt er ein lockeres graues Shirt mit Nieten. Ein bisschen Rocker mäßig.

Thug dreht sich zu mir um. Die grünen Augen schimmern warmherzig. »Die Tür links. Soll ich auf dich warten, wenn ich fertig bin?«

»Nicht nötig, danke«, murmele ich und lächele ihn knapp an.

Rasch verschwinde ich in dem spartanisch ausgestatteten Toilettenraum und husche in eine der Kabinen hinein. Mein Kopf läuft auch Hochtouren. Bin ich vielleicht zu sensibel? Mag ich Milo schon zu sehr, so dass ich mir jedes noch so unwichtige Detail zu Herzen nehme? Nein, das kann nicht sein. Jede Frau würde sich unwohl in Anbetracht dessen fühlen, wie er sich verhält. Erst wollte er sich nicht zu ihnen setzen, dann diese zwei komischen Mädchen, dann seine Kuscheleinheit mit Mary, danach das Fragen nach dieser Scarlett, dieses *absolut nichts* … Und sein gekonntes Ignorieren. Ich würde es nie zugeben, aber seine

Respektlosigkeit mir gegenüber kränkt mich. Obwohl ich mir eigentlich von ihm nichts anderes erwarten hätte sollen. Arschloch bleibt Arschloch.

Nachdem ich fertig bin lasse ich mir Zeit, mir die Hände zu waschen und meinen Lippenstift nachzuziehen. Ich fahre mir ein paar Mal durch die leichten Wellen und hole tief Luft. Fest entschlossen, den Abend hinter mich zu bringen, und Milo anschließend den Laufpass zu geben, laufe ich auf die Tür zu. Als ich Milos Stimme dahinter wahrnehme, halte ich unwillkürlich inne und lausche.

»Da läuft ehrlich nichts. Wir sind eher wie die besten Freunde.« Milo.

*Beste Freunde?* Okay – man kann es definitiv übertreiben. Zu sagen, wir seien Freunde, ist ja noch im Rahmen des Normalen, aber uns als beste Freunde vorzustellen, damit man ja nicht auf die Idee kommen könnte, er wäre an mir interessiert oder da liefe mehr zwischen uns, ist ganz schön dreist.

»Na gut, wenn du das sagst.« Mary.

Warum stehen sie zusammen vor der Toilette?

»Richtest du Scarlett meine Grüße aus? Ich hätte mich vielleicht schon eher bei ihr melden sollen. Ob sie mir böse ist?« Milo.

Oh mein Gott … Dieser Arsch!

»Mache ich.« Mary lacht. »Keine Sorge, wir wissen ja, wie du bist. Sie wird es dir nicht übelnehmen, aber vielleicht solltest du mal vorbeischauen. Sie fragt oft nach dir.«

Meine Nackenhaare stellen sich einzeln auf und ich schüttele mich angewidert.

Als die Tür vor mir aufgerissen wird, zucke ich leicht zusammen, lächele Mary aber blitzschnell an, damit sie nicht ahnt, dass ich sie gehört habe. Sie erwidert das Lächeln gerade so, ehe sie in einer der Toilettenkabinen verschwindet. Warum auch immer kann sie mich nicht leiden. Vielleicht wegen dieser Scarlett? Ob das auch eine Ex von Milo ist?

Milo zieht die Tür erneut auf und legt den Kopf schief. Seine grauen Augen funkeln mich unangebrachter Weise angetan an. »Kommst du?«

»Ich will gehen«, sage ich mit fester Stimme und laufe an ihm vorbei. »Wenn du noch bleiben möchtest, kann ich das verstehen. Ich allerdings trinke das Bier aus und fahre.«

»Woah, warte«, er packt mich am Ellenbogen und dreht mich zu sich um, »was ist los? Geht es um deine Mom?«

»Nein.« Ich sehe ihn ausdruckslos an. Sein Gesichtsausdruck wirkt beunruhigt. »Mit meiner Mom ist alles gut.«

»Und was ist dann los?«, will er stirnrunzelnd wissen.

Ich mache mich von ihm los und dränge mich durch die vielen Leute. Am Tisch angekommen schenke ich Spencer und Thug ein Lächeln, exe mein Bier und stelle es wieder auf der Tischplatte ab. »Ich muss leider gehen, Leute. Es war nett, euch kennenzulernen.« Gleichzeitig schüttele ich Thugs Hand, dann die von Spencer.

»Sav«, flüstert Milo gepresst und stellt sich nah neben mich, so dass er mich an der Schulter berührt. »Kannst du mit mir sprechen?«

Ich denke nur eine Sekunde über meine Antwort nach. »Nein. Falls du mitfahren möchtest, solltest du dir deine Jacke schnappen und mir nach draußen folgen.«

Und schon stolziere ich an dem Mistkerl vorbei in Richtung des Ausgangs. Ich höre ihn hinter mir fluchen, ignoriere es jedoch. Genauso wie den missmutigen Blick von Mary, die an mir vorbei in Richtung des Tisches läuft. Mit dem Gedanken, dass ihr weißes Kleid ihre Problemzonen betont, verlasse ich halbwegs selbstsicher die Bar und versuche, nicht allzu gekränkt auszusehen. Widerwillig bleibe ich davor stehen, um auf den Arsch zu warten.

Nicht, weil er mich braucht, um zurück zum Campus zu kommen, sondern, weil ich ihn brauche, falls ich auf dem Weg zum Auto überfallen werde.

# 16
# MILO

Shit. Was geht mit diesem Mädel ab? Ich habe absolut keinen blassen Schimmer, was in den letzten Minuten in sie gefahren ist. Vorhin war sie noch so cool und locker drauf und jetzt tendiert sie wieder zu der Furie, die ich kennenlernte. Ihr Blick, als ich aus der Bar komme, signalisiert mir eindeutig, dass sie mir gerade am liebsten die Augen auskratzen würde. Er ist wieder so verdammt satanmäßig.

Dabei habe ich nichts getan, um sie zu verärgern! Ob sie ihre Tage bekommen hat?

»Okay, sag schon. Was geht ab bei dir?«, presse ich genervt hervor, als ich neben ihr stehen bleibe. Sie läuft beinhart los, ohne auf mich zu warten. »Savannah.«

»Geh weiter«, ruft sie unbeeindruckt und läuft vorwärts. Jesus im Himmel … Was für eine Kratzbürste.

»Bleib stehen, verdammt«, knurre ich sauer und hole sie mit wenigen Schritten ein. Ich baue mich breitbeinig vor ihr auf, so dass sie ungewollt stehen bleiben muss, um nicht in mich hineinzulaufen. »Sag mir, was dein verdammtes Problem ist?«

Wütend funkelt sie mich an. »Lass uns einfach fahren, Milo.«

»Nein.« Noch bevor sie mir auszuweichen versucht, packe ich sie am Handgelenk. »Erst sagst du mir, warum du mich wieder mit diesem Satan-Blick bedenkst.«

»Tue ich nicht«, murmelt sie und versucht, ihr Handgelenk aus meinem unnachgiebigen Griff zu befreien. Egal wie oft sie es versucht, jeder Versuch scheitert kläglich. »Lass los!«

Ich seufze, denke aber nicht mal dran. Ich habe keinen Bock auf diese Mädchenzickenscheiße. »Wir werden hier nicht weggehen, ehe du mir sagst, was bei dir falsch läuft.«

Erbost reißt sie die Augen weit auf. Das Raubtier kommt leider Gottes wieder zum Vorschein, ebenfalls eine alte Bekannte – die Augenbraue, die auf Haaransatzhöhe wandert. »Was bei *mir* falsch läuft?« Sie stößt einen provokanten Lacher hervor. »Frag dich mal lieber, was bei *dir* falsch läuft.«

Ich verstehe Nüsse. Ob es ist, weil ich sie ignoriert habe, seit wir an dem Tisch saßen? Ich wollte lediglich mit meinen Freunden quatschen, weil ich sie lange nicht gesehen habe. Außerdem fühlte ich mich schuldig, mich ewig nicht mehr bei Mary und Scarlett, ihrer und Thugs Mutter – die beiden sind Geschwister – gemeldet zu haben, da diese krank war, und ich doch einen großen Teil meiner Kindheit in ihrem Haus verbracht habe. Manchmal wünschte ich, ich wäre kein so egoistischer Arsch, wie ich es bin. Ich hätte sie längst besuchen sollen.

»Alter«, seufze ich angestrengt und lasse Savannahs Handgelenk widerwillig los, da sie mich nun kratzt. Furie, sag ich ja. »Ich verstehe dich nicht. Du bist einfach irre.«

Kopfschüttelnd und mehr als fassungslos drängt sie sich an mir vorbei. »Ich würde dir ja erklären, was los ist, aber du würdest das mit deinem Erbsenhirn sowieso nicht verstehen. Außerdem wäre es sinnlos, da das unser letztes Date war, *Alter.*« Dazu wirft sie mir einen überaus giftigen Blick über die Schulter zu.

Ich grinse sie falsch an. Mein Stolz lässt nicht zu, dass ich ihr noch mehr hinterherlaufe als ohnehin schon. Soll sie doch grundlos eingeschnappt sein, wenn sie will, mir verfickt egal. »Na wenigstens gibst du zu, dass es sich hierbei um ein Date gehandelt hat.« Meine Stimme klingt boshafter denn je.

Sie toppt das, als sie die Tür zu ihrem Wagen aufreißt, arrogant über ihre Schulter schmunzelt, und spöttisch sagt: »Ich korrigiere mich – es war ein *Fehler.* Alles andere wäre eine Übertreibung.«

Ich hasse dieses Mädel. Abgrundtief. Was denkt sie eigentlich, wer sie ist? Woher nimmt sie sich das Recht, mich so herablassend zu behandeln? Scheiß egal, ob ich damit angefangen habe, oder nicht.

Okay, ich hasse sie nicht wirklich, aber ich bin echt nah dran. Sie macht mich wahnsinnig.

Stur steuere ich auf den Wagen zu und reiße die Tür zur Beifahrerseite auf. Sie startet umgehend den Motor und fährt los. Wir würdigen uns gegenseitig keines Blickes mehr, zumindest solange, bis sie nach einigen Minuten unsicher auf den Straßenrand zurollt und das Auto zum Stillstand bringt.

Ich rolle mit den Augen und stütze mich mit dem Ellenbogen am Fenster ab. »Was ist?«

»Ich weiß nicht«, murmelt sie mit panisch klingender Stimme. »Da leuchtet schon die ganze Zeit was auf. Und jetzt hat es so komisch geraschelt.«

»Wovon sprichst du?« Grob lehne ich mich über sie, weshalb sie angestrengt schnaubt, und betrachte den Bordcomputer. »Wie lange leuchtet das schon und was meinst du mit geraschelt?«

Ich kann ihre innerliche Unruhe bis in meinen eigenen Körper spüren. Sie atmet hektisch ein und aus und schiebt mich grob zur Seite. »Seit ich eingestiegen bin. Und es war eher ein Rattern als ein Rascheln.«

»Stell sofort den Motor ab. Du hättest niemals losfahren dürfen«, presse ich hervor und reibe mir seufzend über das Gesicht. Jetzt stecke ich auch noch hier fest. Mit diesem Pitbull. »Warst du in der Fahrschule eigentlich mal anwesend oder bist du auf anderem Wege zu deinem Schein gekommen?«

Dass ich sie damit irrsinnig getroffen habe, wird mir erst klar, als mich ihre glasigen Augen unkontrolliert anblinzeln. Jetzt sieht sie keineswegs mehr wütend aus, lediglich entsetzt und verletzt, weil ich ihr so etwas unterstelle. Fast so, als hätte ich sie direkt als Bitch bezeichnet, was ziemlich auf Dasselbe hinausgelaufen wäre.

Langsam hebe ich meine Hände in die Höhe. »Okay, ich nehme das zurück, das war -«

»Sprich mich nie wieder an, verstanden!«, brüllt sie wütender denn je und reißt ihre Wagentür auf.

Shit. Ich folge ihr widerwillig nach draußen. Wir parken in einer verlassenen Seitengasse und durch die fehlende Straßenbeleuchtung ist es beinahe stockfinster. Sav öffnet die Motorhaube und blinzelt mit verschränkten Armen hinein. Natürlich hat sie keine Ahnung davon, was sich da drin abspielt. »Was tust du da? Du kannst nichts tun, um den Wagen an Ort und Stelle zu reparieren. Außer du arbeitest nebenbei in einer Werkstatt, von der ich nichts weiß?«

Erst schweigt sie, dann knallt sie die Motorhaube mit einem lauten Knall zu und atmet tief ein, um sich zu beruhigen. »Was bedeutet diese Lampe?«

»Das ist die Motorkontrollleuchte«, lasse ich sie wissen, woraufhin ihr Gesicht keinerlei Regung zeigt. Also erkläre ich weiter: »Wenn die aufleuchtet, sollte man das Fahrzeug unmittelbar stehen lassen. Da kann ziemlich viel der Grund dafür sein, leider auch ein paar hartnäckigere Probleme. Wenn du sagst, es gab ein Rattern oder Rascheln, hört sich das für mich nicht gut an.«

Ihr kleiner Mund öffnet sich erschrocken. »Das kann doch kein Motorschaden sein, oder?«

Ich will sie nicht beunruhigen, daher versuche ich indirekt auszuweichen: »Ich bin kein Mechaniker, Sav. Alles könnte möglich sein, wir können jedoch auf keinen Fall noch eine Stunde damit herumfahren.«

»Was?«, quietscht sie, da sie es erst jetzt zu realisieren scheint. »Was soll das bitte bedeuten, Milo? Wie kommen wir zurück? Soll mein Wagen etwa hier stehen bleiben? Was mache ich jetzt bloß? Und warum, zur Hölle, leuchtet die Motorlampe auf?!«

»Motorkontrollleuchte«, korrigiere ich sie unnötigerweise und lehne mich seitlich an den Wagen an.

»Scheißegal!«, kreischt sie und rauft sich die Haare. Okay, sie hat Scheißlaune. »Das ist alles deine Schuld!«

Ungläubig verziehe ich das Gesicht. »Wie bitte? Meine Schuld?«

Sie nickt heftig und funkelt mich wutentbrannt an. »Ja, *deine* Schuld! Bisher hatte ich noch nie Probleme mit dem Wagen, er ist immerhin neu! Und dann fährst du einmal damit und plötzlich ist er im Arsch!«

Ich verkneife mir den Kommentar, dass der Wagen nicht unbedingt im Arsch sein muss, weil ich so sauer bin, dass ich sie weiter in ihrer Hölle schmoren lassen will. Stattdessen mache ich einen großen Schritt auf sie zu und keife: »Vielleicht ist er im Arsch, weil du fährst wie meine verdammte Großmutter! Damit hast du dem Motor den Todesstoß gegeben!« Stimmt zwar nicht, aber wen juckts.

Frustriert stöhnt sie auf und kramt ihr Handy aus ihrer Tasche. Sie tippt wie wild auf das Display ein, bis sie es sich ans Ohr klatscht und die Augen schließt. Sie heult jetzt doch nicht etwa, oder?

»Äh, guten Abend, Savannah Sawyer mein Name. Ich habe ein Problem mit meinem Wagen und bräuchte einen Mechaniker, der für den 24h Notdienst eingeteilt ist«, sagt sie mit zittriger Stimme. »Aha, also ich weiß leider nicht genau, was das Problem ist, aber diese Lampe leuchtet auf -«

»Motorkontrollleuchte«, werfe ich genervt ein.

Sie wirft mir den Satan-Blick zu und dreht sich von mir weg. »Die Motorkontrollleuchte blinkt seit einigen Minuten und … aha, ja … ich bin noch mit dem Wagen gefahren, dann habe ich Geräusche gehört und … oh, okay … also ein Abschleppdienst, sagen Sie? Sicherheitshalber, ich verstehe … und wann könnten Sie hier sein? Wir befinden uns in Liberty City, äh, Moment …« Sie dreht sich rasch um und sucht ein Straßenschild.

»Broxten 72«, schießt es aus mir hervor, was sie dem Kerl am Telefon direkt weitergibt.

Nach ein paar Momenten des Wartens reißt sie ihre Augen weit auf und starrt auf ihre silberne Armbanduhr. »Was? Aber … das ist erst in drei Stunden!«

Fuck.

Resigniert akzeptiert sie das Angebot und legt auf. Der Satan in ihr scheint erschöpft zu sein, der Blick ist nur mehr halb so angsteinflößend. »Drei Stunden. Das ist der einzige 24h Abschleppdienst in der Nähe.«

Ich reibe mir über die Schläfen. »Ich weiß. Großartig.«

»Ich kann nichts dafür«, zischt sie unnötigerweise, woraufhin ich sie fragend mustere. »Naja, du siehst mich so an, als wäre ich schuld!«

»Bilde dir nichts ein«, erwidere ich ausdruckslos und werfe selbst einen Blick auf die Uhr.

Es ist zehn vor Neun. Wenn der Abschleppdienst drei Stunden sagt, bedeutet das, niemand wird vor Mitternacht hier aufkreuzen, das weiß ich leider aus Erfahrung. Früher kommen die nicht mal, wenn ich eine Glückssträhne habe.

Wir könnten uns solange in ein Café setzen, allerdings schließen die meisten in Gegend, unter der Woche, gegen zehn oder elf Uhr. Außerdem habe ich keinen Bock mir mit ihr drei Stunden lang die Zeit zu vertreiben. Wir hätten uns ohnehin nichts zu sagen. Und was, wenn die Kerle vom Abschleppdienst feststellen, dass doch ein schwerwiegenderes Problem vorliegt? Dann sitzen wir erst recht hier fest.

Die einzige Lösung, die mir einfällt, ist die einzige, die mir absolut widerstrebt.

Ich zwinge mich, Savannah anzusehen, und versuche möglichst neutral zu klingen, als ich sage: »Ich habe nachgedacht und -«

»Du und nachgedacht«, unterbricht sie mich augenrollend, verstummt jedoch wegen meines finsteren Blickes augenblicklich. »Okay, schön. Und, was hat dein Hirn zusammengereimt?«

»Die Frage ist, ob du hier warten möchtest, bis der Abschleppdienst mit den Mechanikern antanzt, um zu erfahren, was mit dem Wagen los ist, und die geringe Chance abzuwarten, dass wir womöglich noch mit dem Wagen zurückfahren können. Oder wir hinterlegen den Schlüssel, verpissen uns und lassen die ihren Job machen. Ich biete dir an, dich morgen, oder sobald der Wagen repariert ist, zu der Firma zu fahren, damit du ihn abholen kannst.«

Savannah streicht sich das Haar aus dem Gesicht und denkt angestrengt nach. Ein klein wenig versöhnlicher bringt sie nach einigen Minuten hervor: »Hm … Und wo würden wir dann jetzt hingehen? Hier so lange zu warten und vielleicht gar nicht mit dem Auto zurückfahren zu können erscheint mir doof. Ein Taxi würde uns bei der langen Strecke pleite machen.«

Meine Wut ebbt ebenso ein wenig ab und ich nicke zustimmend. »Das dachte ich auch. Die sollen deinen Wagen mitnehmen und ihn sich genau anschauen, und direkt im Anschluss reparieren. Ich hole ihn wie gesagt mit dir ab, wenn du möchtest.«

Sie räuspert sich. »Das wäre nett.« Einmal im Kreis drehend bleibt sie anschließend wieder vor mir stehen und rümpft ihre Stupsnase. »Und wo hinterlassen wir den Schlüssel?«

»Vertraust du mir?« Eher zögerlich nickt sie. »Gib mir den Schlüssel. Ich kenne in dem Gebäude da vorne jemanden. Die Adresse geben wir dann der Abschleppfirma durch.«

»Ist sie vertrauenswürdig?«, will sie beunruhigt wissen und folgt mir über die Straße.

Ich ziehe eine Augenbraue in die Höhe und werfe ihr einen Blick über die Schulter zu. »Es ist ein Er und ja, keine Sorge.«

Vielleicht täusche ich mich, allerdings hat es sich angehört, als hätte sie erleichtert ausgeatmet. Natürlich dachte sie sofort, es handele sich um ein Weib. »Hat er kein Auto? Oder Thug? Eines, das wir uns borgen könnten?«

Ich schüttele den Kopf und laufe auf das Wohngebäude vor uns zu. »Daran habe ich natürlich auch schon gedacht. Aber leider nein.«

»Okay, scheißdrauf«, seufzt sie, als wir vor der grauen, versifften Haustür stehen bleiben. Ich betätige die Klingel der Türnummer 10 und lehne mich an der Mauer neben mir an. »Milo?«

»Hm?«, mache ich gedankenvertieft.

Alter, das hier passt mir so wenig in den Kram wie ein plötzlich über mir auftauchender Tornado. Alles, was jetzt noch kommen kann, ist schlecht. Grottenschlecht. Savannah wird viel zu viel über mich erfahren und einen viel zu tiefen Einblick in mein Leben erhalten. Viel, viel, viel zu tief. Niemand hatte den bisher, außer meine engsten Freunde, die aus meiner Gegend hier abstammen, und mit denen ich aufgewachsen bin. Meiner Gegend – Liberty City. Nicht mal Nate kennt mich so gut, wie sie es nach dem heutigen Abend tun wird. Da er leider schon sturzbesoffen sein wird, kann ich auch ihn nicht bitten, den weiten Weg hierherzufahren, um uns abzuholen. Das Schlimme daran ist, dass ich das Bevorstehende somit nicht verhindern kann. Ob sie schon ahnt, dass ich hier aufgewachsen bin?

Vermutlich denkt sie, wir würden in ein Hotel gehen, aber hier gibt es weit und breit keines, zu dem wir zu Fuß laufen könnten. Thugs Nummer habe ich außerdem nicht mehr, um ihn zu fragen, ob wir bei ihm pennen könnten, und ansonsten … nun ja, Savannah würde sich in keiner Wohnung wohlfühlen, weil ich es selbst nicht tue.

»Milo, sag mal -«

»Wer ist da?«, unterbricht sie die Stimme aus der Sprachanlage.

»Tyson, Bro. Mach auf. Du musst mir einen Gefallen tun.«

Savannah unterdrückt wegen meines idiotischen Spitznamens, dem ich jedoch früher alle Ehre erwiesen habe, ein Schmunzeln.

»Das glaub ich jetzt nicht«, ertönt es aus der Sprechanlage, dicht gefolgt von einem fröhlichen Lachen. »Dude, du lebst noch?! Beweg deinen Arsch hier hoch!«

»Ich muss gleich wieder los. Kann ich dir einen Schlüssel dalassen, der gegen Mitternacht abgeholt wird, Jones?«, frage ich drängend.

So langsam wie er spricht, ist er vermutlich stoned, aber das ist okay. Jones ist ein korrekter Kerl, dem man so ziemlich sein Leben anvertrauen könnte. Außerdem ist er mir noch was schuldig. »Klar, Dude. Ich mach dir auf.«

Und schon vibriert die Tür und ich ziehe Savannah mit mir hinein. Vor den Treppen drücke ich sie an die Wand und mustere sie flüchtig. »Warte hier. Die Wohnung willst du vermutlich nicht sehen. Wenn jemand kommt, schrei meinen Namen.«

Sie starrt auf meine Hand, die auf ihrem Bauch liegt, hinab. »Welchen? Milo oder Tyson?«

Augenrollend wende ich mich ab und marschiere die Treppen hoch. Es kostet mich unnormal viel Überwindung, das jetzt zu tun, allerdings stecke ich nun schon in dieser Scheiße und kann keinen Rückzieher mehr machen. Also krame ich mein Handy aus meiner Hosentasche, wähle die Kurzwahltaste 1, und drücke es mir ans Ohr. Es klingelt ein paar Mal, bis jemand rangeht.

»Milo?«

»Hey Mom, sorry für den späten Anruf. Habe ich Lucas geweckt?«

»Oh, nein, nein. Wir sind noch wach. Ist alles in Ordnung?« Ihre liebevolle Stimme klingt verunsichert.

»Alles in Ordnung. Ich schlafe heute zuhause, wenn das klar geht. Ich sitze hier fest und -«

»Natürlich geht das in Ordnung! Wann bist du denn hier? Bringst du Hunger mit?«, schießt es wie immer mütterlich aus ihr hervor.

»Nope. Allerdings bringe ich ein Mädchen mit.« Schon der Gedanke bereitet mir eine Gänsehaut. Noch nie zuvor hat ein Mädel die Türschwelle meines Elternhauses übertreten. Keine Freundin, kein Betthäschen. Niemand.

»Oh.« *Jap*. Sie klingt genauso wie ich mich fühle. Verängstigt.

# 17
# SAVANNAH

Ein betretenes Schweigen herrscht seit der mysteriösen Schlüsselübergabe zwischen Milo und mir. Keine Ahnung, wohin wir gerade laufen, aber Milo scheint ein Ziel vor Augen zu haben und ich hinterfrage es nicht. Innerlich bin ich froh, dass er die Situation im Griff hat, denn ich bin viel zu aufgewühlt, um klare Gedanken fassen zu können. Daher frage ich mich auch gar nicht, ob wir gerade zu einem Hotel spazieren oder zu einem seiner Freunde. Es ist mir eigentlich egal, Hauptsache wir können irgendwo übernachten und mein Wagen wird wie versprochen abgeholt.

»Jones gibt mir Bescheid, wenn sie deinen Wagen abschleppen«, erklärt er mir nun und betrachtet mich das erste Mal seit zwanzig Minuten nachdenklich von der Seite. »Die Adresse, wo sie klingeln müssen, hast du weitergegeben, oder?«

Langsam nicke ich. »Ja. Danke.«

»Kein Ding.« Er richtet die Sporttasche, die er über der Schulter trägt, und starrt wieder geradeaus. Ob er wegen des Streites vorhin so ruhig ist? Vermutlich. Im Nachhinein betrachtet war er zwar ein Arsch, aber ich ne riesen Zicke.

»Theoretisch hätten wir auch Ben anrufen können«, spreche ich meinen Gedanken aus und mustere Milo flüchtig. *Gott*, die Stimmung zwischen uns ist wirklich furchtbar. »Theoretisch …«

Milo lacht stumm, es klingt irgendwie verbittert. »Würdest du mich nicht verstecken wollen.«

»Sagt der Richtige«, rutscht es mir heraus und ich senke meinen Blick rasch zu Boden.

»Was meinst du damit, Savannah?«

»Nichts«, murmele ich und sehe auf die Uhr.

Wie lange müssen wir denn noch gehen? Wir sind fast aus dem ganzen Wohnheimviertel raus, es gibt kaum noch Hochhäuser oder Wohnbauten zu entdecken, lediglich ein paar kleine Familienhäuser breiten sich vor uns aus. Die Gegend wirkt ein bisschen grüner und minimal schöner als die, in der sich das Café befindet. Allerdings handelt es sich auch hier um keine noble oder angesehene Wohngegend. Die meisten Häuser sind grau, dreckig oder sehen aus wie der perfekte Drehort für eine Neuverfilmung von *Poltergeist*.

»Wir sind da«, reißt er mich aus meinen Gedanken. Ich werde das Gefühl nicht los, dass er innerlich immens unruhig ist, auch wenn er nach außen hin emotionslos wirkt. »Das Haus mit dem roten Dach.«

Ich lächele automatisch erleichtert. Es sieht kunterbunt und ziemlich familiär aus. Durch die roten Ziegelsteine und die beige Fassade, gepaart mit der weinroten Haustür und den wenigen bunten Blumen im Garten sticht es neben allen anderen hervor. Außerdem ist es eines der wenigen Häuser, in dem noch Licht brennt.

»Was ist witzig?« Er versteift sich neben mir.

Ich sehe unsicher zu ihm hoch. »Nichts, es ist nur … es ist das auffälligste Haus von allen. Es sieht nett und einladend aus, während ich bei den anderen das Gefühl bekomme, hysterisch schreiend weglaufen zu müssen.«

Endlich lacht er. Zwar hält es nur kurz an, aber es ist ein Fortschritt. »Danke.«

Wir machen ein paar Schritte darauf zu, erst dann bleibe ich perplex vor dem Garten des Hauses stehen. »Danke?«

Milo läuft weiter, ohne sich zu mir umzudrehen. »Es ist mein Haus. Das meiner Eltern, wenn man es genau nimmt.«

Panisch greife ich mir an die Brust. Mein Herz schlägt plötzlich nicht mehr im Takt und ich habe das Gefühl, keine

Luft mehr zu bekommen. Er nimmt mich mit zu sich nachhause? Zu seinen Eltern?

Ich glaube, ohnmächtig zu werden.

»Kommst du?« Ein wenig amüsiert dreht er sich zu mir um und betrachtet mich mit schiefgelegtem Kopf. »Hätte ich das davor schon erwähnen sollen?«

»J-ja, ja!«, stammele ich nervös und blinzele zu der Haustür. »Milo, du … warte mal! Warum bringst du mich denn hierher?«

Er zieht eine Schnute, die irgendwie niedlich aussieht, mich allerdings kein bisschen von meiner Panik ablenkt. »Das war die naheliegendste Entscheidung und eine der wenigen Optionen, die dich eben nicht zum hysterisch schreien bringen. Zumindest dachte ich das. Dein Gesichtsausdruck ist wohl auch damit vergleichbar.«

»Oh Gott«, platze ich nervös hervor und schiele automatisch an mir hinab. Mit diesen Klamotten kann ich doch nicht seine Eltern kennenlernen! Mit diesen Klamotten kann man Niemandes Eltern kennenlernen! »Ich kann da nicht reingehen, tut mir leid.«

Milo braucht wie immer nur wenige Schritte, bis er bei mir ist, dann legt er mir eine Hand ums Kinn und drückt meinen Kopf hoch. Seine grauen Augen leuchten sogar durch die Dunkelheit hindurch wie Sterne am Himmel. »Warum nicht?«

»Weil«, ich deute mit angeekeltem Gesichtsausdruck an mir hinab, »ich so aussehe?!«

»Du siehst heiß aus, das wollte ich dir schon die ganze Zeit sagen«, erwidert zu meinem Entsetzen und lacht stumm, als ich fast weinerlich das Gesicht verziehe. »Beruhige dich. Wir pennen nur hier und fahren morgen irgendwie zurück zum Campus.«

»Milo! Niemand will *heiß* aussehen, wenn er auf Eltern trifft! Zumindest, wenn es sich nicht um seine eigenen handelt«, plappere ich und mache mich von ihm los. »Ehrlich, ich würde einen echt schlechten Eindruck machen.«

Jetzt sieht er mich verwundert an. »Du machst dir Gedanken darüber, welchen Eindruck du bei meinen Eltern hinterlassen könntest? Hört sich verdächtig an, dafür, dass du mich ja insgeheim hasst.«

Ich seufze. »Du weißt, was ich meine. Und ja, natürlich will ich nicht, dass deine Mom denkt – *Oh hey, die nächste Bitch. Nur trägt diese hier einen Rock, der kaum noch als Rock durchgeht!*«

»Das ist dir also auch aufgefallen? Er ist echt verdammt kurz«, er nickt anerkennend auf meine nackten Beine, »*verdammt* kurz.«

Ich will schreien. Seine blöden Kommentare helfen mir absolut nicht weiter. Im Gegenteil – das macht alles nur noch viel schlimmer.

»Meine Mom würde so etwas nie denken«, versucht er mich endlich zu beruhigen und zuckt die Achseln. »Zumindest glaube ich das.«

»Was soll das heißen?«, hake ich misstrauisch nach. »Ist sie cool drauf? Wie war sie denn bei den anderen Mädels, die du mit Nachhause gebracht hast?« Ich kann seinen Blick nicht ganz deuten, daher reime ich es mir selbst zusammen. »Okay, verstehe. Sie ist also schon einiges gewöhnt. Vielleicht wird es also doch nicht so schlimm?«

»Sav.« Sein Mundwinkel zuckt. »Ich habe noch nie ein Mädchen mit Nachhause genommen.«

Jetzt falle ich bestimmt in Ohnmacht. Wenn nicht, sterbe ich an den Magenkrämpfen, die ich gerade erleide. Schmerzerfüllt verziehe ich das Gesicht und gebe ein jammerndes Geräusch von mir. »Und ich wurde noch nie irgendwelchen Eltern vorgestellt!«, gestehe ich jammernd und hole tief Luft. »Was machen wir jetzt, Milo?! Wir sind brutale Anfänger!«

»Das beruhigt mich jetzt in der Tat«, sagt er ironisch und lacht gleich darauf laut auf. »Glaube mir – egal, wie du dich momentan fühlst, ich fühle mich dreimal so schlimm. Und jetzt komm.«

Als er wieder vorwärtsläuft, bekommt mein Herzanfall einen Herzanfall. Noch einmal hole ich tief Luft, dann laufe ich ihm eilig hinterher und verstecke mich hinter seinem breiten Rücken, als er ohne Vorwarnung an der Tür klopft.

»Entspann dich«, flüstert er noch, ehe die Tür aufgerissen wird, und er eine hübsche Frau mittleren Alters in die Arme zieht. »Mom, das ist Sav. Sav, das ist Mom. Wir wollen gleich pennen gehen, also bitte kein Verhör.«

Seine Mutter schüttelnd seufzend den Kopf und schiebt ihn achtlos beiseite, um mich ansehen zu können. Augenblicklich ziehe ich meinen ab heute verhassten Jeansrock hinab und fummele an meinem Schlabbershirt rum. »Hi«, ist das einzige, das mir über die trockenen Lippen kommt. Ich drohe, an einer ausgetrockneten Kehle zu sterben.

»Wow«, sagt seine Mom so, als könnte sie kaum glauben, dass ich Milos Begleitung bin. »Sie ist wirklich verdammt hübsch. Wie kommst du denn zu so einer attraktiven Frau?«

»Ha ha«, spottet Milo und starrt mich auffordernd an. »Mom, geh von der Tür weg. Sie ist wie ein schreckhaftes Reh. Eine Bewegung reicht und du siehst sie nie wieder.« Er grinst dreckig. »Oder musst sie verfolgen.«

»Oh, tut mir leid! Komm rein, Sav«, entschuldigt sie sich und strahlt mich freundlich an. »Ich bin Maggie, lass dich drücken.« Liebevoll zieht sie mich über die Türschwelle und schenkt mir eine kurze Umarmung.

»Danke«, bringe ich erst jetzt für das Kompliment hervor und komme mir unwillkürlich blöd vor. »Und dafür, dass du mich aufnimmst.« Jetzt komme ich mir wie ein Hund vor.

Maggie lacht herzhaft. »Ah, bitte! Zwar war ich überrascht, als Milo mich angerufen hat, aber es gibt für alles ein erstes Mal, nicht?«

»Ja …« Ich sehe Milo an und erwidere seinen intensiven Blick. »Danke …«

»Du kannst dich noch bis morgen bedanken, oder du ziehst endlich deine Schuhe aus«, nimmt Milo mich auf den Arm und erntet dafür einen Stoß an der Schulter von seiner Mom.

»Lass das arme Mädchen in Ruhe«, tadelt sie ihn, lächelt aber dabei. »Sav, ich hoffe, du hast Hunger mitgebracht? Als Milo euer Kommen angekündigt hat, habe ich mal schnell was in der Küche gezaubert.«

Milo verschwindet ohne Vorwarnung die Treppen hoch, während ich ihm panisch hinterhersehe. Dieser Arsch kann mich jetzt doch nicht einfach alleine lassen!

»Das wäre wirklich nicht nötig gewesen«, meine ich lächelnd und streife mir die Sneakers von den Füßen. Sorgfältig stelle ich sie an die Wand neben der Haustür und schnappe mir auch Milos Schuhe, da er sie achtlos mitten im Flur hat liegen lassen. *Männer*.

»Milo, ich mag sie jetzt schon!«, ruft seine Mom und grinst mich dabei beeindruckt an. Ich lache. »Milos Ordnungssinn hat schon immer zu wünschen übriggelassen.«

Ihr Grinsen ist wirklich ansteckend. Meine Panik verfliegt minimal. »Das kann ich mir vorstellen.« Das kann ich in der Tat.

»Also? Pasta?« Sie zeigt mit dem Finger auf die Küche, die sich hinter ihr befindet. »Ich mache sie schnell nochmal warm, dann bringe ich sie euch ins Wohnzimmer. Oder möchtet ihr in Milos Zimmer essen, um alleine zu sein?«

Oh Gott. Keine Ahnung? Wo ist der Arsch überhaupt, verdammt?

»Äh, ich denke, das Wohnzimmer ist in Ordnung. Falls es dich nicht stört«, erwidere ich zögerlich.

Seine Mom schüttelt den Kopf, die braunen, langen Haare fallen ihr dabei über die Schulter. Anschließend verschwindet sie in der Küche.

Milo sieht ihr irrsinnig ähnlich. Graue Augen, auch wenn seine viel einnehmender und auffälliger sind als ihre, der volle Mund und die sinnlich geschwungene Oberlippe, und die braunen, seidigen Haare. Seine Mom ist sogar fast so groß wie er, und Milo schätze ich auf knapp 1m 85cm. Meggie ist insgesamt wirklich attraktiv.

Logisch. Er ist es ja auch.

Ich nutze den Moment des Alleinseins aus, um das Haus zu mustern. Was ich bisher zu Gesicht bekomme ist ein nett eingerichteter Flur mit dunklem Parkettboden, beigen Tapeten mit geschnörkeltem Muster, ein hölzerner Schuhschrank, ein paar Bilder an der Wand, die eine vierköpfige Familie zeigen, und die hölzernen Treppen, die in das Obergeschoss führen. Als ich mich nach rechts lehne, erhasche ich einen Blick auf ein ebenso nett eingerichtetes Wohnzimmer. Eine beige Eck-Couch steht rechts an der Wand, ein kleiner quadratischer Couchtisch aus dunklem Holz davor, und ich entdecke eine hübsche Vase mit frischen Blumen darauf. Mehr kann ich leider von hier aus nicht sehen. Neben mir befindet sich noch ein Zimmer, dessen Tür jedoch geschlossen ist.

Da Milo, der Arsch, immer noch nicht auftaucht, mache ich ein paar Schritte durch den Flur. Vor der Küche bleibe ich wie angewurzelt stehen, so als würde mich der helle Fliesenboden verbrennen können, und mustere auch diesen Raum flüchtig. Die Küche ist klein und die Geräte sehen nicht sehr neu aus, was ich dadurch weiß, dass sie den unseren im Haus ähneln. Oder zumindest dem Haus, das wir mal hatten. Seine Mom steht vor einer kleinen Kücheninsel mit beiger Arbeitsfläche und schwenkt ein paar lecker aussehende Nudeln in einer schwarzen Pfanne auf dem Herd. Hinter ihr befindet sich die Spüle, darüber ein Fenster, auf dessen Fensterbrett viele kleine Blumenstöcke stehen. Nebenan ein paar weiße Schränke. Das Haus wirkt richtig heimisch.

Als mich Maggie entdeckt, seufzt sie. »Wo ist Milo denn?« Sie schüttelt den Kopf und verteilt die Pasta auf zwei Tellern. »Bestimmt bei Lucas. Der spannt ihn immer sehr ein, nimm es ihm nicht übel. Da Milo so viel Zeit auf der Uni verbringt, vermisst Lucas ihn sehr. Obwohl Milo sich wirklich bemüht, oft vorbeizuschauen.«

In meinem Kopf poltert es. »Lucas?«

»Unser kleinster«, plappert sie und schnappt sich eine Flasche Cola aus dem Kühlschrank. »Trinkst du Cola, meine Liebe? Milo trinkt ständig dieses gezuckerte Zeugs.«

Ich nicke lediglich. Milo hat also einen Bruder, oder habe ich das falsch verstanden? Das würde die vierköpfige Familie auf den Bildern im Flur erklären. Ich werfe einen Blick über meine Schulter, kann jedoch niemanden entdecken. Also beobachte ich wieder seine Mom. Sie ist viel netter, als ich erwartet hätte. Ich glaube nicht, dass alle Mütter derart gastfreundlich sind, aber ich habe ja auch keinen Vergleich.

»Schatz! Milo soll seiner Freundin Gesellschaft leisten! Das Essen ist fertig!«, ruft sie nun wieder und holt zwei Gläser aus einem der oberen weißen Schränke heraus. »Du kannst Lucas ruhig mitnehmen! Er darf ausnahmsweise länger wachbleiben.«

Ich werde wieder nervös. Spricht sie mit seinem Vater? Naheliegend. Okay, einmal muss ich den Test wohl noch bestehen. Wieder ziehe ich den verdammten Rock hinunter und wieder bringt es absolut nichts. Ich verfluche mich innerlich für meinen nuttigen Kleidergeschmack.

»Hey, sorry«, ertönt es so dicht hinter mir, dass ich zusammenzucke. Noch bevor ich mich umdrehen kann, spüre ich Milos warmen Körper an meinem Rücken. Er schmiegt sich unerwartet eng an mich und vergräbt seinen Kopf in meiner Halsbeuge. »Mein Bruder ist gerade ein bisschen hyper. Er will dich unbedingt kennenlernen.«

Milos Mutter beobachtet uns interessiert und schmunzelt mit roten Wangen. So hat sie ihren Sohn bestimmt noch nie gesehen. Nein, ich weiß, dass sie das nicht hat. Dasselbe gilt für mich.

»Oh«, piepse ich und schlucke schwer.

Noch nie hat mich Milo so berührt, wie er es jetzt gerade tut. Seine Körperwärme überträgt sich unmittelbar auf die meine und löst eine Hitze in mir aus, die kaum zu bändigen ist. Ich fühle mich fiebrig. Mein ganzer Körper bebt und ich bekomme Gänsehaut an Stellen, an denen ich nicht mal wusste, dass man Gänsehaut bekommen kann.

*Gott* … Milo Blayne kuschelt sich gerade an mich. Während wir uns in dem Haus seiner Eltern befinden. Vor den Augen seiner Mom. Ich glaube, zu träumen.

»Ich will ihn kennenlernen«, sage ich so leise, dass ich es beinahe selbst nicht höre. Als Milo sich von mir löst, fühle ich mich augenblicklich leer und sehne mich nach seiner Wärme. »Wo ist er denn?«

»Vielleicht solltest du wissen, dass …«

»Oh«, unterbricht ihn seine Mom überrascht und läuft zeitgleich mit den Tellern auf uns zu. Ich nehme ihr beide ab, wofür sie mich dankbar anlächelt. »Du hast es ihr nicht erzählt?«

»Was erzählt?« Ich bekomme das dringende Bedürfnis, alles über ihn und seine Familie erfahren zu wollen. Seine Mom verschwindet währenddessen durch den Flur.

Milo sieht mich nachdenklich an, langsam schüttelt er den Kopf. »Mein Bruder -«

»Hi«, ertönt es leise hinter mir. Die Stimme klingt sehr jung und ziemlich niedlich.

»Lucas«, ermahnt ihn seine Mom und schüttelt lachend den Kopf. »Du sollst dich nicht immer so ranschleichen.«

Endlich drehe ich mich um, während Milo wie hypnotisiert meine Reaktion abwartet. Ich verstehe erst, was er mir versucht hat zu sagen, als ich auf den kleinen Mann mit dem Teddybären in der Hand hinabblicke.

Lucas, der im Gegensatz zu Milo sehr hellbraune Haare und blaugraue Augen hat, ist scheinbar körperlich eingeschränkt. Ich kann nicht genau sagen, wie weit die Krankheit fortgeschritten ist, allerdings hält er seinen rechten Arm angewinkelt nach oben, die Hand hängt nach unten, und sie zuckt ab und zu. Vielleicht eine Nervenkrankheit? Ob seine Beine auch betroffen sind, weiß ich nicht, ich denke jedoch nicht. Er ist allerdings sehr klein, was zu seinem etwas älteren

Gesicht nicht wirklich passt, ich kann sein Alter kaum schätzen.

Ich muss automatisch lächeln. Der kleine Mann strahlt mich überhaupt nicht schüchtern an und seine Wangen röten sich dabei niedlich. Die zwei Teller drücke ich Milo in die Hand, danach knie ich mich zu Lucas auf den Boden hinab und schüttele ihm seine gesunde Hand, die er mir sofort höflich entgegenstreckt. »Du musst Lucas sein. Ich bin Sav.«

Er nickt aufgeregt. »Sav?«

»Findest du den Namen blöd?«, frage ich grinsend, woraufhin er hilfesuchend zu Milo hinaufsieht. Dieser zuckt lachend die Achseln.

»Vielleicht ein bisschen«, sagt Lucas nun nervös und betrachtet mich ausführlich. »Das ist aber nicht dein richtiger Name, oder?«

»Savannah«, lasse ich ihn wissen. »Gefällt er dir besser?«

»Sava-ann-ah«, wiederholt er betont genau und lacht gleich darauf kindlich. *Gott*, er ist abnormal süß. »Bist du die Freundin meines Bruders?«

Und schon halte ich die Klappe und erhebe mich räuspernd vom Boden. War klar, dass er mich das fragt. Kleine Kinder fragen so etwas doch immer, oder?

»Verhör sie nicht, Luce«, sagt Milo entspannt und schenkt mir ein überaus sanftes Lächeln. »Trägst du die Gläser ins Wohnzimmer? Oder muss Savannah das machen?«

Schuldbewusst schiele ich zu den zwei Gläsern auf dem Küchentresen. Lucas kann doch unmöglich mit einer einzigen gesunden Hand zwei Gläser tragen, während ich mit zwei gesunden Händen rumstehe und zusehe! »Ich mache das schon«, meine ich rasch, doch Milo schüttelt den Kopf und hält mich davon ab, die Küche zu betreten.

Lucas huscht zwischen uns hindurch und schnappt sich mit Mühe die beiden Gläser vom Tresen. Stolz wandert er anschließend an uns vorbei, während er ein Glas normal in der Hand trägt, das andere zwischen Unterarm und Brust eingezwickt hält, ebenso den Teddy. Wow.

»Er muss lernen, die Dinge selbst zu machen«, erklärt Milo eindringlich und lächelt stolz, während er seinem Bruder hinterhersieht. »Außerdem will er dich beeindrucken, so wie ich ihn kenne. Schließlich nehme ich sonst nie jemand mit hierher.« Sein intensiver Blick trifft mich wie so oft unvermittelt. Diese ganze Situation ist so surreal, es ist unfassbar. Unfassbar schön.

»Komm jetzt, sonst meckert meine Mom, weil das Essen kalt wird«, murmelt er und durchquert den Flur mit unseren Tellern. Im Wohnzimmer angekommen stellt er sie auf einem hohen Esstisch ab und hebt Lucas auf einen der hohen Stühle, die rundherum stehen. Als er ihn auf die Schläfe küsst, fange ich beinahe an zu weinen, so gerührt bin ich von dieser Geste. Generell bin ich baff, wie liebevoll er mit ihm umgeht.

Ich revidiere hiermit meine absolute Fehleinschätzung bezüglich Milo Blayne. Auch, wenn er es für kein Mädchen der Welt zur Schau stellen würde, hat er definitiv ein gutes Herz. Ein reines.

»So«, höre ich plötzlich hinter mir und zucke zusammen. Ein raues Lachen ertönt, welches mich sehr an Milos erinnert. »Es tut mir leid, ich wollte dich nicht erschrecken. Ich bin James.«

Ich drehe mich zu Milos Vater um und erwidere seinen starken Händedruck. »Ich bin Sav. Freut mich sehr.«

»Hübsches Mädchen«, ruft er Milo grinsend zu. »Warum bekommen wir sie erst jetzt zu Gesicht, Junge?«

Unwillkürlich lacht seine Mom. »Das habe ich auch gesagt, Schatz. Komm, Sav, das Essen wird kalt.« Milo rollt mit den Augen und nimmt auf einem der Stühle Platz.

Ich lächele seinen Dad verlegen an und mustere ihn flüchtig, während ich mit ihm zusammen auf den Esstisch zugehe. Er ist im Gegensatz zu Milo korpulent und trägt einen dichten Bart, der ihm jedoch gut steht. Seine Haare sind braun und leicht zerwühlt, seine Augen graublau, wie die von Lucas. Außerdem ist er noch größer als Milo, was tatsächlich richtig groß ist. Ich bin neben ihm so winzig wie eine Maus neben einer Giraffe. Alles in allem wirkt James wie ein sehr netter Dad. Ein richtiger Familienvater eben. So einer, wie ich ihn selbst gerne gehabt hätte.

Ich nehme auf dem freien Stuhl neben Milo Platz, da sagt Lucas plötzlich: »Milo, darf ich neben ihr sitzen? Bitte!«

Stumm lachend mustert Milo ihn gespielt nachdenklich. »Machst du dich etwa an mein Mädchen ran, Luceboy?«

Mein Herz galoppiert augenblicklich. *Mein Mädchen.* Zwar weiß ich, dass das nur ein Scherz ist, allerdings starren seine Mom, sein Dad, und ich gleichermaßen schockiert in Milos Gesicht. Die beiden nehmen ebenfalls auf dem Tisch Platz und beobachten meine Reaktion interessiert.

»Bitte«, jammert Lucas, woraufhin ich mich ohne Milos Erlaubnis auf den Stuhl neben ihn setze. »Sie mag mich«, sagt er nun stolz und leicht provokant.

Ich muss kichern. »Er wird mal genauso frech wie du. Da verwette ich mein Auto drauf, falls ich es jemals wiederbekomme.«

Alle lachen, was mein Herz auf nicht erklärliche Weise erwärmt. Es fühlt sich überhaupt nicht so an, als wäre ich gerade erst seit zehn Minuten hier, und als hätte ich Milo noch vor einer Stunde an den Kopf geworfen, was er nicht für ein Fehler sei.

»Was ist denn mit deinem Wagen passiert?«, will James besorgt wissen.

Milo fängt direkt an zu erzählen, weil ich ja ohnehin keine Ahnung habe, was ich erzählen sollte. Mechanik und ich passen so gut zusammen wie Fritten und Schokolade.

Ich verschlinge hungrig die Pasta und unterdrücke ein genüssliches Stöhnen, weil sie verdammt gut schmeckt. Herrlich. Selbstgekochtes Essen, das nicht von einem Buffet stammt. Mit einer netten Familie, die offen und scheinbar wirklich gutherzig ist.

So etwas habe ich wirklich lange nicht mehr erlebt.

James macht sich die Mühe, mir seine Erfahrungen, was Motorprobleme anbelangt, mitzuteilen. Er versucht mich aufzumuntern, und meint, dass es sich bloß um eine defekte Zündspule oder etwas in der Art handeln könnte. Also nichts, was man nicht auf die Schnelle wieder beheben könnte. Aber es sei gut, dass wir den Wagen haben stehen lassen, meint er. Jetzt bin ich in der Tat etwas zuversichtlicher und froh, dass Milo bei mir war. Ich wäre vermutlich weitergefahren und hätte alles nur noch schlimmer gemacht.

»Wie kommt ihr denn morgen zurück zum Campus?«, fragt sein Vater anschließend und zieht eine Lesebrille aus seiner blauen Hemdtasche hervor. »Soll ich euch fahren?«

»Wir organisieren schon was«, meint Milo und steckt sich den letzten Bissen Pasta Carbonara in den Mund.

Ich kann nicht anders und beobachte ihn wie so oft ungeniert. Er wirkt so gelassen und entspannt, gar nicht wie er eigentlich ist. Oder zumindest nicht, wie er sich sonst gibt. Seine Augen glänzen, er strahlt, und er wirkt durch und durch glücklich im Beisein seiner Familie. Ich glaube, hier aufzuwachsen war wirklich toll. Maggie und James scheinen großartige Eltern zu sein. Bestimmt war Milo der kleine Teufel der Familie.

»Sav?« Maggie lächelt mich vorsichtig an. Ich schüttele mich leicht und nicke ihr zu. Scheinbar hat sie mich etwas gefragt, ich habe es jedoch überhört. »Wir haben leider kein Gästezimmer, aber wie schon erwähnt, kann Milo eine Nacht lang hier unten auf der Couch schlafen, falls du sein Bett für dich alleine haben möchtest.«

Mein Blick wandert zwischen ihr, Milo, und meiner Pasta hin und her. Am Ende bleibt er an Milo hängen, weil dieser mich abwartend ansieht. Vielleicht täusche ich mich, aber er wirkt nervös, was meine ausstehende Antwort betrifft. Aus einem Impuls heraus lächele ich und sage: »Das ist nicht nötig. Ich brauche nicht viel Platz.«

# 18
# MILO

Als Sav mein Zimmer betritt, welches das letzte im ersten Stockwerk ist, macht sie große Augen. Sie wandert an den Wänden entlang, betrachtet die vielen Poster und Fotos, die ich vor Jahren hier aufgehängt habe, und lächelt vor sich hin. Vor meinem Schreibtisch bleibt sie stehen und nimmt ein Foto von mir und Lucas in die Hand, worauf er noch ein Baby war. Sie hier drin zu sehen ist wirklich eine Sensation für mich. Ich habe so viel Zeit in meiner Jugend hier verbracht und das ausschließlich alleine. Hingegen meiner Erwartung fühlt es sich aber nicht falsch an, sie hierzuhaben.

Dass Sav Lucas kennengelernt hat ist doch etwas merkwürdig für mich. Mein Bruder bedeutet mit wahnsinnig viel und ich versuche, so viel Zeit wie möglich mit ihm zu verbringen. Ich glaube, er ist der einzige Mensch auf dieser Welt, bei dem ich sein kann, wer ich wirklich bin.

Ehrlich gesagt, hatte ich Angst vor Savannahs Reaktion, da ich mir bei den meisten Mädels, die ich gevögelt habe, vorstellen könnte, dass sie ihn angesehen hätten, als wäre er ein Marsmensch. Mit seiner kranken Hand sieht er eben anders aus und auch das Zucken macht es nicht besser. Dass Savannah so locker mit ihm gesprochen hat, und ihn behandelte wie jedes andere Kind auch, hat mir wirklich imponiert. Viele Leute betrachten ihn mitfühlend, richtig wehleidig, was die Sache nicht wirklich besser macht. Außerdem ist er alt genug, um zu verstehen, warum sie ihn so ansehen, und er mag es nicht. Wenn die Leute dann noch erfahren, wie alt er ist, haben sie immer diesen bestimmten

Blick drauf, der ihm den Rest gibt. Lucas ist Sieben und hat die Körpergröße eines Fünfjährigen. Er ist auch langsamer, was Sachen wie Lesen und Schreiben betrifft, und spricht noch sehr kindlich, weil er oft zur Therapie muss oder zu verschiedenen Ärzten, und dadurch häufig in der Schule fehlt. Aber das ist okay, er macht sich in letzter Zeit wirklich gut.

»Du warst echt süß, als du jünger warst«, reißt Sav mich aus meinen Gedanken und hält das Foto hoch. »Wie alt ist Lucas?«

»Sieben«, meine ich lediglich und schließe die Tür hinter mir. Ich lehne mich mit dem Rücken dagegen und verschränke die Arme vor der Brust, während ich Sav mustere. »Und jetzt bin ich nicht mehr süß?«

Sie lächelt und legt das Foto zurück an seinen Platz vor den Stift-Organizer. »Süß wäre das falsche Wort.«

Ich hinterfrage die Aussage nicht weiter. In mir hat sich eine angenehme Ruhe ausgebreitet, die mich ein wenig zum Grübeln bringt. So nervös ich vor der Ankunft war, so entspannt bin ich jetzt. Sav hat sofort bei meinen Eltern gepunktet, das habe ich schon an der Art gesehen, wie meine Mom sie angelächelt hat, und mein Vater hatte diesen Blick drauf, den er nur Leuten zuwirft, mit denen er auf Anhieb sympathisiert. Ich glaube nicht, dass sie bei jedem Mädel, das ich mitgebracht hätte, direkt so offen gewesen wären. Es liegt an Sav und ihrer umgänglichen Art, sie ist keineswegs aufgesetzt oder kontrolliert.

Als sie sich mit einem langen Atemzug auf mein hohes Einzelbett mit Star Wars Bettwäsche setzt, muss ich grinsen. Meine Mutter könnte echt mal anfangen, normale Bettwäsche zu verwenden. »Alles okay?«

Ohne zu zögern nickt sie. »Klar. Bei dir?«

»Klar.« Ich starre sie an. Das macht nichts, weil sie mich genauso intensiv anstarrt. »Und? Denkst du noch immer so?«

»Wie?«, flüstert sie und kaut nervös an ihrer Unterlippe herum. Shit, das macht mich irgendwie an. Sie überschlägt ihre perfekten, nackten Beine und spielt an ihrem Shirt herum.

Ich stoße mich von der Tür ab und ziehe den Schreibtischstuhl in die Mitte des Raumes. Entspannt lasse ich mich hineinsinken. »Dass das mit uns ein Fehler ist. Sofern man überhaupt von einem *Uns* sprechen kann.«

In ihren bernsteinfarbenen Augen blitzt etwas auf. Langsam schüttelt sie den Kopf. »Ich sage viel, wenn ich sauer bin.«

»In dem Moment hast du es so gemeint«, meine ich überzeugt und fixiere sie mit meinem ernsten Blick.

Schuldbewusst verzieht sie ihre vollen Lippen, dann zuckt sie die Achseln. »Ja, vielleicht. Und nein, ich denke nicht mehr so.« Ich lächele zufrieden. »Und du? Du hast mich als *irre* bezeichnet und warst auch nicht gerade sonderlich nett zu mir.«

Mann … Wenn ich an diesen Streit denke, bekomme ich unwillkürlich Migräne. Ich hasse Stress, überhaupt wenn es sich dabei um Stress mit einem Mädchen handelt. Mit ihr war es sogar noch eine Nummer schlimmer für mich, da der Abend so gut begonnen hat. »Hab ich nicht so gemeint. Du hast mich einfach genervt, weil du die Furie hast raushängen lassen.«

Jetzt rollt sie mit den Augen. »Ist ja jetzt auch egal.«

»Eigentlich nicht.« Keine Ahnung, warum, aber ich will unbedingt wissen, weshalb sie vorhin so drauf war. Wenn ich etwas falsch gemacht habe, soll sie es mir sagen. Ich grusele mich ja selbst vor der Tatsache, dass ich überhaupt einen Gedanken daran verschwende, aber leugnen kann ich auch nicht, dass mir die Sache immer noch im Kopf rumschwirrt. »Ich verstehe immer noch nicht, was dein Problem war. Warum auch immer, ich will es wissen. Also pack aus.«

Etwas überfordert lässt sie ihren Blick ohne Ziel im Raum umherhuschen. Sie seufzt leise. »Das jetzt laut auszusprechen ist doof, Milo.«

Also ist es ihr auch unangenehm? Gut zu wissen. Ich lasse trotzdem nicht locker, selber Schuld. »Mach‘s trotzdem.«

Ohne mich anzusehen, murmelt sie: »Naja, diese zwei Freundinnen von dir waren … merkwürdig. Du schienst sehr vertraut mit dieser Mary zu sein, dann hast du nach dieser Scarlett gefragt und ich habe auf der Toilette gehört, wie du Mary nochmal nach ihr gefragt hast. Und du hast uns als … naja, *absolut nichts* und *beste Freunde* bezeichnet. Ganz ehrlich? Es hat mich irgendwie gestört. Ich weiß ja, dass du immer irgendwelche Weibergeschichten am Laufen hast, aber ich dachte, du wärst wenigstens so freundlich, und würdest vor mir -«

»Stopp.« Ich ziehe beide Augenbrauen in die Höhe und starre sie mehr als durcheinander an.

Innerlich mache ich Luftsprünge, weil ich niemals gedacht hätte, dass sie eifersüchtig sein könnte. Ich dachte ehrlich, sie sei eine von dieser gestörten Sorte Frau, die gerne mal austicken ohne Grund, um Aufmerksamkeit zu bekommen. Aber jetzt, da sie es anspricht, kann ich ihre Eifersucht sogar nachvollziehen, da meine Erkundigungen nach Scarlett wohl verdächtig rüberkamen, zumindest wenn man nicht weiß, um wen es sich dabei handelt. Und das mit Mary … Ja, das ist so eine Sache, die ich wohl klarstellen sollte.

»Ich sage ja, es klingt doof«, seufzt sie jetzt und vergräbt ihr Gesicht hinter ihren Händen. Schämt sie sich etwa? Scheiße, wieder finde ich sie niedlich. Ich finde sie viel zu oft niedlich, wie mir auffällt.

»Darum geht es nicht«, erkläre ich und schüttele den Kopf. Ich bemühe mich, ein neutrales Gesicht zu machen, damit sie sich nicht unwohl fühlt. Sie soll mir schließlich in Zukunft auch sagen, wenn ihr etwas missfällt, und das würde sie wohl kaum, wenn ich mich jetzt vor Lachen krümme. »Okay, hör zu – Mary ist Thugs Schwester, daher die vertraute Beziehung zwischen uns. Als Teenager habe ich Gott weiß wieviel Zeit bei ihnen zuhause verbracht. Und die ominöse Scarlett ist keine, die ich flachgelegt habe, sondern die Mutter der beiden. Also kein Grund zur Sorge. Oder dachtest du ernsthaft, ich erkundige mich in deiner Gegenwart nach irgendeinem

Weib?« Mein Blick könnte fassungsloser nicht sein. Ich bin dreist, schon klar, aber so dreist nun auch wieder nicht. Nicht bei ihr zumindest.

»Oh«, macht sie nun überrascht. Wie erleichtert sie ist, entgeht mir natürlich nicht. »Verstehe …« Sie verzieht entschuldigend das Gesicht, so als wäre ihr das jetzt irrsinnig peinlich.

Ich schmunzele. »Außerdem erkundige ich mich über gar keine Weiber. Nicht mehr seit ich dich treffe, Pitbull.«

Ihre Wangen fangen an, zu glühen. Am liebsten würde ich über sie herfallen. Wenn sie dieses unschuldige Gesicht aufsetzt, mich mit diesem naiven Blick ansieht, und ihre bernsteinfarbenen Augen auffordernd funkeln, kann ich für nichts mehr garantieren. Diese Art an ihr hat es mir echt angetan, verdammt.

»Und … war da mal was zwischen dir und Mary?«, zwingt sie sich nun zu fragen, da ihr die Frage scheinbar brennend auf der Zunge lag.

Ich lache. »Sav, denkst du wirklich, ich vögele die Schwester meines damals besten Freundes?«

»Warum hasst sie mich dann so?«, platzt es aus ihr hervor.

Ich lache noch lauter. Das bildet sie sich nicht mal ein, leider. »Deswegen wollte ich mich nicht zu ihnen setzen und habe vehement abgestritten, dass da etwas zwischen uns läuft. Mary war schon immer gegen jedes Mädchen, mit dem ich etwas am Laufen hatte. Nicht, weil sie eifersüchtig ist, sondern, weil sie keine für gut genug empfunden hat. Sie hat keiner eine Chance gegeben, was mir recht egal war, weil ich nie ernste Absichten hatte. Dich wollte ich jedoch vor ihren biestigen Kommentaren bewahren. Sie kann ganz schön ätzend sein, wenn sie will.«

»Oh«, macht sie nun wieder überrascht. Sie atmet lange und tief ein, dann erhebt sie sich von dem Bett und steuert auf mich zu. Vor mir bleibt sie stehen, ihren Blick fesselnd auf mich gerichtet, und lächelt zurückhaltend. »Okay, dann tut es mir leid, dass ich gleich von dem Schlimmsten ausgegangen bin. Ich war wohl ein wenig voreingenommen.«

Ich sehe zu ihr auf und betrachte ihr Gesicht viel zu lange. Ich kann einfach nicht anders. Ich kann nicht mehr warten. Ich packe sie ohne Vorwarnung mit beiden Händen an der Hüfte, ziehe sie zwischen meine Beine, und streichele mit den Händen bis hinab zu ihrem Arsch, dann verharre ich dort. Unwillkürlich atmet sie schneller, ihre Brust hebt und senkt sich deutlich unter dem lockeren Shirt.

»Ich will dich immer anfassen, wenn ich dich sehe«, flüstere ich ebenso schnell atmend wie sie und ziehe sie noch fester an mich. »Aber jetzt gerade ist das Bedürfnis stärker denn je. Ich zweifele allmählich an meiner Selbstbeherrschung.«

»W-warum sagst du mir das?«, flüstert sie stockend.

»Ich wollte dich bloß vorwarnen.«

Im selben Augenblick ziehe ich sie auf meinen Schoß, lege ihr meine Hände ums Gesicht, und presse meine Lippen auf ihre. Fuck. Wie lange habe ich auf diesen Moment gewartet?

Erst versteift sie sich, dann öffnet sie bereitwillig ihre Lippen, und gewährt meiner Zunge Eintritt. Sie schmeckt so verfickt gut. So süß und irgendwie nach Unschuld. Unsere Lippen saugen aneinander, ganz vorsichtig und zurückhaltend, danach spielen unsere Zungen miteinander, und sie gibt ein leises Stöhnen von sich.

Oh fuck. Fuck. Fuck. Fuck.

Ich keuche ihr in den Mund, als meine Bewegungen schneller werden, und sie ihre den meinen ohne zu zögern anpasst. Scheiße, die Frau kann echt gut küssen. Noch nie wurde ich alleine eines unschuldigen Kusses wegen so hart. Als sie ihre dünnen Finger sanft auf meinen Nacken legt, bekomme ich Gänsehaut. Sie krallt sich an mir fest, während wir uns immer noch leidenschaftlich küssen, und ich genieße von Sekunde zu Sekunde mehr, wie köstlich sie schmeckt. Ihre vollen Lippen hinterlassen ein Prickeln auf den meinen, und ihre warme Zunge, die sinnliche, kreisende Bewegungen mit der Spitze auf die meine ausübt, benebelt mein Hirn.

Im nächsten Moment stoße ich sie beinahe grob von mir und hole hektisch Luft. Nun steht sie etwas unbeholfen vor mir und blinzelt mich mit ihren großen Augen verwirrt an. »Ist etwas?«, flüstert sie hörbar verunsichert.

Ich erhebe mich ruckartig von dem Stuhl, so dass sie erschrocken zurückweicht, und laufe auf meinen Kleiderschrank zu. Ich reiße die Schranktür auf, ziehe die erstbeste Shorts heraus, und räuspere mich. »Ich gehe schnell duschen. Du … du kannst danach gehen, wenn du willst.«

Als würde mich jemand verfolgen, stürme ich aus meinem Zimmer und ziehe die Tür hinter mir zu. Erst im nebenanliegenden Badezimmer komme ich wieder normal zu Atem. Scheiße aber auch. Das ist nicht gut. Panik kriecht in mir hoch.

Shit! Irgendetwas in mir hat sich geregt, während wir uns küssten, und das gab es noch nie. Da war nicht nur das Verlangen nach ihrem Körper, das mich durchzuckte, sondern auch etwas Anderes … etwas Fremdes. Ich hätte sie stundenlang weiter küssen können, und das nicht nur, weil sie verdammt gut weiß, wie sie mit ihrer Zunge umzugehen hat, sondern auch, weil … Mann, keine Ahnung. Genau dieses Unwissen, dieses neue Gefühl in mir, macht ich so derart unruhig. Das ist verfickt schlecht.

Das ist *fatal*, wenn man bedenkt, aus welchem Grund ich Zeit mit Sav verbringe.

Ich drehe das kalte Wasser auf und steige in die Eckdusche. Das Kältegefühl beruhigt mich minimal und lässt auch das Blut aus meinem Schwanz weichen. Ich lasse mir Zeit, in der Hoffnung, Sav wäre vielleicht in der Zwischenzeit eingeschlafen, und steige im Anschluss in Zeitlupentempo aus der Dusche. Genauso langsam trockne ich mich ab, ribbele mir die Haare trocken, ziehe mir die knielange schwarze Shorts über, die ich mitgehen habe lassen, und putze mir die Zähne. Mit einem flauen Gefühl im Magen und meinen Klamotten in der Hand verlasse ich das Bad anschließend und kehre zurück in mein Zimmer.

Sav sitzt im Schneidersitz auf meinem Bett und starrt in ihr Handy. Als ich mich räuspere, sieht sie langsam zu mir auf. »Du kannst jetzt duschen gehen, wenn du möchtest. Das Badezimmer liegt nebenan.«

»Danke«, murmelt sie und verstaut das Handy in ihrer Tasche, die neben ihr auf dem Bett liegt. Ich drehe mich um, ziehe eines der längsten Shirts aus meinem Schrank, und reiche es ihr. »Danke«, murmelt sie erneut und nimmt es mir ab. Gleich darauf verschwindet sie ohne ein weiteres Wort aus der Tür.

Mich wundert es, dass sie mich nicht wieder mit ihrem Satan-Blick bedenkt, allerdings war dieser verkrampfte Gesichtsausdruck keinen Deut besser. Außerdem hat sie es vermieden, mich richtig anzusehen, was ich ihr nicht verübeln kann. Oder lag es an meinem nackten Oberkörper?

Keine Ahnung, was sie denkt, weshalb ich weggelaufen bin, ich weiß es ja selbst kaum. Es war einfach zu viel Intimität, die ich so nicht kenne. Ein einfacher verfickter Kuss, der mich aus der Fassung bringt!

Mit immer noch ungutem Gefühl im Magen steuere ich auf das Bett zu und schnappe mir ihre Tasche. Gerade als ich sie auf meinem Schreibtisch ablegen möchte, schießt mir ein Gedankenblitz durch den Kopf. Ihr Handy – ein Beweise Lieferant?

Ohne darüber nachzudenken und vielleicht gerade der merkwürdigen Situation wegen, ziehe ich es aus der Tasche hervor und entsperre das Display. Heilige Scheiße habe ich ein Glück, dass sie keinen Sicherheitscode verwendet, um Arschlöcher wie mich davon abzuhalten, ihre privaten Nachrichten zu durchschnüffeln. Eilig öffne ich Whatsapp und suche nach Professor Meyers und ihrem Chatverlauf. Ich werde direkt fündig.

*Matt.* So hat sie ihn eingespeichert. Lediglich sein Scheißbild verrät mir, dass es sich um den Professor handelt. Ich scrolle den Verlauf hoch und muss beinahe kotzen. Jetzt besteht kein Zweifel mehr daran, dass sie eine Affäre mit ihm hat. Oder hatte? Den Nachrichten zu entnehmen läuft da schon eine Zeit lang nichts mehr zwischen den beiden. Zumindest schreibt sie ihm, dass er sie nicht mehr anrufen soll, woraufhin er sie anbettelt, ob sie sich treffen könnten. Auch ihre Bitte, sie in Ruhe zu lassen, hat er vehement ignoriert. Was für ein Bastard. Ob es an mir liegt oder ob sie ihm schon davor einen Korb gegeben hat? Scheißegal. Sie hat die Beine für ihn gespreizt und nur das zählt. Der Gedanke macht mich innerlich rasend vor Wut, auch wenn ich es niemals zugeben würde. Mein Blut kocht.

Ich schnappe mir mein eigenes Handy aus der Jeans, die über meinen Schreibtischsessel hängt, und fotografiere die Nachrichten, die belegen, dass sie sich privat getroffen haben. Sie schickten sich Herze und Küsse, was mir einen Brechreiz entlockt. Ein drängender Impuls in mir verlangt, dass ich sie hier und jetzt darauf anspreche und Klartext mit ihr rede, aber das kann ich nicht tun. Was würde das über mich aussagen? Genau das, wovor ich mich fürchte. Man könnte denken, ich würde sie mögen, und das stimmt nicht. Ich bin scheinbar nur emotional verwirrt, weil sie mich so oft hat glauben lassen, sie hätte kein Interesse. Sie hat es mir als einziges Mädel jemals schwergemacht. Es liegt bestimmt nur an den Kratzern in meinem Ego – das muss es sein.

Als ich ein Geräusch nebenan höre, schließe ich blitzschnell die App auf ihrem Handy und stecke es zurück in ihre Tasche. Diese lege ich sorgfältig auf meinem Schreibtisch ab, schalte das große Licht aus und anschließend die Nachtlampe an, die auf dem Nachttisch neben meinem Bett steht. Ich ziehe die Decke beiseite und lege mich mit dem Gesicht zur Wand ins Bett.

Am besten ich gebe vor, zu schlafen, wenn sie das Zimmer betritt. Ich bin innerlich dermaßen aufgewühlt und verwirrt, dass ich keine Ahnung habe, wie ich mich nun ihr gegenüber verhalten soll. So ein Dreck! Einerseits kotzt es mich an, zu wissen, was sie getan hat, andererseits … kotzt mich weniger die Tatsache an, wer seine dreckigen Finger an ihr hatte, sondern die Tatsache, dass *überhaupt jemand* seine dreckigen Finger an ihr hatte.

Was habe ich mir da nur eingebrockt?

# 19
# SAVANNAH

Der männliche Duft von Milos Duschgel hüllt mich in eine Art Schleier ein. Schlimmer aber noch der intensive Milo-Geruch, den sein weißes Shirt, das ich mir übergezogen habe, auf meiner Haut hinterlässt. *Gott.*

Was ist da bloß vorhin passiert? Die Situation ist wirklich unangenehm, wenn man bedenkt, dass ich nun hier bei ihm übernachten muss, und er ein Problem mit mir zu haben scheint. Oder liegt es an meiner Anwesenheit? Ich weiß es nicht. Vielleicht hat ihm der Kuss nicht gefallen? Ich hingegen fand ihn … Man kann ihn kaum beschreiben. Mein Körper stand wie unter Strom, als Milo mich berührt hat, und als seine talentierte Zunge die meine umspielte, musste ich tatsächlich stöhnen. Bei der Übung, die Milo darin hat, sollte es mich eigentlich nicht wundern, dass er mir den besten Kuss meines verdammten Lebens gegeben hat.

Der Gedanke macht mich innerlich unruhig, also schiebe ich ihn schnell beiseite. Ich schnappe mir die Abschminktücher, die neben dem Waschbecken liegen und vermutlich Maggie gehören, und ribbele mir das Make-Up aus dem Gesicht. Anschließend wasche ich es mir und fahre mir ein paar Mal mit den Fingern durch die Haare, weil ich mich unwohl dabei fühle, Maggies Kamm zu verwenden, ohne zu fragen. Die Abschminktücher ließen sich jedoch nicht vermeiden. Genauso wie meine kleine Suchaktion nach einer verpackten Zahnbürste in dem kleinen Waschbeckenschrank. Als ich fündig werde, atme ich erleichtert aus und putze mir die Zähne, ehe ich meine Klamotten einsammele und mich nochmal im Bad umsehe. Ich will hier kein Chaos hinterlassen, das fände ich unhöflich. Zu meinem Glück reicht mir Milos Shirt bis unter den Po, jedoch blitzt meine schwarze Unterwäsche durch den dünnen Stoff hindurch. Da ich einen BH ohne Bügel und mit lediglich dünnem Stoff aus Spitze trage, habe ich beschlossen, ihn anzulassen. Keine Lust darauf, dass sich meine Nippel Milo einladend entgegenragen. Vielleicht springt er dann ja fluchtartig aus dem Fenster.

Auf Zehenspitzen husche ich aus dem Bad und zurück in Milos Zimmer. Das Licht ist gedimmt und Milo liegt ausgestreckt auf seinem Bett. Da er sich nicht bewegt, vermute ich, dass er schon eingeschlafen ist, oder er tut bloß so. Beides wäre möglich.

Ich lege meine Klamotten zusammengefaltet auf den Schreibtischstuhl und falte aus einer Angewohnheit heraus auch Milos Shirt und die Jeans zusammen, ehe ich sie auf meinen Stapel Klamotten lege. Als ich näher an das Bett herantrete, bleibe ich wie angewurzelt stehen. Erst jetzt erkenne ich die vielen Tattoos, die seinen Rücken zieren. Heilige Scheiße, sind das viele! Sein Rücken ist beinahe komplett mit schwarzer Tinte bedeckt, jedoch handelt es sich nicht um ein einziges großes Motiv, sondern mehrere kleine, die allerdings gut zusammenpassen.

Ich trete noch einen Schritt näher an ihn heran und lege den Kopf schief, um sie mir genauer ansehen zu können. Schwungvolle Flügel bedecken seine Schulterblätter, unter jeweils einem Flügel befinden sich römische Zahlen, die ich als Geburtsdaten entziffere. In der Mitte der Flügel und direkt seine Wirbelsäule hinauf bis zu seinem Nacken zieren wie zum Beten gefaltete Hände seine Haut. Auch darunter befindet sich ein Geburtsdatum in römischen Zahlen. Jetzt weiß ich, dass es sich um die Daten seiner Mom, seines Dads und seines Bruders handelt. Weiter unten muss ich beim Anblick eines Basketballs lächeln, dann entdecke ich ein paar arabische Schriftzüge, die ich leider Gottes nicht lesen kann, und auch ein paar weitere kleine Motive auf seinem Steißbein und der Wirbelsäule. Oh Mann. Ich hätte nie gedacht, dass mich ein volltätowierter Rücken mal so anmachen könnte, geschweige denn, dass Tattoos mich überhaupt beeindrucken könnten. Ich stehe eher auf Piercings. Ich trage ein paar in meinen Ohren, die ich schon seit Jahren habe, und eines steckt in der Haut über meinem Bauchnabel.

Ich schüttele mich kurz durch, weil ich bemerke, Milo seit Minuten wie eine Spannerin anzugaffen, und setze mich ganz langsam auf die Bettkante, um ihn nicht zu wecken. Jetzt bin ich mir sicher, dass er schon schläft, sonst hätte er mich bestimmt gefragt, warum ich so dämlich glotze.

Langsam hebe ich die Beine auf die Matratze, ziehe die Decke hoch und lege sie erst Milo über die Schulter, dann mir. Kaum liege ich neben ihm, schlägt mein Herz ein paar Takte schneller. Ich greife mit zitternden Fingern nach der Lampe auf dem Nachtkästchen und knipse sie aus.

Nun ist es stockfinster und ich bin hellwach. Ich traue mich kaum, mich zu bewegen, da das Bett so schmal ist, dass wir uns ohnehin schon mit den Rücken berühren, obwohl ich beinahe von der Bettkante falle, so weit außen liege ich. Ich seufze leise.

Als Milo sich plötzlich in meine Richtung umdreht, halte ich die Luft an. Gleich darauf spüre ich seinen schweren Arm über meinem Oberkörper, werde noch näher an ihn herangezogen, so dass ich nun jeden Zentimeter seines Körpers auf dem meinen spüren kann, dann werde ich auf das Ohr geküsst und sanft gestreichelt.

Er hat also gar nicht geschlafen? Warum hat er so getan? Und warum berührt er mich jetzt schon wieder auf diese liebevolle Art und Weise, wenn er doch vorhin erst vor mir weggelaufen ist? Der süße Kuss auf mein Ohr kam genauso unerwartet wie seine Reaktion nach unserem feurigen Kuss.

»Tut mir leid«, flüstert er nun so leise, dass ich es beinahe nicht höre. »Versuch zu schlafen.«

»Okay.« Das ist das Einzige, das ich über die Lippen bringe, ehe ich die Augen schließe und das Gefühl, von ihm umarmt zu werden, in mir aufsauge. Es fühlt sich viel zu gut an.

∞

Ein warmer Atem macht sich auf meiner Wange bemerkbar und ich blinzele schlaftrunken. Da Milos Arm noch schwer über mir liegt, kann es nicht sein Gesicht sein, das gerade in der Dunkelheit über dem meinen schwebt.

»Lucas?«, flüstere ich heiser und verenge die Augen zu Schlitzen. Jetzt erkenne ich seine blaugrauen Augen und die zerwühlten Haare. »Ist alles in Ordnung?«

»Ich kann nicht schlafen«, flüstert er so, als wäre es ein Geheimnis. Er klingt unruhig. »Darf ich zu euch ins Bett?«

Ich lächele müde. Das Bett reicht nicht mal für zwei Personen aus, geschweige denn für drei. »Soll ich Milo oder deine Mom wecken?«

»Nein«, flüstert er und schüttelt heftig den Kopf. »Ich will nur nicht alleine schlafen. Darf ich zu euch?«

Milo schnarcht leise und bekommt nichts von Lucas nächtlichem Besuch mit. Ich blinzele zu unseren Füßen hinab und entdecke auch hier kein freies Plätzchen für Lucas. »Süßer, ich glaube, das Bett ist zu klein für uns drei.« Er schluchzt leise. »Soll ich mich zu dir ins Bett legen?«

»Ja!«, kommt sofort zurück, woraufhin ich Milos Arm sanft von mir schiebe. Er fällt wie ein Stein neben mir auf die Matratze, doch auch das weckt ihn nicht. Ob er überhaupt bemerken würde, wenn jemand hier einbricht? Wohl kaum. »Danke.«

»Kein Ding«, murmele ich immer noch halb im Schlaf und taste nach seiner gesunden Hand. Ich umschlinge seine Finger mit den meinen und schleife mich langsam aus dem Bett. »Wir müssen leise sein, okay?«

»Okay«, er zieht mich an der Hand vorwärts und leitet mich aus dem Zimmer, »ich hatte einen Albtraum. Ich habe oft Albträume.«

Ich schließe die Zimmertür so leise wie nur möglich hinter mir und drücke seine Hand. »Das tut mir leid für dich, Lucas. Wird es besser, wenn du nicht alleine schläft?« Er nickt.

Zusammen spazieren wir in sein Zimmer, dass das erste auf dem Gang im ersten Stockwerk ist, und wieder schließe ich die Tür hinter uns. Lucas krabbelt augenblicklich in sein Bett und winkt mich zu sich. Ich stoße mir den Fuß an der Bettkante und unterdrücke ein Fluchen, woraufhin Lucas leise kichert.

»Hey!«, ermahne ich ihn zum Spaß und muss selbst leise kichern. Ich lasse mich auf die freie Bettseite fallen und ziehe uns die Decke bis zum Hals hoch. Neben Lucas habe ich definitiv mehr Platz als neben Milo, auch wenn sein Bett eigentlich viel kleiner ist. »Versuch jetzt zu schlafen, okay? Weck mich, wenn du schlecht träumst.«

»Okay. Danke.« Er legt seinen Kopf auf meine Brust und atmet tief ein. »Ich hoffe, du kommst wieder zu uns. Mein Bruder mag dich.«

Sanft lächele ich. Ich spüre, wie zittrig sein kleiner Körper ist, und fühle mich schlecht, weil ich ihn nicht vor seinen Albträumen bewahren kann. Der kleine Mann hat es mir echt angetan. Scheinbar kann er mich auch gut leiden, so eng wie er sich an mich kuschelt, als wäre ich seine Schwester.

Ich versuche, wach zu bleiben, bis sich seine Atmung verlangsamt, und streichele ihm solange über den Kopf, bis ich glaube, dass er tatsächlich schläft. In Gedanken an Milo schließe ich nun ebenfalls die Augen und döse schließlich irgendwann selbst ein.

∞

Sonnenstrahlen kitzeln mich auf der Nase und ich verziehe das Gesicht. Ich spüre Lucas Kopf immer noch auf meiner Brust, sein Arm ruht auf meinem Bauch. *Gott*, ich bin so müde, ich bekomme kein Auge auf. Als ein leises Murmeln ertönt, schlage ich sie jedoch unverzüglich auf.

Im Türrahmen steht Milo, direkt neben ihm seine Mom, und beide haben ihre Augen wie gebannt auf Lucas und mich gerichtet. Meine Hand ruht auf Lucas Hinterkopf, der noch tief und fest zu schlafen scheint. Ich sehe wieder zu Milo und seiner Mom auf. Während sie mich anlächelt, als wäre ich der liebste Mensch auf Erden, und ihre Augen glücklich funkeln, starrt mich Milo an, als käme ich von einem unerforschten Planeten. Er ist komplett angezogen und hat die Arme vor der Brust verschränkt. Sein Blick bereitet mir Unbehagen.

»Morgen«, sagt Maggie nun mit einem Strahlen. »Lucas hatte wohl einen Albtraum? Tut mir leid, dass er damit zu dir gekommen ist.«

Ich nicke langsam. »Kein Problem. Es gab in Milos Bett einfach nicht genug Platz für uns drei.«

Milo sieht aus, als würde er jeden Moment tot umfallen. Seine Augen sind leicht geweitet, sein Atem geht sehr schnell und er schluckt schwer. Ich verstehe überhaupt nicht, weshalb er mich so anstarrt, vielleicht bilde ich es mir auch bloß ein, weil ich noch so verschlafen bin.

»Das war überaus nett von dir, Sav«, Maggie kommt in langsamen Schritten auf das Bett zu, »er muss dich sehr mögen, wenn er sich so an dich kuschelt.«

Ich lächele. »Ich mag ihn auch.«

Während Maggie Lucas weckt und ihn von mir zieht, werfe ich Milo ein sanftes Lächeln zu, welches jedoch nicht erwidert wird. Seine Miene ist undurchschaubar und doch beängstigend. Also krabbele ich aus dem Bett, ziehe mir das Shirt die Beine hinab, und fahre mir durch die vermutlich zu Berge stehenden Haare. Dann mache ich ein paar Schritte auf Milo zu. Als er dieselben Schritte rückwärts von mir weicht, setzt mein Herz für ein paar Schläge aus.

»Alles okay?«, frage ich mehr als beunruhigt und bemerke ein Ziehen in meinem Brustkorb.

»Zieh dich an. Nate ist in zehn Minuten da, um uns abzuholen.« Seine Stimme könnte abweisender nicht klingen.

Was läuft hier gerade? Unsicher werfe ich einen Blick über meine Schulter zu Maggie und Lucas, die mich beide anlächeln, jedoch keineswegs beunruhigt aussehen.

Milo verlässt den Flur und wandert die Treppen hinab. Stirnrunzelnd spaziere ich in sein Zimmer, schließe die Tür und ziehe mich um. Sein Shirt falte ich und hänge es über den Schreibtischstuhl, anschließend schnappe ich mir meine Tasche und wandere ins Bad. Eilig putze ich mir die Zähne und krame ein Haargummi aus meiner Tasche, um mir einen Pferdeschwanz zu binden, da meine Naturlocken aussehen, als bräuchte ich eine Stunde dafür, um sie in Form zu bekommen.

Auf dem Flur begegne ich Maggie, die mich unwillkürlich mustert und wie immer herzerwärmend anlächelt. »Sav, es hat mich wirklich gefreut, dich kennenzulernen. Schade, dass ihr nicht zum Frühstück bleiben könnt. Du bist jederzeit herzlich willkommen.«

»Danke, Maggie«, erwidere ich und schenke ihr eine kurze Umarmung. »Es hat mich auch sehr gefreut. Vielleicht sehen wir uns ja mal wieder.«

»Ich hoffe es sehr.« Sie winkt mir, als ich die Treppen hinabwandere.

Vor den Treppen steht James, Milos Dad, und hält mir eine kleine Thermoskanne entgegen. »Guten Morgen. Kaffee für die Fahrt?«

Mehr als dankbar nehme ich ihm die Kanne ab. »Das ist wirklich zuvorkommend.« Ich lächele wieder. »Und nochmal danke, dass ich hier schlafen durfte.«

»Nate ist da«, ertönt Milos Stimme hinter mir, während er sich die Lederjacke anzieht und sich die Sporttasche umhängt. »Beeil dich, Savannah.«

Das Unbehagen nimmt zu. »Äh, okay.« Meine Stimme klingt genauso, wie ich mich fühle. *Merkwürdig*. Ich ziehe mir also eilig die Schuhe an und sehe mich nochmal nach Lucas um, kann ihn jedoch nirgendwo entdecken. »Wo ist Lucas? Ich würde mich gerne von ihm verabschieden.«

James macht einen Schritt auf mich zu und nickt in Richtung der Küche. »Er ist -«

»Keine Zeit«, plappert Milo dazwischen und packt mich am Ellenbogen. »Nate wartet schon. Lass uns gehen.«

»Milo«, ermahnt ihn sein Vater und schüttelt den Kopf. Er sieht genauso verwirrt aus, wie ich es vermutlich gerade tue. »Das dauert doch nur eine Sekunde. Nate wird wohl warten können?«

Milo seufzt und vermeidet zeitgleich vehement mich anzusehen. Ohne auf mich zu warten, öffnet er die Haustür und läuft hinaus. Was zum Teufel?!

»Tut mir leid, Sav. Ich weiß nicht, was in ihn gefahren ist. Vielleicht ist er mit dem falschen Fuß aufgestanden«, spricht sein Vater mir gut zu, doch meine Laune bleibt konstant am Boden. »Lucas, komm dich verabschieden!«

Wie auf Kommando läuft Lucas aus der Küche und strahlt mich an. Wir umarmen uns kurz, während ich verspreche, ihn irgendwann wieder besuchen zu kommen, dann schüttele ich James die Hand und folge Milo nach draußen. Nate und er stehen an einen schwarzen Hyundai gelehnt und mustern mich intensiv, wenn auch jeder auf seine eigene Art und Weise. In Nates braunen Augen liegt etwas Amüsiertes, während er mich angrinst, und in Milos Augen … nun ja, da ist noch immer dieser Ausdruck, als wäre ich ein unerforschtes Wesen, das er gerade zum ersten Mal richtig betrachtet. Eines, das ihm nicht zu gefallen scheint. Sein Blick hat etwas regelrecht Verstörtes an sich.

»Hi, Nate. Danke fürs Abholen«, ringe ich mir gezwungen höflich ab und öffne die hintere Wagentür. Er nickt bloß grinsend. Ohne Milo nochmal anzusehen, nehme ich auf der Rückbank Platz, und schließe die Wagentür.

Kurz darauf steigt Nate hinter dem Steuer ein und Milo auf dem Beifahrersitz. Die Fahrt verläuft ziemlich ruhig, lediglich die leise Radiomusik und das kurze Gespräch der Jungs über das Auswärtsspiel am Sonntag brechen die Stille. Auf halbem Weg stelle ich fest, dringend auf die Toilette zu müssen, da ich den ganzen Kaffee aus der Thermoskanne ausgetrunken habe, sage aber kein Wort. Ich fühle mich plötzlich noch unwohler, als vor meinem ersten Treffen mit Milo. Das Schlimme daran ist, dass ich keinen nachvollziehbaren Grund dafür finden kann, weshalb er gerade entweder meine Existenz ignoriert oder sich verhält, als wäre ich eine Fremde für ihn. Sogar Nates Blicke sind freundlicher als seine, und wir verstehen uns nicht gerade gut. Das einzig Logische für mich wäre, dass er bereut, mich mit zu seinen Eltern genommen zu haben, oder nun festgestellt hat, doch kein Interesse an mir zu haben. Dabei dachte ich, das hätte sich gestern wieder gelegt, als er sich im Bett an mich gekuschelt und entschuldigt hat.

Männer soll man verstehen … Ein Ding der Unmöglichkeit, wie mir scheint. Dennoch kränkt mich sein Verhalten sehr, ich traue mich jedoch nicht, ihn nochmal darauf anzusprechen, schon gar nicht vor seinem Kumpel, also schweige ich vor mich hin und hoffe, dass er über was auch immer bald hinwegkommt.

# 20
# MILO

Als der Campus endlich sichtbar wird, hole ich das erste Mal seit heute Morgen richtig Luft. Diese eine Stunde Fahrt fühlte sich an wie die längste meines Lebens. Ich habe mich noch nie beschissener gefühlt.

»Das macht zweihundertdreißig Dollar«, scherzt Nate, woraufhin ich einfach aus dem Fenster starre, und Savannah ihr falschestes Lachen lacht. »Okay … Scherz misslungen.« Nate wirft mir einen fragenden Blick zu, während er den Wagen in einer Parklücke parkt.

Ich spüre Savannahs Blick auf mir, starre aber konsequent geradeaus. Ich kann sie nicht mal ansehen, geschweige denn mit ihr sprechen. Als sie sich leise räuspert, versteife ich mich ultimativ und krame mein Handy aus der Hosentasche, um irgendetwas zu tun zu haben.

»Okay, äh, also dann … danke nochmal, Nate«, murmelt sie hörbar verwirrt, vielleicht ein wenig gekränkt. »Bye.«

»Kein Ding, Süße«, gibt Nate gelassen zurück und zwinkert ihr zu, als sie die Wagentür öffnet.

Da sie nach einigen Sekunden immer noch nicht ausgestiegen ist, schätze ich, dass sie mir mit ihrem Zögern noch eine Möglichkeit gibt, doch noch etwas zu äußern. Oder damit aufzuhören, ihre Existenz zu ignorieren. Aber ich kann nicht. In meinem Kopf spielen sich Szenarien ab, die mich nicht klar denken lassen. Das hier ist zu viel. Alles ist zu viel.

Die Wagentür fällt mit einem lauten Knall ins Schloss und ich erlaube mir, kurz die Augen zu schließen und durchzuatmen. Anstatt mir eine Minute Zeit zu geben, um mich von dieser makabren Situation zu erholen, öffnet Nate seinen Gurt und dreht sich mit einem dreckigen Lächeln zu mir um. »Alter, erzähl mir *alles!*« Er hebt seine Hand zum High Five, woraufhin ich ihn ausdruckslos anstarre. Mit zusammengekniffenen Augen senkt er die Hand wieder. »Okay, fangen wir damit an, warum du aussiehst, als hätte man deinen Hund überfahren.«

»Ich habe keinen Hund«, gebe ich emotionslos zurück.

»Noch schlimmer.« Er zieht beide Augenbrauen in die Höhe und mustert mich nachdenklich. »Oh, warte! Fuck, war der Sex so grottenschlecht? Das würde deine Stimmung natürlich erklären.«

Ich seufze. Ich könnte die ganze Zeit nur seufzen. Es passt einfach perfekt zu meiner Stimmung. »Wir … ich habe sie nicht gevögelt. Daran liegt es nicht.«

Nate packt mich an der Schulter. »Nicht?« Er klingt enttäuscht und irritiert, so als hätte ich ihm gerade gebeichtet, ans andere Ende der Welt zu übersiedeln.

Ich schüttele den Kopf und fahre mir mit einer Hand angestrengt durch das Haar. »Alter, meine Eltern haben einen Stock unter uns gepennt. Mein Bruder zwei Zimmer weiter.«

Jetzt sieht er mich an, als hätte ich ihm gerade erklärt, dass die Sonne blau und nicht gelb ist. »Dude … ich verstehe nicht. Nicht mal wenn meine Mutter vor der Tür stehen und lauschen würde, würde ich mich gegens Vögeln entscheiden.« Er lacht dreckig. »Auf der High-School war das doch gang und gäbe. Bei dir etwa nicht?«

»Nein«, murmele ich und bekomme bei dem Gedanken Gänsehaut. Die unangenehme Sorte von Gänsehaut. »Falls du jetzt vorhast, irgendwelche perversen Geschichten auszupacken, lass es bleiben.«

Nate schließt den Mund wieder und verschränkt beide Arme vor der Brust. Sein misstrauischer Blick signalisiert mir, dass er erst jetzt begreift, dass meine miese Laune nicht sobald verschwinden wird. »Bro – pack schon aus.

Irgendetwas stimmt doch nicht mit dir. Ist es, weil du sie *nicht* gevögelt hast? Auch das könnte ich verstehen.«

»Mann!«, knurre ich und starre ihn gereizt an. »Bei dir geht es immer nur ums Ficken, oder?!«

»Bei dir doch auch«, er zuckt die Achseln, »welches Problem sollte es sonst geben?«

»Ich …« Ich breche ab und fahre mir mit beiden Händen über das Gesicht. Wieder sehe ich ihn ausdruckslos an und seufze. »Als ich heute aufgewacht bin, lag Savannah nicht in meinem Bett. Ich fand sie im Zimmer meines Bruders. Er hatte einen Albtraum und sie hat sich zu ihm gelegt. Und … du hättest das sehen sollen, Nate. Ihre Hand lag liebevoll auf seinem Kopf, während er sich an sie gekuschelt hat. Und das Gesicht meiner Mutter erst, als sie die beiden entdeckt hat. Scheiße, ich konnte ihr aus den Augen ablesen, dass sie sich Savannah im Brautkleid vorstellt und gerade darüber nachdenkt, welche die passende Blumendeko für unsere Hochzeit wäre.«

Nate weitet seine Augen und hält die Luft an. Er starrt mich an, als wäre ich ein Geist, und schüttelt sich kurz durch, so als wäre ihm von meiner Erzählung ein kalter Schauer über den Rücken gelaufen. »Bro, das ist übel. Richtig übel.«

Ich nicke eindringlich. »Als ich sie dort liegen sah, musste ich -«

»Kotzen?«, schlägt er vor.

»Nachdenken«, knurre ich. »Ich habe noch nie ein Mädchen mit nachhause gebracht. Und dann ist es plötzlich so, als wäre sie schon hundert Mal dort gewesen. Mann, sogar mein Vater kann sie leiden, und der kann nie irgendwen leiden! Er hat mich heute Morgen gefragt, wann wir wiederkommen würden … Alter?!« Ich fahre mir erneut durch die Haare und gebe einen nicht identifizierbaren Laut von mir. Er klingt verzweifelt. »Das ist … ich glaube, ich hatte einen stillen Nervenzusammenbruch, falls es so etwas überhaupt gibt. Ich habe dich direkt angerufen, damit du uns abholen kommst. Ich musste dort, verdammt nochmal, weg.«

Nate gibt ein Würgegeräusch von sich. »Shit, sie macht sich doch jetzt nicht an deinen Vater ran, oder?!«

»Was?« Ich starre ihn entgeistert an. »Hörst du mir überhaupt zu?!«

Er nickt heftig und streicht sich das lockere Tanktop glatt, das seine manipulierten Muskeln enthüllt. Anaboliker. »Tue ich, deswegen frage ich ja. Das wäre wirklich abartig, Mann.«

»Wie kommst du jetzt auf diesen Mist? Du bist manchmal richtig ekelhaft«, murmele ich und schüttele mich angewidert. Savannah und mein Vater – wie krank wäre das denn, bitte?

Nate legt mir seine Hand auf die Schulter und zieht eine Augenbraue in die Höhe. »Du darfst nicht vergessen, dass die Kleine ein Faible für alte Säcke hat. So ausgeschlossen wäre das also nicht.«

»Verdammte Scheiße, Meyer ist dreißig! Mein Vater ist fast fünfzig!«, erkläre ich ihm zum gefühlt zehnten Mal, weil er Professor Meyer immer noch so darstellt, als wäre er ein gebrechlicher alter Sack mit Gehstock und grauen Haaren.

»Kommt aufs Gleiche«, meint er gelassen. »Aber okay, sagen wir mal, sie hätte kein Interesse an deinem Vater und -«

»Hat sie nicht«, knurre ich. Schon bei der Vorstellung dreht es mir den Magen um. »Warum rede ich überhaupt mit dir?«

»Ich bin dein Homie und der Einzige, der dich nicht verurteilt, jetzt wo er weiß, aus welchem abgefuckten Viertel du kommst, weil er selbst aus einem Drecksloch stammt.« Er grinst. »Geht es darum? Hast du Angst, sie könnte dein Image beschädigen? Dass sie auspackt?«

Darüber denke ich ehrlich nach. Ich komme schon nach einer Minute zu einem Entschluss. »Nein. Ist mir scheißegal. Außerdem glaube ich nicht, dass sie auspacken würde.« Zumal sie keinen einzigen Kommentar darüber hat fallen lassen, und ich weiß, dass sie ebenfalls aus keinem reichen Elternhaus stammt. Wir haben zugegebenermaßen mehr gemeinsam als mir lieb ist.

Nate seufzt und stemmt die Hände auf das Lenkrad. »Worum dann? Wenn ich so darüber nachdenke, war dein

Plan perfekt. Eigentlich war er genial, Mann! Darauf wäre nicht einmal ich gekommen.« Er nickt mir anerkennend zu.

Ich drehe mich zu ihm um und lehne mich mit dem Rücken an die Tür an. »Wovon sprichst du?«

»Na davon, dass du die Bitch mit in dein Viertel genommen und zu deinen Eltern nachhause gebracht hast. So signalisierst du ihr, dass du ihr angeblich vertraust. Und dann noch die Sache mit der sexfreien Übernachtung … Geniale Scheiße. Das erweckt wirklich den Anschein, als wäre es dir ernst mit ihr. Sie *muss* dir einfach vertrauen.«

»Nate«, platze ich angestrengt hervor und schlage meinen Kopf auf das Armaturenbrett, um ihn nicht ansehen zu müssen.

»Ja?«

»So war es nicht.« Ich schlage ihn nochmal dagegen, doch Savannah spukt mir immer noch im Kopf herum und kontrolliert meine Gedanken. »Wir hatten, wie du weißt, eine Panne mit ihrem Wagen. Ich hielt es für das Beste, sie mit zu mir zu nehmen. Nur zum Pennen. Aber dann …« *Bedeutete es plötzlich mehr.* »Lag sie da mit meinem Bruder, verdammt!«

»Du redest so viel Bullshit, dass ich dir ernsthaft einen Trip unterstellen würde, würde ich es nicht besser wissen. LSD, oder so«, sagt er stumm lachend. »Ehrlich Mann, ich kann dir kein bisschen folgen. Sprich mal Klartext.«

Wie soll ich ihm erklären, was mich innerlich zerreißt, wenn ich es selbst nicht genau weiß? Ich versuche es ihm Schritt für Schritt irgendwie näherzubringen. Ich muss einfach mit jemandem darüber sprechen. Also hebe ich meinen Kopf an, schnaube, und fixiere ihn mit meinem eindringlichen Blick. »Wir hatten Anlaufschwierigkeiten. Dann hatten wir Dates. Wir hatten Streit und haben uns versöhnt. Sie hat gesehen, wo ich aufgewachsen bin, und kennt meine Eltern und meinen Bruder. Sogar meine Kindheitsfreunde hat sie kennengelernt! Sie hat bei mir geschlafen, ohne dass ich sie auf eine bestimme Weise angefasst habe. Es gab einen Kuss, der so viel mehr war als ein einfacher Kuss. Ich war mit ihr bei ihrer Mutter im Pflegeheim und -«

»Woah«, Nate streckt mir perplex seine Hand vors Gesicht und bricht mir damit beinahe die Nase, »wann ist *diese* Scheiße denn passiert?«

»Das mit ihrer Mutter? Schon vor den Dates«, erkläre ich gedankenvertieft und reibe mir zum gefühlt hundertsten Mal angestrengt über das Gesicht. »Verstehst du, worauf ich hinauswill?«

»Und wie ich das verstehe«, platzt er entsetzt hervor und schüttelt nachdenklich den Kopf. Sein Gesicht ist ganz blass geworden. »Sollen wir abbrechen? Ich meine, du sollst diese Braut nicht heiraten, nur damit wir Meyer den Arsch aufreißen können.«

Ein gequälter Laut entgleitet meiner Kehle. Die Migräne wird schlimmer, wenn ich an Savannah und diesen Bastard denke. »Ich habe Beweise«, murmele ich, um nicht weiter über meinen Kummer sprechen zu müssen. Ich komme mir vor wie eine Schwuchtel. »Seit gestern.«

»Was?«, schreit er ungläubig und starrt mich auffordernd nieder. »Her damit! Dann ist die Sache ja ohnehin erledigt, oder? Wozu dieses Weibergespräch über deine Gefühle?«

Zögerlich öffne ich den Fotoordner auf meinem Handy und reiche es ihm anschließend. Er gibt ein Würgegeräusch von sich, während er sich durch die Fotos der Nachrichten zwischen Sav und Meyer blättert. Dann grinst er bösartig. »Weißt du eigentlich, wie viel das hier wert ist?« Er hält triumphierend das Handy in die Höhe. »Da steht sein Name, seine Nummer, sein Bild ist deutlich zu erkennen und auch Savannahs Name ist angeführt. Die Nachrichten belegen, dass sie sich eindeutig privat getroffen haben, Milo. Außerdem schickt er ihr Herzen und Küsse. *Wuah*!« Wieder das Würgegeräusch.

Ich starre abwechselnd zwischen meinem Handy und seinem Gesicht hin und her. Seine braunen Augen funkeln wie die eines Psychopathen. »Das reicht nicht.« Eilig entreiße ich ihm das Handy. »Damit können wir nichts anfangen. Jeder könnte so einen Chatverlauf fälschen.« Eigentlich nicht, da die Nummer auf Meyers Namen registriert ist, aber so schlau ist Nate zum Glück nicht.

Konzentriert nickt er. »Shit, du hast recht.« *Ich sage ja, er ist nicht der Schlauste.* »Also brauchen wir immer noch das Geständnis? Dann lass die Bilder schleunigst von deinem Handy verschwinden, damit sie ihr nicht unter die Augen kommen. Schick sie mir.«

Bei dem Gedanken daran, dass er die Beweise zur Auflieferung Meyers in die Hände bekommt, wird mir unwohl. Leider würde Savannah mit ihm untergehen, auch, wenn sie nicht vom College fliegen würde. Die Sache würde sich rumsprechen und sie wäre für immer die Schlampe, die es mit ihrem Professor getrieben hat. Außerdem müsste sie sich wohl vor dem Dekan rechtfertigen, da er Meyer nicht bloß wegen einer Anschuldigung feuern könnte. Und dieses unangenehme Gespräch alleine wäre vermutlich schon die Hölle auf Erden.

»Schwör mir, dass du diese Fotos niemandem zeigst oder schickst, Nate«, fordere ich mit warnendem Blick. »Ich meins ernst, Mann. Niemand darf das zu Gesicht bekommen.«

»Chill deine Eier, das ist unser Masterplan, schon vergessen?« Er grunzt. »Außer Stevie wird niemand davon erfahren. Ohne ihn gäbe es diesen Plan schließlich nicht.«

Stevie stellt keine Gefahr da, also nicke ich zögernd. Unruhig sende ich ihm die wenigen Fotos und lösche sie gleichdarauf von meinem Handy. »Nate«, schießt es leicht panisch aus mir hervor. Er sieht von seinem Handy zu mir auf und runzelt die Stirn. »Ich weiß nicht …« *Ob ich an dem Plan anhalten kann.* »Ob das wirklich funktioniert. Die Nachrichten belegen, dass Savannah nichts mit ihm zu tun haben will, er sie aber bedrängt.« *Dieser Hurensohn.*

»Nein«, schießt es augenblicklich aus ihm hervor. Er schüttelt entschieden den Kopf. »Die Nachrichten beweisen, dass sie nichts *mehr* mit ihm zu tun haben will. Vor ein paar

Wochen sah das noch anders aus. Darüber, dass er ein Bastard ist, weil er sie bedrängt, brauchen wir nicht sprechen. Er wird seine Lektion bekommen, sie aber auch.«

Genau das ist das Problem. Ich bin sowas von am Arsch. Ich glaube, ein weiterer Grund dafür, weshalb ich heute beinahe einen Nervenzusammenbruch erlitten habe, ist die Tatsache, dass es mich ehrlich stören würde, wenn Nates und mein Plan ans Tageslicht käme. Savannah würde mich hassen und ich weiß nicht, ob ich damit klarkäme. Jetzt nicht mehr. Die Dinge zwischen uns haben sich geändert und die kurze Zeit, die wir miteinander verbracht haben, war intensiver als die Monate, die ich beispielsweise mit Kendra verbracht habe. Wir haben viel zu große Schritte gemacht und jetzt gibt es kein Zurück mehr. Ich kann nicht einfach wieder bei 0 anfangen, um die Sache zwischen uns zu lockern, und mich benehmen wie der Arsch, der ich bin. Entweder ganz oder gar nicht, das Mittelding haben wir längst übersprungen, und dass, obwohl wir nicht einmal Sex hatten. Ich kenne sie nun, kenne einen Teil ihrer Geschichte, ihrer Vergangenheit, ihre Mom … und sie kennt einen Teil meiner Geschichte, meiner Vergangenheit, meine Eltern. Das ist so abgefuckt schräg. Es macht mir Panik, mit einem Mädchen an diesem Punkt zu stehen. Das Schlimme daran ist, dass ich glaube, weitergehen zu wollen. Mit ihr zumindest. Anstatt mich davor zu fürchten, was sich da noch entwickeln könnte, will ich es herausfinden.

Aber genau das ist mein Problem! Seit wann bin ich so? Denke ich so? Und heilige Scheiße, wenn sie herausfindet, warum ich mich so hartnäckig an sie rangemacht habe, Gott weiß, was sie dann tun wird. Ich kann das nicht riskieren. Am Ende gehe ich zu Bruch und nicht sie oder Meyer.

»Woran denkst du?«, fragt Nate und sieht auf seine Armbanduhr. »Dude, wir sind viel zu spät dran für die Vorlesung. Ich würde sagen, wir schwänzen und fahren an den Strand. Und heute Abend machen wir richtig Party und du vergisst mal für einen Abend unseren Plan.«

Das hört sich gerade verlockender an als eine erfolgreiche Basketballkarriere. Ohne zu zögern, nicke ich. »Wo steigt heute eine Party?«

Nate grinst dämlich und betrachtet sich im Rückfahrspiegel. »Es ist Freitag. Überall.«

Ich sehe auch auf die Uhr. Es ist noch Vormittag, also bleibt mir genug Zeit, mich von der letzten Nacht und Savannah zu erholen, um den Kopf für die Party frei zu bekommen. Wenn ich ehrlich zu mir selbst bin, glaube ich nicht, dass ein freier Abend ausreichen wird, um meine Gedanken zu ordnen oder sortieren. Oder generell zu *verstehen*. So sehr es auch gegen unseren Plan spricht, ich sollte Abstand zu ihr gewinnen. Ich sollte sie in Ruhe lassen und versuchen, sie aus meinem Kopf zu verbannen. Vielleicht komme ich ja drauf, dass ich einfach zu viel Zeit mit ihr verbracht habe, und bemerke, dass sie mir gar nicht wichtig ist. Dass ich mir dieses intensive Gefühl, das in mir aufsteigt, wenn ich sie ansehe, nur einbilde. Dass ich mich gar nicht danach sehne, sie auf unschuldige Art und Weise anzufassen oder ihr nahe zu sein.

Ja, so wird es sein. So muss es sein. Nate muss ja nicht wissen, dass ich sie gerade innerlich abschreibe, und das um meinetwillen.

»Worauf wartest du? Fahr zum Strand«, schießt es aus mir hervor. Ich lasse mich schweratmend zurück in den Sitz sinken. »Auf dem Weg holen wir uns Bier. Direkt ein paar Kisten.«

»Und Weiber«, ergänzt Nate grinsend und parkt währenddessen aus der Parklücke aus. Sein stolzer Blick verwirrt mich. »Endlich bist du wieder da. Kurzzeitig hatte ich echt Angst um deine Männlichkeit, Bro. Du wirktest so … niedergeschlagen. So gar nicht wie du.«

Ich zwinge mich, abzuwinken, und setze ein erzwungenes Grinsen auf. »Du kennst mich, Nate. Mich kriegt nichts unter, und mich kocht niemand weich. Alkohol und Weiber sind jetzt genau das, was ich brauche.«

Hoffe ich zumindest.

# 21
# SAVANNAH

Mit jeder Meile, die wir fahren, wirkt Ben misstrauischer. Er runzelt mehrmals die Stirn, zieht eine verständnislose Grimasse, und blinzelt zu mir rüber. Ich versuche, ihn zu ignorieren, weil ich genau weiß, was ihn zum Nachdenken bringt. Und ihn anzulügen ist einfach scheiße. Außerdem bin ich echt schlecht im Lügen, wie mir auffiel, als er mich fragte, wie ich denn Donnerstagabend ohne Auto zurück zum Campus gekommen sei. Meine Antwort war: mit meinem Wagen. Ich lachte verkrampft und erzählt ihm dann, ich hätte eine alte Lady getroffen, die zufällig Richtung der Uni gefahren sei, und mich netterweise mitnahm.

»Sag mal«, stößt er zu meinem Leid hervor und fixiert mich mit seinem durchdringenden Blick. »Was hast du überhaupt in Liberty City getrieben, als dein Wagen den Geist aufgegeben hat?«

»Er hat nicht den Geist aufgegeben. Es war nur sicherer, ihn stehen zu lassen«, erkläre ich, um abzulenken, und muss unmittelbar an Milo denken, weil ich ohne ihn aufgeschmissen gewesen wäre.

Ben zuckt die Achseln. »Ist doch egal. Also, was wolltest du in dieser Gegend? Es ist ganz schön gefährlich hier, überhaupt abends.«

Ich starre aus dem Fenster. »Ich war nicht hier … also, schon, aber nur um durch zu fahren.«

»Aha.« Natürlich glaubt er mir kein Wort. Er kennt mich schließlich. »Und was war dein eigentliches Ziel?«

*Oh Gott …* Lügen ist so verdammt anstrengend und benötigt dringend Vorbereitung, wie mir scheint. Auf die Schnelle fällt mir leider kein Ort ein, der hinter Liberty City liegt, also schweige ich einfach und bedeute ihm, rechts abzubiegen.

»Sav?«

»Hm?« Ich sehe ihn lächelnd an. »Oh, dort vorne ist die Werkstatt! Endlich.«

Als mich vorhin die Werkstatt anrief, war ich erstaunt, wie schnell die Arbeiten an meinem Wagen fertig gestellt wurden. Immerhin ist erst Samstagnachmittag. Der Mechaniker erklärte mir, dass es sich um keinen Motorschaden oder ähnlich grobes Problem handelte, und ich fragte nicht weiter nach. Ich verstünde sowieso kein Wort von dem, was er mir erklärt hätte. Da Milo sich seit gestern Vormittag weder bei mir blicken ließ, noch sich per Nachricht oder Anruf bei mir meldete, musste ich wohl oder übel auf Ben zurückgreifen, um meinen Wagen abzuholen. Ich sollte mich vermutlich nicht darüber wundern, dass Milo sein Versprechen gebrochen hat, mit mir zusammen den Wagen abzuholen. Was habe ich mir erwartet? Milo ist einfach kein Mensch, der sich an Versprechen hält. Milo ist scheinbar auch kein Mensch, der auf die Gefühle anderer Leute Rücksicht nimmt. Sondern ein Mensch, der, nachdem wir uns küssten und einen intimen Abend im Kreis seiner Familie verbrachten, auf dem Campus fluchtartig umdreht und davonläuft, wenn er mich sieht. *Jap*, genau das hat er nämlich gestern Abend getan. Da er gestylt aussah, gehe ich davon aus, dass er wie immer auf dem Weg zu einer dieser abgefuckten Partys gewesen ist. Außerdem habe ich heute in der Mensa durch Zufall ein Gespräch zwischen zwei Mädels mitangehört, die sich darüber unterhielten, wie witzig es gestern am Strand mit Milo und Nate war. Das war also das, was er gestern Vormittag getan hat, nachdem ich aus dem Wagen gestiegen bin. Er ist zum Strand gefahren, um sich mit irgendwelchen Flittchen zu vergnügen.

Ich könnte kotzen.

»Danke fürs Fahren, Ben«, sage ich schwach lächelnd, weil mir die Gedanken miese Laune bereiten. »Ich fahre dir hinterher, ja?«

»Kein Ding.« Er bringt den Wagen zum Stillstand und mustert die leicht heruntergekommene Werkstatt. »Wollen wir später -«

»Ich gehe auf keine dieser Partys mehr«, unterbreche ich ihn direkt und schüttele entschieden den Kopf. »Keine Chance. Außerdem hast du doch morgen dein Auswärtsspiel, oder?«

»Ja, deswegen wollte ich fragen, ob wir einen gemütlichen Abend in dieser Bar in der Stadt verbringen wollen«, erklärt er amüsiert.

Ich fasse nach dem Türgriff und runzele die Stirn. »Welche Bar in der Stadt?«

Ben klappt den Spiegel oberhalb seines Kopfes hinunter und richtet sich die perfekt gestylten Haare. *Gott*, manchmal ist er schlimmer als ein Mädchen. »Die Bar, von der alle sprechen. Wenn die Studentenfuzzis auf keine Party gehen, versammeln sie sich dort. Soll cool sein. Ich dachte, wir könnten mal vorbeischauen. Ein paar Jungs aus einem meiner Kurse werden auch dort sein.«

Ich denke auf Hochtouren nach. Dass wir dort auf Leute vom Campus treffen könnten, macht mir nichts aus, ich will lediglich ein Zusammentreffen mit Milo vermeiden, da ich immerhin weiß, dass er mir aus dem Weg geht. Und Ben soll nichts von alledem mitbekommen.

Warum mache ich mir eigentlich Gedanken? Milo lässt doch niemals eine Party sausen. Er lebt für diese Kacke.

»Klar«, sage ich also entspannt und hüpfe aus dem SUV. »Fahren wir nochmal kurz zurück zum Wohnheim, damit ich mich umziehen kann, und dann direkt in die Stadt?«

Ben nickt zufrieden. »Klingt nach einem Plan. Schaffst du das hier alleine?«

Ich knalle die Tür zu und ziehe eine Augenbraue in die Höhe. Ben fährt das Fenster hinunter und lehnt sich in meine

Richtung. »Was meinst du? Ob ich es schaffe, dem Mechaniker die Scheine zu überreichen? Ja, ich glaube, das kriege ich gerade noch so hin.« Ich lache leise und laufe ein paar Schritte rückwärts. »Fahr nicht zu schnell, okay? Ich fahre dir immerhin nach.«

»Schon klar, *Grandma*.« Mit diesen Worten und einem Grinsen im Gesicht lässt er das Fenster wieder hochfahren und dreht sich mit dem Wagen um.

Erleichtert, meinen Wagen wiederzubekommen, steuere ich auf die Werkstatt zu und hole die vierhundert Dollar für die Reparatur und den Abschleppservice aus meiner Tasche.

Unwillkürlich denke ich wieder an Milo und auch an seine Familie. So schade ich es auch finde, dass Milo doch der Arsch ist, für den ich ihn gehalten habe, so glücklich bin ich darüber, nicht weiter mit ihm gegangen zu sein. Der Kuss war wahrlich nichts, das ich bereuen müsste, und auch ansonsten bereue ich nichts. Seine Familie ist toll und meiner Mom hat es gutgetan, sich mal mit jemand anderem als mir zu unterhalten. Ich glaube einfach, wir haben viel zu große Schritte gemacht. Alles ging viel zu schnell und war plötzlich irgendwie intim, egal, wie blöd sich das auch anhören mag. Für einen Kerl wie Milo, der sich zuvor nicht mal auf richtige Dates eingelassen hat, ist das bestimmt beängstigend und nimmt ihm die Luft zum Atmen.

Aber dennoch – für mich kam das alles ebenso überraschend wie für ihn. Das zwischen uns hat sich von einem Moment auf den anderen um hundertachtzig Grad gewendet und wurde zu etwas, das man nicht wirklich erklären kann. Zwar macht es mir keine Angst, doch ich bin mir sicher, wäre es so und würde ich einen Rückzieher machen wollen, hätte ich es ihm einfach gesagt, und mich nicht wie der letzte Arsch benommen, so wie er es gerade tut. Das habe ich echt nicht verdient.

∞

Die Bar ist in der Tat nett und ziemlich voll besetzt. Die Musik, die leise im Hintergrund gespielt wird, trifft genau meinen Geschmack und die Einrichtung wirkt stilvoll. Ein paar bunte Spots an der Decke schaffen eine coole Atmosphäre, die weinroten Ledercouches, die es in jeder Ecke gibt, sehen einladend und gemütlich aus, und die hohen, schwarzen Tische in der Mitte des Raumes sind von typischen hohen Barhockern umgeben. Die Bar, die man unmittelbar gegenüber dem Eingang findet, ist mit LED-Streifen beleuchtet und bietet ebenso ein paar Sitzplätze.

»Da drüben sind die Jungs aus meinem Kurs. Magst du dich zu ihnen setzen oder sollen wir an die Bar gehen?«, fragt Ben und zeigt auf die rechte Ecke des Raumes. Auf einer der weinroten Ledercouches haben sich vier Kerle versammelt, die ich nur flüchtig vom Vorbeilaufen kenne. »Die sind eigentlich ganz okay.«

Ich zucke mit den Schultern und lächele einen der Typen an, als er uns grinsend winkt. »Es macht mir nichts aus, wenn wir uns zu ihnen setzen.«

»Perfekt. Geh schon mal vor, ich hole unsere Getränke.« Gleich darauf verschwindet er an die Bar und ich steuere auf die Eckbank zu.

Da Ben meinte, die Bar wäre nicht so hip, dass man sich wie beim Ausgehen kleiden müsste, aber dennoch nicht in legeren Klamotten hier auftauchen sollte, habe ich mich für ein olivgrünes, lockeres T-Shirt Kleid entschieden, das mir bis unter den Po reicht, und schwarze Overkneestiefel aus Leder, die mein absolutes Lieblingspaar an Schuhen sind. Sie waren ungemein teuer, sehen aber göttlich aus. Außerdem kann man sie mit langweiligen Teilen gut kombinieren, und wirkt trotzdem sexy gekleidet. Aus irgendeinem Grund hatte ich heute mal Lust, mir die Haare zu glätten. Das passiert so selten, dass Ben regelrecht schockiert war, als er mich mit meiner bis zum Bauchnabel langen und aalglatten Mähne auf sich zukommen sah. Ich hatte schon Angst, er fände sie scheiße, bis er mir erklärt hat, ich sehe aus wie Megan Fox nur mit schönerer Augenfarbe und ohne dem vielen Botox im Gesicht.

Wer wird schon nicht gerne mit Megan Fox verglichen? Auch, wenn man weiß, dass das Bullshit ist. Ben war immer schon so ein Übertreiber.

»Hey. Savannah, richtig?«, sagt der Kerl, der außen auf der Bank sitzt, und reicht mir die Hand. Ich nicke und schüttele sie zeitgleich. »Cool. Ich bin Daniel, neben mir sitzt Toby, neben ihm Drake und der mit der Nerd-Brille ist Stephen.«

Ich muss schmunzeln. Ich winke einmal durch die Runde und zögere damit, mich zu setzen. Als Daniel Toby einen Stoß gibt, damit dieser näher an Drake heranrutscht, und dieser wiederrum Stephen zur Seite drängt, bleibt mir wohl nichts anderes übrig, als mich auf den nun freien Platz neben Daniel niederzulassen. Die Jungs sehen allesamt ganz nett aus, jeder von ihnen ist halbwegs gut gebaut und hat ein attraktives Gesicht, auch, wenn sie total unterschiedliche Typen sind. Daniel neben mir ist zum Beispiel der klassische Beachboy – lange, hellbraune Mähne, die sich im Nacken lockt, dichte Augenbrauen, sehr gebräunt, und breite Schultern. Toby und Drake sind eher die lässigeren, leicht verruchten Kerle. Sie tragen im Gegensatz zu Daniel, der ein weißes Shirt und beige Stoffhosen trägt, komplett schwarze Kleidung, und haben dunkles Haar, das nicht gestylt aussieht. Braune Augen, die nicht wirklich etwas aussagen, und einen leicht düsteren Blick, wenn auch unbeabsichtigt. Und Stephan ist ein recht hübscher Nerd, der ein Hemd und eine Fliege trägt, was ich in Anbetracht dessen, dass wir hier in einer stinknormalen Bar sitzen, witzig finde.

»Ich liebe deine Stiefel«, sagt Daniel neben mir mit einem Grinsen. »Ehrlich, die sehen hammer aus. Du bist mir schon früher aufgrund deiner Outfits aufgefallen.«

»War ja klar, dass er direkt schleimt«, mischt sich Drake mit einem stummen Lachen ein und schüttelt den Kopf. »Savannah, lass dich bloß nicht täuschen. Er ist ein richtiger Stalker, ganz schlimm. So eine Klette willst du bestimmt nicht.«

Ich kichere und betrachte Daniel mit einer hochgezogenen Augenbraue. »Solange du nicht heimlich Fotos von mir schießt, ist alles gut«, ziehe ich ihn auf, woraufhin die anderen lachen und Daniel sich eine Hand vors Gesicht schlägt.

»Ehrlich, hör nicht auf die. Die labern immer nur Mist«, murmelt er in seine Hand und blinzelt mich dann durch zwei Finger hindurch an.

»Keine Sorge«, beruhige ich ihn, und erwidere das Lächeln der anderen Jungs. »Seid ihr öfter hier?«

Stephen nickt. »Ein paar Mal waren wir schon hier. Ich bevorzuge die Bar definitiv einer Party.«

»Ich schließe mich an«, wirft Toby unmittelbar ein und nickt mir zu. »Was ist mit dir? Du scheinst mir auch nicht so der Party-Typ zu sein?«

Sofort schüttele ich den Kopf. »Ich habe es Ben zu liebe versucht, allerdings … nein. Ich bin absolut nicht der Party-Typ.«

Alle lachen und im selben Moment stößt Ben zu uns dazu. Er stellt mir eine Flasche Cola mit Zitronenscheibe vor die Nase und setzt sich mit seinem Eistee neben Stephen. »Was habe ich verpasst?«

»Daniels schlechte Anmachversuche.« Drake seufzt, Ben lacht. »Ehrlich, du hättest die Kleine lieber zuhause lassen sollen.«

»Hey!«, sage ich gespielt beleidigt und ziehe die Flasche Cola an meine Brust. »Ich kann mich schon verteidigen, wenn mir jemand auf den Nerv geht.«

»Das glaube ich dir aufs Wort«, meint Toby grinsend und mustert mich flüchtig. »Du siehst mir nicht wie ein Mädel aus, das sich etwas gefallen lässt.«

»Tut sie nicht«, schießt es stolz aus Ben hervor, woraufhin ich ihn sanft anlächele. Manchmal fühlt es sich an, als wäre er mein Bruder, kein normaler Freund. »Sie ist hart im Nehmen und kann ordentlich austeilen, wenn sie will.«

Das bringt mich zum Nachdenken. Hart im Nehmen? Ja, vielleicht was die Bewältigung meiner Probleme mit meiner Mom oder meinem Dad anging, aber ansonsten? Ich fühle mich weich wie Butter. Zumindest, seit ich Milo kenne. Er hat es tatsächlich geschafft, dass ich meine Furien-Fassade abgelegt habe, und ihm einen Einblick auf meine eigentlich sensible und verletzliche Seele gewährte. Wäre ich doch lieber dabeigeblieben, ihn zu beleidigen, wenn ich ihn sehe. Die Unnahbare zu spielen war definitiv ein besserer Schachzug von mir.

»Sav?« Ben legt den Kopf schief und sieht mich auffordernd an. »Toby fragte, ob du Laura in den letzten Tagen über den Weg gelaufen bist.«

Ich schüttele nachdenklich den Kopf. »Nicht so wirklich, warum?«

Die Kerle lachen verdächtig. Daniel lehnt sich etwas näher an mich heran und murmelt: »Naja, Laura hatte was mit Toby am Laufen, irgendwann zwischen Stevie und diesem Malfoy. Jetzt ist sie scheinbar wieder mit Stevie zusammen, zumindest haben wir das gehört.«

»Wirklich?« Das überrascht mich jetzt tatsächlich. So, wie sie von ihm gesprochen hat, ging ich davon aus, sie würde eher auf einen anderen Kontinent ziehen, als wieder etwas mit Stevie anzufangen. Außerdem wirkte sie total vernarrt in Malfoy. »Wir sind nicht wirklich dick miteinander, daher kann ich euch das nicht beantworten.«

»Brauchst du auch gar nicht mehr«, stößt Daniel mit Blick zur Eingangstür hervor. Er schüttelt spöttisch lachend den Kopf. »Wenn man vom Teufel spricht.«

Oh nein. *Nein*!

»Jetzt hängt sie also wieder mit Stevie und den Jungs aus der Mannschaft rum«, stellt Toby hörbar unzufrieden fest. »Die hat sie echt nicht mehr alle. Wechselt ihre Typen wie ich meine Unterhosen.«

»Mit allen aus der Mannschaft, außer mir«, stellt Ben klar und neigt seinen Kopf zur Seite, um die Gruppe bestehend aus Milo, Stevie und Laura, Nate, einer Blondine, und zwei Brünetten zu mustern.

Ich bekomme Magenkrämpfe. Warum zum Teufel habe ich solch ein Pech? Da besuche ich einmal im Leben diese Bar, und Milo entscheidet sich am selben Tag, zur selben Uhrzeit, auch dafür, sie zu besuchen. Dabei war ich so felsenfest davon überzeugt, dass er wie immer Party machen würde! Immerhin steigt sie in seinem Wohnheim?!

»Achtung, Leute. Teufel auf zwölf Uhr«, nuschelt Daniel und lehnt sich wieder mit der Schulter an die meine an. »Sie kommt dich wohl begrüßen.«

Das tut sie in der Tat. Nur leider kommt sie nicht alleine. Dicht hinter ihr gehen Milo und Nate, Stevie hält sie an der Hand. Die drei fremden Mädels nehmen währenddessen auf einer Couch gegenüber mir Platz. *Großartig*.

»Hey, Sav! Wusste gar nicht, dass du die Bar kennst«, sagt Laura freundlich, als sie unseren Tisch erreicht. Sie lässt den Blick durch die Runde schweifen, verzieht bei Toby das Gesicht, und bleibt an Bens hängen. »Hey, Ben.«

»Hey«, erwidern Ben und ich gleichzeitig, während mein Herz anfängt, wie gestört zu rasen. Nate grinst mich dreckig an, Milo mustert mit verengten Augen Daniel, der immer noch an meiner Schulter lehnt, und Stevie versucht Toby mit einem einzigen Blick zu töten.

Was für ein nettes Aufeinandertreffen.

»Wir wollten uns die Bar mal ansehen«, ringe ich mir gespielt gut gelaunt ab, den Blick konsequent auf Lauras langen Pony gerichtet. Heute trägt sie ein sehr gewagtes, rotes Kleid und Heels. »Was ist mit euch? Heute gar keine Party?«

Sie schüttelt den Kopf und wirft Stevie ein verträumtes Lächeln zu. Wow, die scheinen tatsächlich wieder *in love* zu sein. »Die Jungs haben morgen ihr erstes Auswärtsspiel – sie müssen ausgeruht sein. Deswegen habe ich sie überredet, heute mal auf Party zu verzichten.«

*Natürlich.* Danke, Laura!

»Welch Wunder«, spottet Ben und erntet dafür direkt einen missbilligenden Blick von Nate.

Milo starrt Daniel so dermaßen finster an, dass ich das Bedürfnis bekomme, ihn vor seinen angsteinflößenden Blicken schützen zu müssen. Als er den Blick nach einer gefühlten Ewigkeit von Daniel löst, wandert er direkt zu mir. Er wird kein Stück weicher, stattdessen sieht er noch wütender aus. Seine grauen Augen lodern.

Was zur Hölle? Als hätte er einen verdammten Grund, sauer auf mich zu sein! So ein Freak.

»Die Weiber warten«, erinnert Nate die Gruppe charmant, woraufhin alle außer Milo nicken. Dieser presst die Lippen zu einer schmalen Linie zusammen und sucht sich nun ein neues Opfer zum Niederstarren. Ben. »Schönen Abend noch.« Nates Stimme klingt sarkastisch.

Ich setze ein falsches Lächeln auf. »Euch auch.«

Leider muss ich zugeben, dass Milos Anblick noch andere Gefühle als Wut und Verständnislosigkeit in mir auslöst. Wie immer sieht er zum Anbeißen gut aus. Als er sich eine Millisekunde lang über die Lippen geleckt hat, wollte ich die Augen schließen und unseren Kuss Revue passieren lassen. So an die hundert Mal. *Gott*, diese Zunge ist so talentiert … Vermutlich denkt sich das schon heute Abend eines der Mädels, zu denen er sich gerade setzt.

»Blayne lässt dich doch jetzt in Ruhe, oder?«, unterbricht Ben meine unangebrachten Gedanken, woraufhin ich zögerlich nicke. »Gut. Der Kerl ist ein Arschloch. Führt nur Unsinn im Schilde.«

»Mhm.« Ich nippe an meiner Cola.

»Lief da was zwischen euch?«, will Daniel verwundert wissen. Nun richten alle ihre Augen fragend auf mich, außer Ben. Er lacht abwertend, weil das für ihn so abwegig ist, wie an den Weihnachtsmann zu glauben.

»Nein«, platzt es unmittelbar aus mir hervor. Ich tue mein leicht panisches Gesicht mit einem Lachen ab und nehme noch einen Schluck. Und dann noch einen. »Gott, nein. Niemals.« Okay, ich hätte es bei dem ersten *Nein* belassen sollen.

»Hätte mich auch gewundert«, stößt Toby mit fester Stimme hervor. Er stützt sich mit den Ellenbogen auf der Tischplatte ab und nickt in die Richtung des Tisches von Milo und seiner Gruppe. »Du scheinst mir viel zu klug zu sein, um dich mit einem Frauenaufreißer wie ihm herumzuschlagen.«

»Ist sie Gott sei Dank auch«, murmelt Ben und wirft Milo einen gehässigen Blick über die Schulter zu. »Außerdem wäre es, nachdem was er mit Nora angestellt hat, mehr als scheiße, würde sie sich überhaupt mit ihm abgeben. Das würde Sav mir nie antun.«

Ich schlucke schwer. Noch nie habe ich mich wegen etwas schuldiger gefühlt als in diesem Moment. Ich spüre, wie mir das Herz in die Hose rutscht und bekomme das dringende Bedürfnis, Ben jetzt und hier die Wahrheit zu sagen.

»Ach ja, fuck«, stößt Daniel entsetzt hervor und zieht eine verabscheuende Grimasse. »Die Sache mit deiner Ex habe ich völlig vergessen. Muss echt scheiße sein, ihn so oft beim Training zu sehen. Ich hätte ihn vermutlich aufs Übelste verprügelt.«

Tränen brennen mir in den Augen und ich senke augenblicklich meinen Kopf. In mir herrscht ein Gefühlschaos und ich weiß nicht so recht, wie ich das wieder in Ordnung bringen kann. Jedes Mal, wenn ich auch nur eine Sekunde lang zu Milos Tisch hinüber schiele, setzt mein Herz aus. Was für ein schlechtes Zeichen. Ich spüre seinen Blick brennend auf meiner Haut, versuche aber, nicht immer wieder hinzusehen. Er sitzt neben einer der Brünetten und unterhält sich mit Nate. Heute trägt er wieder seine schwarze Lederjacke, darunter ein olivgrünes Shirt, das exakt sie selbe Farbe wie mein T-Shirt Kleid hat, und eine schwarze, zerrissene Hose. Leider sehen sogar die verdammten schwarzen Chucks gut an ihm aus.

Ich beschließe, ihn nicht mehr zu beachten und vorzugeben, ich hätte irrsinnigen Spaß mit den Jungs. Was er kann, kann ich schon lange. Die Genugtuung, dass es mich wahnsinnig macht, so von ihm behandelt zu werden und ihn mit anderen Mädels zu sehen, gebe ich ihm mit Sicherheit nicht.

Ich trinke die Flasche Coke leer und schmatze lächelnd. Am liebsten hätte ich hochprozentigen Alkohol vor mir, aber zu meinem Leid muss ich noch fahren. »Noch eine Runde, Jungs? Ich komme gerade so richtig in Fahrt.«

# 22
# MILO

»Aha.« Ich nicke, obwohl ich keine Ahnung habe, wovon die Brünette neben mir spricht. »Mhm.« Wieder sehe ich Savannah an. Jetzt lacht sie mit strahlenden Augen, wovon mir derbe schlecht wird. »Mag sein.«

»Also findest du, habe ich recht?«, höre ich die Namenlose neben mir fragen und sehe sie abwesend an. Ihre Augen funkeln gierig. »Sandra hat keinen Grund sauer zu sein! Ihr wart ja nie zusammen, oder so.«

*Sandra*? »Von wem sprichst du?«

Die Namenlose rümpft ihre Nase, was nicht mal halb so niedlich aussieht wie bei Savannah. Sie wirkt dabei eher, als hätte sie einen Krampf im Gesicht. Gott sei Dank macht das Make-Up, das sie scheinbar mit einer Spachtel aufgetragen hat, den Gesichtsausdruck halbwegs erträglich. Eigentlich verdeckt es ihr komplettes Gesicht. Was zurück bleibt sind zwei braune Knopfaugen und Miniatur Nasenlöcher.

»*Sandra* – die Rothaarige aus Zimmer 17A«, erklärt sie mir nun, doch ich habe immer noch keinen blassen Schimmer, von wem sie spricht. »Äh, ich glaube, du hattest auch mal was mit ihrer Mitbewohnerin. *Stacy*.«

Jetzt fällt der Groschen. Sandra ist die, die ich vor einigen Tagen besuchen sollte, es dann aber doch nicht getan habe. Sie hat mich an die fünfzig Mal angerufen, bis ich sie endgültig blockieren musste. Solche Terror-Tussen erträgt doch kein Mensch.

»Ja«, erwidere ich einfach und lehne mich etwas weiter nach links, da Nate mir mit seinem Riesenschädel die Sicht auf Savannah versperrt.

Was soll die Scheiße eigentlich? Sie geht ernsthaft mit anderen Jungs aus? Am gefährlichsten scheint mir dieser Daniel zu sein. Ich kenne ihn nur flüchtig, er ist ein Schlappschwanz. Die Art, wie er sich an sie schmiegt, löst unbändigen Zorn in mir aus. Und sie tut einfach nichts. Sitzt da, nippt an ihrer Coke, lächelt, und unterhält sich, als würde ich gar nicht existieren.

»Stimmt doch, oder?«, reißt mich die Brünette wieder aus den Gedanken. Allmählich nervt sie. Ich habe keinen Bock zu quatschen, ich sitze hier bloß um Savannah zu stalken. »Du warst niemals mit Sandra zusammen, oder? Sie ist total eifersüchtig und fertig, weil du sie abgeschrieben hast, Milo. Aber dafür kann ich doch nichts? Ich meine, was spricht dagegen, dass wir beide …«

Savannah erhebt sich, was mich kurz zusammenzucken lässt. Daniel erhebt sich ebenfalls, woraufhin sich meine Hände wie selbstverständlich zu Fäusten bilden. Wohin wollen die beiden? *Ha!* Wenn er denkt, er könnte sie haben, dann …

»Ich fand dich schon immer heiß …«, wird mir nun ins Ohr geflüstert, woraufhin sich meine Nackenhaare ungut aufstellen. Ich spüre warme Lippen und eine feuchte Zunge an meinem Ohrläppchen und reiße meinen Kopf knurrend zur Seite. »Alles okay, Milo?«

Ich nicke gereizt. »Ja.«

Savannah sieht mich nicht mal an. Sie hat eine Hand auf Bens Schulter gelegt und plappert irgendetwas, das ich leider nicht von ihren Lippen ablesen kann.

Als die Brünette ihre Hand auf meinen Oberschenkel legt, läuft mir ein kalter Schauer über den Rücken und ich starre sie genervt an. Nicht mal in Ruhe sitzen kann man hier. »Geh mir ein Bier holen, ja? Meines ist leer.« Ich muss sie loswerden.

»Oh, klar.« Sie lächelt und präsentiert perfekte weiße Zähne, die mir genauso am Arsch vorbeigehen wie ihre Flirtversuche.

Nachdem sie sich absichtlich langsam an mir vorbeigequetscht hat, und mir dabei mit einer Hand ganz zufällig über die Brust streichelte, atme ich erleichtert aus und setze mich wieder so, dass ich Savannah im Blickfeld habe. Ich verstehe absolut nicht, was das hier soll. Ich hielt sie für keine Frau, die sich direkt den Nächsten angelt – auch, wenn ich mich zugegebenermaßen scheiße verhalten habe. Wiedermal.

Mein Plan, ihr aus dem Weg zu gehen, ist unwillkürlich gescheitert, als ich sie beim Eintreten in die Bar entdeckte. Ich wollte diesen Daniel schon alleine deswegen verprügeln, weil er es sich erlaubt, neben ihr zu sitzen, und Ben wollte ich einfach so verprügeln, weil er Ben ist.

Als ich sehe, dass sie mit diesem Bastard Daniel, der denkt, er sehe mit dieser Hundefrisur gut aus, auf die Tür zusteuert, denke ich nicht mal mehr darüber nach, warum ich mich so verflucht beschissen fühle, sondern handele impulsiv. Um meine Eifersucht zu analysieren habe ich später noch genug Zeit. Jetzt muss ich vorerst dafür sorgen, dass er weiß, dass Savannah off limits ist und gar nicht erst versucht, ihr an die Wäsche zu gehen. Ich kann seinem schmierigen Lächeln entnehmen, dass er das vorhat.

»Wohin gehst du?«, fragt Nate verwirrt, als ich mich ruckartig erhebe und dabei beinahe alle Flaschen auf dem Tisch umstoße. Sein Blick wandert Richtung der Ausgangstür, aus der Savannah gerade mit ihrem neuen Lover verschwindet. »Oh … du spielst den eifersüchtigen Kerl? Genial. Hau rein.« Er hebt seine Bierflasche zum Prost.

Ich nicke abwesend und marschiere mit wütenden Schritten zur Tür. Ich reiße sie so brutal auf, dass sie fast aus den Angeln fällt, und lasse meinen Blick über den Parkplatz schweifen. Daniels Hinterkopf mit den scheußlichen Locken ist kaum zu übersehen, auch, wenn er hinter einem großen

SUV steht. Savannah muss sich direkt vor ihm befinden, da ich sie nirgendwo entdecken kann.

Ohne zu zögern laufe ich auf die beiden zu. Meine Schritte klingen wütend, aber innerlich tobe ich noch viel mehr. Kaum haben sie mich entdeckt, runzelt der Bastard die Stirn und Savannah zieht eine nicht deutbare Grimasse. Damit, dass ich ihr die Tour vermassele, hat sie wohl nicht gerechnet.

»Verpiss dich«, knurre ich augenblicklich und mache einen großen Schritt auf Daniel zu. Er zieht eine Augenbraue in die Höhe und sieht Savannah irritiert an. »Ich sagte, verpiss dich. *Jetzt.*«

»Woah, was läuft hier?«, fragt er durcheinander und starrt immer noch zu Sav.

»Äh, Milo, was soll das?«, presst diese mit dünner Stimme hervor.

Meiner Meinung nach konnte Daniel sie nun lange genug blickficken, daher packe ich ihn am Saum seines weißen Shirts und knalle ihn mit dem Rücken gegen den SUV. Er zieht scharf die Luft ein, vermutlich, weil er mit meinem kleinen Ausraster nicht rechnete. Ich ebenfalls nicht. »Sie ist nicht verfügbar, verstanden? Weder für dich, noch für deine Freunde. Am besten du erzählst es jedem, den du kennst.«

»Milo!«, brüllt Sav hinter mir, doch ich ignoriere sie und fixiere Daniel mit meinem drohenden Blick. »Hallo? Spinnst du, oder was?«

»Ich dachte, da läuft nichts zwischen euch«, plappert Daniel nervös und versucht, sich aus meinem Griff zu lösen. Ich knalle ihn nochmal gegen den Wagen. »Okay, Mann, beruhige dich mal! Ich hatte nicht vor, sie -«

»Was?« Wenn er diesen Satz zu Ende zu spricht, muss ich ihm leider den Kiefer brechen. »Sag es lieber nicht. Verpiss dich einfach und halt dich von ihr fern!«

»Schon gut, Mann«, stammelt er mit verengten Augen, woraufhin ich ihn widerwillig loslasse. Seufzend richtet er sich das zerknittere Shirt. »Vergiss meine Frage, Savannah.«

Frage? Welche Frage?

»Daniel«, stößt sie hörbar beunruhigt hervor und macht einen Schritt auf ihn zu, als er zurück zur Bar laufen will. Er dreht sich zögernd zu ihr um und weicht meinem finsteren Blick konsequent aus. *Gut so.* »Bitte behalte das für dich! Ich … Bitte! Ben soll nicht -«

»Schon klar«, fällt er ihr ins Wort.

Fuck. Das mit Ben habe ich nicht bedacht. Wenn dieser Bastard das Offensichtliche ausplaudert, spricht Ben nie wieder ein Wort mit Sav, und das wiederum bedeutet, sie spricht nie wieder ein Wort mit mir. Und das macht uns alle nicht glücklich.

»Du hältst die Fresse, verstanden?«, knurre ich also eilig, um ihrer Bitte Nachdruck zu verleihen. Mich nimmt er vermutlich ernster als sie.

Seufzend hebt er beide Hände in die Höhe. »Schon klar. Ich sage kein Wort.«

Kaum ist er weg, höre ich eine Autotür hinter mir zufallen. Perplex drehe ich mich um und stelle fest, dass Savannah schon hinter dem Steuer ihres Mini Coopers sitzt. Sie hat den Wagen schon zurück? Wer hat sie zur Werkstatt gefahren?

»Warte«, presse ich unruhig hervor und reiße die Beifahrertür auf. »Savannah -«

»Nein!«, zischt sie mit verengten Augen und fuchtelt mit ihrer Hand, um mir zu signalisieren, dass ich vom Wagen verschwinden soll. »Du spinnst doch, echt! Du willst mich nicht, aber auch kein anderer soll mich haben!? Bei dir läuft definitiv was schief!«

»Was hat er dich gefragt?«, will ich mit angepisstem Gesichtsausdruck wissen. Mein Blick gleitet an ihrem Körper hinab, und ich ziehe scharf die Luft ein. Diese Lederstiefel …

»Ob wir mal ausgehen wollen«, sagt sie nun und wirft mir einen boshaften Blick zu. »Und damit ich das gleich klarstelle, Milo – ich gehe aus, mit wem auch immer ich will.«

*Was*? Ich lache belustigt. »Wirst du nicht. Und jetzt steig aus, damit wir reden können.« Ich werde von Minute zu Minute unruhiger.

»Sicher nicht«, lacht sie spöttisch und gurtet sich währenddessen an. »Mach die Tür zu oder ich reiße dich mit, wenn ich rückwärtsfahre.«

»Sav«, bringe ich bemüht gefasst hervor und bücke mich noch weiter hinab, um sie besser ansehen zu können. Ihre Hand auf dem Lenkrad zittert, so aufgebracht ist sie. »Ich -«

»Ist mir scheißegal, Milo«, unterbricht sie mich mit einer Kühle in ihrer Stimme, die mich schlucken lässt. »Geh wieder rein und vergnüg dich mit deinen Flittchen. Gestern hast du das doch auch blendend geschafft, oder nicht?«

Ich bin von ihrer Aussage dermaßen irritiert, dass ich zu lange brauche, um zu realisieren, dass sie sich vorbeugt und die Autotür zuknallt. Ich schaffe es, im letzten Moment zurückzuweichen, als sie ohne Vorwarnung rückwärtsfährt und scharf nach links lenkt. Gleich darauf verschwindet ihr Wagen aus meinem Blickfeld.

Shit.

Was meinte sie damit? Den Strand und die Weiber? Oder die Party, auf der ich war? Verflucht, ich hoffe, sie hat bloß geraten. Das könnte mich in der Tat schlecht dastehen lassen. Noch schlechter, als ich ohnehin schon bei ihr dastehe. Sie würde mir mit Sicherheit nicht abkaufen, dass ich keines dieser Weiber angefasst habe, auch wenn es die Wahrheit ist.

»So ein verfickter Mist!«, fluche ich lautstark vor mich hin und schlage meine Fäuste wütend gegeneinander.

Ich überlege, mir ein Taxi zu rufen, um ihr nachzufahren, lasse die Idee jedoch fallen, weil ich nicht mal weiß, wohin sie gefahren ist. Auch ein Anruf wäre sinnlos, da sie mich entweder schon blockiert hat, oder es dann tut, wenn sie meinen Namen auf dem Display aufblitzen sieht.

Was bleibt mir also übrig?

Genau – der Alkohol und die Weiber. Wie immer. Nur, dass das momentan nicht im Geringsten das ist, was ich will. Seit heute Abend weiß ich nämlich genau, was ich will.

# 23
# SAVANNAH

Zum gefühlt zehnten Mal heute Nacht werde ich aus dem Schlaf gerissen. Allmählich hasse ich das College und die dauerbesoffenen Studenten, überhaupt, wenn sie samstagnachts, so wie heute, auf den Fluren poltern und wie die Irren herumschreien. Ich hatte schon genug Probleme damit, überhaupt ein Auge zuzubekommen, weil mir ständig Milos Wutausbruch im Kopf herumschwirrte und die Angst, Daniel könnte Ben davon erzählen, hat mich fast erstickt.

Ich rolle mich seufzend auf die andere Seite und presse mir das dicke Kissen auf den Kopf. Wenigstens schläft Laura wie immer nicht zuhause, vermutlich pennt sie bei Stevie oder treibt sich noch mit ihm und den Jungs rum. Milo ist bestimmt schon mit der Brünetten zugange und …

Nein. Ich verbiete mir, solche Gedanken zu haben. Der Kerl macht mich langsam verrückt. Zugeben würde ich es nie, aber es hat mich in der Tat überrascht, dass er so eifersüchtig reagierte, was Daniel betrifft. Der Arme wollte mich bloß zum Auto begleiten, weil Ben per Telefon mit Nora gestritten hat, und ich aufgrund von Milo-Migräne schon gehen wollte. Ihn dort zu sehen, mit diesem Mädchen, das sich ständig an ihn rangemacht hat, war … harte Kost. Außerdem war es anstrengender als gedacht, vorzugeben, ich hätte den witzigsten Abend meines Lebens, während Milo mich permanent anstarrte als wäre ich eine verdammte Schaufensterpuppe.

Wieder poltert es. Diesmal hört es sich an, als wäre jemand wie ein Stein gegen meine Tür geknallt. Das gibt's doch nicht!

Fuchsteufelswild reiße ich mir die Bettdecke vom Leib, rolle mich aus dem Bett und stampfe auf die Tür zu. Schon bevor ich sie überhaupt öffne, schreie ich: »Es gibt Menschen, die versuchen, zu schlafen, Gott verdammt! Könnt ihr eure Party -«

Der Stein, der gegen meine Tür prallte, prallt nun gegen meine nackten Beine. Und dieser Stein sieht genauso aus wie ein gewisser Kerl, der mir Kopfzerbrechen bereitet. Außerdem riecht er neben Alkohol auch nach diesem unverkennbar scharfen Parfum.

Perplex weiche ich einen Schritt zurück, so dass Milo sich mit einer Hand auf dem Boden abstützen muss, um nicht komplett zu Boden zu fallen. »Milo?«

»Sav.« Er dreht seinen Kopf in Zeitlupentempo zu mir um und blinzelt mich mit geröteten Augen an. »Du bist da.«

Oh Mann. Er ist stockbesoffen. Warum liegt er denn betrunken vor meiner Tür? Eilig werfe ich einen Blick auf die Uhr oberhalb des Schreibtisches. Es ist nach drei Uhr morgens.

»Schick mich nicht weg«, lallt er und versucht, sich aufzurichten. Automatisch greife ich ihm unter die Arme, um ihm Halt zu geben. »Wir müssen reden …«

»Milo.« Meine Stimme klingt viel ruhiger, als ich innerlich bin. »Was machst du hier? Wo sind die anderen?«

Er legt seine Hände auf die meinen und verschränkt unsere Finger miteinander, was ich unter normalen Umständen süß finden würde. *Das hier ist kein normaler Umstand.* »Nate ist … die Weiber.«

»Was?« Ich runzele die Stirn und löse unser Händchenhalten, um ihn in das Zimmer hineinziehen zu können.

Ein ebenso betrunkener Student läuft an uns vorbei, vermutlich kommt er gerade aus einem der Mädchenzimmer – seine Hose steht zu meinem Entsetzen weit offen. Er grinst uns dämlich an und schickt Milo per Hand einen Gruß, woraufhin dieser in einer Dauerschleife nickt, was mich an die

Hunde mit den Wackelköpfen, die manche in ihrem Auto haben, erinnert.

Als ich Milo endlich zwei Meter in das Zimmer hineingezogen habe, schließe ich seufzend die Tür und schalte anschließend das kleine Nachtlicht neben meinem Bett an. »Gib mir deinen Zimmerschlüssel, Milo. Und dein Handy. Ich rufe Nate an, damit er mir hilft, dich nachhause zu bringen.«

Milos gekränkter Blick trifft mich völlig unerwartet. Er sitzt zusammengekauert auf dem Boden, lässt die Schultern hängen und starrt mich ohne zu blinzeln an. Seine grauen Augen sind glasig und blutunterlaufen, sie schaffen es dennoch immer noch, Blitze durch meinen Körper zu jagen.

»Milo?« Meine Stimme zittert. »Was ist los? Du siehst echt scheiße aus.«

»Schick mich nicht weg«, flüstert er erneut, diesmal bettelnder. »Bitte, ich … ich bin betrunken.«

Ich verschränke meine Arme vor der Brust. »Das sehe ich. Kannst du in deinem Zimmer betrunken sein?«

Sofort schüttelt er den Kopf, danach greift er sich schmerzerfüllt auf die Stirn. Als er versucht, aufzustehen, kippt er zur Seite, weshalb ich ihm erneut unter die Arme greife, um ihn hochzuheben. *Gott, ist der schwer.* Ich schleife ihn bis zu meinem Bett und setze ihn auf die Bettkante.

Milo greift nach meinen Händen, als ich sie ihm auf die Schultern lege, um ihn nicht umfallen zu lassen, und lächelt mich sanft an. Mein Gesicht ist nur wenige Zentimeter von dem seinen entfernt, und ich verliere mich kurz im Anblick seiner wehmütigen Augen. »Es tut mir verfickt leid …« Sein Mundwinkel zuckt. »Ich bin ein Arschloch … ich weiß auch nicht, warum.«

Mist. Seine ehrlichen Worte treffen mich ungünstiger Weise mitten ins Herz, was es mir nicht ermöglicht, von ihm zu weichen. Stattdessen sehe ich ihn einfach an und präge mir jeden Zentimeter seines männlichen Gesichtes ein. Ich habe ihn, glaube ich, noch nie richtig besoffen erlebt. So viel und oft wie er trinkt, dachte ich, es sei nicht möglich, dass er überhaupt jemals in einen Rauschzustand verfallen könnte. Sein Körper muss mittlerweile ja einiges gewöhnt sein.

»Wie viel hast du getrunken? Wie bist du zurück zum Wohnheim gekommen?«, will ich besorgt wissen und lasse die Berührung an meinen Händen zu. *Nur ganz kurz.*

Er zuckt mit den Schultern und zieht eine Schnute, die mich beinahe zum Lachen bringt. Leider sieht er dadurch mehr als niedlich aus. »Viel und … mit den Jungs, glaube ich.«

Ich nicke langsam. »Und wo sind die Jungs?« Milo kann auf keinen Fall hier schlafen.

Wieder zuckt er die Achseln. Scheinbar hat er nicht vor, mein Zimmer zu verlassen. »Baby, bist du mir böse?«

*Baby* … Ich bekomme Gänsehaut. So hat er mich bisher nur einmal genannt, aber nicht auf diese Weise und unter anderen Umständen. Als er zusätzlich seinen Blick über meine nackten Beine, die in einer sehr knappen rosa Hotpants stecken, und meinen nackten Bauch, der von einem ebenso knappen rosa Top enthüllt wird, schweifen lässt, spüre ich wieder die Stromschläge, die mir sein intensiver Blick durch den Körper jagt. Mein Herz schlägt automatisch fünf Takte schneller.

Anstatt eine Bemerkung über meine beinahe Nacktheit zu machen, oder einen seiner dummen, perversen Witze zu reißen, sieht er mir wieder schuldbewusst in die Augen und streckt die Hand nach meinem Gesicht aus. Instinktiv weiche ich zurück und bleibe kerzengerade vor dem Bett stehen. »Nicht«, flüstert er mit zusammengekniffen Augen. »Mach das nicht.«

Ich schließe meine Augen für einen kurzen Moment und versuche, mich zu sammeln. Seine Gegenwart lässt mich auf heißen Kohlen laufen und seine Worte bilden einem fetten Knoten aus meinem ohnehin schon beleidigten Magen. Er verträgt dieses ständig flaue Gefühl nicht.

»Ich mach das wieder gut«, lallt er jetzt und streckt seine Hand wieder erwartungsvoll nach mir aus. »Ich verspreche es.«

»Was?« Meine Stimme klingt schärfer als beabsichtigt. »Wie du mich behandelt hast, als wir von deinen Eltern gefahren sind? Dass du mir danach aus dem Weg gegangen bist? Dass du dich mit anderen Mädels vergnügt hast, während ich nicht wusste, was dein verdammtes Problem ist? Oder deinen Ausraster von heute Abend?«

Scheinbar braucht sein in Alkohol getunktes Erbsenhirn etwas länger, um meine Worte zu verarbeiten, denn es dauert eine gefühlte Ewigkeit, bis er das erste Mal blinzelt und sagt: »Alles.«

Oh Mann. Ich fahre mir durch die Haare und reibe mir angestrengt über die Schläfen. »Das geht so nicht. Ich will mich auf niemanden einlassen, der bei jeder Gelegenheit abspringt, Milo. Du bist einfach kein Kerl, der sich nur auf ein Mädchen einlässt, und das ist okay -«

»Was redest du da?«, unterbricht er mich mit verzweifelter Stimme und schüttelt heftig den Kopf. Dadurch kippt er leicht zur Seite. »Ich hatte mit keiner anderen was, seit ich dich treffe. Ich schwörs. *Ehrenwort.*«

»Du lügst doch«, murmele ich und sehe mich in dem Zimmer um. Ich schnappe mir die volle Wasserflasche von Lauras Schreibtisch und reiche sie ihm. »Trink das.«

Anstatt die Flasche zu nehmen, schlägt er sie mir trotzig aus der Hand. Fast muss ich lachen. »Warum glaubst du mir nicht? Ich hab's geschworen.«

»Weil«, ich halte inne und mustere ihn von oben bis unten, danach hebe ich seufzend die Flasche auf, »du nun mal du bist. Trink das jetzt, Milo. Und dann bringe ich dich zu deinem Zimmer.«

Er zieht eine wehleidige Grimasse und lässt sich rückwärts auf das Bett fallen. Fast schlägt er mit dem Kopf an der Wand auf, ihm scheint es jedoch egal zu sein. »Dort ist Nate. Mit diesen Weibern. Ich will dort nicht hin, Sav.«

Verwundert ziehe ich beide Augenbrauen in die Höhe. Anstatt seinen Spaß zu haben, jammert er mich lieber voll? Langsam setze ich mich im Schneidersitz auf das Bett und halte ihm die Flasche vors Gesicht. »Trink. *Jetzt.*«

»Reden wir dann?«, fragt er und dreht den Kopf in meine Richtung. »Mann, ich bin so am Arsch, Savannah. Wegen dir! Du machst mich ganz krank.«

»Wie charmant.« Ich öffne die Flasche und führe sie an seine Lippen.

Schwankend erhebt er sich minimal, um daraus zu trinken. Erst als sie leer ist und ich sie zu Boden stelle, setzt er sich komplett auf und legt mir eine Hand auf den Oberschenkel. Ich starre auf sie hinab und halte die Luft an. »Ich will das. Gott weiß warum, aber ich will das unbedingt.«

Ich schlucke und sehe zu ihm auf. Seine Augen sind so durchdringend auf die meinen gerichtet, es ist fast zu viel. Diese Berührung, seine Worte, dieser Blick … »Was willst du?«

»Dich.« Die Antwort kommt wie aus der Pistole geschossen. Nun findet auch seine zweite Hand den Weg zu meinem Oberschenkel. Er streichelt sanft und unschuldig mit den Fingern über meine Haut. »Ich weiß, ich verhalte mich nicht so, aber … es ist die Wahrheit. Es geht nicht nur darum, dass dich jemand anderes bekommen könnte, sondern darum, dass *ich dich haben will.*« Die letzten Worte betont er langsam und einzeln.

Mein gesamter Körper prickelt. Mein Herz fängt an zu flattern, und das Gefühl bereitet mir einen eigenartigen Schmerz in der Brust. Die Wärme, die sich in mir ausbreitet, lässt den Schmerz jedoch schnell wieder abkühlen. »Das sagst du jetzt, Milo. Du bist betrunken und wir hatten Streit. Morgen sieht die Welt wieder anders aus, ich kenne dich mittlerweile.«

»Du verstehst nicht«, nuschelt er fast unverständlich vor sich hin und fährt sich schnaubend mit einer Hand durch das Haar. »Ich … fuck.« Jetzt wirkt er verzweifelter denn je. Er lässt den Kopf baumeln und zieht auch seine andere Hand von mir weg, was mich leise seufzen lässt. »Ich hab Schiss bekommen, okay? Als ich dich in diesem Bett liegen sah … Mit meinem Bruder, und gesehen habe, wie dich meine Mutter angesehen hat. Als ich bemerkt habe, wie *ich* dich angesehen habe.« Er starrt mich mit großen Augen an. »Ich hab Schiss bekommen. Ich musste nachdenken.«

Kurz lasse ich mich von seinen Worten einlullen, doch dann holt mich die Realität wieder ein und versetzt mir beim Gedanken an seine zurückweisende Art einen Schlag tief in die Magengrube. »Nachdenken, in dem du dich mit irgendwelchen Mädels am Strand volllaufen lässt? Auch heute sahst du nicht so aus, als wäre dir nach Nachdenken zumute gewesen, als dir die Brünette das Ohr geleckt hat.«

Milo schüttelt sich, so als würde ihm bei der Erinnerung ein kalter Schauer über den Rücken laufen. Sein Blick haftet an der Zimmertür, während er murmelt: »Ich sage nicht, dass ich perfekt bin, Sav. Ich bin ein scheiß Egoist und ein Arschloch obendrauf, aber ich habe es mit keiner von diesen Schlampen getrieben, seit ich dich kenne. Glaub es, oder glaub es nicht.«

Mein Verstand muss echt ziemlich im Eimer sein, denn aus welchem gestörten Grund auch immer glaube ich ihm das sogar. Das ändert jedoch nichts an unserer Situation, zumindest nicht ausschlaggebend viel.

Ich fummele unruhig an meinem Shirt herum und starre auf meine Hände hinab. »Nachdem wir uns geküsst haben, bist du weggelaufen.« Sofort dreht er seinen Kopf zu mir um und presst die Lippen aufeinander. »Nach dem Besuch bei deinen Eltern hast du die Flucht ergriffen, als du mich auf dem Campus gesehen hast. Was passiert, wenn wir noch einen Schritt weitergehen? Buchst du dir ein Ticket nach Afrika und tauchst dort unter?«

Das typische Milo-Schmunzeln ziert seine vollen Lippen. Ich muss widerwillig lächeln. Langsam aber entschieden schüttelt er den Kopf. »Ich werde mich nicht mehr so verhalten. Ich verspreche es dir, Baby. Ich weiß jetzt, was ich will. Es hat zwar ein bisschen gedauert, bis ich es mir eingestanden habe, aber jetzt bin ich mir sicherer denn je.«

Wieder bekomme ich Gänsehaut. *Oh Gott …* Mist! Was soll ich bloß tun? Ihm vertrauen? Es nochmal versuchen? Darauf warten, dass er mir irgendwann das Herz in tausend Stücke reißt, wenn er wieder seine Phase hat, in der er Abstand braucht? Es fühlt sich an, als würde ich gerade direkt ins offene Messer laufen.

»Ich weiß, dass du Sicherheit brauchst. Auch wegen Ben …«, murmelt er jetzt und greift nach meiner zittrigen Hand. »Ich regele das für uns. Du wirst Ben nicht verlieren, dafür sorge ich.«

Wow. Das erste Mal im Leben interessiert Milo sich für die Wünsche anderer Menschen? Für das, was jemand anderem wichtig ist? Das ist in der Tat etwas Neues. Etwas gutes Neues.

Ich kann nicht anders und streichele ihm über die warme Hand. Seine Nähe tut verdammt gut. »Ich weiß nicht, Milo … Ich -«

»Sag mir, was dich daran hindert, mir eine Chance zu geben. Bitte«, unterbricht er mich und rutscht ein Stück näher an mich heran. Seine Augen flehen regelrecht darum, dass ich nachgebe. »Ich überlege es mir nicht mehr anders. Wäre ich sonst überhaupt hier, wäre ich mir nicht so sicher? Anstatt mich mit Nate und diesen Weibern in meinem Zimmer zu vergnügen, bin ich durch das Wohnhaus bis vor deine verdammte Tür gekrochen. Wenn du verlangst, dass ich die Partys sausen lasse, mache ich das, ich -«

»Milo.« Ich lege den Kopf schief und hole tief Luft. »Es geht nicht darum, dass ich dir irgendetwas verbieten möchte. Das lässt du sowieso nicht zu, du bist genauso stur wie ich. Es geht darum, dass du mich einfach irgendwann hängenlassen wirst und das kann ich nicht gebrauchen. Ich hatte in meinem Leben schon genug Herzschmerz, um beurteilen zu können, dass ich den nächsten nicht mehr so unversehrt überleben werde. Erst die schwierige Beziehung zu meinem Dad, dann der Unfall, kurz nachdem wir endlich einen Draht zu einander gefunden hatten, dann ist er vor meinen Augen im Krankenhaus gestorben …« Ich schnappe nach Luft und unterdrücke nur mühevoll ein Schluchzen. »Dann die Sache mit meiner Mom. Ich habe genug Dinge im Kopf, um die ich mich sorgen muss. Dann noch …« Fast hätte ich mich verplappert. Professor Meyer zu erwähnen, wäre wohl nicht so vorteilhaft in unserer Situation. »Dann gibt es da diesen Ex, der mich enttäuscht und angelogen hat. Ich brauche so etwas nicht nochmal. Darauf kann ich echt verzichten.«

Milo sieht mich minutenlang nur an. Seine Augen strahlen so viel Gefühl aus, wie sie es noch nie zuvor getan haben. Mitleid, Kummer, Schmerz, Sehnsucht, Begierde, Mitgefühl. Es ist alles vorhanden. Als er sich vorbeugt, bekomme ich Panik, da es aussieht, als würde er mich küssen wollen, stattdessen zieht er mich in seine Arme und drückt meinen Kopf an seine Brust. »Ich lasse dich nicht hängen. Ich werde für dich da sein. Auch für deine Mom, wenn du das möchtest.«

Bei seinen letzten Worten ist es um mich geschehen. *Warum zum Teufel ist er manchmal so verflucht liebenswürdig?* Ich schlinge meine Arme um seinen breiten Rücken und presse den Kopf noch fester an seine Brust. Sein einzigartiger Duft beruhigt unwillkürlich meine nervöse Seele und seine Umarmung gibt mir gerade so viel mehr, als mir jeder Kuss geben könnte. Jetzt gerade fühlt es sich richtig an. Alles.

Milo streichelt mir über den Hinterkopf und küsst mich ganz sanft auf die Stirn. »Ich weiß, dass du eigentlich etwas Besseres verdient hättest, aber … wie du weißt, bin ich ein Egoist.«

Das bringt mich zum Schmunzeln. Widerwillig löse ich mich aus der Umarmung und sehe ihm in die Augen. Mit einer Hand streiche ich ihm das zerwühlte Haar glatt und stelle fest, dass es sich noch viel seidiger anfühlt, als ich dachte. Meine Finger wandern hinab zu seinen Wangen, ziehen das markante Kinn nach, und landen schließlich auf seinen vollen Lippen.

Ich kann nichts dagegen tun. Ich bin Milo Blayne restlos verfallen.

»Beweis es mir«, flüstere ich mit bebender Stimme. »Dann bekommst du deine Chance. Aber es wird die erste und letzte sein.«

Sein Blick hat etwas Hilfloses. »Wie? Ich bin nicht sonderlich romantisch, wie du weißt.«

Ich lächele. »Ich verlange ja auch nicht von dir, dass du dir meinen Namen auf die Stirn tätowieren lässt. Du sollst mir einfach beweisen, dass du deine Worte ernst meinst. Lass deine Taten dafür sprechen.«

Wieder zieht er die niedliche Schnute, danach fährt er sich mit beiden Händen durch das Haar und zerwühlt es in dieser sexy Art und Weise. »Wenn es das ist, was du brauchst, versuche ich es.«

Ich nicke eindringlich. Ich brauche das. Dringend. Ich kann meine Freundschaft mit Ben nicht für einen Kerl aufs Spiel setzen, der es ohnehin nicht ernst meint. Das wäre absurd. Erst, wenn ich mir sicher sein kann, dass Milo nun endlich weiß, was er will, kann ich diesen Schritt wagen und Ben einweihen. Davor habe ich unendlich viel Angst.

»Darf ich bei dir übernachten?«, fragt er ungewohnt höflich und lächelt sanft. Er wirkt durch das Wasser ein wenig nüchterner als zuvor, jedoch sieht man ihm immer noch an, wie viel Alkohol er intus hat. »Nur übernachten.«

»Hat Nate wirklich Mädchen auf dem Zimmer?« Milo nickt seufzend. »Okay. Nur übernachten.«

»Danke, Baby.« Mit einem tiefen Luftzug zieht er sich die Lederjacke vom Körper und wirft sie achtlos zu Boden. Unwillkürlich erinnere ich mich an die Worte seiner Mutter. Sie hatte sowas von Recht, was seinen Ordnungssinn betrifft. »Ich bin müde, Baby. Sorry. Ich glaube, ich penne gleich ein.«

»Schon okay«, sage ich leise und knipse die Nachttischlampe aus. Ich höre es rascheln, danach wieder etwas zu Boden gehen, und dann ein ewiges Rumfummeln an einem Gürtel. »Lass mich.« Er legt seine Hände unmittelbar beiseite, so dass ich ihm die Gürtelschnalle öffnen kann, und anschließend direkt den Knopf der Jeans. Er hilft mir, in dem er die Hüften anhebt, und ich ziehe ihm die Jeans wie bei einem kleinen Kind von den Beinen. Nun trägt er lediglich noch seine Unterhose. »Und jetzt schlaf.«

»Okay«, nuschelt er und gähnt zeitgleich. Er legt sich der Länge nach ins Bett und richtet das Kissen, während ich mich im Dunkeln bis zu Lauras Bett vortaste. »Was tust du da?«

»Ich schlafe in Lauras Bett«, flüstere ich und hoffe zeitgleich, dass die Bettwäsche frisch ist. So viele Kerle, wie sie gedatet hat … *Iju.*

»Ich mache aber nichts«, verspricht er mit bettelndem Unterton und richtet sich wieder auf. »Komm her. Ich schlafe nicht in getrennten Betten mit dir.«

Ich ziehe mir die Decke bis über die Brust. »Du stinkst nach Bier und Wodka.«

»Tequila«, korrigiert er mich unnötigerweise, woraufhin ich die Augen verdrehe. »Tut mir leid.«

»Kein Ding.« Ich schließe die Augen und gähne. Als sich im nächsten Moment die Matratze neben mir senkt, öffne ich sie stirnrunzelnd wieder. »Was machst du da, Milo?«

Wie selbstverständlich breitet er sich nun in Lauras Bett aus, schlingt einen Arm um meinen Bauch und zieht mich so nah wie nur möglich an sich heran. Wieder bekomme ich Gänsehaut. Er seufzt befriedigt. »Viel besser. Gute Nacht.«

Mit einem Lächeln im Gesicht schließe ich die Augen wieder und genieße Milos warmen Körper an meinem Rücken. Als seine Hand nach meiner sucht, lasse ich sie zu ihm hochwandern und verknote die Finger mit den seinen.

»Viel besser«, nuschelt er nochmal, ehe ich spüre, wie sich seine Atmung verlangsamt, und er schließlich einschläft.

So zufrieden ich auch in diesem Moment bin, quält mich eine Frage zutiefst – Was, wenn er sich morgen an all das nicht mehr erinnern wird?

# 24
# MILO

»Na sieh mal einer an«, dringt mir viel zu laut in die Ohren ein und ich gebe ein knurrendes Geräusch von mir. Fuck, mein Kopf dröhnt. Es fühlt sich an, als würde er jeden Moment explodieren. »Wer hätte gedacht, dass Milo Blayne auf Kuscheln steht?«

Savannah zuckt unter mir zusammen, gleich darauf wird ihr ganzer Körper steif wie ein Stock. Mühevoll zwinge ich mich, meine Augen minimal zu öffnen, und bemerke, dass ich mit meinem vollen Gewicht auf ihr liege. Meine Beine haben sich um ihre geschlungen, mein Oberkörper ruht auf ihrem Bauch und mein Kopf wird von ihrer weichen Schulter gestützt.

Ich bin in meinem Leben noch nie besser gelegen.

»Laura«, stößt Sav hörbar unruhig hervor und fängt an, unter mir zu zappeln. Ich mache mich automatisch noch schwerer, weil ich nicht möchte, dass sie sich auch nur einen Zentimeter weit bewegt. »Es ist nicht so, wie es aussieht.«

Laura lacht, danach höre ich etwas zu Boden gehen. »Ich denke, es ist genauso, wie es aussieht. Und Gott, musstet ihr es wirklich in meinem Bett treiben? Wie pervers!« Sav atmet schneller, ihr Brustkorb hebt und senkt sich deutlich spürbar. »Was sagt Ben dazu? Er hasst Milo doch.«

»Halt den Mund«, knurre ich und presse die Augen fest aufeinander. Es fühlt sich an, als würde sie mir ihre Worte direkt ins Ohr brüllen. »Geh weg.«

Savannah starrt mich so eindringlich an, dass ich den Blick brennend auf meiner Haut spüre, ohne sie ansehen zu müssen. Immer noch ist ihr Körper angespannt und sie atmet hektisch. »Laura, bitte behalte das für dich. Das …« Sie schluckt schwer. »Ben weiß nicht -«

»Vermutlich besser so«, fällt Laura ihr ins Wort. Sie seufzt theatralisch. »Wir haben uns schon gefragt, wohin du gestern verschwunden bist, Milo. Damit haben wir wohl alle nicht gerechnet.«

»Bitte, schalt sie aus«, brumme ich Savannah zu und presse mein Gesicht in ihre zarte Haut. Shit, sie riecht so verdammt gut. Und sie ist so weich … »Mein Schädel explodiert beim Klang ihrer nervigen Stimme.«

»Autsch«, sagt Laura gespielt beleidigt, dann höre ich sie stumm lachen. »Tja, vielleicht hättest du gestern sieben Gläser weniger trinken sollen. Deine Schuld, nicht meine.«

Irgendetwas raschelt und wieder geht etwas zu Boden. Meine Migräne wird schlimmer. »Milo, steh auf«, flüstert Savannah, dabei drückt sie ihre Lippen an mein Ohr. Diese unschuldige Berührung alleine reicht aus, um mich munterer zu machen. »Alles okay?«, flüstert sie eilig.

»Keine Sorge, ich packe nur frische Sachen ein und bin dann weg«, erklärt Laura mit ihrer piepsigen Stimme und wieder jammere ich vor mich hin. »Und hey – ich behalte euer dreckiges Geheimnis für mich. Zumal es sich ja nicht wiederholen wird, oder?«

Scheinbar wirft sie Sav einen fragenden Blick zu, denn diese versteift sich unmittelbar noch mehr. Wieder zappelt sie leicht und versucht, mich abzuschütteln, auch dieses Mal bleibe ich, wo ich bin. Scheiß auf Laura. »Wir haben nicht das getan, was du denkst, Laura«, sagt sie nun mit dünner Stimme. »Er lag betrunken vor meiner Tür und … wo wart ihr überhaupt? Scheinbar habt ihr ja bemerkt, dass Milo verschwunden ist.«

»*Nja*«, macht Laura und schnalzt nervtötend laut mit ihrer Zunge. »Aber ich war dann bei Stevie und Nate ist in sein Zimmer verschwunden. Wenn also, hätte er nach ihm suchen sollen.«

»War er alleine?«, will Sav mit bebender Stimme wissen. Fuck, sie denkt ernsthaft immer noch ich hätte gelogen. Warum zur Hölle?

»Nein, die Mädels waren bei ihm«, erwidert Laura. Eine Schranktür fällt zu. Schritte nähern sich dem Bett. »Gott, Milo! Dein Rücken ist ja voller Tattoos!«

»Verdammt, sprich leiser!«, zische ich und suche blind nach der Decke, die sich scheinbar irgendwo zwischen Savannahs und meinen Beinen befindet. Oh Mann. »Starr mich nicht an, verflucht.«

Lauras Finger berührt meinen Rücken und ich zucke zusammen. »Ich wusste nicht, dass du auf Tattoos stehst … das macht dich definitiv noch heißer.« Sie kichert und ich reiße die Augen auf.

Savannah sieht Laura mit verengten Augen an. *Gut so.* Ich rolle mich widerwillig von ihr hinunter, drehe mich auf den Rücken um, fahre mir angestrengt über das Gesicht und blinzele schließlich zu Laura hoch. Ihr Gesicht schwebt über meinem und sie grinst frech. »Hau. Ab!«

»Bist du morgens immer so mies gelaunt? Bekomm das mal auf die Reihe, Milo, in drei Stunden ist Abfahrt.«

*Abfahrt*? Mein Herz fängt an, zu rasen. Das Auswärtsspiel! So eine Scheiße!

»Ja, genau«, lacht sie, als sie meinen panischen Gesichtsausdruck bemerkt, und zieht eine vorwurfsvolle Grimasse. »Wenn du mit diesem Kater dort antanzt, schmeißt dich Coach Carter aus dem Team und die Jungs reden nie wieder ein Wort mit dir.«

Sie plappert so verdammt schnell, dass ich ihr kaum folgen kann. Als ich es dann irgendwann schaffe, trifft mich die Erkenntnis wie ein Schlag mitten ins Gesicht. Shit. Sie hat recht. Ich muss dringend wach und nüchtern werden. Aber das reicht lange noch nicht aus, um mich in Form für das Spiel zu kriegen. Shit, shit, shit!

»Ich verlasse euch nun wieder«, meint Laura endlich und verschwindet aus meinem Sichtfeld. Ich neige den Kopf und sehe, wie sie sich eine Tasche über die Schulter hängt, danach wirft sie uns nochmal einen Blick über die Schulter zu. Ungläubig schüttelt sie den Kopf. »Ich hätte ja viel gedacht, aber das niemals.« Mit diesen Worten und einem heiteren Gelächter verschwindet sie aus der Tür. Halleluja.

Ich klatsche mir beide Hände vors Gesicht. In meinem Schädel hämmert es, als schlage mir jemand mit einem Hammer in rhythmischen Takt gegen die Stirn.

»Milo?« Savannah klingt nervös. Sie presst sich gegen die Wand, so dass unnötig viel Abstand zwischen uns herrscht. Ich drehe meinen Kopf stirnrunzelnd zu ihr um. »Alles okay?«

Mann, sieht sie heiß aus. Sogar nach dem Aufstehen. Ihre überraschend glatten Haare stehen wie wild zu Berge, sie blinzelt müde und hat ein paar Falten vom Kissen in ihrem komplett ungeschminkten Gesicht. Dennoch ist sie so attraktiv wie immer. Mein Blick gleitet tiefer. Was zur Hölle trägt sie da? Ein Hauch von Nichts wäre eine Übertreibung. Ihr Body ist geiler als gedacht.

»Hm?«, macht sie nun verunsichert und schnappt sich rasch die Decke. Sie zieht sie sich bis zum Hals hinauf und kaut nervös an ihrer Unterlippe. Warum ist sie so verdammt unruhig?

»Alles okay«, presse ich mit heiser Stimme hervor und betrachte sie noch ein wenig länger, was sie sichtlich noch nervöser macht. Als hätte sie Angst vor mir. Ich habe keinen blassen Schimmer, warum sie sich so verhält. »Und bei dir?«

Langsam nickt sie. Ihr Blick ist prüfend auf mich gerichtet. »Kannst du dich noch an etwas von letzter Nacht erinnern?«

Oh – darum geht es also. Sie denkt, ich hätte keine Ahnung mehr von unserem Gespräch oder davon, was ich ihr alles versprochen habe. Ich erinnere mich jedoch an jedes einzelne Wort und zu meiner Überraschung bereue ich kein einziges davon. Eigentlich fühle ich mich – mal abgesehen von den Kopfschmerzen und meinem angepissten Magen – richtig gut. Hier neben ihr aufzuwachen befriedigt mich auf eine nicht erklärliche Art und Weise. Ich fühle mich innerlich total im Einklang mit mir selbst, so bescheuert das auch klingen mag.

Um sie etwas aus der Fassung zu bringen, runzele ich gespielt verwirrt die Stirn und sage: »Nur, wie ich hierhergekommen bin. Der Rest ist schwarz.«

Ihr Gesicht fällt in sich zusammen. Enttäuschung und ein bisschen Wut spiegelt sich in ihren Raubtieraugen wieder. »Oh.«

»Was ist denn passiert?«, stelle ich mich weiter dumm und stütze meinen Kopf auf meiner Faust ab. Wieder runzele ich die Stirn.

Savannahs Mundwinkel zuckt. Sie richtet sich auf, krabbelt ein Stück das Bett hinab, und setzt sich im Schneidersitz neben meine Beine. Die Decke zieht sie natürlich wieder bis zu ihrem Hals hinauf. »Nicht viel. Du warst sehr betrunken und hast deshalb hier geschlafen.«

Wie niedlich. Es ist ihr unangenehm, mir zu sagen, was wirklich passiert ist. Oder bereut sie es? Immerhin erinnere ich mich ganz genau daran, dass sie mir eine Chance zugesprochen hat. Und daran, dass ich ihr irgendwie beweisen müsste, dass ich es ernst meine, aber damit beschäftige ich mich später. Zumal ich keine Ahnung habe, wie ich das anstellen soll. Das ist absolutes Neuland für mich.

»Mehr nicht?« Ich hebe eine Augenbraue hoch und richte mich ebenfalls auf. Mit dem Rücken lehne ich mich an das Kopfteil des Bettes an und mustere sie ausführlich. Als ihr Blick an meinen Bauchmuskeln hängen bleibt, die durch meine gekrümmte Haltung mehr als gut zu erkennen sind, schluckt sie schwer. »Wir sind also direkt schlafen gegangen?«

Sie zögert mit ihrer Antwort. Ihr Blick schweift hilfesuchend im Zimmer umher und wieder beißt sie nervös an ihrer Unterlippe. Vielleicht sollte ich sie nicht so quälen, aber es macht mir gerade wirklich Spaß zu sehen, wie sie mit sich hadert. Irgendwann räuspert sie sich und zwingt sich zu einem falschen Lächeln. »Ja.«

Ich schmunzele. »Lügnerin.«

»Was?« Sie reißt die Augen weit auf und funkelt mich beunruhigt an. »Woher willst du das wissen?«

»Weil ich auch ein Lügner bin. Ich erinnere mich an alles.« Noch ehe sie auf das Geständnis reagieren kann, packe ich sie an den Armen und ziehe sie mit einem festen Ruck zu mir. Sie zieht erschrocken die Luft ein. »Dachtest du, ich hätte das alles nur gesagt, weil ich besoffen war?«

Sav sitzt nun rittlings auf meinem Schoß und stützt sich mit beiden Händen an meiner Brust ab, während ich sie an der Hüfte festhalte. Ihre Finger drücken dabei ganz vorsichtig in meine Haut, so als wolle sie mich spüren. »Ich weiß nicht …«

»So war es nicht«, stelle ich klar und fühle mich dabei kein bisschen schlecht. Wer hätte das gedacht. Seit gestern, als ich sie in dieser Bar sah, ist einfach alles anders. Das Gefühl, jemand könnte sie mir wegnehmen, hat alles geändert. Oder mir die Augen geöffnet, wer weiß. »Ich meinte alles so, wie ich es gesagt habe. Und ich mache keinen Rückzieher.«

Ein Lächeln ziert ihre vollen Lippen. Ganz schüchtern sieht sie mich verstohlen an, was mein Herz schneller schlagen lässt. So kenne ich sie gar nicht. Sonst ist sie immer so taff und frech. »Okay.«

Ich strecke die Hand nach ihrem Gesicht aus und streiche ihr eine widerspenstige Haarsträhne hinter das Ohr. »Ich würde gerne noch bleiben, aber ich muss mich auf das Spiel vorbereiten. Außerdem brauche ich dringend eine Dusche.«

Verständnisvoll nickt sie, bleibt jedoch immer noch auf mir sitzen, was mich grinsen lässt. Ich erhebe mich mit dem Oberkörper und ziehe sie am Nacken näher an mich heran. Ihre Nasenspitze kitzelt mich an meiner. »Du kommst doch, oder?«

»Wohin?«, fragt sie verwirrt.

»Na zum Spiel.«

»Was? Du willst mich dort haben?«

Ich nicke. »Meine Eltern werden auch dort sein. Lucas auch.«

»Oh«, flüstert sie, während ihr Blick an meinen Lippen haftet. »Ich weiß nicht … Ben ist immerhin auch dort.«

Ben. Scheiße, geht der mir auf den Sack. Obwohl er nicht hier ist stresst er mich alleine mit seiner Existenz. An diese Freundschaft werde ich mich vermutlich nie gewöhnen, wie auch? Eine Freundschaft zwischen Mann und Frau existiert nicht, nicht in meiner Welt. Ich lege meine Hand dafür ins Feuer, dass er – sollte er jemals die Chance dazu bekommen, was nicht der Fall sein wird – Savannah vögeln würde. Zu einhundert Prozent. Sofern er wirklich ein Hetero mit funktionstüchtigem Schwanz ist, versteht sich.

Statt einer Antwort umfasse ich ihr Gesicht mit beiden Händen und presse meine Lippen auf die ihren. Sie fängt unmittelbar an, an meiner Unterlippe zu saugen, und schlingt ihre Hände um meinen Nacken. Als hätten sie es schon tausend Mal getan, spielen unsere Zungen sanft miteinander, was ihr ein leises Keuchen entlockt. Oh Mann … Wie soll ich jetzt bloß gehen?

»Überleg es dir, Baby«, flüstere ich an ihren Mund und küsse sie ein letztes Mal ganz zart. Von ihren weichen Lippen könnte ich niemals genug bekommen.

»Okay«, flüstert sie lächelnd zurück und beißt sich erneut auf die Unterlippe. Ihre Wangen erröten leicht. Mein Schwanz zuckt, was ihr natürlich nicht entgeht, da sie direkt auf ihm sitzt. »Oh.«

»Ja, *oh*«, grinse ich und schiebe sie widerwillig von mir. Wenn wir jetzt nicht aufhören, kann ich für nichts garantieren. »Ich gehe jetzt besser.«

Sie wirkt überrascht, mehr aber zufrieden. Vielleicht dachte sie, ich würde mir keine Gelegenheit entgehen lassen, sie zu vögeln? Oder es wenigstens mal versuchen? Höchstwahrscheinlich. Meine erste Regel besagt: keine Dates, nur Sex. Da ich diese von Anfang an gebrochen habe, und alle anderen in Folge auch, kann ich jetzt auch noch ein bisschen länger warten, bis sie es auch tatsächlich will. Obwohl ich nicht glaube, dass sie es nicht will …

Ich stehe auf und sammele meine Klamotten ein. Leise seufzend ziehe ich sie mir über und werfe mir die Lederjacke über die Schulter. Savannah sitzt wieder im Schneidersitz auf Lauras Bett und beobachtet mich interessiert. Ich muss wieder grinsen.

»Falls ich nicht komme, wünsche ich dir viel Glück«, sagt sie nun freundlich und lächelt mich sanft an.

Ich steuere auf das Bett zu und bücke mich zu ihr hinab. »Falls du nicht kommst, komme ich nach dem Spiel zu dir.« Mit einem kurzen Kuss verabschiede ich mich von ihr und wandere zur Zimmertür. Das hier fühlt sich alles so verdammt surreal an.

Als ich sie öffne, stößt sie überrascht hervor: »Steigt da nicht die Afterparty?«

Natürlich steigt sie. Und natürlich geht sie davon aus, dass ich dort hingehen werde. Ich habe mir bisher niemals eine Party entgehen lassen, aber jetzt fühlt sich der Gedanke irgendwie nicht mehr so verlockend an. Ich weiß ehrlich nicht, was mit mir los ist, aber langsam gebe ich mich damit zufrieden, dass ich es wohl nie ganz verstehen werde. Ich gebe einfach meinem Impuls nach und tue, was sich richtig anfühlt. Und das ist jetzt gerade Zeit mit Savannah zu verbringen.

Ich werfe ihr einen schmunzelnden Blick über die Schulter zu. Ihre großen Augen sind hoffnungsvoll auf die meinen gerichtet. Ich überlege mir eine Antwort, die ihr kleines Herz etwas schneller schlagen lässt. »Wenn du nicht hingehst, was soll ich dann dort?« Ihre Wangen verfärben sich wieder leicht rötlich. Dieser Effekt tut es auch. »Meine Eltern würden sich sicher freuen, wenn du kommst.« Mit diesen Worten marschiere ich aus der Tür und ziehe sie zu.

Ich muss grinsen. Es fühlt sich dämlich und zeitgleich gut an. Mit jedem Schritt, den ich mich von ihrer Tür entferne, wird mir jedoch unwohler. Der Kloß in meinem Magen wächst von Sekunde zu Sekunde, während Panik meinen verkaterten Kopf zum Grübeln bringt. Kaum bin ich aus dem

Mädchenwohnheim raus und durchquere den Campus Richtung meines Wohnheims, holt mich die verfickte Realität vollends wieder ein und bringt mich zurück auf den Boden der Tatsachen.

Der Plan.

Ungeduldig krame ich mein Handy aus der Hosentasche und ziehe zeitgleich die Tür zu meinem Wohnheim auf. Ein paar Jungs kommen mir entgegen, die ich nur flüchtig grüße, während sie mir zum Gruß brüderlich auf die Schulter klopfen. Ich marschiere eilig auf Nates und mein Zimmer zu. Wie erwartet ist er nicht da, also lehne ich mich unruhig gegen die Tür und verfasse in Windeseile eine Nachricht an ihn.

*Niemand darf die Fotos von den Nachrichten zu Gesicht bekommen, Nate. Niemand! Lösch sie von deinem Handy und vergiss, dass du sie jemals gesehen hast.*

# 25
# SAVANNAH

Das Navi zeigt mir an, dass ich in fünf Minuten am *State College* in *Little Havana* ankomme. Dort findet das Basketballmatch der Jungs statt, und ich kann kaum glauben, dass ich tatsächlich hingefahren bin. Milo hat sich so ungewohnt sanftmütig mir gegenüber verhalten, dass ich mich irgendwie schlecht dabei gefühlt habe, seine Einladung auszuschlagen. Außerdem werden seine Eltern und sein kleiner Bruder auch dort sein, somit weiß ich schon, zu wem ich mich setzen kann. Leider wird das Fragen bei Ben aufwerfen, auf die ich mir noch keine passable Antwort zurechtgelegt habe. Vielleicht fällt ihm ja gar nicht auf, dass ich die Familie kenne, und er denkt, ich säße bloß so neben ihnen?

Das ist scheiße. Ich will Ben einweihen, bin mir aber noch nicht sicher genug. Was, wenn Milo es sich doch wieder anders überlegt? Der Kerl ist so flatterhaft, keine seiner Launen ist vorhersehbar. Ich wünsche mir innerlich, dass er es nicht tut.

Nachdem ich geparkt habe, steige ich aus und schnappe mir meine Tasche vom Beifahrersitz. Heute habe ich mich für casuale Kleidung entschieden, damit ich mir nicht wieder Sorgen machen muss, Milos Eltern würden mich für ein Flittchen halten. So weit ich sie bisher kenne, tun sie das jedoch zu meinem Glück nicht. Ich trage einen schwarzen, knielangen Rock, der hübsche Falten schlägt, in den ich ein lockeres weißes Top gesteckt habe, dazu schwarze Chucks und eine schwarze Lederjacke. Meine Haare trage ich wieder offen und glatt, habe mich jedoch immer noch nicht an den neuen Look gewöhnt.

»Hey!«, ruft mir ein Kerl aus ein paar Metern Entfernung zu. Ich bleibe abrupt stehen und drehe mich zu ihm um. Grinsend läuft er mit einem Rucksack über der Schulter auf mich zu. »Gehst du auch zu dem Spiel?«

»Äh, ja«, erwidere ich schwach lächelnd und deute auf die Eingangshalle der Uni. »Man muss doch dort hinein, oder?«

Er schüttelt den Kopf. »Du gehst falsch. Man muss einmal außen rum und dann durch den hinteren Eingang bis zur Turnhalle.«

»Oh«, meine ich stirnrunzelnd und mache auf dem Absatz kehrt. »Danke. Gehst du auch hin?«

Der Kerl nickt. Seine leicht rötlichen Haare fallen ihm dabei unordentlich in die Stirn. Er sieht ein bisschen wie ein Streber aus. »Ja, aber ich spiele nicht. Ich habe mich am Knie verletzt und darf bis auf weiteres nur zusehen.«

»Das tut mir leid«, meine ich aufrichtig und folge ihm durch den Campus. »Ich bin wegen der gegnerischen Mannschaft hier.«

Ein wissendes Grinsen taucht in seinem hellen Gesicht auf. Sommersprossen zieren seine breite Nase, die er gerade leicht rümpft. »Hab ich mir schon gedacht. In welcher Position spielt er?«

Wieder runzele ich die Stirn. »Wer?«

»Dein Freund. Du bist doch sicher wegen eines bestimmten Kerls hier, oder?«

»Oh«, ich räuspere mich und starre in die Luft, »äh, Point Guard und … Shooting Guard.«

»Wow«, lacht er und dirigiert mich am Ellenbogen in die Richtung eines hohen Eingangs. »Gleich zwei. Wie praktisch.«

Eilig schüttele ich den Kopf und stimme in sein Lachen mit ein. »Nein, der Point Guard ist mein bester Freund und der Shooting Guard …« *Einer, von dem ich hoffe, dass er mich nicht schon wieder satthat?* »Ein Freund vom College.«

Wir durchqueren einen langen Flur, der viel edler aussieht, als jeder Flur unserer Uni, und visieren die Turnhalle an. Dutzende Leute bummeln um uns her, laufen zwischen uns durch und drängen sich in die schon volle Turnhalle hinein.

»Verstehe«, der Kerl zwinkert, »na dann viel Spaß. Ich warte hier noch auf meine Jungs. Willst du dich zu uns setzen?«

»Nicht nötig, danke«, sage ich freundlich und lächele. »Ich komme schon klar. Dir auch viel Spaß.«

»Hey«, stößt er eilig hervor, unmittelbar als ich mich von ihm wegdrehe. Wieder drehe ich mich zu ihm um. »Später steigt eine Afterparty. Du bist herzlich eingeladen. Mit oder ohne Freund.« Wieder zwinkert er.

Ich kichere leise. »Warte, bist du der Gastgeber?«

Er nickt und lässt die Augenbrauen tanzen. »Meine Eltern sind im Urlaub. Das Haus befindet sich knapp zwanzig Minuten von hier entfernt. Soll ich dir die Adresse notieren?«

Im selben Moment legt mir jemand einen Arm über die Schulter und ich schrecke leicht hoch. In der Annahme, es sei Ben, der mich gerade an seine Brust zieht, hebe ich den Kopf und entdecke zu meiner Überraschung Milo. Er mustert den Kerl vor mir mit verengten Augen. »Sie braucht die Adresse nicht. Wenn sie vorhat, hinzugehen, dann sowieso nur mit mir.«

Ich schlucke und kann nicht verhindern, dass meine Wangen anfangen zu glühen. Einige Mädels werfen Milo im Vorbeigehen interessierte Blicke zu und mustern ihn gierig. Eine wagt es sogar, ihn anzulächeln, während er mich im Arm hält.

Ich rolle mit den Augen. Ob ich mich jemals daran gewöhnen werde, dass er bei den Mädels so begehrt ist?

»Alles klar«, erwidert der Kerl schulterzuckend und nickt mir nochmal zu. »Also dann, bis später vielleicht.«

Kaum ist er verschwunden, vergräbt Milo sein Gesicht in meiner Halsbeuge und kitzelt mich mit seinen leichten Bartstoppeln unter dem Ohr. Scheinbar hat er mich noch nicht satt. *Was für ein Glück*. »Dich darf ich nie alleine rumlaufen lassen.« Er knabbert an meiner empfindlichen Haut, woraufhin ich die Luft anhalte. »Zu riskant, dass dich Nerds wie dieser anbaggern.«

Ich kichere und löse mich von ihm, um ihn ansehen zu können. Seine grauen Augen funkeln mich gierig an. »Er hat mich nicht angebaggert. Er wollte nur nett sein.«

Milo zieht eine Augenbraue in die Höhe. »Klar. Und ich bin noch Jungfrau.« Mit einem großen Schritt ist er bei mir und packt mich besitzergreifend an der Taille. »Meine Eltern sitzen in der obersten Reihe ganz links. Sie haben einen Platz für dich reserviert.«

»Hä? Du hast ihnen gesagt, dass ich komme?«

Er grinst verschmitzt. »Ich war mir ziemlich sicher, dass du kommst.« Als er meine Unterlippe zwischen die Zähne nimmt, springt mir das Herz beinahe aus der Brust. Nicht nur, weil er es dadurch rasend schnell schlagen lässt, sondern auch, weil uns gerade viel zu viele Menschen beobachten können. »Wer würde sich freiwillig meinen sexy Anblick entgehen lassen, während ich die besten Körbe aller Zeiten werfe?«

Augenrollend und dennoch lachend schiebe ich ihn sanft von mir. »Ich habe mich schon gefragt, wann du wieder deine dummen Kommentare ablässt.« Er schmunzelt dreckig, was wie immer irrsinnig sexy aussieht. Genauso sexy wie er in seinem blauen Trikot mit der Nummer 11 aussieht. »Hier kann uns jeder sehen, Milo. Wo ist Ben überhaupt?«

Der Name scheint seine Laune zum Sinken zu bringen. Er seufzt. »Keine Sorge, er labbert den Coach voll. Wie immer.« Wieder packt er mich an der Taille und zieht mich an sich. »Du musst es ihm sagen. Ich kann es ihm auch sagen, wenn du willst. Aber ich will mir nicht zehn Mal überlegen müssen, ob ich dich anfassen darf oder nicht, nur weil Ben nicht mit seinen kleinen Eiern klarkommt.«

»Milo«, ermahne ich ihn augenblicklich und starre ihn bemüht böse an. »Ich werde es ihm sagen, wenn ich mir sicher bin.«

Die Antwort scheint ihm nicht zu gefallen. Warum ist *er* sich denn so sicher? Mich wundert es in der Tat, dass er möchte, dass jeder weiß, dass wir … was auch immer sind. Das versaut ihm doch bestimmt einige Chancen bei den Mädels, die er sich womöglich warm hält.

In der selben Sekunde wird er von Nate in die Turnhalle gerufen. Ein letztes Mal mustert Milo mich, dann nickt er widerwillig. »Schön. Ich muss rein, Baby.«

*Baby* … ich werde mich wohl nie daran gewöhnen, dass er mich so nennt. Es bereitet mir jedes Mal aufs Neue eine verräterische Gänsehaut am gesamten Körper.

Ich sehe ihm an, dass er mich küssen möchte, er hält sich jedoch meiner Bitte wegen zurück und streichelt mir lediglich kurz über den Arm. Aus einem Impuls heraus sehe ich mich rasch um, gehe auf die Zehenspitzen und presse meine Lippen sanft auf die seinen.

Diese Lippen. Jesus.

»Viel Glück«, flüstere ich ungewohnt schüchtern, als ich mich wieder zurückziehe. Warum bin ich in seiner Gegenwart seit Neuestem so merkwürdig zurückhaltend? So verlegen? Ich habe keine Ahnung, ich tue das nicht absichtlich. Im Gegenteil – ich könnte es nicht mal verhindern, würde ich es versuchen.

»Danke, Babe.« Er entfernt sich rückwärts von mir und grinst breit. »Ich sehe dich dann.«

Nate wirft mir einen knappen Blick zu, der diesmal keineswegs dreckig oder amüsiert aussieht, sondern tatsächlich etwas überrumpelt. Es wirkt ein wenig so, als würde ihn meine Anwesenheit stören, ich verdränge den Gedanken jedoch augenblicklich. Das ist immerhin nicht von Bedeutung. Komisch ist es allerdings schon, da er mich sonst eigentlich immer halbwegs freundlich behandelte. Auf die Nate Art und Weise, eben.

Mit einem tiefen Atemzug spaziere ich ebenfalls in die Turnhalle hinein und schleiche mich an der Zuschauertribüne entlang bis ganz zum Ende. Dort steige ich die wenigen

Treppen hinauf und entdecke tatsächlich neben Maggie und James noch einen freien Platz für mich am Rand. Mein Herz macht einen kleinen Sprung vorwärts.

»Sav, hi!«, begrüßt mich Maggie mit dem gewohnt liebevollen Lächeln und winkt mich zu sich. Lucas sitzt auf ihrem Schoß und grinst mich ebenfalls an. »Wir haben dir einen Platz freigehalten. Milo meinte, du würdest kommen.«

»Hi«, begrüße ich alle gleichzeitig und setze mich mit einem Lächeln neben Maggie. »Freut mich, euch zu sehen. Und danke.«

James lehnt sich nach vorne und nickt mir lächelnd zu. »Schon was Neues von deinem Wagen?«

Während ich ihm erzähle, dass es sich um kein großes Problem handelte, und dass ich den Wagen nun schon wieder zurückhabe, klettert Lucas von Maggies Schoß auf den meinen und streckt mir seine Tüte Gummibärchen vors Gesicht.

Maggie und James werfen sich einen schmunzelnden Blick zu. Ich nehme mir direkt ein paar Bärchen aus der Tüte und stecke sie mir in den Mund. Mit der anderen Hand streichele ich über Lucas feinen Haarschopf. »Danke, Luce.« Ich liebe diesen kleinen Mann einfach. Obwohl ich selbst keine Geschwister habe und auch nie dachte, dass ich mich für kleine Kids begeistern könnte, hat er es mir irgendwie angetan. Das hat absolut nichts damit zu tun, dass er es schwerer hat als die meisten Kids in seinem Alter, sondern alleine mit seiner offenen, zuckersüßen Art.

»Mein Bruder hat gesagt, dass du eifersüchtig auf die anderen Mädchen hier bist, und deswegen kommen würdest«, eröffnet er mir kichernd, woraufhin ich die Augen verdrehe und laut lache.

Maggie grinst. »Woher Milo nur diese selbstverliebte Art hat …« Sie schielt zu James rüber. »Keine Ahnung.«

»James war bestimmt nicht wie Milo, als er in seinem Alter war«, platze ich hervor und schüttele lachend den Kopf. »Milo toppt echt niemand. Manchmal ist er …«

»Anstrengend? Eingebildet? Selbstverliebt?«, bietet mir Maggie mit einer hochgezogenen Augenbraue an. Ich zucke die Achseln, weil wohl jedes davon zutrifft. »Er hat Glück, jemanden wie dich zu haben. Nicht jedes Mädchen würde das aushalten.«

Ich schmunzele verlegen und sehe auf das Spielfeld hinab. Die Jungs haben sich im Kreis versammelt, da es gleich losgeht, und Milo erklärt Nate und Stevie gerade etwas scheinbar Wichtiges. Ben und die anderen stehen etwas abseits und tauschen ebenfalls ein paar Wörter miteinander. Ich betrachte Milo und lächele unbewusst stärker. Ja, Milo Blayne ist so einiges, aber neben all den nervigen Eigenschaften besitzt er auch ein paar, die meinen Blutdruck in einen ungesund hohen Bereich steigen lassen. Ob das gut ist, wird sich wohl erst zeigen.

Als würde er meinen intensiven Blick auf sich spüren, dreht er den Kopf um und blickt mir direkt in die Augen. Ertappt löse ich mich aus meiner Starre und stecke mir rasch ein paar weitere Gummibärchen in den Mund. Dann strahlt er mich plötzlich mit diesem warmherzigen und reinen Lächeln an, das seine stechend grauen Augen zum Glänzen bringt. Ich verschlucke mich an den Gummibären, während mein Körper anfängt zu prickeln, und lasse mir von Lucas auf den Rücken klopfen, woraufhin Milo lacht und sich wieder abwendet.

Himmel. So schön sich die Schmetterlinge in meinem Bauch auch anfühlen, so nervös macht mich die Tatsache, dass es sie überhaupt gibt.

∞

Ich verabschiede mich von Maggie, James und Lucas und winke ihnen nochmal zu, während ich über den Parkplatz zu meinem Wagen laufe. Die Jungs haben auch dieses Spiel gewonnen, was mich wieder zum Jubeln gebracht hat, und sind anschließend direkt in der Umkleide verschwunden, so dass ich mich mit Milos Eltern auf den Weg nach draußen gemacht habe. Milo hat mir direkt eine Nachricht geschrieben, dass ich auf dem Parkplatz auf ihn warten soll, also setze ich mich in meinen Mini und beschäftige mich einstweilen mit meinem Handy. Da er nicht mit seiner Harley, sondern mit Nate hierhergefahren ist, werde ich ihn mit zurück zum Campus nehmen, da Nate und die Jungs zur Afterparty fahren. Immer noch bin ich überrascht davon, dass er lieber einen ruhigen Abend mit mir verbringt, anstatt seinen Sieg zu feiern und sich volllaufen zu lassen.

Mein Handy vibriert und zeigt eine neue Nachricht von Ben an, der mir vorhin nur flüchtig zugewunken hat, bevor er aus der Turnhalle verschwunden ist. Scheinbar hat es ihn gar nicht überrascht, mich zu sehen.

Ich öffne die Nachricht und bekomme beinahe einen Herzinfarkt.

*Wir müssen reden. Heute noch.*

Ich lese die fünf Wörter so oft durch, bis sie sich nicht revidierbar in mein Hirn gebrannt haben. Meine Finger zittern, als ich eine Antwort verfasse.

*Was ist los?*

Ben weiß es. Ich spüre es tief in mir und es besteht keinerlei Zweifel. Ich entnehme schon seiner knappen Nachricht, dass er stocksauer ist. Ich fange an, schneller zu atmen und starre wie hypnotisiert auf das Display hinab. Das Vibrieren versetzt mir einen Schlag in den Magen.

*Das weißt du doch genau. Wenn dir etwas an dieser Freundschaft liegt, was ich momentan ziemlich bezweifele, triff mich auf der Afterparty und leg dir bis dahin die beste Ausrede zurecht, die dir einfällt.*

Ich schlucke den fetten Kloß in meinem Hals hinunter und höre für einige Sekunden lang auf, zu atmen. Mein Herz fühlt sich ungut schwer an und meine Brust zieht sich mit einem starken Ruck zusammen, so dass ich hastig nach Luft schnappe. Ich habe mich in meinem Leben noch nie mit Ben gestritten – niemals. In all den Jahren, seit wir uns kennen, gab es kein böses Blut zwischen uns, geschweige denn irgendeine Sache, die unsere Freundschaft auf die Kippe stellen könnte. Mir wird übel. Die Angst, Ben zu verlieren, droht mich zu ersticken.

»Baby?« Milos Gesicht taucht neben mir vor dem Fenster auf und ich sehe mit glasigen Augen zu ihm hoch. Unwillkürlich stirbt sein Lächeln und er reißt die Wagentür auf. »Was ist los?«

»Wir müssen zu der Afterparty«, schießt es aus mir hervor und ich starte ohne zu zögern den Motor. »Steig ein!«

»Woah, warte mal«, stößt er durcheinander hervor. Er legt mir eine Hand auf den Hinterkopf und zwingt mich, ihn anzusehen. »Warum siehst du so niedergeschmettert aus?«

Ich schlucke den neuen Kloß, der sich in meinem Hals gebildet hat, mühevoll hinunter. »Ich muss mit Ben sprechen, er … ich glaube, er weiß es. Gott!« Viel zu brutal schlage ich auf das Lenkrad ein, weshalb Milo seine Augen leicht schockiert weitet. »Er hasst mich, Milo! Er wird mir niemals verzeihen, dass ich ihn so lange belogen habe! Und dass ich mit dem Feind unter einer Decke stecke!«

Bei dem Wort *Feind* zieht Milo beide Augenbrauen in die Höhe. Er funkelt mich leicht argwöhnisch an. »Beruhige dich mal, Babe. Wir regeln das schon. Und nenn mich nicht nochmal so.« Mit diesen Worten knallt er die Tür zu, umrundet den Wagen, und lässt sich neben mir nieder. Mit einem Seufzen wirft er seine Tasche auf die Rückbank und mustert mich von der Seite. »Ich regele das«, spricht er mir erneut gut zu, doch seine Worte beruhigen mich kein bisschen.

»Hast du die Adresse?«, frage ich panisch und starre ihn ungeduldig an.

Er nickt. »Ich weise dir den Weg. Fahr los, ich glaube, Ben ist schon unterwegs.«

Also fahre ich los und zerbreche mir während der Fahrt den Kopf darüber, wie ich Ben diese Sache bloß erklären soll. Zwar weiß ich, was ich ihm sagen werde – die Wahrheit – aber ob er mich verstehen wird, ist eine andere Frage. Ich befürchte nicht.

Von wem hat er bloß davon erfahren? Daniel? Laura? Jemand Fremden?

»Was glaubst du, wer hat es ihm gesagt?«, frage ich gedankenvertieft und biege zeitgleich rechts ab, als Milo mit seinem Finger auf die Straße neben uns deutet. »Daniel?«

»Ich mache ihn fertig, wenn es so ist«, gibt er todernst von sich, woraufhin ich ihn mit großen Augen ansehe. Er zuckt die Achseln. »Was? Ich habe ihn gewarnt.«

»Ich glaube nicht, dass er es war«, spreche ich meinen Gedanken aus und seufze. »Laura glaube ich auch nicht. Warum sollte sie das tun?«

»An wen denkst du sonst?«, will er stirnrunzelnd wissen.

Ich atme tief aus. Mit meinen Fingern trommele ich nervös auf das Lenkrad. »Vielleicht einer deiner Jungs aus dem Team? Wäre immerhin logisch, da ihr -«

»Nein«, unterbricht er mich scharf. »Die Jungs wissen, dass sie die Fresse halten sollten. Außerdem sprechen sie nicht mit Ben, und mir in den Rücken fallen würden sie auch nicht.«

»Okay, ich meinte ja nur«, murmele ich und biege erneut rechts ab. »Ist es dieses Haus?« Milo nickt, ohne mich anzusehen. Ich parke den Wagen auf dem erstbesten Parkplatz, den ich entdecke, und drehe mich mit verengten Augen zu ihm um. »Bist du jetzt etwa auch sauer auf mich?«

Er seufzt und fährt sich durch das frisch gewaschene Haar, das bis hierher duftet. »Ich bin nicht sauer auf dich, Sav. Mich nervt diese Situation einfach. Du bist gestresst und das wiederrum stresst mich.« Verwundert blinzele ich ihn an. Er greift nach meiner Hand und streichelt mir mit dem Daumen über den Handrücken. »Der Tag war bis auf meinen Kater wirklich gut. Und Ben versaut alles.«

Ich bekomme Schuldgefühle, weil er nichts dafürkann, dass ich diesen Streit mit Ben provoziert habe, in dem ich ihn anlog, und anstatt mit ihm zu feiern, ziehe ich ihn in all das hinein. »Tut mir leid, Milo. Ich wollte dir den Abend nicht versauen und unsere Pläne auf den Kopf stellen -«

»Savannah«, unterbricht er mich und sieht mich eindringlich an. Ein schiefes Lächeln bildet sich auf seinen Lippen. »Du musst dich nicht entschuldigen. Wirklich nicht. Lass uns diese Sache einfach klären und von hier verschwinden. Ich würde gerade hundert andere Dinge lieber tun, als mit dir auf diese Party zu gehen. Vielleicht tausende und alle beinhalten ausgeschlossen dich und mich.«

Ich lächele ihn sanft an. Seine Anwesenheit und die Ruhe, die er gerade ausstrahlt, beruhigen mich innerlich und lassen mich wieder entspannter zu Atem kommen. »Danke«, flüstere ich und drücke ganz leicht seine Hand. Im selben Moment beugt er sich zu mir und küsst mich hauchzart auf die Lippen. Ich bekomme wieder Gänsehaut. »Gib's zu – es passt dir eigentlich ganz gut in den Kram, dass er von uns erfahren hat, oder?«, frage ich schließlich leise.

Es scheint so, als würde er kurz darüber nachdenken, mir eine unehrliche Antwort zu geben, doch dann nickt er mit unschuldigem Blick und zuckt mit einer Schulter. »Wäre gelogen, würde ich *Nein* sagen. Aber ich wollte nicht, dass ihr deswegen Streit habt.«

»Schon gut«, murmele ich und öffne die Wagentür. »Lass uns gehen. Mir wird schon ganz schlecht vor Nervosität.«

Ich könnte tatsächlich jeden Moment spucken, so großen Schiss habe ich vor dem Gespräch mit Ben.

# 26
# MILO

Die Party ist schon voll im Gange, wie auch nicht. Das Haus ist ähnlich fett, wie das von Troy Hastings, wenn noch ein bisschen größer. Einige Flaschen Alkohol liegen schon auf dem teuren Marmorboden herum und die Musik dröhnt mir ungut in die Ohren. Die Lichter sind so stark gedimmt, dass ich kaum sehe, in welchem Raum ich mich befinde. Ich erkenne nur wenige Gesichter meiner Kommilitonen und werde unruhiger, als sich die fremden Typen nach Savannah und mir umdrehen. Wie sie sie anstarren, gefällt mir nicht, und dieses Gefühl ist mir absolut neu. Wenn ich früher mit einem Mädel zu einer Party erschienen bin, war ich stolz, der zu sein, der sie später vögelt, während andere sie nur blickficken durften. Zumindest an diesem Abend. Doch mit Savannah fühlt es sich sogar falsch an, auf einer Party aufzukreuzen. Ich würde mich am liebsten wie ein Schutzschild vor sie stellen und jedem eine reinhauen, der einen Blick auf ihre perfekten Beine wagt.

Daran muss ich mich echt erst gewöhnen. Dieser ganze Eifersuchtsscheiß ist überirdisch anstrengend.

»Da drüben sind Nate und Stevie«, ruft sie durch die Musik hindurch und stellt sich auf die Zehenspitzen, um näher an mein Ohr zu gelangen. »Glaubst du, sie wissen, wo Ben ist?«

»Ich finde es heraus«, erwidere ich und lege ihr eine Hand auf das Kreuz. Ich schiebe sie vorwärts, bis wir eine leere Ecke des Raumes erreichen, und drücke sie gegen die Wand. »Warte hier. Ich komme gleich zurück.«

»Ich kann mitkommen.« Sie runzelt die Stirn. »Oder willst du nicht, dass sie wissen, dass wir zusammen hier sind? Es weiß doch scheinbar sowieso schon jeder aus unseren Kreisen.«

Seufzend schiele ich in die Ecke, in der sich Stevie und Nate versammelt haben. Sie nippen an ihrem Bier und lachen, während um sie herum ein Dutzend betrunkener Kerle stehen und abfeiern. Mit einem Kopfschütteln drehe ich mich wieder zu Sav um. »Meine Jungs wissen von uns und ich bin nicht der, der etwas verheimlichen wollte.« Sie senkt die Lider und nickt schwach. »Ich will einfach nicht, dass dich jemand anbaggert, okay?«

Überrascht hebt sie den Kopf an. »So eifersüchtig bist du?« Wahrheitsgemäß nicke ich. »Okay, wow – das hätte ich nicht gedacht.«

Jetzt bin ich der, der die Stirn runzelt. »Hast du meinen kleinen Ausraster vor der Bar schon vergessen?«

»Natürlich nicht. Ich dachte nur nicht, dass es dir etwas ausmachen würde, wenn mich ein betrunkener Kerl anquatscht. Die quatschen doch jede zweite an und ich will nichts von denen«, plappert sie nervös und schielt zu Nate und Stevie hinüber.

»Tut es aber«, erkläre ich knapp und schiebe sie zurück in die Ecke. Am liebsten würde ich sie irgendwo anbinden, um sie nicht zu verlieren. »Ich beeile mich.«

Als sie nickt, drehe ich mich um und mache mich auf den Weg zu den Jungs. Sie schenken mir umgehend ein Grinsen, Nate streckt mir schon aus zwei Metern Entfernung eine Bierflasche entgegen.

»Prost, Mann! Auf unseren Erfolg«, ruft er triumphierend.

Ich nehme ihm die Flasche ab und stoße sie gegen Nates und Stevies. »Prost, Burschen.« Eilig nehme ich einen Schluck und lehne mich mit einem Arm an Stevies Schulter an. »Wisst ihr, wo Hocks ist?«

»Ben?« Nate schüttelt gelangweilt den Kopf. »Er ist gleichzeitig mit uns angekommen, ist nicht lange her. Keine Ahnung, wo er sich jetzt rumtreibt.«

»Nora ist mit ein paar Weibern von der Uni hier, vielleicht ist er bei denen«, erklärt Stevie und sucht den Raum nach jemandem ab. »Laura ist auch bei ihnen.«

Dass er wieder was mit Laura am Laufen hat, irritiert mich in der Tat. Sie ist wirklich eine Schlampe, die es mit jedem treibt. Aber die Bedenken hebe ich mir für später auf. »Okay, vergesst es. Ich muss zurück zu Sav.«

Nate packt mich in der selben Sekunde am Handgelenk. Seine braunen Augen mustern mich argwöhnisch. »Alter … was wird das?«

Ich reiße mich von ihm los. »Wir reden später. Ich hab dir außerdem schon alles gesagt, was es zu sagen gibt.«

Stevie nickt, so als hätte er überhaupt kein Problem mit mir und Sav, während Nate beinahe schmerzerfüllt das Gesicht verzieht. Es ist mir egal, ob er die Sache versteht oder nicht, Hauptsache er kommt mir nicht in die Quere und hütet unser kleines Geheimnis wie den wertvollsten Schatz, den es auf dieser Welt gibt. Auf der Fahrt zum Match habe ich den beiden eindringlich erklärt, wie der Hase nun läuft. Dass sie den Plan vergessen sollen und es keine Plaudereien darüber geben darf, zumindest nicht, wenn jemand anderes als wir drei anwesend ist. Sollte Sav das jemals herausfinden, wird sie mich für immer zum Teufel schicken.

»Reden wir später«, seufzt Nate unzufrieden und führt die Flasche an seine Lippen.

Ich hebe meine zum Gruß in die Höhe und drehe mich um. Kaum mache ich zwei Schritte auf die Ecke des Raumes zu, in der Sav stand, bleibe ich abrupt stehen. Ich kann sie nirgendwo entdecken, was mir ein ungutes Ziehen im Magen bereitet. Ob sie ein Kerl angequatscht hat? Ob sie nach oben verschwunden ist?

»Hey«, ertönt es gleichdarauf hinter mir. Ich drehe mich ruckartig um und seufze erleichtert, als Sav mit einer

Coladose in der Hand vor mir steht. »Ich hatte Durst, hab mir was geholt.«

»Tu das nicht mehr«, spreche ich meinen genervten Gedanken aus und starre die Coke verwundert an. »Ich hätte nicht gedacht, dass es hier was Alkoholfreies zu trinken gibt.«

»Ich fahre ja. Wie auch immer. Wissen sie, wo Ben ist? Ich habe ihm geschrieben, er antwortet aber nicht«, meint sie gestresst und sieht sich konzentriert im Raum um.

Ich schüttele den Kopf und ziehe sie näher an mich heran, damit die Leute an ihr vorbeigehen können, ohne sie beiseite zu stoßen. »Sie wissen es nicht. Wir fangen einfach oben mit der Suche an, vermutlich ist er in irgendeinem Zimmer, in dem es ruhiger zugeht als hier.«

Savannah sieht mit ihren großen, orange leuchtenden Augen zu mir auf. Shit, sie ist so verdammt hübsch. In dem gedimmten Licht wirkt ihre Haut weich wie die eines Babys und ihre vollen Lippen schimmern von dem nach Kirsche schmeckenden Lipgloss, den ich vorhin im Auto schon kosten durfte.

»Ich suche ihn lieber ohne dich, okay? Ich will alleine mit ihm sprechen«, erklärt sie zu meinem Leid und presst die Lippen aufeinander. »Es wird nicht gerade vorteilhaft sein, den Grund seiner Wut mit zu ihm zu bringen.«

Ich fahre mir mit einer Hand angestrengt durch das Haar. »Mich.« Sie nickt schwach. »Von mir aus. Ich begleite dich aber auf der Suche nach ihm.«

Entschieden schüttelt sie den Kopf. »Ich will nicht, dass er uns direkt zusammen sieht, Milo. Vorher will ich mit ihm sprechen.«

»Kann ich dir das noch ausreden?«, frage ich, obwohl ich die Antwort darauf längst kenne. Wie erwartet schüttelt sie zögerlich den Kopf. »Von mir aus. Pass auf dich auf und ruf mich an, wenn etwas ist. Und hey«, ich ziehe sie noch enger an mich heran bücke mich zu ihr hinab, »stell keinen Unsinn an.«

Sie schmunzelt und blickt verlegen zu Boden. »Das sollte ich eher dir sagen«, murmelt sie so leise, dass ich es gerade noch hören kann. Langsam hebt sie den Kopf wieder an und kaut an ihrer Unterlippe herum. »Ich gehe dann mal. Bis … später.«

»Bis dann, Baby.« Während sie davon marschiert behalte ich alle Kerle, die in ihrer unmittelbareren Nähe herumstehen, ohne zu blinzeln im Auge. Gott sei Dank rückt ihr niemand auf die Pelle, und schließlich verschwindet sie durch eine Art Flur in einen anderen Raum.

Ich lasse meinen Blick durch das riesige Wohnzimmer schweifen. Viel zu viele freizügig gekleidete Weiber, viel zu viele betrunkene Kerle und eine Blondine, die gerade neben mir auf den Marmorboden kotzt. Augenrollend wandere ich wieder zurück zu den Jungs. Nates ernster Blick trifft mich unerwartet. Ich klopfe ihm auf den Rücken und deute mit dem Kopf auf eine Zimmertür hinter uns.

Er versteht sofort und klopft Stevie auf die Schulter, damit dieser sich uns anschließt. Sachte öffne ich die geschlossene Tür und schiele hinein. Eine leere Küche. Perfekt.

»Hier scheint echt jeder fette Kohle zu haben«, stößt Nate mit feinem Spott in seiner Stimme hervor, während wir zu dritt in die Küche eintreten und uns umsehen. Sie bietet Platz für zehn Köche, wenn nicht sogar mehr. »Wir sollten den Kühlschrank plündern.« Er steuert darauf zu.

Ich ziehe einen Barhocker an mich und nehme vor der Kücheninsel Platz. Kurz mustere ich Nate, der sich heute mit weißem Hemd und dunkler Jeans richtig in Schale geworfen hat, und sage dann: »Wir sollten reden.« Stevie setzt sich mir gegenüber auf einen Hocker und verschränkt beide Arme vor der Brust.

Nate schnappt sich eine Wodkaflasche und schraubt den Verschluss ab. Er wirft mir einen vorwurfsvollen Blick zu, den ich irgendwie auch verdient habe. »Alter, unser Plan stand. Keine Ahnung, was du von diesem Weib willst, aber es nervt.«

»Ich verstehe dich«, ringe ich mir ab und nehme einen Schluck von meiner Flasche. »Aber du musst auch verstehen, dass ich nicht mehr an dem Plan anhalten kann, Bro. Jetzt nicht mehr. Ihretwegen und meinetwegen.« Ich sehe auch Stevie an. »Ich hab's euch bei der Fahrt hierher erklärt.«

Nate zieht spottend eine Augenbraue in die Höhe und hält mit der vollen Wodkaflasche vor seinen Lippen inne. »Deinetwegen?«

»Du magst sie«, spricht Stevie das Offensichtliche aus, das ich bisher vehement für mich behalten habe. Ich schweige. »Ist okay, Mann. Daran ist nichts falsch.«

Nate prustet los. »Daran ist alles falsch. Sie ist eine Nutte, die mit ihrem Prof vögelt.«

»Nate«, knurre ich eine Spur zu bedrohlich, weshalb er mich entsetzt mustert. »Sprich nicht so von ihr. Außerdem vögelt sie ihn nicht mehr, wie oft noch?«

»Vögelst du sie denn?«, fragt er höhnisch, weil er die Antwort darauf längst kennt.

Mit einem lauten Geräusch setze ich die Bierflasche vor mir auf dem Tresen ab. Ich seufze. »Das geht dich einen Scheißdreck an, aber nein, tue ich nicht. Bist du jetzt zufrieden?«

»Nicht im Geringsten«, er kommt auf mich zu und mustert mich durchdringend, »noch vor ein paar Tagen warst du mit den Nerven am Ende, weil du sie mit zu dir nachhause genommen hast. Und heute sehe ich sie neben deiner Mom und deinem Bruder sitzen.«

»Die Dinge haben sich geändert«, plappere ich ausweichend und schiele zu Stevie, damit er mir irgendwie beisteht. Er ist immerhin der einzige von uns, der einer Beziehung mit einem Mädel nie abgeneigt war. Außerdem hat er selbst eine mit Laura, der Bitch. Was nicht bedeutet, ich hätte eine mit Sav, aber dennoch.

Stevie nickt verständnisvoll, dann sieht er Nate ermahnend an. »Lass ihn doch in Ruhe, Mann. Früher oder später wirst auch du eine finden, die du nicht bloß einmal vögeln willst.

Was glaubst du, wie würde Pitbull reagieren, würde sie wissen, warum er Zeit mit ihr verbringen wollte, hm?«

»Okay, okay«, murmelt Nate und zieht ebenfalls einen Barhocker an sich. Er nimmt darauf Platz und umschließt die Flasche mit beiden Händen, während er mich mit seinen braunen Augen prüfend mustert. »Dude, du weißt, ich stehe hinter dir, auch wenn ich deine Entscheidung nicht nachvollziehen kann. Ich brauche bloß einen einzigen Grund, um meine Fresse zu halten. Dann gehe ich dir nicht mehr auf den Sack und toleriere diese Scheiße mit deiner Traumfrau ohne zu meckern.«

»Du kennst den Grund«, meine ich verwirrt und zucke die Achseln. »Ich will nicht, dass sie Probleme bekommt. Niemand soll erfahren, was sie mit Meyer hatte. Sie wäre dann die ideale Zielscheibe und das kann ich nicht zulassen.«

»Und sie würde nie wieder ein Wort mit Milo wechseln«, überstützt Stevie mich und nickt Nate zu, während er an seinem Bier nippt.

Nate grinst. »Ich bin nicht dumm, das habe ich verstanden. Ich will den Grund dafür hören, weshalb du sie aus der Schusslinie ziehen willst. Weshalb es dich stören würde, wenn sie dich für immer abschreibt.«

Will der Kerl mich verarschen?

Stevie grunzt. »Sag's einfach, Mann.« Er klopft mir auf die Schulter. »Beichten erlöst die Seele, zumindest sagt man sich das.«

»Ich mag sie, und?«, platzt es knurrend aus mir hervor, während sich die Jungs schlapp lachen. »Zufrieden, ihr Wichser?«

Nate kommt auf mich zu, legt mir einen Arm um die Schulter und lacht noch minutenlang weiter. Ich starre ihn finster an. »Schon gut!« Er hebt beide Hände beschwichtigend in die Höhe. »Ich hab dich sowas nur noch nie sagen hören. An dieses netter-Kerl-Getue muss ich mich noch gewöhnen.«

»Ich bin kein netter Kerl«, stelle ich stirnrunzelnd klar.

»Doch, bei ihr schon«, kontert Stevie geschickt. »Aber das ist okay. Ich bin es bei Laura auch. Wo wir schon dabei sind – ich sollte sie mal suchen. Nicht, dass ihr einer wie der alte Milo an die Wäsche geht.« Er grinst neckisch.

»Wo wir schon dabei sind – was soll die Kacke mit Laura eigentlich?«, spricht Nate meinen Gedanken aus und wirkt wieder todernst. »Ehrlich, Mann. Laura ist ne Bitch. Lass die Finger von ihr.«

Ich mustere Stevies Reaktion. Unwillkürlich versteift er sich und wirkt über alle Maße angespannt. Mit einem Zug leert er sein Bier.

»Ich kann dich ja verstehen, du magst sie. Aber denk daran, wieviele Kerle sie zwischen ihren Schenkeln hatte. Und das erst seit Anfang des Semesters«, gebe ich meinen Senf dazu.

»Da war dieser Malfoy, dieser Toby, dann der eine blonde Zwerg, den sie bei der ersten Party rangelassen hat«, Nate kratzt sich an der Stirn, »und du. Wer weiß, wer noch.«

»Fick dich, Nate«, schießt Stevie zurück und verschränkt verärgert beide Arme vor der Brust. »Wenn wir rumhuren ist das okay, wenn sie es tut nicht?«

Ich reiße die Augen weit auf. »Du gibst zu, dass sie rumhurt?« Wenigstens etwas. Man kann diese Tatsache jedoch schwer leugnen, es ist zu offensichtlich. Jeder spricht schlecht über sie und das aus gutem Grund. Ich mag Stevie, daher will ich nicht, dass er sich an ihr seine Finger verbrennt, egal wie dreckig seine sein mögen.

»Ja«, er zuckt die Achseln, »ist mir scheißegal. Jetzt ist sie mit mir und nur mit mir zusammen.«

Ich klopfe ihm auf die Schulter. Wenn er nicht darüber sprechen will, ist das okay. Warnend werfe ich Nate einen Blick zu, damit er seine große Klappe hält. »Wenn es so ist, stehe ich voll hinter dir.« Stevie wirkt erleichtert. Ich erhebe mich vom Barhocker und exe mein Bier. »Ich mache mich auf die Suche nach Sav. Wir haben hier alles geklärt?«

Nate nickt, ohne zu zögern. »Niemand wird erfahren, dass Sav mit Professor Meyer gevögelt hat. Die Fotos von ihren

Nachrichten wird nie jemand zu Gesicht bekommen. Ich hüte sie wie meinen Schwanz.«

»Mach dir keine Gedanken, Bro. Sie wird niemals erfahren, dass du sie eigentlich nur wegen eines Geständnisses wolltest.« Stevie lacht stumm und schüttelt den Kopf. »Wie schnell sich die Dinge ändern können.«

Zufrieden und erleichtert nicke ich vor mich hin. »Auf euch ist Verlass. Haut rein.«

»Logisch«, ruft mir Nate hinterher, als ich die Küche in die andere Richtung verlassen möchte. Keine Ahnung, ob es einen zweiten Ausgang gibt, ich glaube aber, vorhin einen gesehen zu haben. Vielleicht bringt er mich ja direkt zu Sav. »Wir sehen uns, schätze ich, erst morgen im Wohnheim?«

»Wir pennen hier und schwänzen die Vorlesungen«, gibt mir Stevie bekannt.

»Alles klar.« Ich umrunde den Esstisch links von mir und schrecke beinahe hoch, als ich Laura um die Ecke vor der Zimmertür stehen sehe. Sie wirkt nervös. »Oh, hey.«

»Hey«, gibt sie schnell zurück und sieht sich eilig im Raum um. »Hast du vielleicht Stevie gesehen?« Gott sei Dank ist sie scheinbar gerade erst hereinspaziert. Hätte sie unsere Unterhaltung gehört, wäre ich echt am Arsch.

Ich deute hinter mich um die Ecke. »Er steht dort hinten mit Nate.«

Sie schenkt mir ein knappes Lächeln und huscht an mir vorbei. »Danke. Sav ist übrigens oben, solltest du sie suchen.«

Mit einer Hand drücke ich die Tür auf. »Danke.«

# 27
# SAVANNAH

Warum zum Teufel wollte Ben hier mit mir sprechen? Ich suche ihn seit verdammten zehn Minuten und kann ihn nirgendwo entdecken. Dass das Haus riesengroß und voll besetzt ist macht es mir nicht gerade einfach, genauso wenig, dass er nicht an sein Handy geht, wenn ich anrufe.

Meine Nervosität steigt ins Unermessliche.

Laura spaziert gut gelaunt an mir vorbei in Richtung der Treppen, die ins Erdgeschoss führen. Ich packe sie eilig am Ärmel und ziehe sie zu mir zurück. »Hey! Sorry, hast du Ben vielleicht gesehen?«

Erst runzelt sie die Stirn, dann lächelt sie mich kopfschüttelnd an. »Sorry, ich bin selbst auf der Suche nach Stevie.«

»Der ist, glaube ich, unten mit Milo und Nate«, berichte ich ihr und lasse ihren Ärmel los. »Danke trotzdem.«

Als ich mich umdrehe, ist sie diejenige, die mich am Ärmel meiner Lederjacke zurückzieht. »Hey«, stößt sie grinsend hervor. »Wir sollten mal was zu viert machen. Ohne die anderen Jungs und ohne Alkohol und Party.«

Unmittelbar erröte ich und streiche mir die Haare von der Schulter. »Milo und ich sind nicht … also, ich weiß nicht so recht, was wir sind?« Ich sehe sie fragend an, als ob sie mir die Sache besser erklären könnte, obwohl sie unsere Situation kaum kennt.

Sie kichert. »Süße, mach dir keinen Kopf. Das ergibt sich schon mit der Zeit. Milo muss dich ziemlich mögen, zumindest sagt Stevie das.«

Mein Herz schlägt sofort ein paar Takte schneller. Ich sehe sie mit großen Augen an und weiche zeitgleich einem rumknutschenden Paar aus, ohne den Bick von Laura zu nehmen. »Er … er hat mit Stevie über mich gesprochen?«

Sie nickt gelassen. »Stevie erwähnte nur, dass ihr da was am Laufen habt, und Milo hat ja grundsätzlich nie wirklich was am Laufen, nur diese Sexgeschichten. Erst dann habe ich ihm erzählt, dass ich euch heute Morgen in meinem Bett erwischt habe. Keine Sorge, ich habe ihm gesagt, dass ihr keinen Sex hattet.« Sie kichert wieder.

Ich lächele in mich hinein und nicke gedankenvertieft. »Danke, Laura. Und ja, wir sollten mal was machen.« Ich bedeute ihr, weiter nach Ben zu suchen, und verabschiede mich lächelnd von ihr. Laura kann ich somit von der Liste streichen. Sie war es nicht, die Ben von Milo und mir erzählt hat.

Plötzlich entdecke ich Ben vor einem der hinteren Zimmer. Er schwankt hin und her und öffnet die Tür, dann verschwindet er alleine dahinter. Unverzüglich laufe ich ihm hinterher und trete in das Kinderzimmer ein, das mit rosa Wänden und einem pinken Bett ausgestattet ist. Scheinbar hat der Gastgeber eine noch junge Schwester, die hier drin wohnt.

»Ben«, presse ich nervös hervor und sehe, wie er sich augenblicklich versteift. Er steht mit dem Rücken zu mir gedreht und seufzt. »Ich hab dich überall gesucht.«

»Bist du mit ihm hier?« Er lacht spöttisch. Ich mache noch einen Schritt auf ihn zu und strecke meine Hand nach ihm aus, doch er schüttelt mich grob ab und wirbelt zu mir herum. »Wie konntest du, Savannah? Du weißt, was ich von ihm halte, und du weißt, wie er ist! Du hast mich die ganze Zeit belogen?!«

»So war das nicht«, versuche ich mich zu verteidigen und schüttele heftig den Kopf. Erst jetzt, wo ich Ben so nahe bin, kann ich sehen, dass er getrunken hat. Seine Augen sind gerötet und er stinkt nach Alkohol. »Hast du getrunken, Ben?«

Er macht eine genervte Handbewegung. »Was geht's dich an?«

»Ben … Komm schon«, ich versuche wieder nach seiner Hand zu greifen, »das hast du hinter dir. Du weißt, was passiert, wenn du trinkst.«

Sein eiskalter Blick lässt mich erschaudern. So wütend habe ich ihn noch nie erlebt, selbst früher nicht, als er alkoholisiert einen seiner Wutausbrüche hatte. Und das war leider oft der Fall – ein guter Grund, mit dem Trinken aufzuhören. In der High-School wurde er beinahe von der Schule verwiesen, nachdem er sich in der Sporthalle mit anderen Jungs volllaufen hat lassen und anschließend in der Umkleidekabine randaliert hat.

»Vögelst du mit dem Arschloch?« Er sieht angewidert an mir hinab.

Ich schlucke. »Hör auf, so zu sprechen. Du bist betrunken, Ben. Vielleicht sollten wir diese Unterhaltung ein anderes Mal führen. Ich werde dir alles erklären und es tut mir leid, dass -«

»Ach, bitte!«, brüllt er mich laut an, so dass ich leicht zusammenzucke. Instinktiv weiche ich einen Schritt vor ihm zurück. »Du hättest es mir längst sagen können! Wie lange läuft das schon, hm? Du hast mir mitten ins Gesicht gelogen, Savannah! Seit wann tun wir so etwas?«

Schuldbewusst senke ich den Blick zu Boden. »Es tut mir ehrlich leid, Ben. Aber … ich hatte Angst, okay?« Ich hole tief Luft und bekämpfe die Tränen, die mir in die Augen steigen. »Ich mag ihn. Ich habe es nicht darauf angelegt und scheiße, ja, ich hätte dich nicht anlügen sollen! Aber ich wusste, wie du reagieren würdest, und dass du es nicht verstehen könntest! Du kennst ihn nicht so wie -«

Ben lacht laut und gehässig auf, ich verstumme augenblicklich. Als er fertig damit ist, mich auszulachen, schüttelt er vorwurfsvoll den Kopf und sieht auf mich herab. Seine blauen Augen strahlen reine Kälte und Wut aus. »Du magst ihn also? Und du denkst, er mag dich auch?« Wieder lacht er, diesmal klingt es rein spöttisch. »Ach, Savannah. Du bist genauso naiv wie all die anderen Weiber. Vielleicht noch eine Spur dümmer.«

»Hey!«, fahre ich ihn gekränkt an und verschränke meine Arme vor der Brust. »Ich weiß, dass du aus gutem Grund sauer auf mich bist, aber beleidige mich nicht! Ich versuche, mich zu entschuldigen, und du -«

»Sei still«, seufzt er und lallt dabei so stark, dass das *S* kaum noch als *S* durchgeht. Es klingt, als hätte er einen Sprachfehler. »Ich will deine Entschuldigungen nicht hören. Und du brauchst auch nicht zu mir kommen, wenn dich dein toller Lover absägt. Oder wenn er hinter deinem Rücken eine andere vögelt.«

»Warum hast du getrunken?« Ich starre ihn ausdruckslos an. »Das hatten wir hinter uns.«

»Es gibt kein *Wir*«, blafft er mich an und macht einen so schnellen Schritt auf mich zu, dass ich wieder leicht zusammenzucke. »Du hast dich für ihn entschieden.«

Mein Herzschlag stoppt. »Was soll das bedeuten, Ben?«

Wieder sieht er an mir hinab, als wäre ich ein Stück Scheiße. Ich weiß, dass der Alkohol Schuld an seinem Benehmen trägt, es tut trotzdem verdammt weh. »Du wusstest, es gibt entweder ihn oder mich. Du hast ihn gewählt. Lass mich also, verdammt nochmal, in Frieden!«

Als er an mir vorbeistürmt, greife ich impulsiv nach seinem Arm und zerre ihn zu mir zurück. »Bleib stehen! Du meinst das nicht so. Das weiß ich!«

»Lass mich los«, knurrt er wutentbrannt und funkelt mich eisig an. Ich ziehe die Hand zurück und wische mir eine Träne von der Wange. »Heul jetzt nicht, verdammt nochmal! Du heulst nie, warum tust du es jetzt?«

»Arschloch«, zische ich und drehe mich ruckartig von ihm weg. Ich muss mich sammeln. Das hier wird mir gerade echt zu viel. Ich wusste ja, dass der Streit unschön ablaufen würde, aber er ist noch hässlicher als befürchtet.

»Sav.« Er klingt nun weniger wütend als noch vor einer Minute, allerdings immer noch stark unterkühlt. »Ich wollte dich nicht zum Weinen bringen. Du hast mich einfach verletzt.«

Schweigend drehe ich mich zu ihm um und mustere ihn nachdenklich. Erst, als meine Tränen trocknen und ich den Kloß in meinem Hals, den mir seine gemeine Art bereitet hat, hinunterschlucke, murmele ich: »Ich weiß. Das tut mir echt leid, Ben. Ich hätte nicht gedacht, dass sich mehr zwischen ihm und mir entwickeln würde.«

»Hast du mit ihm geschlafen?«, fragt er erneut, diesmal ein wenig höflicher. Ich schüttele den Kopf. Eine Spur von Erleichterung ziert sein Gesicht. »Dann tu es nicht und geh auf Abstand. Er wird dich verletzen und dir das Leben zur Hölle machen. Genau das tun Typen wie er nun mal.«

»Ben«, ich mache einen Schritt auf ihn zu, »kann sein. Vielleicht hast du recht, wer weiß. Aber bitte versteh doch, dass ich … ich habe Gefühle für ihn. Er ist so anders, als ich gedacht hätte, und ich will sehen, wohin das führt. Wenn ich damit ins offene Messer laufe, geht das auf mein Konto.«

Ben starrt mich fassungslos an. Es scheint, als würde er mir gar nicht richtig zuhören, sondern mich direkt in die Schublade der naiven Mädchen stecken, die auf Milo Blayne hereingefallen sind. Denen nicht mehr zu helfen ist. »Ohne mich.«

Ich schlucke, diesmal härter als zuvor. »Ohne dich?« Meine Stimme zittert.

Ben wendet den Blick von mir ab. »Erst Nora, dann du …« Er gibt einen frustrierten Laut von sich. »Ihr könnt mich alle am Arsch lecken. Das geht mir sowas von auf den Sack!« Als würde eine neue Welle der Wut über ihm zusammenbrechen, schießt er vorwärts und fegt mit einer Hand den gesamten Inhalt des Schreibtisches zu Boden. Ich gebe einen erschrockenen Schrei von mir, während Ben lautstark vor sich hin flucht.

»Savannah.« Milos Stimme ertönt leise, aber bestimmt. Ich reiße meinen Kopf zur Seite und entdecke ihn vor der Tür. Scheinbar ist er gerade hereingekommen. »Wir gehen. Komm.«

Ben richtet seine Wut augenblicklich auf ihn. Er stürmt auf ihn zu, packt ihn am Saum seines Shirts, und donnert ihn gegen die Wand. Wieder schreie ich erschrocken auf. »Du Hurensohn wirst sie nicht anfassen, klar?!«

»Ben, scheiße, was soll das?«, schreie ich und laufe auf die Beiden zu.

Milo verhält sich verdächtig ruhig. Er lässt Bens kleinen Anfall über sich ergehen, mahlt lediglich wütend die Kiefer aneinander und atmet schwer ein und aus. Ich weiß, dass er sich nur für mich zurückhält. Eine Schlägerei zwischen ihm und Ben wäre das letzte, was ich jetzt gebrauchen könnte.

»Hörst du?«, brüllt Ben und donnert ihn erneut gegen die Wand.

»Nimm deine dreckigen Finger von mir«, knurrt Milo so leise, dass ich es kaum höre. Sein Blick ist bedrohlich auf Bens Gesicht gerichtet. Er sieht verdammt angsteinflößend aus. »Ich sage es dir nur einmal, Hocks. Verpiss dich oder du wirst bereuen, mich jemals kennengelernt zu haben. Ich bin der Falsche für eine Prügelei.«

»Willst du mir drohen?«, reizt ihn Ben, ohne von ihm abzulassen.

Ich fange an, zu zittern, während ich immer hektischer ein und ausatme. Ich traue mich nicht, zwischen die beiden zu gehen, weil ich weiß, dass Ben ebenso wie Milo jeden Moment austicken könnte.

»Ich warne dich bloß. Wenn ich anfange, höre ich nicht mehr auf. Ich kann es nicht«, gibt Milo mit fester Stimme zurück. Sie bebt vor Adrenalin, Wut und Aufregung. »Also nimm endlich deine verfickten Hände von mir.«

Im selben Moment lässt Ben Milo los und tritt einen Schritt zurück. Über alle Maße erleichtert atme ich tief aus. Die Adern an Bens Stirn sind geschwollen, ebenso wie die von

Milo. Die beiden liefern sich ein Anstarr-Duell der Sonderklasse, als könnten sie sich tatsächlich mit Blicken töten, wenn sie sich nur lange genug niederstarren.

»Gute Entscheidung«, presst Milo hervor, richtet sich fluchend sein Shirt, und ballt eine Hand zur Faust. Sie zittert vor Wut. »Savannah.« Obwohl er mich nicht ansieht, zieht sich mein Unterleib ruckartig zusammen, als er meinen Namen ausspricht. Es klingt trotz des drohenden Tonfalls wie eine Bitte.

Ich verstehe, was er mir damit signalisieren will, und trete an seine Seite. Ein letztes Mal sehe ich Ben an, der mit seiner eigenen Wut zu kämpfen hat und mich ignoriert, und öffne dann schweren Herzens die Tür. »Gehen wir«, murmele ich den Tränen nahe und verlasse gleichzeitig das Zimmer.

Milo und ich marschieren schweigend den Flur entlang. Mein Herz bricht ein kleines Stück mehr, als ich einen Blick über die Schulter werfe, und Ben mit verzweifeltem Gesichtsausdruck am Türrahmen lehnen sehe.

Milo läuft ohne auf mich zu warten die Treppen hinab, verscheucht ein paar Leute, die ihm im Weg stehen, und stürmt zur Haustür heraus. Schwer atmend laufe ich ihm hinterher und hole ihn erst auf der Straße wieder ein. »Milo?«

»Nicht«, kommt warnend zurück, während er die Straße hinab zu meinem Wagen läuft. Ich schweige widerwillig und laufe ihm weiter hinterher. Kaum steht er vor meinem Wagen, wirbelt er zu mir herum und packt mich an beiden Oberarmen. »Ich muss hier weg! Können wir irgendwohin fahren, wo wir unsere Ruhe haben? Überall hin, nur nicht auf den Campus.«

Energisch nicke ich. Genauso energisch öffne ich den Wagen und steige ein. Milos gesamter Körper bebt, während er neben mir Platz nimmt, danach wackelt er so heftig mit dem linken Fuß, dass beinahe der gesamte Wagen wackelt. Mit zittrigen Händen starte ich den Motor und parke aus. Keine Ahnung, wohin genau ich fahre, aber ich will ebenso von hier weg wie er.

Milos Wut schwebt zwischen uns und macht die Luft immer dünner. Ein schwerer Stein legt sich auf mein Herz, während ich ihm immer wieder kurze Blicke zuwerfe, um mich zu vergewissern, dass es ihm gut geht. Ich kann ihm regelrecht ansehen, dass es in ihm brodelt und die Wut droht, ihn zu übermannen. Ich hätte Milo niemals für die Art Kerl gehalten, die dermaßen aggressiv werden können. Im Vergleich zu dem inneren Kampf, den er scheinbar mit sich führt, war Bens Wutausbruch eine Lappalie.

»Willst du mir sagen, was los ist?«, fange ich das Gespräch behutsam an und biege zeitgleich links ab. Wir befinden uns mittlerweile nicht mehr in *Little Havana.*

Milo starrt mit geballten Fäusten aus dem Fenster. »Noch nicht.«

Ich nicke verständnisvoll. »Okay.«

Nach Minuten des Schweigens atmet er das erste Mal tief aus und sieht mich eindringlich von der Seite an. »Halt bitte an.«

»Hier?« Ich runzele die Stirn und sehe mir die verlassene Gegend vor uns an. Einzig und alleine ein Hotel ist in weiter Ferne zu entdecken, ansonsten ist die Straße verwaist und dunkel.

Milo nickt stumm, also fahre ich an den Straßenrand und bringe den Wagen zum Stillstand. Kaum ziehe ich die Handbremse an, steigt Milo aus und läuft vorwärts. Ich bekomme Angst, weil es aussieht, als könnte er sich vom Acker machen wollen, und schalte den Motor panisch aus, um selbst auszusteigen.

»Milo!«, rufe ich nervös und bleibe mit verschränkten Armen vor dem Wagen stehen. Ich beobachte, wie er auf und ab läuft, immer und immer wieder, aber nicht wirklich wegläuft. Das beruhigt mich minimal. »Alles okay? Bitte, komm zurück.« Es ist mittlerweile stockfinster und ziemlich gruselig hier.

Als er sich scheinbar ein wenig beruhigt hat, bleibt er stehen. Ich kann sehen, wie schnell sich seine Brust hebt und senkt, und spüre förmlich, wie aufgeladen er ist. Warum nur?

Ich räuspere mich und versuche es noch einmal: »Möchtest du alleine sein?«

Unverzüglich dreht er sich zu mir um. Sein Blick gleitet intensiv an mir hinab, dann wieder hoch zu meinem Gesicht, wo er verharrt. »Möchtest du gehen?«

Verwirrt schüttele ich den Kopf. »Nein, nur … was ist los? Du bist wütend. Sehr wütend.«

»Ich weiß«, stammelt er vor sich hin und kommt in beabsichtigt langsamen Schritten auf mich zu, so als würde er mich nicht verschrecken wollen. Als er nah vor mir stehen bleibt, sieht er mich so eindringlich an, dass ich zu Boden sehen muss, weil ich dem intensiven Blick wie so oft nicht Stand halten kann. »Hey … alles okay?«

»Bei dir?«, entgegne ich unsicher und blinzele zu ihm hoch. »Hat das etwas damit zu tun, was du vorhin zu Ben gesagt hast? Dass du nicht aufhören könntest?«

»Ja.« Reue blitzt in seinen grauen Augen auf. »Macht dir Angst? Mich so zu sehen? So bin ich eben, Savannah.«

Es fühlt sich an, als würde er mich testen. Als würde er damit rechnen, eine bestimmte Reaktion von mir zu erhalten, die ihn enttäuschen würde. Langsam lege ich meine Hand auf seine sich schnell hebende Brust und spüre seinen rasenden Herzschlag. »Du hast dich nicht mehr unter Kontrolle, wenn du einmal tobst«, schlussfolgere ich leise und suche nach seinem Blick, der an einem Punkt in der Dunkelheit haftet. »Warum?«

»Ich weiß nicht«, murmelt er gepresst und sieht mich schließlich an. Er atmet tief ein und legt seine Hand auf meine. »Tut mir leid. Ich habe kurz Zeit alleine gebraucht, um mich abzureagieren.«

»Schon okay«, meine ich leise und lächele sanft. »Du hast mich ja nicht alleine zurückgelassen. Du bist mit mir gegangen.«

Seine Augen strahlen mich liebevoll an, während er minimal lächelt. Er wirkt nun schon viel ruhiger und entspannter als vor wenigen Minuten. »Das stimmt. Das ist in der Tat neu.«

Ich würde ihn gerne ausfragen, traue mich jedoch nicht. Irgendetwas steckt hinter dieser Sache, diesem Problem, aber ich weiß nicht, ob er bereit ist, mir davon zu erzählen. Also verriegele ich den Wagen und stecke den Schlüssel in meine Tasche. »Möchtest du spazieren gehen?«

»Klar.« Er lächelt zurückhaltend und folgt mir schweigend. Nach ein paar Metern sieht er mich nachdenklich von der Seite an. »Du weißt, wo ich aufgewachsen bin, Sav. Die Gegend war keine, die ich auswählen würde, um mein Kind dort großzuziehen, aber wir hatten nicht genug Kohle für etwas Besseres.«

Langsam nicke ich. Innerlich mache ich Luftsprünge, weil er mir von selbst etwas über sich erzählt, möchte ihn jedoch nicht mit einem Verhör abschrecken.

Milo fährt sich durch das Haar und starrt geradeaus, während wir in langsamen Tempo vorwärtslaufen. »Thug hatte immer schon einen Hang zur Kriminalität – daher der Name.« Er sieht mich an und lacht verbittert. »Er hat irgendwann begonnen, illegal in Käfigen zu kämpfen, und mich mal dorthin mitgenommen. Zusammen mit ein paar anderen wurde das unser neues Ritual. Jeden Samstag trafen wir uns in dieser Gosse, versammelten uns in dieser schäbigen, leerstehenden Lagerhalle und kämpften. Nicht gegeneinander, sondern mit auserwählten Gegnern.«

»Du auch?« Meine Stimme klingt etwas zu hoch, weil ich so überrascht bin. Ich räuspere mich. »Daher der Name also … *Tyson.*«

»Daher der Name«, stimmt er zu und betrachtet mich unsicher. Es ist ihm scheinbar unangenehm, mir davon zu erzählen. »Ich war gut. Aber leider war das Kämpfen nicht gut für mich.«

»Haben deine Eltern nichts bemerkt?«, will ich irritiert wissen. *Gott*, in meinem Kopf spielen sich gerade die schrecklichsten Szenarien ab. Milo, blutverschmiert und verprügelt auf einem dreckigen Lagerhallenboden. Ich erschaudere.

Als er nach meiner Hand greift und unsere Finger miteinander verhakt, erfüllt mich ein warmes Gefühl der Zuneigung in meiner Brust. »Wie gesagt, ich war ziemlich gut. Ich glaube, ich habe in den zwei Jahren vielleicht zwei Fights verloren. Den Rest habe ich immer gewonnen, also kannst du dir vorstellen, dass man mir nicht unbedingt angesehen hat, wie ich meine Wochenenden verbracht habe.«

Ich nicke gedankenvertieft. Milo ein Fighter, wer hätte das gedacht? Ich wusste, dass er ein Bad Boy ist, aber das hätte ich ihm nicht zugetraut. Naja – ich dachte immerhin auch, er käme aus einem reichen Elternhaus und dass er einer dieser verzogenen Bonzenkids wäre. Genau das Gegenteil ist der Fall.

»Durch die Kämpfe neigte ich dazu, auch im Alltag Gewalt anzuwenden. Es war wie eine Art Sucht, verstehst du? Wie etwas ganz Normales. Ich prügelte mich in der Schule, im Park, im Supermarkt – einfach überall. Das Problem dabei war nur, dass ich nie aufhören konnte. Im Ring hörst du erst auf, wenn dein Gegner K.O. ist. Das hat sich in mein Hirn gebrannt und der Schalter ist nur schwer wieder umzulegen, diese Selbstbeherrschung besitze ich nicht«, erklärt er mit leiser Stimme. Er wirkt angespannt.

Ich drücke sanft seine Hand und lächele ihn an, was ihn zu verwundern scheint. »Aber du hast dich mittlerweile gut im Griff und nur das zählt. Du hast dich geändert, sonst hättest du Ben vorhin zu Brei geprügelt.«

Abrupt bleibt er stehen und zieht mich an der Hand dicht an sich heran. Mit einem nachdenklichen Blick streicht er mir eine Haarsträhne hinter das Ohr, danach streichelt er meine Wange und betrachtet ausführlich mein Gesicht. »Ehrlich gesagt, war das auch wegen dir. Ich wusste, du würdest mir nicht verzeihen, wenn ich deinem Ben ein Härchen ausreiße. Oder die Nase breche.« Er schmunzelt.

»Er ist auf dich losgegangen«, erinnere ich ihn ebenso schmunzelnd.

Milo zuckt die Achseln. »Ich bin immer schuld, also wäre ich es auch dieses Mal. Das konnte ich nicht riskieren. Außerdem …«, er bückt sich zu mir hinab und streift mit seinen Lippen die meinen, »habe ich gesehen, wie traurig du warst, und wollte die Sache nicht verschlimmern.«

Ich halte die Luft an und schließe die Augen. Dieser Moment ist wunderschön. Die Straße ist so still wie dunkel, es gibt nur Milo und mich. Unsere zwei Herzen, die lautstark schlagen, und unsere Lippen, die die des anderen berühren. Ich taste nach seiner anderen Hand und verhake auch diese Finger mit den seinen.

»Danke«, flüstere ich mit geschlossenen Augen. »Hast du unser Gespräch mitangehört?«

Die Antwort kommt zögerlich. »Ein bisschen.«

»Wie viel ist ein bisschen?«

»Mehr als dir vielleicht lieb ist.« Er zieht sich minimal von mir zurück, um mich ansehen zu können. »Das war nicht mit Absicht, tut mir leid.«

»Schon okay«, zwinge ich mich zu sagen und überspiele meine Nervosität. Das bedeutet, er hat mitangehört, was ich über ihn gesagt habe. Über ihn und mich. Über die Gefühle, die ich für ihn habe. *Gott* …

»Dich heute mit meinen Eltern zu sehen war ungewohnt«, gesteht er leise. Seine Augen funkeln mich stärker denn je an. »Alles mit dir ist ungewohnt und neu für mich, Sav.«

»Bereust du es?«, spreche ich meine Angst aus und schlucke schwer. »Ich meine, dass du dich auf eine … eine Sache mit mir eingelassen hast?«

Milo wirkt amüsiert. »Sache?«

Ich räuspere mich und blicke verlegen an ihm vorbei. »Ja, also … eine andere Sache eben, als die, die du mit den bisherigen Mädchen hattest.«

Jetzt wirkt er ein wenig irritiert, weshalb mir Panik die Wirbelsäule hochkriecht. Als er mich an der Hand vorwärts zieht und geradeaus läuft, blinzele ich ihn auffordernd von der Seite an. Wenn er jetzt nichts darauf antwortet, bekomme ich die Krise. Das wäre dann der Korb aller Körbe.

»Du meinst, auf etwas Ernstes? Etwas Explizites?«, spricht er schließlich genau die Worte aus, die mir aus Angst im Hals stecken geblieben sind.

Ich wusste nicht, ob wir, was das angeht, auf der selben Wellenlänge sind. Konnte ja sein, dass er sich etwas ganz anderes vorgestellt hat als ich. Ich nicke unsicher.

Milo verstärkt unser Händchenhalten und lächelt vor sich hin. »Baby, ganz ehrlich?« Sein verträumter Blick trifft mich unerwartet. »Ich war noch nie so verrückt nach einem Mädchen wie nach dir. Ich bin nicht der Typ für Beziehungen oder Kuscheln, ich bin kein Kerl, der anruft und dich um ein Date bittet, und ich bin keiner, der sich fragt, wie es dir geht. Das dachte ich zumindest, bis ich dich getroffen habe.«

Die Schmetterlinge in meinem Bauch spielen verrückt. Mein Puls rast und ich spüre, wie schwitzig meine Handfläche wird. *Wie peinlich.* »Und bei Kendra? Mit ihr hattest du doch auch eine Beziehung, zumindest, bis du mit ihrer Schwester … du weißt schon.« Der Gedanke ist hier wirklich Fehl am Platz.

»Das ist absolut kein Vergleich«, schießt es überraschenderweise aus ihm hervor. Er schüttelt entschieden den Kopf. »Das war eine Schwärmerei und ich war noch jung. Jeder hatte was am Laufen und ich dachte mir, warum nicht? Was daraus geworden ist, weißt du ja. Ich war nie in Kendra verliebt.«

»Oh«, flüstere ich und blicke zu Boden. Wir sind nur mehr wenige Meter von dem Hotel entfernt und langsam wird es kühl. »Vielleicht sollten wir …«

»Zurückgehen? Klar.« Milo senkt den Blick, um mich ansehen zu können. Als ich nicht reagiere, greift er nach meinem Kinn und drückt es in die Höhe. Ein sanfter Kuss landet auf meinen Lippen, ganz zurückhaltend und unschuldig, weshalb mein gesamter Körper prickelt. »Ich werde mit Ben sprechen, damit diese Sache nicht zwischen euch steht. Ich weiß, dass es dir schwerfällt, dich auf mich einzulassen, weil du Angst hast, er könnte Recht behalten. Aber ich verspreche dir, dass du es nicht bereuen wirst, Baby. Ich will das hier. *Dich und mich.*«

In seinen Augen liegt so viel Gefühl, es ist unglaublich. Sie funkeln und glitzern, sein Gesichtsausdruck ist liebevoll und aufmerksam. Wieder lässt er meinen Körper prickeln, als er mir langsam über den Rücken streichelt, und nochmal drückt er mir einen unschuldigen Kuss auf den Mund.

»Du bist nicht alleine«, flüstert er zögerlich und schluckt. Ich bin total benommen von seinen Worten und sehe ihn lediglich wie hypnotisiert an. »Ich … Ich mag dich auch so, wie du mich magst. Sehr sogar.«

Oh mein Gott. Hat er gerade meine Gefühle erwidert? Aus freien Stücken? Milo Blayne?

Ich glaube, zu träumen.

»Könntest du etwas darauf antworten?«, fragt er nun sich räuspernd, so als wäre es ihm jetzt schon elendig unangenehm.

Endlich erwache ich aus meiner Starre. Tausende Gefühle explodieren in mir und die Schmetterlinge in meinem Bauch drehen allmählich durch. Das wars. Jetzt kann ich nichts mehr daran ändern. Alleine sein Anblick reicht aus, um mich vollkommen benebelt zu machen und die Glückshormone in mir zum Überlaufen zu bringen.

Ich bin Hals über Kopf in Milo Blayne verliebt.

Als er sich von mir zurückzieht, lege ich impulsiv beide Hände um seinen Nacken und ziehe ihn an mich. Auf Zehenspitzen presse ich meine Lippen auf die seinen und schenke ihm einen ebenso sanften Kuss wie er mir. Danach flüstere ich mit bebender Stimme: »Ich will nicht zurück zum Campus.« Mein Blick fällt auf das Hotel hinter ihm.

Milo folgt meinem Blick, dann mustert er mich kritisch. »Möchtest du über Nacht hierbleiben? Morgen Früh hast du doch Vorlesungen.«

Ich nicke entschlossen. Ich möchte ihn einen Abend ganz für mich alleine haben und ich möchte all die schlechten Erinnerungen aus meinem Gedächtnis löschen. Ich möchte nicht umgeben von feiernden Leuten sein oder in meinem winzigen Campuszimmer, sondern alles um mich herum vergessen und die Nacht mit Milo verbringen, ohne mich auf etwas anderes konzentrieren zu müssen. Ich will … ihn. Ich will einfach bei ihm sein und mit ihm zusammen einschlafen, ohne von einer Laura geweckt zu werden. Oder einem wütenden Ben.

»Ja«, sage ich also und lächele. »Lass uns hierbleiben und morgen schwänzen. Nur einmal.«

Ein Grinsen breitet sich auf seinem attraktiven Gesicht aus. Die Lachfältchen ziehen mich wie immer in ihren Bann und bringen mich ebenfalls zum Grinsen. Seine grauen Augen funkeln amüsiert. »Ich habe jetzt schon einen schlechten Einfluss auf dich, Baby. Wohin uns das bloß führt …«

Kichernd folge ich ihm zum Eingang des Hotels. Milo steuert direkt auf die Rezeptionistin zu, ignoriert ihren interessierten Blick und das verführerische Lächeln, mit dem sie ihn bedenkt, und bucht eine Nacht in der besten Suite, die das Haus zu bieten hat. Meine Einwände ignorierend bezahlt er und erkundigt sich nach der Abreisezeit. Wieder greift er nach meiner Hand, während wir zum Fahrstuhl marschieren, und reicht mir dann die Schlüsselkarte.

Ich nehme sie ihm grinsend ab. »Die Flaschen gehen dann eben auf mich.«

»Flaschen?«, fragt er stirnrunzelnd.

Ich werfe ihm einen frechen Blick zu und grinse noch breiter. »Naja, nur weil wir nicht auf der Party geblieben sind, heißt das ja nicht, dass wir euren Sieg von heute nicht feiern können …«

»Vom Good Girl zum Bad Girl«, lacht er und küsst mich auf die Schläfe.

# 28
# MILO

Die Suite, die ich für uns gebucht habe, ist sicher nicht vergleichbar mit einer des Hilton, aber sie ist schöner aller jeder Ort, an dem ich bisher übernachtet habe. Ein großer Raum, angrenzend an ein ebenso großes Badezimmer, beide sehr sauber und einladend eingerichtet. Das Doppelbett bildet das Zentrum der Suite, es ist aus Kirschholz und die Laken sind aus cremefarbener Seide. Gegenüber befindet sich ein Flachbildschirmfernseher und auf der Kommode darunter ein paar vorbereitete Snacks. Die Mini-Bar befindet sich an der linken Wand neben einem hölzernen Kleiderschrank, den wir nicht benutzen werden, und ein paar bunte Gemälde und Pflanzen gestalten die Atmosphäre des Raumes angenehm. Außerdem besitzt die Suite einen Balkon mit zwei Liegestühlen, von denen aus man einen netten Blick über Miami bei Nacht ergattert. Wir befinden uns in der obersten Etage – im elften Stock – was scheiß teuer war.

Ich hoffe, Sav gefällt es hier und sie hat es sich nicht wieder anders überlegt.

»Was sagst du?«, will ich unsicher wissen, da sie seit dem Eintreten sehr ruhig ist. Sie steht mit dem Rücken zu mir gedreht vor den Balkontüren und blickt in die Ferne. »Möchtest du gehen?«

»Nein«, flüstert sie, während ich auf sie zugehe. »Hier ist es so schön. So ruhig. Genau das habe ich gebraucht.«

Ich lächele. Langsam ziehe ich ihr die Tasche von der Schulter und lege sie auf dem Nachttisch links von mir ab. Als ich über ihre Schulter greife, um die Balkontüren zu öffnen, sieht sie lächelnd zu mir hoch. »Setz dich raus. Ich hole uns etwas zu trinken.«

Sie nickt. »Okay.«

Während ich zu der Minibar gehe, verstehe ich erst, was Sav gerade eben meinte. Sie hat vollkommen recht. In mir breitet sich eine wohltuende Ruhe aus, vielleicht sogar ein lange nicht mehr verspürter Frieden, der mich ebenso runterkommen und für den Moment alles um mich herum vergessen lässt. Hier ist es so verdammt still und die Tatsache, dass ich nicht mal weiß, in welchem Stadtviertel wir uns befinden, gibt mir einen ultimativen Kick zum Abschalten.

Ich entnehme der Minibar zwei Flaschen Bier und kehre zu Sav zurück auf den Balkon. Sie hat es sich mit einer vorbereiteten roten Decke auf dem äußeren der Liegestühle bequem gemacht und den Kopf in den Nacken gelegt. Ich ziehe den kleinen Beistelltisch zwischen den beiden Stühlen hervor, um mit meiner Liege näher an ihre rutschen zu können, und reiche ihr anschließend das Bier.

Wieder lächelt sie befriedigt, während ihre Augen wie wild funkeln. Als würden sie Funken sprühen. »Danke.«

»Es gab eine Flasche Tequila, aber ich denke, das Bier reicht«, sage ich leise und nehme auf dem Stuhl Platz.

Das Gefühl, Party machen zu wollen oder meinen Sieg zu feiern, ist erloschen. Ich könnte mir gerade nichts Besseres vorstellen als hier zu sitzen, den Sternenhimmel zu betrachten und die vielen Lichter der Stadt in mir aufzunehmen, während der kühle Wind in mein Gesicht bläst und eine angenehme Gänsehaut auf meinem Nacken hinterlässt. Und das mit ihr an meiner Seite.

»Ich denke auch«, gibt sie nickend zurück und nippt an dem Bier. Wieder legt sie den Kopf in den Nacken. »Spürst du das?«

Ich tue es ihr gleich und starre in den Himmel. »Ja.«

»Was passiert hier gerade?«, flüstert sie halb lachend, halb ernst, dann nimmt sie einen tiefen Atemzug und betrachtet mich von der Seite. »Sind wir grad irgendwie komisch?«

Ich muss schmunzeln. »Vermutlich.«

»Aber du weißt doch, was ich meine, oder?«

»Du meinst die Ruhe, die dich gerade überkommt. So in etwa, wie wenn du stoned bist«, erkläre ich in meinen Worten, woraufhin sie leise kichert.

»So in etwa«, gibt sie mir recht und zieht die Decke in die Höhe. »Möchtest du drunter? Es ist frisch geworden.«

Ich sehe sie an und schüttele den Kopf. »Weißt du, woran ich gerade denken musste?« Fuck. Ich muss gerade an so vieles denken und möchte alles davon mit ihr teilen. Ich fühle mich wirklich verdammt gechillt, dabei habe ich tatsächlich keinen Joint mehr geraucht seit ich auf dem College bin. Okay, vielleicht einen oder zwei, aber die zählen kaum.

»Sag's mir«, fordert sie mich neugierig auf und wickelt sich noch mehr in die Decke ein. Sie sieht so niedlich und anschmiegsam aus – wie ein kleines Kätzchen, das man die ganze Zeit im Arm halten will.

Mit einem Lächeln ziehe ich die Beine an und schlüpfe aus meinen Sneakers. Sav hat ihre Chucks schon längst ausgezogen und sitzt wie immer im Schneidersitz da. Mit einem genießerischen Seufzen stelle ich die Fersen auf der Liege ab und stütze die Ellenbogen auf meine Knie. »Daran, wie Lucas das erste Mal selbstständig einen Teller und ein Glas getragen hat. Er hatte das so lange geübt und jedes Mal entweder den Teller oder das Glas geschrottet. Ich glaube, wir waren schon Stammkunden in dem Supermarkt an der Ecke, da wir jede Woche einen ganzen Pack Teller oder Gläser gekauft haben. Wir bekamen sogar Prozente.« Ich werfe ihr einen schmunzelnden Blick zu, Sav grinst. »Irgendwann haben meine Eltern ihm gesagt, er solle sich Zeit lassen und vorübergehend nicht mehr üben. Mein Dad meinte, wir bauen zu viel Druck auf, aber ich wusste, er würde es schaffen. Also habe ich ihm heimlich Teller und Gläser in sein Zimmer gebracht und ihm gesagt, er solle üben, wenn er zu Bett gehen muss. Wenn es gescheppert hat, habe ich die Schuld auf mich genommen. Und eines Tages – es war kurz vor Mitternacht – saß ich mit meinen Eltern in Wohnzimmer, wir haben so ne Quizshow geguckt, und er ist strahlender als jemals zuvor nach unten gelaufen und hat wie ein Irrer geschrien: Ich kann es! Ab jetzt muss ich Julian Morris keinen Muffin mehr abgeben, weil er mir mein Essen zum Pausentisch trägt!«

Sav stößt einen lauten Lacher hervor und krallt sich in meinen Arm. »Der Kleine ist toll, ehrlich.« Sie schmunzelt vor sich hin, während ich in Gedanken an damals leise lache. »Du besuchst ihn oft, oder?«

Ich nicke. »So oft ich kann. Gerade jetzt, wo er sich so gut macht, ist es schade, dass ich ihn so selten sehe.« Ich erinnere mich nicht, jemals mit jemandem über so etwas gesprochen zu haben. Mit ihr fühlt es sich richtig an.

Sav drückt meinen Arm. »Ich verstehe das. Ich besuche meine Mom auch so oft ich kann.« Impulsiv lege ich meine Hand auf ihre und starre in die Ferne. »Ich habe heute Morgen mit ihr telefoniert, sie war ziemlich klar. In letzter Zeit hat sie viele gute Tage.«

»Das freut mich wirklich«, meine ich aufrichtig und streichele über ihren Handrücken.

»Sie hat gefragt, wann wir den Spaziergang machen«, eröffnet sie mir nun und sieht mich forschend an. »Ich meine, du musst natürlich nicht, aber -«

»Jederzeit. Ich könnte Luce mitnehmen?«

Sav wirkt überrascht. Sie nickt heftig und strahlt mich bis über beide Ohren an. »Ich glaube, das wäre toll. Wir könnten picknicken. Vielleicht Dienstagnachmittag?«

Ich runzele amüsiert die Stirn. »Wie kommst du denn jetzt auf Dienstag?«

Sie zuckt die Achseln. »Naja, je früher desto besser. Vielleicht hat sie nächste Woche wieder ein paar schlechtere Tage …«

»Dann morgen«, beschließe ich und betrachte sie innig. Vorfreude steigt in mir auf, ein seltsames Gefühl. Sav, ihre

Mom, ich und mein Bruder – warum nicht? »Oder hast du etwas anderes vor?«

Eifrig schüttelt sie den Kopf. »Ich dachte, das wäre dir vielleicht zu kurzfristig. Morgen klingt perfekt.«

»Hört sich nach einem Date an«, ich grinse, »ein Date mit Anstandsdame und einer Nervensäge.«

»Hört sich perfekt an«, murmelt sie mit warmer Stimme und kuschelt sich langsam an mich heran. Ohne zu zögern strecke ich den Arm in die Höhe, damit sie sich an meine Brust kuscheln kann, und lege ihn ihr danach über die Schulter. Der Duft ihrer nach Vanille riechenden Haare nebelt mich vollends ein. »Ich schulde dir noch eine Beichte.«

Mein Herz setzt für einen Moment aus. *Beichte*?

Spricht sie von Professor Meyer? Will ich es überhaupt noch aus ihrem Mund hören? Mittlerweile ist mir egal, was oder warum sie es getan hat. Die Story ist längst abgeschlossen und ich bin nicht gerade der, der andere für ihre Taten oder Entscheidungen verurteilen kann. Wenn sie also damit leben kann, dass ich die Hälfte der Studentinnen an unserer Uni flachgelegt habe, werde ich wohl mit der Tatsache leben müssen, dass sie es mit Meyer getrieben hat. Zwar bringt mich der Gedanke ziemlich aus der Ruhe, weil die Eifersucht wie eine lästige Hornisse in mich einsticht, aber damit muss ich wohl klarkommen.

»Über die Sache mit dem unorthodoxen Abschluss«, erklärt sie leise und kichert. »Ich sagte damals, das wäre eine Story für ein anderes Date. Ich denke, dieses hier könnte passend sein.«

Unwillkürlich entspanne ich mich und atme tief durch. »Das hatte ich beinahe schon vergessen.«

Sie sieht zu mir hoch und schmunzelt. »In jeder High-School gibt es ja diese Gruppe aus Strebern, die sich von den coolen Kids abschotten. In meiner bestand die aus fünf Kerlen, die den ganzen Tag mit Programmieren und irgendwelchen Softwares verbracht haben. Und mit ihrem kleinen Geheimnis, wie ich später herausfand.« Ihre Stimme hat nun etwas Verruchtes, leicht Böses an sich, was mich irrsinnig anturnt. »Die Kerle haben sich im Netz illegal Programme runtergeladen, um sich in das Schulsystem zu hacken. So sind sie an die Prüfungsfragen gekommen. Ich habe damit gedroht, sie zu verpetzen, bis sie mir die Fragen samt Antworten aushändigten. In der Nacht vor den Prüfungen habe ich keine Sekunde geschlafen, ich habe jedes Wort auswendig gelernt und zur Überraschung aller mit einem ausgezeichneten Erfolg abgeschnitten.«

»Warum dachte ich nochmal du bist ein Good Girl?«, ziehe ich sie auf, woraufhin sie mir den Ellenbogen in die Rippen boxt. »Eine kleine Erpresserin, also. Nicht schlecht.«

»Es war für einen guten Zweck«, erklärt sie mir überzeugt und grinst. »Ich hatte immerhin viel um die Ohren mit meiner Mom und -«

»Baby, ich bin der letzte, bei dem du dich für so etwas rechtfertigen musst«, unterbreche ich sie und küsse sie auf den Kopf. »Ich habe viel Schlimmeres getan, glaub mir.«

Sav zieht den Kopf zurück und sieht mich mit großen Augen an. Sie funkeln neugierig. »Erzähl's mir.«

Gespielt nachdenklich verziehe ich den Mund und runzele die Stirn. »Ich glaube, das sind Geschichten für ein anderes Date.«

Sie kichert leise. »Vielleicht besser, wenn ich sie gar nicht kenne.«

Wieder legt sie den Kopf auf meine Brust. Gedankenvertieft streichele ich ihr über das seidige Haar und blicke in die Dunkelheit. Hier mit ihr in meinen Armen zu liegen ist so ungewohnt und neu. So fremd und doch so schön. Wie konnte ich mir so etwas bisher entgehen lassen? Ich dachte, Partys und Alkohol, viele Frauen und Sex wären genau das, was ich brauche. Sav hat meine Sicht- und Denkweise tatsächlich unbewusst verändert. Ich würde mich zwar immer noch nicht als Loverboy oder Beziehungstypen beschreiben, allerdings finde ich, mache ich gute Fortschritte.

»Gibt es sonst noch etwas, das du mir erzählen möchtest? Eine Beichte?«, frage ich ganz leise. Vielleicht, damit sie die Frage überhört. Vielleicht auch, damit ich ihr die Wahrheit sagen kann. Ich weiß es selbst nicht. Mein schmutziges Geheimnis nagt gerade viel zu sehr an mir.

Sav versteift sich in meinen Armen. Ihre Finger krallen sich in die Haut meiner Hand, während sie vor sich hin schweigt. Mein Herzschlag ertönt schneller, je länger sie nichts von sich gibt.

Plötzlich bekomme ich es mit der Angst zu tun. Ich will es nicht aus ihrem Mund hören, weil ich nicht weiterhin so verflucht beschissen lügen kann – nicht, wenn ich ihr dabei in die Augen sehen muss. Würde ich ihr die Wahrheit erzählen, ihr sagen, was ich vorhatte, welchen Plan Nate, Stevie und ich verfolgt haben, dass ich Fotos von ihren privaten Nachrichten gemacht habe, wäre dieser schöne Moment für immer zerstört. Das zwischen uns wäre für immer zerstört.

»Vielleicht irgendwann mal«, flüstert sie nachdenklich und wagt einen unsicheren Blick in meine Augen. »Milo, es gibt Dinge, die … auf die ich nicht stolz bin. Wenn ich dir die erzähle, dann wirst du mich mit anderen Augen sehen und das kann ich nicht riskieren. Noch nicht.«

»Ich verstehe das«, platze ich energisch hervor, weil es mir genauso geht. Ihre Worte beschreiben exakt meine Gefühlslage und Situation. »Du musst mir nicht alles sagen. Manche Dinge bleiben besser unausgesprochen, oder?«

Die Frage strengt sie sichtlich an. Stirnrunzelnd grübelt sie vor sich hin, sieht mir immer wieder prüfend in die Augen, dann nickt sie irgendwann schwach. »Vielleicht. Außer, du möchtest mir etwas sagen?«

*Ich möchte. Wirklich. Ich will es dir beichten und erklären, mich entschuldigen und jedes böse Wort zurücknehmen, das jemals im Zusammenhang mit deinem Namen über meine Lippen gekommen ist, aber ich kann nicht. Ich habe Angst, dich zu verlieren, und ich habe Angst, dass du mich wieder mit denselben Augen siehst wie zuvor. Dass du nur das Schlechte in mir siehst, obwohl du die einzige bist, die jemals das Gute in mir gesehen hat.*

»Sav … ich -«

»Ist das mein Handy?«, unterbricht sie mich verwirrt und setzt sich zeitgleich auf. Meine Brust fühlt sich unwillkürlich schwer und dennoch leer an. »Hörst du es auch läuten?«

»Ja«, meine ich jetzt, wo ich es auch höre, und verfluche innerlich dieses verfickte Timing für einen Anruf. Ich wette, es ist Ben. Er hat einen Hang dafür, mir die Tour zu vermasseln. Jetzt vermasselt er mir sogar meine gottverdammte Beichte. Der Mut, ihr alles zu erzählen, ist verschwunden, und die Angst übermannt jegliches andere Gefühl der Stärke und Willenskraft in mir.

Das wars mit dem passenden Moment. Er ist einfach weg.

»Das ist bestimmt Ben.« Sie wirkt nervös, während sie mit sich hadert, das Handy aus der Suite zu holen. »Ich denke, ich sollte erst morgen wieder mit ihm sprechen. Er war ganz schön betrunken.«

Halleluja. »Wie du magst, Baby.« Ich nippe an meinem Bier und unterdrücke einen genervten Schrei. Ich war so kurz davor! *Scheiße*! Vielleicht war das Schicksal? Vielleicht soll es nicht so sein, dass sie es erfährt? Oder rede ich mir das bloß aus Angst vor ihrer Reaktion ein?

Ich bin ein verdammter Schisser. Ich hasse es.

»Alles okay?«, fragt sie sanft, während ihr Blick an mir hinabgleitet. »Du wirkst plötzlich so distanziert. Ist es wegen Ben?«

Ich mustere sie ebenso ausführlich. Hundert Emotionen steigen in mir auf und nicht alle sind nachvollziehbar. Dieses Mädchen bringt mich um den Verstand, lässt die widersprüchlichsten Gefühle in mir aufkommen und hinterlässt ein apokalyptisches Chaos in meinem Kopf. Der einzige Entschluss, den ich daraus ziehen kann, ist der, wie sehr ich sie will. Shit. Ich bin wirklich Hals über Kopf vernarrt in Savannah Sawyer.

»Lass uns reingehen, okay?«, frage ich stattdessen und erhebe mich aus dem Stuhl. Ich reiche ihr meine Hand, um sie hochzuziehen. »Lass uns den restlichen Abend genießen und nicht an morgen denken.«

# 29
# SAVANNAH

Irgendetwas hat sich zwischen uns verändert, seit wir wieder in der Suite sind. Ich kann die Spannung zwischen uns förmlich spüren, es ist keine negative. Im Gegenteil – die Luft ist sexuell geladen und unsere Blicke sind keineswegs schüchtern. Meine Haut kribbelt alleine schon seines Anblickes wegen. In dieser olivgrünen Stoffhose, die an den Fußknöcheln eng verläuft, und dem längeren weißen Shirt, das seinen muskulösen Oberkörper betont, sieht Milo anbetungswürdig aus.

Unbeholfen und zugegebenermaßen etwas überfordert stehe ich neben dem Bett, während Milo ein paar Meter von mir entfernt unsere Bierflaschen auf einer Kommode abstellt und mich anschließend wieder mit diesem intensiven Blick bedenkt. Ich erschaudere.

»Ich sollte duschen«, zwinge ich mich die plötzliche Stille zwischen uns zu durchbrechen und schiele zum Badezimmer hinüber. »Du warst nach dem Spiel schon, oder?«

»Ja.« Seine Stimme klingt anders, irgendwie dunkel. Verführerisch dunkel.

Ich räuspere mich ohne Grund. »Okay.« Als mir einfällt, dass ich weder frische Klamotten noch Schlafsachen dabeihabe, sehe ich mich rasch in der Suite um. »Meinst du, es gibt hier Bademäntel?«

Milo schmunzelt kaum merklich. Ohne etwas zu erwidern läuft er auf den Kleiderschrank zu, schiebt die Türen beiseite und schnappt sich einen weißen Baumwollbademantel, der an einem Kleiderhaken hängt. Als er damit auf mich zusteuert, kann ich plötzlich nur schwer atmen. »Hier.«

Ich sehe zu ihm hoch. *Gott*, diese Augen … So grau, so vielversprechend. Sie funkeln und glitzern und bescheren mir damit eine Gänsehaut. Langsam nehme ich ihm den Bademantel ab und mache einen Schritt zurück, ehe ich beinahe in das Badezimmer laufe, so als müsste ich vor der sexuellen Anspannung zwischen uns flüchten.

Die Tür lehne ich an, anstatt sie ganz zu schließen. Ich lege den Bademantel auf dem Waschbecken ab und starre in den Spiegel. Das Mädchen darin sieht erregt, aber auch unsicher aus.

Warum ist mir diese Intimität zwischen uns so unangenehm? Vielleicht ist unangenehm das falsche Wort … sie ist überfordernd. Erdrückend.

Ich will Milo, so viel steht fest. Das wusste ich schon bevor wir diese Suite betreten haben. Nicht nur sein Aussehen lockt mich, es ist auch seine männliche Art, die doch manchmal so liebevoll und einfühlsam sein kann, wenn er will. Mittlerweile zieht mich sogar seine Arschloch-Art an. Zu wissen, dass ihn alle Mädchen wollen. Zu wissen, dass er begehrt wird. Zu wissen, dass er *mich* begehrt. Es ist die Art wie er mich *Baby* nennt, die Art wie mich seine großen, mit Adern durchzogenen Hände anfassen, wenn auch nur unschuldig. Seine Berührungen senden Stromschläge durch meinen Körper und lassen mich konsequent schneller atmen.

Ich versuche, mich zu sammeln, und die Situation nicht weiter zu analysieren. Natürlich wusste ich, dass der Zeitpunkt kommen würde, an dem sich etwas zwischen uns ändert. So wie jetzt. Dass Milo Blayne bisher nicht einmal versucht hat, mich ins Bett zu bekommen, ist eine willkommene Überraschung. Wir haben nebeneinander geschlafen, schon zweimal, und jedes Mal hat er bloß mit mir gekuschelt, anstatt mich auszugreifen oder mir seinen vermutlich prächtigen Penis zu präsentieren. Das gibt mir ein Gefühl der Sicherheit. Es zeigt mir, dass es ihm nicht bloß um Sex geht, wie bei allen anderen Mädels, sondern er es wirklich ernst mit mir meint. Es bestätigt seine Versprechen. Seine Worte.

Ich schlüpfe erst aus der Lederjacke, dann aus dem lockeren Rock, anschließend ziehe ich mir das weiße Top über den Kopf. Nun stehe ich bloß mit meiner schwarzen Spitzenunterwäsche bekleidet vor dem Spiegel und starre mich erneut an. Meine Wangen sind leicht gerötet, was meine innere Hitze widerspiegelt, und ich glaube, mein Herz klopfen zu sehen. Hören tue ich es auf jeden Fall.

Als ich durch den Spiegel zum Türspalt schiele, entdecke ich Milo. Er hat sich ebenfalls das Shirt ausgezogen und steht nun lediglich mit tiefsitzender Hose zwei Meter entfernt vor der Badezimmertür. Mein Herz beginnt zu rasen, als er meinen Blick auffängt und festhält.

Ich weiß nicht, was gerade geschieht, aber ich spüre, dass er es ebenfalls bemerkt. Es fühlt sich an, als würden wir alleine durch unsere Blicke kommunizieren. Als seine Augen meinen beinahe nackten Körper hinabwandern, eine Weile auf meinem Po verharren, und in Zeitlupe wieder in mein Gesicht wandern, muss ich schlucken. Dadurch, dass ich mich nicht vor seinen Blicken schütze, erteile ich ihm eine stille Erlaubnis. Vielleicht sogar eine Aufforderung.

Eine Aufforderung, der er umgehend nachkommt. Langsam nähert er sich der Badezimmertür an und bleibt erneut vor dem Spalt stehen. Minimal öffnet er die Tür ein Stück mehr, dann schluckt er ebenfalls schwer.

Ich drehe mich zu ihm um, da ich gerade nicht einmal den Spiegel ertrage, der zwischen unseren Blicken steht. Mein Blick gleitet tiefer, bis hinab zu seinen Bauchmuskeln und dem starken V, das sich zwischen seinen Hüftknochen abbildet und in seiner Stoffhose verschwindet. Ich denke an die Tattoos, die seinen kompletten Rücken bedecken, und würde sie mir gerade zu gerne ansehen. Ich will sie mit dem Finger nachzeichnen, so wie jeden seiner Muskeln.

Als könnte er meine Gedanken lesen, öffnet er die Tür mit einem einzigen Stoß. Nun trennen uns nur mehr knapp eineinhalb Meter voneinander, es fühlt sich allerdings so an, als gäbe es keinen Zentimeter Distanz zwischen uns. Die gierigen Blicke verbrennen meine schon überhitzte Haut.

»Sav.« Er macht einen selbstsicheren Schritt auf mich zu, wieder schweift sein Blick über meinen Körper. Diesmal verharrt er an meinen prallen Brüsten, die durch den engen Spitzenstoff herausquellen. Er seufzt leise. »Scheiße, ich wollte noch nie jemanden so sehr, wie ich dich will.«

Das Blut schießt mir in die Wangen. Seinem Gesichtsausdruck nach zu urteilen besteht keinerlei Zweifel an der Ernsthaftigkeit seiner Worte. Als er noch einen Schritt auf mich zumacht, beginne ich zu zittern.

Seine grauen Tiefen ziehen mich in ihren Bann. »Ich will dich so sehr, dass es weh tut.« In seiner Stimme klingt ein unbekannter Schmerz mit, so als würde irgendetwas an ihm nagen. Als wäre die Tatsache, dass zwischen uns etwas Besonderes entsteht, sein Untergang.

Impulsiv stelle ich mich auf die Zehenspitzen und presse meine Lippen auf seine. Unsere Hände bedecken unwillkürlich den Körper des anderen, während unser Kuss innerhalb der ersten drei Sekunden von zärtlich auf leidenschaftlich bis feurig umspringt. Seine großen Hände gleiten meinen Rücken hinab, streicheln und kneifen meine Pobacken, während ich meine Nägel in seinen breiten Nacken kralle und ihn näher an mich ziehe.

Die Beule in seiner Hose wächst und drückt gegen meinen Bauch, während wir uns mit Lippen und Zunge verschlingen. *Gott.* Seine Lippen sind weich wie Butter und heiß wie geschmolzene Schokolade. Ich liebe seinen Geschmack, liebe die Art, wie fordernd seine Zunge die meine umkreist, und wie vorsichtig seine Zähne in meine zarte Unterlippe beißen.

»Fuck«, keucht er zwischen einer Atempause und packt mich zeitgleich an beiden Oberschenkeln. Mit einem Ruck hebt er mich hoch und setzt mich auf dem Waschbeckenrand ab. Seine Zunge gleitet über meinen mit Gänsehaut überzogenen Hals und ich stöhne. »Sag mir, dass ich aufhören soll.«

»Hör nicht auf.« Ich keuche. Meine Beine umschlingen seine Hüfte wie ein Python und halten ihn an Ort und Stelle fest. Ich glaube, noch nie jemanden so sehr gewollt zu haben wie Milo in diesem Moment.

Seine Zähne finden mein Ohrläppchen, knabbern daran, bis ich wieder leise stöhne. Die Feuchtigkeit zwischen meinen Schenkeln wird heiß, meine Lust durchtränkt mein Höschen. Sein harter Penis wächst noch mehr und zuckt an meinem Oberschenkel.

Als er mein Gesicht in beide Hände nimmt und auf meine feuchten Lippen starrt, halte ich die Luft an. Sein Mund steht ebenso leicht offen wie meiner. »Ich will dich nicht nur für eine Nacht. Ich will dich für immer.« Die Nuancen in seiner Stimme werden immer dunkler, verruchter. Sie vibriert vor Lust.

»Dann nimm mich«, flüstere ich heiser und beiße ihm in die Unterlippe.

Als ich mit der Zunge darüber lecke, knurrt er tief und packt mich erneut an den Oberschenkeln. Er trägt mich in Eilgeschwindigkeit zurück in das Schlafzimmer, legt mich sanft aber ungeduldig auf dem Bett ab, und kniet sich zwischen meine gespreizten Beine. Seine Zunge leckt über meinen Bauchnabel, hinauf zu dem Tal zwischen meinen Brüsten, dann zieht er mit den Zähnen den BH beiseite und enthüllt meinen steifen Nippel.

Bevor er seine Lippen um meine prickelnde Knospe legt, sieht er mir tief in die Augen und flüstert: »Willst du das hier?«

Ich nicke, ohne zu zögern. Wieder stöhne ich leise, als er anfängt an meiner Knospe zu saugen, und schlage den Kopf in die Matratze, als seine Hand zwischen meine zitternden Beine gleitet. Mit einer langsamen Bewegung hakt er den Daumen unter mein Höschen und zieht es noch langsamer meine Beine hinab. Er hebt erst das eine, dann das andere Bein, um es mir von den Füßen zu streifen, und plötzlich bin ich untenrum nackt.

Es dauert keine Sekunde, bis sein Daumen meine nasse Klit findet und mit geübten Bewegungen massiert. Ich stöhne lauter und kralle mich in die Laken. Mit der anderen Hand greift er unter meinen Rücken, öffnet den BH-Verschluss und zieht ihn mir anschließend von den Schultern.

»Du bist so verdammt schön«, raunt er und rutscht ein Stück zurück, um mich inniger betrachten zu können. Seine grauen Augen haben sich dunkel verfärbt.

»Milo …« Ich schließe die Augen und beiße mir auf die Unterlippe, als er einen Finger in mich einführt. Meine Nässe begrüßt ihn sofort und lässt auch seinen zweiten Finger mühelos in mich hineingleiten. »Oh Gott …«

Langsam aber sicher beschleunigt er seine Bewegungen und fängt an, mich mit seinen Fingern zu stimulieren. Er streift dabei gekonnt über meinen Lustpunkt, krümmt die Finger in mir und lässt sie kreisen. Ich öffne meinen Mund, um besser atmen zu können, und winsele, als sich mein Unterleib mit einem Ruck zusammenzieht.

Plötzlich sind seine Finger verschwunden und ich schlage enttäuscht die Augen auf. Stattdessen presst er seine Lippen auf meine Klit und saugt gierig daran. Das Ziehen in meinem Unterleib ist nun stärker als jemals zuvor. Er saugt, leckt, und knabbert – ich schreie. Mein Orgasmus kündigt sich nur kurz an, ehe er in mir ausbricht und mich in tausend Stücke reißt.

»Fuck.« Milo keucht, als er sich von mir zurückzieht, und krallt eine Hand in das Fleisch meiner Taille. »Sav -«

Ich bäume mich auf, packe ihn am Nacken, und ziehe ihn fordernd zu mir hinab. Gierig sauge ich an seinen Lippen, schmecke meine eigene Lust, und seufze befriedigt in seinen Mund. Die Nachbeben des Orgasmus lassen meinen Körper immer noch von innen glühen. »Ich will es«, flüstere ich an sein Ohr und knabbere gleichzeitig daran.

Seine Muskeln spannen sich an. Eine Hand wandert zu seiner Hose hinab, öffnet sie und enthüllt seinen überaus großen und breiten Penis, der sich mir steif entgegenragt. Ich schlucke. »Bist du sicher?« Die Ungeduld steht ihm ins Gesicht geschrieben, dennoch will er sich vergewissern. Diese Erkenntnis nimmt mir jeglichen Zweifel, der noch irgendwo tief in mir schlummerte.

Ich nicke eifrig. Mit einer Hand streichele ich über seine Wange, betrachte sein wunderschönes Gesicht, mit der anderen taste ich nach seinem Glied. Er gibt einen gutturalen Laut von sich, als ich es mit meiner Faust umschließe, und stößt sich von der Matratze ab. Ehe ich mich versehe, hat er sich die Hose samt Unterhose ausgezogen, rollt sich ein Kondom über, das er scheinbar in seiner Hosentasche mit sich trug, und schwebt nun wieder über mir. Seine Eichel zuckt an meinem feuchten Eingang.

Der besorgte Blick in seinen schimmernden Augen trifft mich unvermittelt. Während er über meinen Kopf streichelt, flüstert er: »Verlieb dich nicht in mich, Baby. Versprich es.«

Hin- und hergerissen, voller Verlangen und Verwirrung, nicke ich schwach. Ich habe kaum Zeit seine Worte reflektieren zu lassen, da er seine Hüfte vorschiebt und mit dem Kopf seines Gliedes in mein Loch eindringt. Überhitzt umschlinge ich seinen breiten, muskulösen Rücken mit meinen Armen und stöhne. Er fühlt sich so verflucht gut an – alles fühlt sich perfekt und richtig an. Das Glitzern in seinen Augen verspricht Erlösung von meiner Hitze und versetzt mich in einen Trance-Zustand.

Mit einem äußert tiefen, jedoch vorsichtigen Stoß füllt er mich komplett aus. Ich bäume den Oberkörper auf und winsele, kralle die Nägel in seinen Rücken und komme ihm mit meiner Hüfte entgegen, um ihn noch tiefer in mir aufzunehmen.

»Alles okay?«, flüstert er rau und knetet dabei begierig meine pralle Brust. Ich nicke keuchend.

Seine Lippen finden meinen Hals, küssen und saugen an ihm, dann fängt er endlich an sich in mir zu bewegen und erschüttert meine Welt damit. Die Gefühle in mir sind kaum zu deuten. Sein Penis ist groß, richtig mächtig, und füllt mich bis zum verborgensten Winkel in mir aus. Ich spüre Milos heißen Körper auf dem meinen, seine Hände sind überall, seine Lippen ebenso. Es ist überwältigend, ich fühle mich geborgen und sicher. Ich stöhne immer lauter, schlinge die Beine um seine Hüfte, als er an Tempo zulegt, und es dauert nicht lange, bis sich der nächste Orgasmus ankündigt.

Oh. Mein. Gott.

»Shit«, raunt er in mein Ohr und schlingt die Arme unter meinem Rücken hindurch. Er presst mich so nah an sich, dass es den Anschein macht, als könnte er keinen Millimeter Distanz zwischen uns ertragen. Unsere vom Schweiß feuchten Körper kleben und reiben aneinander – es fühlt sich unbeschreiblich gut an. »Du bist so verdammt eng, Baby.«

Ich presse meine Lippen auf die seinen und sauge ihm jegliche Lust aus. Meine Hände wandern hinab zu seinem stählernen Po, krallen sich hinein und genießen das Zucken seiner Muskeln, während er immer wieder in mich stößt.

»Ich will dich«, flüstere ich stockend und ziehe meinen Kopf zurück, um ihm in die Augen sehen zu können. Mein Körper hält nicht mehr lange durch, er zittert und vibriert heftiger denn je. »Milo, ich …«

»Shh«, unterbricht er mich leise und bedeckt meinen Oberkörper mit Küssen. Seine Stöße werden langsamer, aber tiefer. Viel zu tief, so dass ich immer lauter aufstöhnen muss. »Komm für mich.«

Und das tue ich. Meine inneren Muskeln ziehen sich um seinen Penis zusammen, als er mit dem Daumen Druck auf meinen Kitzler ausübt, und ich schreie meinen Orgasmus in voller Lautstärke heraus. Er ist so verflucht intensiv, dass mir für einen Augenblick die Luft wegbleibt.

Milo stöhnt. Noch nie hat mir ein männliches Stöhnen eine derartige Gänsehaut bereitet. Es klingt so lustvoll und sinnlich, so rau und kehlig. *So männlich.* Er umfasst meine Taille, stützt sich zeitgleich an mir ab, während er mit ein paar heftigen, schnellen Stößen in mir kommt. Als er den Kopf seufzend in den Nacken fallen lässt, betrachte ich seine mit Schweiß benetzte Stirn und die volle Brust, die sich hektisch hebt und senkt.

Ich lächele. Auch meine Haut ist von einem Schweißfilm überzogen, es stört mich jedoch kein bisschen. Gedankenvertieft strecke ich meine Hand nach seinen Bauchmuskeln aus uns streichele darüber. Mein Hirn fühlt sich benebelt an und noch nie zuvor empfand ich das als so schön wie momentan.

Milo erwidert mein Lächeln. Sein Blick ist warmherzig und liebevoll auf mich gerichtet, während er über die Hand streichelt, die gerade seinen Bauch liebkost. »Ich weiß nicht, wann ich das letzte Mal mit jemandem geschlafen habe, anstatt nur zu vögeln.«

Ich halte in der Bewegung inne und mustere ihn forschend. Unmittelbar darauf zieht er sich aus mir zurück, rollt das gefüllte Kondom von seinem halbsteifen Glied, verknotet es und schmeißt es zu Boden. Als er sich mit einem Lächeln zu mir hinabbückt und über meine Brüste streichelt, spüre ich erneut dieses vielversprechende Kribbeln in meinem Unterleib.

Ich bin schon wieder erregt. Durch seine bloße Berührung an meinen Brüsten.

»Ich will dich nochmal«, flüstert er kehlig in mein Ohr und küsst danach die Stelle hinter meinem Ohrläppchen. Ich erschaudere. »Ich will dich die ganze Nacht.«

»Seit wann willst du ein Mädchen, nachdem du mit ihr geschlafen hast?«, necke ich ihn und kichere, als er mich deswegen an den Rippen kitzelt.

»Baby«, stößt er amüsiert hervor und zieht sich von mir zurück. Wieder betrachtet er meinen nackten Körper als wäre er ein Kunstwerk, ich tue es ihm gleich. Seiner ist definitiv wie gemeißelt. Jeder Muskel ist definiert, einfach alles an ihm ist perfekt. »Das mit uns ist anders. Du bist anders. Dich wollte ich schon, bevor wir Sex hatten.«

Wir sehen einander tief in die Augen und wieder spüre ich diese Intimität zwischen uns, die nichts mit körperlicher Anziehung zu tun hat. Wie ein Band, das uns immer näher zueinander zieht und schließlich miteinander verknotet. Ich muss schmunzeln. »Milo Blayne, willst du mir damit sagen, dass du mich magst? Auf diese bestimmte Art und Weise?«

Ein etwas schüchternes Lächeln ziert seine Lippen und wirft mich völlig aus der Bahn.

Dieser Kerl …

So.

Verdammt.

Facettenreich.

*Heiß und gefährlich – liebevoll und schüchtern. Was für ein Kontrast.*

»Ja«, gesteht er schließlich, ohne mit der Wimper zu zucken. Er küsst mich auf den Bauch, streichelt mit einer Hand über die Innenseite meines Oberschenkels und wandert mit den Lippen tiefer hinab bis zu meinem Venushügel. Langsam sieht er zu mir auf und blinzelt mit halbgeöffneten Augen. »Mehr als das. Ich begehre dich, Sav.«

Ich stöhne, als seine Zunge meine nasse Spalte teilt. Sie leckt über meinen vom Orgasmus noch empfindlichen Kitzler. »Wie sehr?«, keuche ich wie in Trance und schließe die Augen.

»Ich zeige es dir«, flüstert er heiser und dreht mich mit einem schnellen Ruck auf den Bauch um. Als er meine Hüfte in die Höhe zieht, ziehe ich scharf die Luft ein. »Ich werde es dir die ganze Nacht lang zeigen. Morgen wirst du wissen, wie sehr ich dich begehre. Wie sehr ich dich *will*.«

Mit diesen Worten entfernt er sich von mir. Ich höre das Reißen einer Kondomverpackung, weshalb unbändige Vorfreude in mir aufsteigt. Dass Milo Blayne eine gewisse Übung und Kondition besitzt, vergesse ich mal für einen kurzen Moment. Spätestens als seine Hand zwischen meine gespreizten Schenkel gleitet, seine Finger mein Lustzentrum massieren, und er mit einem tiefen Stöhnen in mich eindringt, vergesse ich alles um mich herum.

Es gibt nur mich und ihn. Ihn und mich. Jetzt ist es offiziell und ich versuche erst gar nicht mehr, mich gegen ihn oder uns zu sträuben.

Ich will es mehr, als ich jemals irgendetwas wollte. Ich bin hoffnungslos verliebt in diesen Kerl, der mich in einer Gefühlsachterbahn fahren lässt, aus der ich nie wieder unbeschadet aussteigen kann.

# 30
# MILO

Ein Kitzeln an meiner Wange weckt mich. Ich gähne und öffne schläfrig die Augen. Als ich Savannahs Kopf auf meiner Schulter wahrnehme, streiche ich mir die mich kitzelnden Haarsträhnen aus dem Gesicht und schließe die Augen wieder. Wie letztes Mal sind unsere Körper eng miteinander verschlungen, nur diesmal hält sie mich genauso fest wie ich sie. Es fühlt sich an, als würde sie mich dringend bei sich brauchen. Das Gefühl ist abnormal schön.

Diese Nacht war abnormal schön.

Ich erinnere mich nicht, das letzte Mal dauerspitz gewesen zu sein – bis gestern. Wir haben noch zwei Mal miteinander geschlafen, ich habe sie zwischendurch in den Orgasmushimmel geleckt und sie hat ihre süßen Lippen um meinen gierigen Schwanz geschlossen. Fuck, die Erinnerung daran, wie ihre Zunge mit meiner Eichel gespielt hat, macht mich augenblicklich steif. Ihr Körper ist der Traum aller Männer und er gehört mir alleine, was für eine befriedigende Erkenntnis. Sogar ihr kehliges Stöhnen schwirrt mir jetzt noch im Kopf herum. Jeder noch so kleine Fetzen meiner Haut, den sie gestreichelt oder gekratzt hat, pocht heftig.

»Bist du wach?«, höre ich sie ganz leise flüstern.

Ich ziehe sie noch enger in eine Umarmung und küsse sie auf den Kopf. »Ja.«

Wie ein Kätzchen schmiegt sie sich an meine Brust und schnurrt. »Ich will nicht von hier weg, aber wir müssen das Zimmer bis zwölf Uhr verlassen.«

Leider. Hier fühle ich mich so wohl, so abgeschottet von allem – ich könnte für immer hierbleiben. Mit ihr. Ein Blick auf die Uhr an der Wand uns gegenüber verrät, dass uns kaum noch eine halbe Stunde bleibt. Als ich an unseren heutigen Ausflug denke, wird der Gedanke, das Hotel zu verlassen, erträglicher.

Langsam rollt sie sich von mir, bedenkt mich mit einem sanften Lächeln, das meine innere Ruhe widerspiegelt, und erhebt sich von dem Bett. Sie ist splitterfasernackt und mein Schwanz wird allmählich schmerzhaft steif. Meine Hoden ziehen sich mit einem Ruck zusammen, als ich ihre rosa Nippel betrachte.

»Komm zurück«, flüstere ich und schnappe nach ihrem Arm. Sie kichert, als sie wie ein Sack Kartoffeln auf die Matratze fällt, und ich sie zwischen meinen abgestützten Armen gefangen halte. »Wir haben noch zwanzig Minuten.«

Ihre Augen weiten sich. Das Funkeln darin zeigt Neugierde und Lust. »Wofür?«

Ich schmunzele und lasse eine Hand zwischen ihre Beine wandern, die sie umgehend einladend für mich öffnet. »Du weißt, wofür, Baby.«

∞

»Und? Was sagen die Schwestern?«, frage ich, während ich Savs Wagen nach links lenke. Scheinbar lässt sie sich nach dem Sex leichter überreden, denn heute hat sie mich freiwillig an das Steuer ihres Wagens gelassen. Muss ich mir merken. »Ist deine Mom in der Lage für ein kleines Picknick?«

Sav lächelt und steckt das Handy zurück in ihre Tasche, die sie auf ihrem Schoß abgelegt hat. »Ja. Sie freut sich schon.«

»Dann machen wir uns auf dem Campus frisch, holen Luce ab und fahren direkt zu deiner Mom«, beschließe ich, und komme mir dabei vor wie ein Ehemann. Um mich ist es wirklich geschehen. Ich benehme mich total verkorkst und es missfällt mir nicht einmal.

Sie legt eine Hand auf meinen Nacken und drückt zu. Die Berührung ähnelt einer Massage und ich bemühe mich inständig, die Augen geöffnet zu halten. »Klingt gut.«

Mein Handy vibriert zum zehnten Mal in meiner Hosentasche. Vorhin im Hotel sah ich, dass Nate mich non Stopp versuchte zu erreichen, habe seinen Anrufen aber keine weitere Beachtung geschenkt. Vermutlich will er so oder so nur wissen, wo ich bin und wann ich auf dem Campus auftauche. Er wird, schätze ich, die Nacht im Partyhaus verbracht haben, und früh mit den Jungs zum Campus aufgebrochen sein. Dass ich ohne ihn die Vorlesungen sausen lasse, ist neu, wahrscheinlich wirft er mir fehlende Loyalität vor, der Spast.

»Willst du nicht rangehen?«, fragt Sav mit belegter Stimme. Ich schiele mit einer hochgezogenen Augenbraue zu ihr hinüber. »Dich versucht scheinbar jemand dringend zu erreichen.«

Ich stelle den Radio leiser und schalte einen Gang hoch. »Das ist nur Nate. Er kann warten.«

In ihrer Miene spiegelt sich Unsicherheit wider. Ob sie denkt, dass ich lüge? Dabei dachte ich, wir hätten diesen Quatsch schon hinter uns. *Obwohl* … ich bin Milo Blayne. Mir wäre alles zuzutrauen.

Seufzend ziehe ich mein Handy aus der Hosentasche hervor und lege es ihr auf den Schoß. Sie mustert mich überrascht, blickt aber sofort unauffällig auf das Display. Ich muss stumm lachen und schüttele den Kopf. »Nur Nate.«

»Ich habe dir nichts unterstellt«, verteidigt sie sich mit piepsiger Stimme. Ihre rötlichen Wangen verraten, dass sie ihr Misstrauen unmittelbar bereut. »Es ist nur …«

»Was?«, will ich fordernd wissen.

Während sie nach den richtigen Worten sucht, betrachte ich sie eine Sekunde zu lange, so dass ich beinahe von der Fahrbahn abkomme. Fuck. Dieses Mädchen ist so verdammt hübsch, so gar nicht Mainstream. Sie hat irgendetwas Besonderes an sich, das ich immer noch nicht identifiziert habe. Es sind nicht nur ihre voluminösen langen Haare, die ihr schmales Gesicht umrunden, auch nicht die langen Wimpern und der sinnliche Wimpernaufschlag, der mich begrüßt, sobald ich sie ansehe. Oder die vollen Lippen, die orangenen Raubtieraugen … Es ist irgendetwas anderes. Etwas Spezielles. Vielleicht ihr Blick, der sich seit gestern Nacht stark verändert hat? Der verträumt wirkt? Vielleicht verliebt? Shit, ich weiß es nicht.

Es ist auch scheißegal. Egal was es ist, es macht mich verrückt. Im positiven Sinne.

»Ich versuche nur die ganze Zeit zu verstehen, warum … also, warum ich?«, bringt sie stumm lachend hervor, obwohl sie die Frage überaus ernst meint, was ich ihrem eindringlichen Blick entnehmen kann. »Ich meine, warum bist du so anders zu mir? Warum willst du die Mädels und die Partys aufgeben? Dein Leben als Womanzier lief doch großartig.«

Sie hat absolut recht. Es lief großartig. Bombastisch. Exzellent. Ich bin der King des Campus und übertrumpfe jeden anderen Kerl in Sachen Weiber. Ich hatte unendlich viel Sex, viele Alkoholabstürze und wilde Nächte, an die ich mich teilweise nicht erinnere. Ich hatte Spaß mit meinen Jungs und nahm alles auf die leichte Schulter. Ich hatte keine Sorgen. Ein erfülltes Leben, wie es sich jeder Kerl in meinem Alter wünschen würde.

Aber mit ihr zu sein gibt mir einen ähnlichen Kick. Ein Gefühl des High-Seins. Und dass sie es als alleinige Person schafft, sich auf eine Stufe mit all dem anderen Scheiß zu stellen, muss schon etwas heißen. In ihrer Nähe habe ich keinerlei Bedürfnis nach etwas anderem.

Ich nehme ihre Hand und lege sie auf den Schaltknüppel, um sie nicht mehr loslassen zu müssen. »Ich weiß es nicht, Baby. Ehrlich. Du hast irgendetwas mit mir angestellt und jetzt komme ich da nicht mehr raus.« Ich schmunzele sie von der Seite an und stecke mein Handy wieder ein.

Sie lächelt in sich hinein. »Ich wünsche mir so sehr, dass Ben das mit uns akzeptiert.«

»Wird er«, verspreche ihr ihr umgehend. Wenn es sein muss verprügele ich ihn so lange, bis er mir schwört, ihr seinen Segen zu geben, damit sie sich besser fühlt. Dieser Bastard wird nicht dafür sorgen, dass sie sich mies fühlt wegen etwas, das gut ist. Etwas, das absolut nichts mit ihm und seinen kleinen Eiern zu tun hat. »Ich sorge schon dafür. Ich werde mit ihm sprechen.«

»Denkst du, das ist eine gute Idee?«, fragt sie zweifelnd.

Ich biege auf den Campusparkplatz ab und seufze in mich hinein, als ich die vielen Studenten auf dem Geländer herumlaufen sehe. Kein. Bock. Auf. Menschen. »Ich werde nett sein«, beruhige ich sie und parke den Wagen neben meiner vernachlässigten Harley. Danach drehe ich mich zu ihr um und streichele ihr über die weiche Wange. »Gib ihm Zeit, sich an den Gedanken zu gewöhnen, mich mit dir zu sehen. Ständig.«

Ihre bernsteinfarbenen Augen leuchten. »Ständig?« Sie beißt sich auf die Unterlippe und schmiegt sich in meine warme Handfläche.

»Ständig«, wiederhole ich und meine es todernst. »Und jetzt hopp, geh auf dein Zimmer und mach dich fertig. Schreib mir, wenn ich dich abholen soll.«

Sie nickt und bückt sich nach vorne, um mir einen unschuldigen Kuss auf den Mund zu drücken. Niedlich. Ich kralle meine Hand besitzergreifend in ihr Haar, ziehe sie wieder an mich, als sie sich zurückzieht, und verschlinge sie mit einem leidenschaftlichen und verzerrenden Kuss. Weil ich kaum die Finger von ihr lassen kann, fällt es mir schwer ihren Mund wieder freizugeben, um sie aussteigen zu lassen, zwinge mich jedoch nach einer gefühlten Ewigkeit dazu.

Atemlos mustert sie mich mit leicht geschwollenen Lippen, dann lächelt sie frech und öffnet die Wagentür. »Vor meiner Mom machst du das aber nicht«, warnt sie mich kichernd, steigt aus und schlägt die Tür zu. »Lass den Wagenschlüssel bei dir. Ich schreibe dir, wenn ich fertig bin«, ruft sie, und marschiert winkend davon.

Ich stelle den Motor ab und sehe ihr gedankenvertieft nach. So lange, bis sie längst verschwunden ist und mir zu heiß im Wagen wird. Widerwillig steige ich aus, schließe ab, und marschiere durch das Unigelände zu meinem Wohnheim. Mein Handy vibriert erneut, diesmal nehme ich Nates Anruf entgegen.

»Bro«, schießt es gehetzt aus ihm hervor. Er klingt über alle Maße beunruhigt. »Es ist etwas passiert. Wo, verdammte Scheiße, bist du? Ich versuche dich die ganze Zeit zu erreichen und -«

Abrupt bleibe ich vor dem Wohnheim stehen. Mein Herz fängt an, zu rasen. »Wovon sprichst du?«

»Ich schwöre, ich war es nicht! Stevie auch nicht!«, brüllt er beinahe, so als hätte er irrsinnige Angst, mir etwas zu beichten. »Es ist … fuck! Bring mich nicht um, Mann.«

Mein Herz rast noch schneller, es springt mir beinahe aus der Brust. Ich balle eine Hand zur Faust und reiße die Tür zum Wohnheim auf. »Sag mir, verdammt nochmal, sofort, wovon du sprichst!«

»Sie wissen es. Jeder weiß es«, plappert er. Stevie redet im Hintergrund auf ihn ein. Er klingt ebenso gestresst und beunruhigt. »Wir haben absolut nichts damit zu tun, das schwöre ich dir, Mann«, betont er nochmal eindringlich. »Wo bist du?«

Ich hämmere gegen die Zimmertür und lege gleichzeitig auf. Das kann einfach nicht sein. Er kann nicht das meinen, was ich denke, und doch gibt es sonst nichts anderes, was seine Worte erklären würde. Wenn es aber stimmt, was er sagt, dann … Nein, es darf nicht stimmen. Sie müssen mich übel verarschen. Das muss es sein – ein verfickter Scheißscherz.

Die Tür wird aufgerissen und Nate rauft sich augenblicklich die Haare, als er meinen wutentbrannten Gesichtsausdruck sieht. »Es war Laura, die Schlampe«, schießt es direkt aus ihm hervor, dann wirft er einen vorwurfsvollen Blick über die Schulter zu Stevie, der auf meinem Bett hockt und sich ebenfalls das Haar rauft. »Alter, die Fotze hat die Fotos von meinem Handy geklaut und -«

»Was?!«, brülle ich und stoße ihn aus einem Reflex heraus an der Brust ins Zimmer. Ich donnere eilig die Tür hinter mir zu und packe ihn am Saum seines schwarzen Shirts. »Sag das nochmal.« Ich bekomme Herzflattern. Mein Magen verknotet sich.

»Wir wissen nicht sicher, ob es Laura war!«, schaltet sich Stevie ein und erhebt sich ruckartig, um mich von Nate wegzuzerren. »Vielleicht wusste jemand anderer von der Affäre und hat es dem Dekan gesteckt!«

Woah.

Was?

»Du verdammter Penner!«, schreit Nate ihn an und rempelt ihn an der Schulter an, als er sich sein Handy schnappt. Er schlägt auf das Display ein. »Hier drin waren die Beweise! Niemand sonst hatte sie! Und jetzt sind sie verschwunden, obwohl sie gestern Abend noch da waren! Und wer hat die Nacht mit uns im Zimmer verbracht, hm? Deine verfickte Schlampe Laura!«

Erst jetzt realisiere ich, was das bedeutet. Mir wird so speiübel, dass ich einen Würgereflex unterdrücken muss.

Die Sache ist raus. Der Dekan weiß es. Ich bin aufgeflogen. Alles ist im Arsch.

»Ihr sagt also, dass Laura die Fotos von deinem Handy auf ihres geschickt hat?«, frage ich viel ruhiger, als ich innerlich bin. Ich muss das Ganze erstmal verstehen können, um zu handeln. Nate und Stevie nicken mit verzogenen Mundwinkeln. »Also nochmal zum Mitschreiben: Laura war die ganze Nacht lang bei euch. Ihr wart auf der Party?« Wieder nicken sie. »Woher sollte sie von der Affäre und den Nachrichten gewusst haben?«

Da trifft mich ein Geistesblitz. Die Schlampe stand also gestern viel länger versteckt in der Küche, als ich annahm. Sie hat uns belauscht. Wir haben alles im Detail besprochen und sie hat alles mitgehört. Auch das mit den Beweisen – die Fotos der Nachrichten, die belegen, dass Sav eine Beziehung zu Professor Meyer hatte. Deshalb war sie so verdammt merkwürdig!

Fuck! Fuck! Fuck!

Ich bringe sie um. Warum sollte sie Sav das aber antun?

»Scheiße!«, brülle ich und schlage mit der Faust auf Nates Holzschrank ein. Das alte Holz bricht, splittert, und zerschneidet mir die Haut an den Handknöcheln. Ich schlage nochmal darauf. »Fuck! Sie hat uns belauscht und sich die Beweise geschnappt, als ihr zwei Wichser gepennt habt!«

»Mann, woher sollten wir wissen, dass sie etwas ahnt? Woher sollten wir wissen, dass die Schlampe selbst damit zum Dekan gehen würde?«, brüllt Nate zurück und wirkt verzweifelt. Ich sehe, dass er mit meinem Leid mitfühlt, und empfinde ihn gerade mehr denn je als meinen besten Freund. Ihm könnte scheißegal sein, was nun mit Sav passiert. Oder mit Sav und mir. Ist es aber nicht, weil er wahrer Freund ist.

»Woher wisst ihr, dass sie es ausgeplaudert hat?«, will ich eilig wissen und wische mir zeitgleich die blutige Hand an meinem weißen Shirt ab.

Stevie fährt sich mit einer Hand über den Kopf und seufzt. »Alter, jeder weiß es. Jeder spricht darüber.« Er schluckt und sieht Nate hilfesuchend an. »Professor Meyer wurde schon zum Dekan bestellt. Angeblich wartet dieser auf Pitbulls Ankunft, um sie zu sich zu bestellen.«

Wie unpassend es ist, dass er in diesem Augenblick Sav bei ihrem alten Spitznamen nennt, verkneife ich mir. Ich muss nachdenken. Schnell. Wenn es Laura war, die die Sache auffliegen hat lassen und Sav in den Rücken gefallen ist, bin ich vielleicht aus dem Schneider.

»Es kommt schlimmer«, wagt Nate, meinen Gedankenschwall zu unterbrechen. Ich sehe ihn mir zusammengekniffen Augen an und wappne mich für den nächsten Schlag in die Magengrube, der auch direkt folgt, als er gesteht: »Jeder auf dem Campus spricht von der Affäre und unserem Plan. Jeder denkt, wir stecken dahinter. Laura hat es so aussehen lassen, als hätten wir unser Vorhaben durchgezogen.«

Somit ist mein Schicksal besiegelt.

Ich fasse es nicht.

Als ich erneut gegen den Schrank boxen will, packt mich Nate am Ellenbogen und wirbelt mich herum. Er legt mir beide Hände auf die Schultern und redet auf mich ein: »Mann, wir werden sie dafür büßen lassen! Wir holen dir dein Mädchen zurück, ich schwöre es dir! Wir werden ihr alles erklären, du kannst die Schuld mir zuschieben, sagen, dass es meine dumme Idee war, und ihr erklären, dass Laura die Verräterin ist, nicht wir! Du -«

»Nate.« Meine Stimme bebt vor Überforderung, Wut, Hass, und Verzweiflung. Mein Kopf explodiert beinahe. »Nur mir war es möglich, an Savs Handy zu gelangen und Fotos von den Nachrichten zu machen. Ich kann das nicht auf dich schieben.«

Stevie tritt näher an uns heran und nickt nachdenklich, während Nate mich ausdruckslos ansieht, jetzt wo ihm klar wird, dass sein Plan Lücken hat. »Stimmt«, presst Stevie unruhig hervor und fängt an, im Zimmer auf uns ab zu laufen. Abrupt bleibt er stehen. »Ich werde Laura zwingen, Savannah die Wahrheit zu sagen! Sie wird ihr gestehen, dass sie dahintersteckt, und wir werden für dich geradestehen. Wir werden zu Savannah gehen und ihr sagen, dass du ehrliche

Gefühle für sie hast und uns verboten hast, jemals jemandem von ihrer dreckigen Affäre zu erzählen. Wir werden -«

»Halt die Fresse«, knurre ich und stoße auch Nate von mir. Ich hasse die beiden gerade so sehr, obwohl sie im Grunde nichts dafürkönnen. Aber jetzt wo mir klar wird, dass meine schlimmsten Ängste auf die vermutlich beschissenste Weise wahr geworden sind, bin ich am Ende mit meinen Nerven. »Ich glaub das einfach nicht, verdammte Scheiße! Warum tut Laura mir das an? Oder Sav? Warum hast du diese verfickten Fotos nicht einfach von deinem scheiß Handy gelöscht, Nate? Fuck!« Ich trete gegen den Schreibtischstuhl, der neben mir steht, und dann direkt nochmal, als er umkippt. »Sie wird mich hassen! Sie wird denken, ich habe ihr die ganze Zeit über was vorgespielt und sie auch noch gefickt, obwohl sie mir nichts bedeutet! Obwohl sie nur die wichtigste Schachfigur eines abgefuckten Spieles war! Sie wird mir niemals wieder glauben.«

Nate und Stevie machen große Augen. »Du hast sie gefickt?«, hakt Nate nochmal nach, und reibt sich angestrengt über die Stirn. »Das ist übel. Das ist richtig übel.«

»Die Tatsache macht alles noch viel übler«, wirft Stevie unnötigerweise ein und klopft mir brüderlich auf die Schulter. »Wir regeln das. Du kannst dich auf uns verlassen, Mann. Ich weiß, dass sie dir wichtig ist.«

Ich stoße seine Hand von mir und seufze. »Einen Scheiß weißt du! Und einen Scheiß werdet ihr regeln. Ihr habt keine Ahnung, wie sie ist. Was das für sie bedeuten wird. Sie wird mich *abgrundtief* hassen. Zurecht! Und sie wird mir niemals glauben, dass ihre verdammte Mitbewohnerin an der ganzen Sache Schuld trägt. Niemals. Und verzeihen wird sie mir den Scheiß auch nicht.«

Da mich beide nur mitfühlend ansehen, weil sie keine Argumente mehr haben, steuere ich auf die Tür zu. Wir Drei wissen, wie aussichtslos diese Sache für mich ist, und dass ich längst verloren habe. Bei meinem eigenen Spiel. Ich wurde bei meinem verfickten eigenen Spiel besiegt – schlimmer noch, ich wurde von einer unbekannten Spielfigur rausgekickt und habe keine Möglichkeit mehr, einzusteigen, um zu gewinnen.

Ich drohe, durchzudrehen. So gerne ich meine Wut an der Person, die sie verdient hätte, auslassen würde, so wichtig ist es mir, Sav zu finden, und ihr alles zu erklären. Ich muss es wenigstens versuchen. Kampflos gebe ich sie nicht auf.

Niemals.

# 31
# SAVANNAH

Mit dem breitesten Grinsen im Gesicht marschiere ich zu meinem Wohnheim. Vermutlich starren mich deswegen alle so an, weil kein normaler Mensch montags mit einer derart guten Laune über den Campus spaziert. Mir sowas von egal. Die letzte Nacht war atemberaubend schön und meine Vorfreude auf das heutige Picknick mit meiner Mom, Milo, und Lucas könnte nicht größer sein. Außerdem bleibe ich optimistisch und halte an dem Glauben fest, dass Ben – sollte er erstmal erkennen, dass Milo ein guter Kerl ist, der es ernst mit mir meint – die Sache akzeptieren und mir seinen Segen geben wird. Danach habe ich alles und noch viel mehr.

Ich ziehe die Tür zum Mädchenwohnheim auf und stolziere hinein. Ein paar neugierige Blicke gleiten über meinen Körper, eine Gruppe von Mädels fängt an zu flüstern, als ich an ihnen vorbeigehe. Ob es wegen meiner Beziehung zu Milo ist? Als mir ein herablassender Blick von einer aufgetakelten Blondine zugeworfen wird, bin ich mir sicher, dass es daran liegt. Milo will mich – der Gedanke muss schwer zu ertragen sein, wenn man ihn seit Semesterbeginn anhimmelt und konsequent versucht, ihn rumzukriegen, und es nicht schafft.

Kopfschüttelnd verdränge ich die gehässigen Blicke und komme mir vor, als wäre ich wieder in der High-School. Was für ein Kinderquatsch. Endlich erreiche ich das Ende des Flures und steuere auf die letzte Zimmertür zu. Ich krame meinen Schlüssel aus der Tasche, in der Annahme, dass Laura wie immer nicht zuhause sein wird, und …

Falle beinahe in Ohnmacht.

*Was zur Hölle?*

Auf unserer weißen Zimmertür steht in Großbuchstaben mit rotem Textmarker das Wort »Schlampe« geschrieben. Ich stehe einige Sekunden lang reglos da, starre auf die riesigen Buchstaben, dann sehe ich mich peinlich berührt um und bemerke, dass mich immer noch einige Mädels von oben bis unten mustern. Ohne zu fragen, ob jemand weiß, wer das war, oder warum die Person das getan hat, schließe ich die Tür auf und flüchte hinein.

Laura springt augenblicklich vom Bett auf und läuft auf mich zu. Ich runzele die Stirn, als sie mich – das erste Mal – in eine innige Umarmung zieht, so als wären wir die besten Freundinnen und sie hätte mich seit gestern unheimlich vermisst, und murmele: »Laura, hast du das an unserer Tür gesehen?«

Ob das an sie gerichtet ist? Vielleicht wegen Stevie, da die beiden nun wieder ein Paar sind? Zwar ist das schwer vorstellbar, aber es könnte Malfoy gewesen sein, oder ein anderer ihrer Ex-Liebhaber, den sie für Stevie fallengelassen hat.

»Süße, ich verurteile dich wirklich nicht!«, platzt sie zu meiner Verwirrung hervor und löst ihre Arme von mir. Sie betrachtet mich mit mitfühlendem Blick. »Aber du musst mir schleunigst erklären, was vorgefallen ist, damit wir zusammen einen Plan schmieden können.«

»Wovon sprichst du?«, presse ich mit zittriger Stimme hervor. Das Unbehagen in mir nimmt zu.

Laura lässt sich mit einem theatralischen Seufzer auf mein Bett fallen und klopft auf die leere Bettseite neben sich. »Ich weiß, wir sind nicht die besten Freundinnen, aber dass dir jemand so etwas Abscheuliches antut …« Sie schüttelt den Kopf, ihr Pony fliegt in alle Richtungen. »Ich bin für dich da und ich stehe das mit dir zusammen durch.«

Allmählich wird mir übel. Ihre Worte verstärken mein Unbehagen und ich lasse mich zitternd neben ihr auf das Bett fallen. »Laura, bitte sag mir, was hier vor sich geht«, verlange ich unruhig und mustere sie von oben bis unten. So nett war sie noch nie zu mir. Irgendetwas stimmt hier nicht.

Sie seufzt erneut und richtet sich den perfekt geschnittenen Pony auf ihrer Stirn. Als sie mir eine Hand liebevoll auf meinen Oberschenkel legt, runzele ich die Stirn. »Okay, wo fange ich an?« Sie verzieht die Mundwinkel, ich schlucke hart. »Der einzige Grund, weshalb Milo mit dir zusammen sein wollte, ist der, dass er Beweise für deine Affäre mit Professor Meyer sammeln wollte. Die Jungs wissen alle davon und haben einen Plan entworfen, dich und Meyer auffliegen zu lassen. Scheinbar hat es Milo geschafft, deine privaten Nachrichten zu lesen, und hat Beweisfotos geschossen. Fotos, die belegen, dass du mit Professor Meyer mehr als eine unschuldige Studentin-Professor-Beziehung hattest. Und damit sind sie nun zum Dekan gegangen. Professor Meyer droht der Rauswurf, so viel ich gehört habe, und dich will der Dekan heute noch sprechen. Die Sekretärin war in der Früh schon einmal hier, um dich für ein Gespräch abzuholen, aber ich sagte ihnen, dass du nicht hier bist. Sie meinte, sie käme später wieder.«

Meine Welt bricht in sich zusammen. Das, was sie sagt, ergibt keinen Sinn, und doch ergibt nun alles Sinn.

Ich habe keine Zeit, mich mit ihren Behauptungen auseinanderzusetzen, da sie direkt weiter auf mich einredet: »Milo ist so ein verdammtes Arschloch! Er hat dich benutzt und sich hinterrücks mit den Jungs über dich lustig gemacht! Ich habe gestern auf der Party alles erfahren, wollte es dir sofort sagen, aber du warst verschwunden. Und als ich heute auf dem Campus ankam, war es schon zu spät. Jeder wusste es!«

Ein Kloß so groß wie ein Apfel steckt mir im Hals und verhindert, dass ich richtig zu Atem komme. Ich fange an, zu keuchen, und greife mir panisch auf die Brust. Ein unbändiger Schmerz breitet sich in meinem Herzen aus und der Gedanke an Milos Verrat und seine Lügen versetzt mir tausende Stiche mitten in die Lunge.

»Bist du nicht mit Stevie und Nate zusammen zum Campus gefahren?«, frage ich leise, da meine Stimme versagt.

»Äh, doch«, murmelt sie und erhebt sich von meinem Bett. Ich sitze wie ein Häufchen Elend da und versuche, meine Gedanken zu kontrollieren. Und mein Herz weiterschlagen zu lassen. Ich befinde mich in einem Schockzustand, bemerke ich. »Aber die müssen scheinbar direkt nachdem ich gegangen bin zum Dekan gegangen sein. Keine Ahnung.« Sie blickt über ihre Schulter zu mir, während sie in ihrer Tasche nach ihrem Handy wühlt, und zieht eine traurige Grimasse. »Süße, ich weiß, das ist hart. Ich verurteile dich wirklich nicht wegen deiner unmoralischen Beziehung zu dem verheirateten Prof, aber stell dich darauf ein, dass dich das verfolgen wird. Jeder spricht darüber und nun ja, du hast ja gesehen, was man uns auf die Zimmertür geschrieben hat.«

»Laura«, sage ich schwach und reibe mir fassungslos über die Stirn. »Gott, es tut mir so leid, dass du da mitreingezogen wirst! Ich … Ich fasse es einfach nicht.« Ich erhebe mich blitzschnell vom Bett und mir wird sofort schwindelig. Rote Punkte flirren vor meinen schwarzen Augen. »Danke, dass du mir all das erzählt hast.«

»Natürlich«, sagt sie wie selbstverständlich und steuert auf mich zu. Wieder umarmt sie mich, streichelt mir dabei über den Kopf, als wäre sie eine Mutter und ich ihr kleines Kind. »Du hast das nicht verdient, echt jetzt. Milo ist so ein Arschloch, ein Penner, der nur sich selbst -«

Ein Klopfen an der Tür unterbricht ihre Schimpfparade. Mein Atem stockt, als Laura sich von mir löst und zur Tür schielt. Ich packe sie am Handgelenk und starre sie verzweifelt und hilflos nieder. Sie ist gerade der einzige Halt, den ich habe. Die einzige Person, an die ich mich klammern kann, um Schutz zu suchen. »Scheiße, was mache ich jetzt bloß? Was sage ich dem Dekan?«

»Ich weiß es nicht«, flüstert sie eilig. »Als Studentin wirst du sicher nicht rausgeworfen, vielleicht suspendiert? Meyer ist der, der am Arsch ist. Erfinde irgendeine Lügengeschichte.«

Das Klopfen ertönt erneut. Ich zwinge mich, die Tränen, die in meinen Augen brennen, jetzt wo ich mir dem Ernst der Lage bewusstwerde, zu ignorieren, und wage mich auf die Tür zu. Mit mehr als zittrigen Fingern umklammere ich den Türknauf und schließe auf, da ich mich wohl kaum für den Rest meines Lebens hier drin einsperren kann.

Die ältere Sekretärin mit den ergrauten Haaren und der dicken Lesebrille mustert mich abschätzend. Wenn wir uns früher auf dem Campus begegnet sind, lächelte sie mich liebevoll an, einmal hat sie mein Outfit sogar als »wirklich reizend« betitelt. Jetzt sehe ich nichts als Vorwürfe und Entsetzen in ihren trüben Augen.

Ich würde am liebsten im Erdboden versinken, so sehr schäme ich mich. Alle denken, ich sei ein Flittchen, dass es mit einem verheirateten Vater von zwei Kleinkindern, der auch noch mein Professor ist, getrieben hat.

Dabei stimmt all das nicht. Ich habe nie mit Matt geschlafen. Ich habe die Affäre beendet, als ich von seiner Frau und den Kindern erfuhr. Ich habe außerdem begonnen, ihn zu daten, als ich noch nicht mal Studentin an dieser Uni war. Aber ich schätze, das ist nun nicht mehr wichtig. Die Leute haben sich ihr Urteil bereits gebildet.

Die Sekretärin zwingt sich zu einem neutralen Ton, als sie hervorstößt: »Miss Sawyer, bitte kommen Sie mit mir. Dekan Holbrock erwartet Sie bereits in einer dringlichen Angelegenheit.«

Beinahe muss ich mich übergeben. Ich spüre Lauras warme Hand bestärkend auf meiner Schulter und zwinge mich, zu nicken. Kaum bin ich aus dem Zimmer raus, werde ich wieder von Getuschel und Blicken begrüßt, während ich der älteren Dame schwerfällig aus dem Wohnheim folge.

Obwohl mich das unangenehmste Gespräch in meinen Lebzeiten erwartet, mir vielleicht eine Suspendierung droht, Matt vermutlich seinen Job verliert, Ben nun auch von der Affäre weiß und jetzt mit absoluter Sicherheit nie wieder ein Wort mit mir wechselt, und ich für immer die

Campusschlampe sein werde, die das Getuschel und die vielsagenden Blicke über sich ergehen lassen muss, denke ich nur an eines.

An ihn. Milo.

Dieses miese Arschloch, dieser Lügner, dieser Schauspieler, dieser Verräter.

Er hat mein Herz in tausend Stücke zerfetzt und trampelt nun noch darauf rum. Es hat nicht gereicht, mich soweit zu kriegen, dass ich ihm vertraue und Zeit mit ihm verbringe, damit er an Beweise herankommt – nein. Er musste die ganze Nacht lang und heute Morgen mit mir schlafen, mir erzählen, dass er es ernst meint, mich begehrt, mit mir zusammen sein möchte, um mich dann eiskalt abzuservieren und zu hintergehen. Um mich den Wölfen zum Fraß vorzuwerfen und mich bloßzustellen. Mich zu demütigen und meinen Stolz zu brechen.

Mein verdammtes Herz zu brechen.

Eine Träne läuft mir die Wange hinab, während ich in Gedanken jedes Wort und jede Berührung bereue. Alles, was mit Milo Blayne zu tun hat. Noch nie hat mich jemand so belogen und hintergangen wie er. Ich stelle mir vor, wie er mit seinen Jungs über mich gelacht hat, ihnen gerade von unserer Nacht erzählt und davon, dass ich seine Lügen geschluckt habe wie ein hungriger Fisch einen Köder. Wie naiv und dumm ich bin.

Ich hasse mich selbst gerade mehr als ihn. Ich hätte ihm nie vertrauen dürfen, hätte wissen müssen, dass er mich nur benutzt und er dreckige Absichten verfolgt, weil er nun mal ist, wer er ist. Milo Blayne, der Bad Boy, der Womanizer des Campus, der Kerl auf der Harley, der niemanden an sich heranlässt. Der unnahbare Traum aller Mädchen.

Mein Albtraum in Person. Mein Untergang.

»Treten Sie ein, Miss Sawyer«, unterbricht die Sekretärin meine verstörenden Gedanken und ich wische mir eilig die Tränen von der Wange, als sie die schwere Tür zum Bro des Unidekans öffnet. Ich habe nicht einmal mitbekommen, dass wir schon den Campus überquert und in diesem Gebäude gelandet sind.

Umgehend richten sich zwei Augenpaare auf mich. Dunkle, vorwurfsvolle, wütende Augen, die Professor Meyer gehören, der auf einem Stuhl sitzt und nervös seine Finger knetet, und dunkelblaue, ungläubige, abgeneigte Augen, die dem Dekan gehören, der mich betrachtet, als wäre ich eine billige Nutte.

Ich habe mich noch nie in meinem Leben so ausgeliefert gefühlt.

# 32
# MILO

Wie ein Irrer stürme ich über den Innenhof bis zum Mädchenwohnheim. Ich reiße die Tür auf, dränge mich eilig an ein paar Weibern vorbei, die erschrocken quietschen, und bremse ruckartig vor Savs Zimmertür, so dass ich beinahe zu Boden stolpere.

*Schlampe.*

Da steht in Großbuchstaben Schlampe an ihrer weißen Tür. Fuck. Wer, zum Teufel, tut so etwas? Wenn ich die Person in die Finger kriege, breche ich ihr eigenhändig alle zehn Finger.

Ich hämmere gegen die Tür und bete zu Gott, dass Sav hier ist. Doch statt ihrer leuchtend orangenen Augen empfangen mich zwei braune Augen, die ich um nichts in der Welt sehen wollte. Nicht jetzt, nicht in diesem Augenblick.

»Wo ist sie?«, brülle ich Laura, die falsche Schlampe, an, woraufhin diese lacht. Stirnrunzelnd mache ich einen Schritt auf sie zu, sie weicht unwillkürlich zurück. »Du findest das witzig, du Drecksstück?«

»Ich weiß nicht, wovon du sprichst«, weicht sie aus und dreht mir den Rücken zu. Ich kicke die Tür mit dem Fuß zu, packe sie brutal am Handgelenk, schleudere sie an die Wand und quetsche meinen Körper an ihren. »Geh weg von mir!«

»Warum hast du das getan, verdammte Scheiße?«, schreie ich wutentbrannt und versuche, mich zu beherrschen, bevor ich tatsächlich meine ganze Wut an ihr auslasse. Aber nur, weil sie eine Frau ist, und Frauen zu schlagen nicht mein Ding ist. Es ist schwach, auch wenn sie es verdient hätte. »Warum tust du mir das an? Oder Sav? Scheiße, hast du eine Ahnung, was sie deinetwegen durchmachen wird?«

Sie zuckt wegen meines Geschreies zusammen, ich kann jedoch keinerlei Schuld oder Reue in ihrem Blick erkennen. Im Gegenteil – sie sieht zufrieden aus. »*Du* hast das getan, ich habe es nur zu Ende gebracht!«, blafft sie mich an. Sie lächelt falsch. »Arme Sav. Jetzt muss sie deinetwegen die Schande über sich ergehen lassen und heult vermutlich gerade im Büro des Dekans. Und das alles nur, weil du ein Arschloch bist.«

Ich hole tief Luft. Ich verliere gleich all meine Selbstbeherrschung und das könnte übel ausgehen. Für Laura und für mich. Fluchend stoße ich mich von der Wand ab und weiche widerwillig von ihr zurück. »Du verfickte Schlampe wirst ihr sagen, dass du dahintersteckst! Wenn nicht, tue ich es!«

Laura richtet sich den hässlichen Pony und schüttelt ihr hellbraunes Haar wie in einer Shampoowerbung. »*Nja* – eher nicht so.« Sie dreht mir den Rücken zu und fummelt an ihrem Rock herum, plötzlich purzelt er zu Boden und sie steht in einem roten String halbnackt vor mir. »Aber hey – du kannst ihr gerne sagen, dass ich es war. Die Frage ist nur, ob sie dir überhaupt noch glauben wird. Ich meine, nach all den Lügen …«

Meine Faust macht sich eigenständig und donnert zum dritten Mal heute gegen ein Stück Holz. Diesmal gegen die Tischplatte hinter mir. »Fuck!«, fluche ich vor mich hin und versuche, meine Nerven nicht zu verlieren. Ich stürme auf Laura zu und ignoriere, dass sie nun auch kein Shirt mehr trägt. Die Bitch zieht sich ohne mit der Wimper zu zucken vor mir um. »Sag mir, warum!«

Sie holt tief Luft und betrachtet innig mein verzerrtes Gesicht. Wie so oft schnalzt sie nervtötend laut mit ihrer Zunge. »Steht dir nicht, so dreinzuschauen. Zu viele Falten.« Wieder lächelt sie boshaft. »Du hast meine Beziehung mit Malfoy kaputtgemacht. Ich habe deine kaputtgemacht. Wir sind quitt, schätze ich.«

Wie bitte? Was?

»Schon vergessen? Du hast ihm auf der Party erzählt, ich vögele noch mit Stevie. Er hat mich verlassen«, erinnert sie mich schulterzuckend und grinst erneut. »Dann bin ich eben wieder zu Stevie zurück. Aber hey – etwas Gutes hatte das immerhin. So hatte ich die Möglichkeit, mich zu rächen. Sav war mir ohnehin scheißegal, aber jetzt sind wir Freundinnen. Uns verbündet etwas – wir beide hassen dich. Und du bist genauso am Arsch wie ich es wegen Malfoy war, denn sie wird nie wieder ein Sterbenswörtchen mit dir wechseln.«

»Scheiße, was?! Du lässt einen Professor feuern und versaust Sav ihren Ruf ein für alle Mal, bringst sie in Schwierigkeiten, nur weil dich meinetwegen irgendein Bonzen-Schwanz abgesägt hat?«, knurre ich lautstark und schüttele ungläubig den Kopf. Ich fasse es nicht. Das Mädchen ist geistig gestört, wie es scheint. »Weißt du, was du ihr damit angetan hast?«

Zögerlich nickt sie. »Sie hat meine Wut nicht verdient, das stimmt. Aber ich werde für sie da sein, das macht es wieder gut.« Sie schlüpft in ein paar Jeans und zieht ein Shirt aus ihrem Schrank.

Ich bin sprachlos. Wenn sie das ernsthaft denkt, gehört sie eingeliefert. Weggesperrt. In ein verdammtes Irrenhaus.

»Außerdem wäre ich nie auf die Idee gekommen, hättest du sie mir nicht vorgelegt. Du warst es, der die Fotos von den Nachrichten geschossen hat, schon vergessen?«, reizt sie mich mit provokantem Blick und seufzt. »Tu jetzt nicht auf scheinheilig, du Arschloch. Du hast das verdient.«

Ich sehe sie einfach nur an. Niemals hätte ich gedacht, dass hinter diesen braunen Rehaugen, den unschuldigen hellbraunen Haaren, der zierlichen Figur und den Blaselippen, die stets zu einem Lächeln verzogen sind, eine solche Bitch stecken würde. Eine Lügnerin und Intrigantin.

»Ich hatte nicht vor, sie jemandem zu zeigen, wie du bereits weißt«, fahre ich sie an und verziehe schmerzhaft das Gesicht, da allmählich meine gesamte rechte Hand anschwillt. »Du hattest kein Recht, ihr das anzutun, verdammt nochmal! Wenn du ein Problem mit mir hast, lass es an mir aus, nicht an ihr!«

»Das war der einfachste Weg«, murmelt sie beiläufig und schnappt sich ihre rote Tasche von dem Stuhl neben mir. Sie hängt sie sich über die Schulter und starrt mich ausdruckslos an. »Jetzt wirst du erfahren, wie es sich anfühlt, wenn man Liebeskummer hat. Wenn man Herzschmerz hat, weil jemand anderes einem alles versaut.«

Mit diesen Worten lässt sie mich sprachlos im Zimmer stehen und stolziert heraus. Ich versuche, tief Luft zu holen, und meinen nächsten Schritt zu planen. Einen Plan zu entwickeln, um die Sache in Ordnung zu bringen.

Es gibt keinen verdammten Plan.

Also marschiere ich aus dem Zimmer, donnere die Tür zu und laufe aus dem Wohnheim. Ich bin mir sicher, dass Sav beim Dekan festsitzt, also steuere ich das Unigebäude mit den Hörsälen und seinem Büro an, und laufe anschließend durch den breiten Flur. Ein paar Mädels mustern mich interessiert, was ich gekonnt ignoriere, weil mir scheißegal ist, was sie von mir oder Sav denken. Mittlerweile wissen einige von uns und natürlich interessiert es sie zu wissen, was nun abgeht. Nate und Stevie haben nicht gelogen, als sie sagten, jeder wüsste Bescheid – denn verfickt nochmal jeder weiß Bescheid!

Die Beleidigung an ihrer Zimmertür kommt mir in den Sinn, als ich vor dem geschlossenen Büro des Dekans wie ein Irrer auf und ablaufe. Ich würde Laura zutrauen, dass sie es selbst war, die das angerichtet hat. Auch, dass sie diejenige war, die Ben das mit uns gesteckt hat. Denkt sie wirklich, sie würde mit all dem durchkommen? Auch wenn es das Letzte ist, was ich tue, ich werde ihre Lügen auffliegen lassen. So leicht kommt mir diese Schlampe nicht damit durch. Und Sav wird sie ebenso wenig noch länger an der Nase herumführen, sie hat keine derart falsche Freundin in ihrem Leben verdient.

Plötzlich entdecke ich Ben, der mit wütenden Schritten auf mich zurast. Ich seufze. *Nicht auch das noch.* »Verpiss dich, Mann. Jetzt ist nicht der richtige Zeitpunkt.«

»Jetzt ist genau der richtige Zeitpunkt!«, schreit er durch den Flur, so dass wir alle Blicke auf uns ziehen. Er packt mich noch im Laufen an meinem Shirt und donnert mich mit dem Rücken gegen die Wand hinter mir. »Ich habe dich davor gewarnt, sie zu verarschen. Ich habe dir gesagt, was passiert, wenn du ihr wehtust. Und jetzt hast du sie zerstört. Du hast ihren Ruf kaputtgemacht und sie gedemütigt, du Wichser!«

»Lass mich, verfickte Scheiße, lieber los«, knurre ich und packe ihn ebenfalls am Saum seines Shirts. Ein einziger kraftvoller Stoß reicht aus, und er stolpert einige Schritte rückwärts. Ich marschiere knurrend auf ihn zu. »Verpiss dich. *Jetzt*! Du bist nicht das richtige Ventil für meine Wut, also provoziere mich nicht. Ich kann gerade für nichts garantieren.«

Ohne Vorwarnung verpasst er mir einen Kinnhaken und mein Kopf wird zur Seite gerissen. Zwar schmerzt der Schlag nicht so, wie er vermutlich sollte, aber niemand schlägt mir einfach so ins Gesicht und kommt damit durch. Ich hatte ihn gewarnt.

In der nächsten Sekunde stürze ich mich schon auf ihn, so dass sein Hinterkopf auf dem harten Boden aufprallt, und schlage in sein Babyface ein. Schreie und kreischende Rufe ertönen, doch ich höre sie kaum. Das Adrenalin macht mich ganz high und ich blende alles um mich herum aus. Immer und immer wieder schlage ich zu, bis ich Lauras statt Bens Augen vor mir sehe. Nach dem geschätzt zehnten Schlag und als sein Gesicht voller Blut ist, schafft er es, mir auszuweichen, und boxt mir mit voller Wucht in die Niere. Ich keuche, drehe mich zur Seite, und hole wieder aus.

Mein Arm wird zurückgerissen, meine Schulter kugelt sich beinahe aus, und ich knurre schmerzerfüllt, als man mich von hinten brutal auf die Beine zieht. Ben steht eigenhändig auf und geht erneut auf mich los, bis auch er von zwei Kerlen gepackt und festgehalten wird. Sein komplettes Gesicht ist blutverschmiert, mein Herz donnert mir hart gegen die Brust, so Adrenalin geladen bin ich.

»Das reicht!«, schreit eine männliche, autoritäre Stimme dicht neben mir, und erst jetzt erkenne ich Dekan Holbrock. Dicht hinter ihm steht Savannah, die fassungslos in Bens demoliertes Gesicht starrt. Als sie mich ansieht, sehe ich puren Hass in ihren glasigen Augen. »Was ist bloß in Sie gefahren? Das hat Konsequenzen! Ich vertrete eine Null Toleranzgrenze, was Gewalt auf meinem Campus angeht! Sie sind keine Kinder mehr, Herr Gott!«, keift Dekan Holbrock in mein Ohr. Er lässt mich eher widerwillig los, da ich an meinem Arm zerre, dann beauftragt er die Sekretärin, einen Krankenwagen für Ben zu rufen.

»Ben«, stößt Sav mit zitternder Stimme hervor. Sie sieht verweint aus, ihre Augen sind gerötet und die rosigen Wangen ganz nass. »Dein Gesicht …« Umgehend eilt sie auf ihn zu, doch er entreißt sich ihrer Berührung und wirft mir einen hasserfüllten Blick zu. »Bitte, Ben. Lass uns reden. Ich kann dir die Sache erklären, es ist nicht so, wie die Leute sagen!«

»Nur weil ich dich verteidigt habe, heißt das noch lange nicht, dass es mich nicht anwidert, dass du mit einem verdammten Professor gevögelt hast«, zischt er und spuckt Blut auf den Boden.

Sav schluchzt. »Das habe ich nicht.«

Was? Sie hat niemals mit Meyer geschlafen? Ach du Scheiße.

»Savannah«, presse ich verzweifelt hervor und wische mir das Blut von meiner Hand ab. Zum wiederholten Male. »Ich muss mit dir reden.« Ich mache einen Schritt auf sie zu, ohne Ben zu beachten, und überhöre auch die Warnung des Dekans, dass ich mich nicht vom Fleck rühren soll. »Bitte.«

»Bleib ja weg von mir!«, brüllt sie und wirbelt zu mir herum. »Sprich mich nie wieder an, hörst du? Nie wieder!«

Mein Herz setzt für ein paar Schläge aus. Die Art, wie sie mich ansieht, schmerzt mehr als meine Hand oder Bens

Schlag in meine Niere. Ihre grünen Augen haben jeglichen Glanz verloren, all die Wärme darin ist erloschen. Purer Hass und Enttäuschung bleiben zurück.

Ich unterdrücke einen verzweifelten Aufschrei und bemühe mich, die Ruhe zu bewahren. So soll das nicht enden. »Bitte, ich kann das erklären! Ich schwöre dir, ich war das nicht, ich - «

»Halt den Mund!«, unterbricht sie mich fuchsteufelswild und tritt einen Schritt von mir zurück, so als könnte sie meine Nähe kaum ertragen. Ihr Blick gleitet an mir hinab, sie schüttelt den Kopf und seufzt, als sie mein blutverschmiertes Shirt und die geschwollene, aufgerissene Hand sieht. »Halt dich von mir fern, Milo. Halt dich auch von Ben fern, du verdammter Lügner. Ich will dich nie wiedersehen, ich will nicht mit dir sprechen, und ich will keine Entschuldigungen hören. Ich hasse dich.«

Bei den letzten drei Worten, die sie förmlich ausspuckt, zerreißt es mir die kaputte Seele in tausend Fetzen. Ich starre sie ausdruckslos an, unfähig, etwas zu erwidern, und lasse mich anstandslos von hinten packen und zum Büro des Dekans ziehen. Ben wird ebenso aufgefordert, das Büro zu betreten, aus dem gerade niemand Geringeres als Professor Meyer spaziert. Kurz lenke ich meine Wut auf ihn, bin geneigt, ihm den Schädel einzuschlagen, dann sehe ich wieder in Savs tränenverschmiertes Gesicht, und vergesse all die Wut in mir.

Ich darf sie nicht verlieren. Nicht so. Nicht jetzt.

»Ich schwöre dir, ich mache das alles wieder gut!«, rufe ich ihr noch zu, ehe man mich zusammen mit Ben in das Büro hineinzerrt, und die Tür hinter mir schließt.

Bisher wusste ich nie, wie es sich anfühlt, einen Verlust zu erleiden. Jetzt weiß ich es. Ich fühle mich hilflos und leer, so wütend und gleichzeitig so verdammt traurig. Mir ist momentan nichts wichtiger, als Sav zurückzugewinnen, oder wenigstens mit ihr zu sprechen. Egal, ob sie es ernstmeinte, als sie sagte, sie würde mich hassen – ich werde alles dafür tun, damit sich das wieder ändert.

Daran besteht kein Zweifel. Niemand wird mein Mädchen je anfassen und mein Mädchen wird zu mir zurückkehren. Koste es, was es wolle.

Ende von Band 1
… aber noch lange nicht *das* Ende.

# DANKSAGUNG

Ich danke jedem einzelnen von Euch, für das Lesen dieses Buches und euer Vertrauen. Ich hoffe, ihr hattet ein paar nette Stunden mit Milo und Sav, und freut euch ebenso wie ich auf den zweiten Teil. Mit der Fortsetzung versuche ich mir nicht allzu viel Zeit zu lassen, den genauen Termin gebe ich auf meinem Autorenprofil auf Amazon bekannt, sobald dieser feststeht. Gerne könnt ihr mir auch eine Mail unter shroxx.autor@gmail.com zukommen lassen, dann lasse ich euch wissen, wenn es soweit ist. Für Fragen oder Feedback bin ich auch jederzeit für euch erreichbar.

Es wäre großartig, wenn du mir eine Rezension auf Amazon hinterlassen würdest! Das würde mir viel bedeuten und mir zeigen, ob dich die Story angesprochen hat oder nicht. Danke schon im Vorhinein! :*

Alles Liebe,
Eure S. H. Roxx

*Eine Story mit wesentlich mehr Erotik und Thrill findest du hier:*

## Among The Shades Of Love – Devotion & Fear Teil 1

Wurden wir nicht alle schon einmal hinters Licht geführt? Hinter manchem Licht verbirgt sich jedoch tiefste Finsternis, und manche von uns ergreifen freiwillig die Hand, die sie dahinter lockt …

Samantha Woods ist eine taffe, bildhübsche Frau, die schon einiges im Leben gemeistert hat. Nachdem sie ihre Probleme, und somit auch ihre alkoholkranke Mutter, in Detroit zurückgelassen hat, um sich ein neues Leben in Manhattan aufzubauen, scheint das Glück endlich auf ihrer Seite zu stehen. Doch schon bald holt sie das Unglück wieder ein und sie steht vor einem Tiefpunkt ihres noch so jungen Lebens. Pleite und arbeitslos.
Genau da taucht der unwiderstehliche Alexander Black in ihrem Leben auf und unterbreitet ihr ein Angebot, das sie jedoch auf Anhieb ablehnt. Alexander möchte ihr eine ganze Summe Geld bereitstellen, so wie all ihre, und die Schulden ihrer Mutter begleichen, wenn sie sich vertraglich dazu verpflichtet vier Wochen lang in der Öffentlichkeit, so wie privat, seine Partnerin zu sein. Allerdings erwartet er auch Gefälligkeiten von ihr, die es ihr schlichtweg unmöglich machen die vorgetäuschte Beziehung rein körperlich zu halten. Schon bald steckt sie tiefer in dieser Sache als ihr lieb ist, und Alexander verwandelt sich in ein immer größer werdendes Rätsel. Lügen, Geheimnisse und Lust dominieren, das Geld wird nebensächlich, so wie all ihre eigenen Bedürfnisse …
Was passiert, wenn sie den wahren Grund seiner Absichten erfährt? Was, wenn dieser viel schlimmer zu sein scheint als befürchtet?

## Among The Shades Of Love – Pain & War Teil 2

Samantha:
Nicht einmal vierundzwanzig Stunden nach meiner Flucht hat er mich aufgespürt. Ich habe auf ihn geschossen, doch hingegen meiner Erwartungen versucht er nicht, mir etwas anzutun. Stattdessen will er mich zurück - seine Besitzansprüche an mich werden zunehmend größer. Er ist jedoch nicht bereit, mir all meine Fragen zu beantworten. Immer noch hütet er seine Geheimnisse wie einen Goldschatz von unglaublichem Wert.
Werde ich je erfahren, was er vorhat? Und warum, zum Teufel, er mich auserwählt hat?

Alexander:
Sie hat Angst vor mir und will Antworten, damit rechnete ich. Doch ich muss mir ihrer Loyalität erst sicher sein, um ihr diese geben zu können. Denn meine Geheimnisse sind tödlich.
Wenn sie denkt, ich würde sie freigeben, liegt sie falsch. Ich habe mir nicht ausgesucht, sie zu wollen, es ist einfach passiert. Ich verzehre mich mehr denn je nach ihr und das veranlasst mich dazu, teilweise von meinem eigentlichen Plan abzukommen. Mein Ziel habe ich jedoch immer noch genau vor Augen und wenn die Zeit reif ist, werde ich meine Rache, mit Samanthas unwissentlicher Beihilfe, vollziehen. Ob sie die Wahl hat sich für oder gegen mich zu entscheiden? Die hatte sie nie.

34320248R00197

Printed in Poland
by Amazon Fulfillment
Poland Sp. z o.o., Wrocław